LORENZ STASSEN, geboren 1969, wuchs in Solingen auf und wurde zunächst Chemielaborant. Er wechselte ins Film- und Fernsehgeschäft und arbeitet seit 1997 als freischaffender Drehbuchautor und Schriftsteller. Lorenz Stassen lebt in Köln und ist Mitglied bei den »Roten Funken«.

Von Lorenz Stassen ist in unserem Haus bereits erschienen:
Rosenmontag

LORENZ STASSEN

Tödlicher Aschermittwoch

Kriminalroman

Ullstein

Besuchen Sie uns im Internet:
www.ullstein.de

Wir verpflichten uns zu Nachhaltigkeit
• Papiere aus nachhaltiger Waldwirtschaft
und anderen kontrollierten Quellen
• Druckfarben auf pflanzlicher Basis
• ullstein.de/nachhaltigkeit

Originalausgabe im Ullstein Taschenbuch
1. Auflage November 2023
© Ullstein Buchverlage GmbH, Berlin 2023
Wir behalten uns die Nutzung unserer Inhalte für Text und Data
Mining im Sinne von § 44b UrhG ausdrücklich vor.
Umschlaggestaltung: zero-media.net, München
Titelabbildung: © akg-images (Kölner Dom, Feuer); © National
Museums Liverpool / Bridgeman Images (Scheiterhaufen);
FinePic®, München (Blutfleck, Struktur)
Gesetzt aus der Albertina powered by *pepyrus*
Druck und Bindearbeiten: CPI books GmbH, Leck
ISBN 978-3-548-06416-1

VORWORT

Das neunzehnte Jahrhundert begann für die Bürger Kölns mit einem großen Umbruch. Die französischen Truppen hatten die Stadt 1814 verlassen, und auf dem Wiener Kongress im darauffolgenden Jahr wurde das Rheinland den Preußen zugesprochen. Somit stand Köln unter Königlich Preußischer Verwaltung.

Die *Industrielle Revolution* veränderte das Leben der Menschen im Laufe des neunzehnten Jahrhunderts nachhaltig. Der technische Fortschritt nahm rasant an Fahrt auf, die moderne Naturwissenschaft gewann an Einfluss, wohingegen die Kirchen an Deutungshoheit verloren. Die Epoche der Romantik, eine Form der Rückbesinnung auf das Innere des Menschen, seine Gefühle und seine Beziehung zur Natur, spiegelte sich in der Kunst wie auch in der allgemeinen Lebenshaltung wider und wurde von Novalis so beschrieben: *dem Gemeinen einen hohen Sinn geben, dem Gewöhnlichen ein geheimnisvolles Ansehen, dem Bekannten die Würde des Unbekannten, dem Endlichen einen unendlichen Schein.*

Naturwissenschaft, Glaube, technischer Fortschritt, aber

auch Aberglaube, Spiritismus und Okkultismus vermengten sich in dieser Zeit.

Wegen der französischen revolutionären Bewegungen hatten die preußischen Machthaber Sorge, sie könnten die Kontrolle über das Volk verlieren, weshalb restriktive Maßnahmen an der Tagesordnung waren. Die Presse wurde zensiert und sogenannte *Demagogen* verfolgt. Mit diesem Begriff denunzierte man meist Freidenker, Künstler, Intellektuelle und Professoren, einige wurden mit Berufsverbot belegt, verließen das Land oder kamen sogar ins Gefängnis.

In Köln war es 1823 gelungen, trotz aller Skepsis der Preußen den Karneval zu etablieren. Das Fest entwickelte sich zu einem Synonym für Selbstbehauptung und Identität in Erinnerung an die große Zeit der unabhängigen freien Reichsstadt Köln. Trotz Kontrolle und Zensur fand man hier Gelegenheit, sich über die preußische Obrigkeit lustig zu machen oder gar bürgerliche Freiheiten einzufordern.

Die Geschichte in diesem Roman ist frei erfunden. Viele Ereignisse basieren aber auf wahren Begebenheiten, die meisten Charaktere sind fiktiv. Historische Figuren, die in dieser Zeit gelebt haben, werden am Ende des Buches in einem Glossar vorgestellt. Textstellen, die direkt von den damaligen Zeitzeugen stammen, sind kursiv gedruckt, und die Zitate werden am Ende den jeweiligen Verfassern zugeordnet.

Köln, im Juli 2023

Köln 1825

Die Wucht des Schlages dröhnte in seinem Kopf nach. Er schaute wieder nach vorne zu seinem Peiniger, der die rechte Hand schüttelte, weil sie offensichtlich schmerzte.

Noch mehr Blut tropfte aus Mund und Nase, trotzdem rang Arthur Schmoor sich ein Lächeln ab. Der Mann, der vor ihm stand, war ein Unbekannter, er hatte ihn noch nie zuvor gesehen und fand, dass er viel zu gut gekleidet war für einen Schläger, wie es sie damals gab.

Der Peiniger griff in die Tasche seines schwarzen Mantels mit Fellkragen und holte eine Münze hervor, hielt sie hoch. »Von wem hast du die?«

»Ist vom Himmel gefallen.«

Wieder traf ihn ein heftiger Faustschlag am Kinn, und sein Kopf schleuderte nach links. Er meinte, etwas in seinem Schädel knacken gehört zu haben.

Der Mann vor ihm wog die Münze in seiner Hand, dann ließ er sie wieder in seiner Rocktasche verschwinden.

»Wieso bist du zurückgekommen?«

Arthur keuchte. Die Schläge ins Gesicht setzten ihm mehr zu, als er sich eingestehen wollte. Lange würde er nicht mehr durchhalten, sein Puls raste, und ihm wurde übel. Sie hatten seine Arme hinter dem Rücken an den Stuhl gefesselt, so fest, dass sich die Finger der linken Hand allmählich taub anfühlten.

Arthur sah zu seinem Gegenüber auf. »War das etwa alles? Mehr hast du nicht drauf? Glaubst du, so kriegst du was von mir zu hören?«

Der Mann ballte die Faust erneut und schlug zu. Der erste Treffer erwischte Schmoor wieder am rechten Kinn und ließ den Kopf zur Seite schnellen, der zweite Schlag folgte, als er nach vorne sah, frontal auf die Nase, was das Blut spritzen ließ, als hätte die Faust in einen nassen Schwamm geboxt.

Angewidert trat der Peiniger einen Schritt zurück, zog ein weißes Tuch aus seiner Manteltasche, das sich rot färbte, als er seine Hand damit säuberte. Auch sein Mantel und der herausragende weiße Stehkragen des Hemdes hatten Blutspritzer abgekriegt.

Arthur spürte, dass sich ein weiterer Zahn aus dem Kiefer löste. Er spuckte ihn auf den Boden und rang sich ein Lächeln ab.

Das blutverschmierte Tuch von sich schmeißend, ballte der Mann erneut die Faust, überlegte es sich aber anders. Vielleicht wollte er nicht noch mehr Spritzer abkriegen, dachte Schmoor und grinste. Er drehte den Kopf, um hinter sich zu sehen. Dort stand noch einer, der nichts sagte. Es waren mehrere Männer, die ihn hierher verschleppt hatten. Den Fremden, der am Tor der Halle stand, kannte Arthur auch nicht. Sein Mantel war dunkelbraun.

Schmoor drehte den Kopf, schaute nach vorne zu seinem

Peiniger. »Schaffe jemanden her, der etwas zu sagen hat. Du weißt, wen ich meine.«

Der Mann packte Arthur am Kiefer, dass es schmerzte. Er kam mit seinem Gesicht so nah, dass Arthur den feuchten Atem roch. »Nein, weiß ich nicht. Mit wem möchtest du reden?«

»Rabanus«, zischte Arthur.

Es trat ein Moment der Stille ein. Nur das Atmen seines Peinigers war zu hören.

»Woher hast du diesen Namen?«

Schmoor flüsterte. »Bring Rabanus her, dann sage ich euch alles.«

Der Mann ließ ihn los, rückte seinen Mantel zurecht, bevor er an Schmoor vorbei zu seinem Komplizen schritt. Die beiden entfernten sich in den dunklen Teil der Halle, so weit, dass Arthur sie nicht hören konnte.

Das war seine Chance. Er rutschte auf dem Stuhl hin und her, tat so, als ob er von Schmerzen geplagt sei. Die beiden Tölpel hatten etwas Wichtiges übersehen, oder sie hatten zu wenig Seil dabeigehabt. Auf jeden Fall nicht genug, um jemanden ordentlich zu fesseln, dem die rechte Hand fehlte. Arthur bewegte den Stumpf hin und her, spürte, wie der Arm an den Seilen entlangschürfte. Dann hatte er es geschafft, der Stumpf war frei. In dem Moment hörte er die Schritte der Männer, die näher kamen. Arthur legte den freien Arm wieder eng an den Körper an.

Der Eine bezog seine Position am Tor, während der Schläger sich breitbeinig vor Arthur stellte.

»Wir werden jemanden holen. Aber erst beantwortest du uns noch ein paar Fragen. Woher hast du die Münze?«

Arthur beugte sich nach vorne und würgte, als müsste er sich jeden Moment übergeben. Instinktiv wich der Mann einen Schritt zurück und vergrößerte den Abstand. Arthurs Oberkörper schnellte mit einem Ruck hoch, und er kam auf die Beine. Sein linker Arm war immer noch an den Stuhl gefesselt, den er jetzt auf dem Kopf seines Gegenübers zertrümmerte. Der Mann ging zu Boden, und Arthur trat mit voller Wucht gegen seinen Schädel.

Dann drehte Schmoor sich um zu dem Komplizen, der am Tor stand. Der junge Kerl war so schockiert, dass er nicht wusste, wie ihm geschah.

Es gab zwei Arten von Männern, das wusste Schmoor aus Erfahrung. Die, die im Moment der Bedrohung instinktiv reagierten, nicht darüber nachdachten, was richtig oder falsch sein könnte. Und die, die zur Salzsäule erstarrten, unfähig zu handeln.

Schmoor hielt die Überreste des zerbrochenen Stuhls in der Hand wie einen Knüppel. Ein zerborstener Knüppel, an dessen Ende die Holzfasern wie spitze Stacheln hervorstachen. Schmoor ging auf den Mann zu, der ihm jetzt den Rücken zudrehte und versuchte, den Riegel des Tors zu öffnen. Schmoor trat ihm mit dem Fuß ins Kreuz. Der Mann knallte krachend gegen das Tor, er drehte sich herum, hielt schützend die Hände vors Gesicht. Schmoor konnte es kaum glauben, mit was für einem Feigling er es zu tun hatte. Die Stoffhose seines Gegners verdunkelte sich an den Beinen.

Einen Moment dachte Schmoor darüber nach, ihn am

Leben zu lassen. Durfte er einen Halbwüchsigen einfach so kaltmachen? Ja. Warum sollte er ihn verschonen? Schmoor rammte ihm die zerfaserte Spitze des Stuhlbeins in den Bauch. Der Junge starrte ihn entsetzt an. Ein markerschütternder Schrei hielt Schmoor nicht davon ab, den Pflock tiefer und noch tiefer in den Körper hineinzutreiben. Dann zog er das Stuhlbein mit einem Ruck heraus, und der Junge brach zusammen. Schmoor sah auf ihn herab, wie er zitternd auf dem staubigen Boden lag und mit den Händen seine herausquellenden Gedärme zurückhielt. Die Blutlache um ihn herum breitete sich schnell aus, das Geschrei ließ nach, er verlor zuerst an Kraft, dann das Bewusstsein.

Dann wurde es ganz still.

Arthur hörte hinter sich ein Stöhnen, drehte sich um. Sein Peiniger lag noch immer auf dem Boden, kam wieder zu Bewusstsein. Schmoor betrachtete den blutigen Holzpflock in seiner Hand, an dem noch ein paar Innereien hingen. Er klemmte das Holz unter seinen rechten Arm und zog mit aller Kraft seine linke Hand zwischen den Seilen hervor, ließ den zerfaserten Knüppel fallen.

Dann schritt Arthur zu seinem Peiniger, packte ihn an den Haaren, beförderte ihn auf die Beine, drückte ihn gegen einen Stützpfosten. Den rechten Stumpf presste Arthur gegen den Hals, schnitt dem Mann die Luft ab. Nicht ganz, er sollte noch atmen können und die letzten Sekunden seines erbärmlichen Daseins bei vollem Bewusstsein miterleben.

»Du hättest deinen Chef holen sollen. So, wie ich es dir gesagt habe.«

»Ich … hole ihn«, röchelte er.

Schmoor sah ihm in die Augen, wusste, was der Mann sich durch diese Lüge erhoffte, und schüttelte den Kopf. »Ich habe eine bessere Idee. Du sagst mir, wo ich ihn finde. Wo ist Rabanus? Sag es, und ich verschone dein Leben.«

Die Lippen des Mannes liefen bereits blau an, Arthur lockerte den Griff, damit er reden konnte.

»Du bist …« Er keuchte. »Du bist ein toter Mann.«

»Nein«, Schmoor lächelte. »Ich werde bald ein reicher Mann sein. Und dann räche ich mich. Ich werde keinen davonkommen lassen.« Er holte tief Luft, füllte seine Lungen, bevor er laut schrie: »Die Rache ist mein!«

Seine Stimme hallte von den Backsteinwänden wider.

»Rabanus …« Ihm versagte die Stimme. »Sein Gesicht wird das Letzte sein, das du auf dieser Welt sehen wirst. Bevor er dich umbringt.«

Arthur begriff, dass dieses Gespräch zu nichts führen würde. Er legte sanft die linke Hand auf das Gesicht des Mannes und drückte zu. Seine Finger, die sich immer noch etwas taub anfühlten, gruben sich tiefer und tiefer in die Augenhöhlen. Der Mann schrie, versuchte es zumindest, aber Schmoor drückte seinen Stumpf noch fester gegen die Kehle. Dann spürte er, wie die Augäpfel unter dem Druck nachgaben und zerplatzten. Erst der linke, dann der rechte.

Arthur genoss den Moment.

Dann trat er einen Schritt zurück, der Mann sackte wie ein nasser Sack auf den Boden, schrie aus Leibeskräften, hielt sich die Hände vors Gesicht, schrie noch lauter, während zwischen seinen Fingern ein wenig Blut und helle Flüssigkeit hervorquollen. Er robbte über den Boden, bis die Kraft nachließ und nur noch ein Wimmern zu hören war. Schmoor beugte sich zu dem Erblindeten, griff in dessen Manteltasche und nahm die Münze wieder an sich.

Arthurs rechte Hand, die nicht mehr da war, schmerzte und erinnerte ihn daran, weshalb er zurückgekommen war. Rache. Zwei Jahre lang hatte er an nichts anderes denken können. Er würde niemanden verschonen, nicht die alten, nicht die neuen Feinde. Arthur betrachtete seinen Stumpf. Derjenige, der ihm das angetan hatte, ahnte noch nichts davon. Aber auch auf ihn wartete Nemesis.

Schmoor trat nah an den am Boden Liegenden heran, hob sein Bein, bevor er mit einem Tritt den Schädel seines Opfers zerquetschte.

KAPITEL 1

*Zweiundsiebzig Kronleuchter und eine Unzahl an den Wänden an-
gebrachter Lampen verbreiteten Tageshelle in dem ungeheuer großen
Saale des Gürzenich.* Gustav Zabel schätzte, dass mindestens
tausend, vielleicht sogar noch viel mehr Gäste den Saal füll-
ten, und draußen im Foyer standen mindestens genauso
viele. Alle waren bunt kostümiert, trugen venezianische
Masken vor dem Gesicht, in einer Vielfalt, die ihresgleichen
suchte, der Fantasie schienen keine Grenzen gesetzt zu sein.
Manche Masken bedeckten nur die Augen, andere das halbe
Gesicht, und manche hatten extrem lange Nasen, was besonders auffällig und lustig aussah.

*Von allen Seiten ertönten lautes Lachen und ausgelassene Freude.
Im kölnischen Volksdialekt vorgebracht, klang das Komische oft noch
komischer, auch wenn es einem Fremden zugleich unverständlich blieb.*

Gustav Zabel schob sich durch die Menge, auf der Suche
nach seiner Frau. Wenn die Leute mit ihm Blickkontakt auf-
nahmen, lächelte er sie stets an. Das Orchester auf der Bühne
bestand aus dreißig Musikern, und sie animierten beinahe jeden zur Bewegung, sei es, dass man im Takt schunkelte, oder
tanzte.

Eva war nur schwer auszumachen in dem Getümmel. Die venezianischen Masken verfremdeten die Gäste, manchen bis zur Unkenntlichkeit. Aber nicht alle. Zabel erblickte seinen Vorgesetzten, den Polizeipräsidenten Karl Philipp von Struensee, dessen Maske nur seine Augen bedeckte. Statt eines Kostüms trug er seine beste Uniform, als ob er auch beim Karneval die Staatsmacht repräsentieren wollte. Ihm schien wirklich jeder Sinn für Humor und Geselligkeit zu fehlen, und mit diesem Auftreten blamierte er hier am Rhein die Preußen eher, als dass jemand Respekt vor ihm hätte. Von Struensee bemerkte Zabel, ihre Blicke trafen sich für einen kurzen Moment, dann wandte der Polizeipräsident sich ab und verschwand im Getümmel. Eine Geste, die nicht misszuverstehen war. Es hatte sich in den letzten zwei Jahren, seit dem ersten Rosenmontagszug, nichts zwischen ihnen geändert. Von Struensee war heute Abend zwar anwesend, weil er es für nötig hielt, sich auf gesellschaftlichem Parkett zu zeigen, aber eigentlich gehörte er zu den entschiedenen Gegnern des Frohsinns. Diese Gegner hatten am heutigen Tag eine krachende Niederlage erlebt. Das Motto der Feierlichkeiten hätte passender nicht sein können:

Der Sieg der Freude.

Entsprechend hatten sich beim großen Maskenzug vier voneinander getrennte Gruppen auf den Neumarkt zubewegt, um sich dort zu vereinen.

Die erste Gruppe war der *Kölner Zug* gewesen, angeführt von einem Mitglied des Festordnenden Komitees in Verkleidung einer berühmten historischen Figur: *Jan von Werth*. Der Legende nach war Jan ein einfacher Knecht gewesen, der sich in die Dienstmagd Griet verliebt hatte. Die aber erhoffte sich eine bessere Partie und wies ihn zurück. Jan war daraufhin in den Dreißigjährigen Krieg gezogen und kehrte als General nach Köln zurück. Auf einem Markt begegnete er seiner einst großen Liebe wieder und soll gesagt haben: »*Griet, wer es getan hätte.*« Und sie antwortete: »*Jan, wer es gewusst hätte.*«

Zabel mochte diese Legende, weil er etwas Ähnliches selbst erlebt hatte. Im Alter von siebzehn Jahren hatte er als Soldat an den Befreiungskriegen gegen Napoleon teilgenommen, und bei seiner Rückkehr war die Frau, für die er so sehr geschwärmt hatte, vergeben gewesen. Im Nachhinein hatte er dem Schicksal gedankt.

Die zweite Gruppe des Umzugs war den »*Feinden*« gewidmet und bestand symbolisch aus denjenigen, die der hemmungslosen Freude im Weg standen. Der Polizeipräsident Karl Philipp von Struensee hätte sich ihnen anschließen können, dachte Zabel.

Dem *Kölner Zug* waren die *Befreundeten aus Venedig* zu Hilfe gekommen, und schließlich hatte auch der vierte Zug den Neumarkt erreicht. Er bestand aus den *Vermittelnden*, die am Ende alle zusammen vereinten. Lediglich die Figur des *Held Carneval* fehlte dieses Mal, denn man wollte eine Wiederholung des Geleisteten vermeiden. Die offizielle Erklärung des Festordnenden Komitees lautete, dass *Held Carneval* sich in Venedig aufhielte, da er beim Umzug im Jahr zuvor die Prinzessin Venetia an seiner Seite gehabt hatte, damals verkörpert durch einen Mann, den Festordner Salomon Oppenheim. Dieses Jahr, so hatte das Festordnende Komitee beschlossen, stattete *Held Carneval* einen Gegenbesuch ab, weshalb er nicht anwesend sein könne. Natürlich waren solche Verlautbarungen nur Teil des Mummenschanzes. Um das zu verstehen, musste man wohl am Rhein geboren sein, Zabel war noch weit davon entfernt.

Da entdeckte er seine Frau. Eva hatte den Saal verlassen und stand im Foyer direkt unter einem der vielen Kronleuchter, der ihr gelbes Kleid leuchten ließ. Sie war mit einer Frau in ein Gespräch vertieft, beide trugen Masken, die nur die Augen bedeckten. Die Frau war ganz in Schwarz gekleidet, ein Kostüm, das an eine Hexe erinnerte. Sie redete sehr laut, um die Musik zu übertönen, und Zabel trat an die beiden heran.

»Mein Sohn reißt im Moment an meinem Nervenkostüm. Haben Sie Kinder?«

Eva ging über die Frage hinweg und wandte sich Gustav zu. »Darf ich vorstellen, mein Ehemann. Gustav Zabel, er ist Kommissar.«

»Oh«, sagte die Frau voller Erstaunen. »Ein Kommissar, sehr interessant. Ich bin Schriftstellerin.«

»Johanna Schopenhauer«, stellte Eva sie vor.

Zabel gab ihr galant einen Handkuss.

»Und wieso zerrt Ihr Sohn an Ihren Nerven? Ich hoffe, er stellt nichts Schlimmes an.«

»Kommt darauf an, was man als schlimm bezeichnet. Arthur ist Ende dreißig und immer noch sehr anstrengend. Seit vier Jahren lebt er in Berlin und zieht bereits zum dritten Mal um.«

»Was macht er beruflich?«

»Er schreibt auch, allerdings philosophische Texte, die kaum einer lesen mag. Deshalb hat er sich auch mit seinem

Verleger überworfen, was dem Erfolg seiner Bücher nicht gerade dienlich ist.« Ihr Blick schweifte zum Saal. »Vielleicht hätte ich ihn mit hierherbringen sollen. Eine so ausgelassene Stimmung würde ihm mal ganz guttun, und er käme vielleicht auf andere Gedanken.«

»Ja«, schaltete sich Eva ein und schaute stolz zu ihrem Mann auf. »Der rheinische Frohsinn kann wahre Wunder bewirken, wie man an meinem Gustav sieht. Er stammt aus Berlin, ein waschechter Preuße, und er konnte dem allen hier zunächst auch nichts abgewinnen, aber jetzt: Sehen Sie ihn an.«

Zabel trug die rot-weiße Uniform der ehemaligen Kölner Stadtsoldaten, die im Volksmund *Rote Funken* genannt wurden. Johanna Schopenhauer musterte ihn von den Stiefeln bis hinauf bis zum Dreispitz. »Die Kleidung steht Ihnen ausgezeichnet. Dürfen Sie so etwas als preußischer Beamter überhaupt tragen?«

»Nur heute, da es keine Uniform ist, sondern ein Kostüm. Dann kommt es wieder in den Schrank. Bis nächstes Jahr.«

»Mir ist zu Ohren gekommen, dass solche Uniformen im Karneval eine Verballhornung des preußischen Militärs bedeuten. Wie kommt es, dass die Preußen sich so etwas gefallen lassen?«

»Nicht jeder ist begeistert darüber. Aber wir haben auch prominente Fürsprecher.«

»Ich hörte davon. Sogar der liebe Goethe hat erst kürzlich ein paar Zeilen über den Karneval verfasst.«

Eva nickte eifrig. »Leider konnten wir den Dichterfürsten noch nicht dazu bewegen, mit uns zu feiern.«

»Ist das Ihr erster Maskenzug, den Sie miterleben?«, fragte Zabel.

»Ja. Und so Gott will, nicht mein letzter. Ich bin gespannt auf morgen. Auch dann soll es in allen Straßen von Masken nur so wimmeln.«

Eva nickte zustimmend. »Der Karneval endet erst am Aschermittwoch. Sie sollten morgen Abend zum Dom kommen. Da wird der Nubbel verbrannt.«

»Der was?«

»Eine Strohpuppe«, fuhr Eva fort. »Der Nubbel steht sinnbildlich für alle Verfehlungen der Feiernden und muss für unsere Sünden bezahlen. *Mit förmlichem Leichengeleite trägt man die Puppe auf einer Bahre durch die Stadt und verbrennt dieselbe auf einem Platze.*«

»Das klingt ja mittelalterlich«, sagte Schopenhauer. »Und ein wenig gruselig. Wo findet dieses Spektakel denn statt?«

»An einigen Orten. Wir werden auf dem Platz vor dem Dom sein und danach noch den Tag bei Heinrich von Wittgenstein ausklingen lassen«, antwortete Zabel.

»Von Wittgenstein? Der Präsident des Festordnenden Komitees?«

»Und unser Trauzeuge«, fügte Eva hinzu.

»Sie sind hiermit herzlich eingeladen zu kommen«, sagte Zabel. »Er wohnt in der Trankgasse Nummer sechs, an der Nordseite des Doms.«

Johanna lächelte. »Dann werde ich da sein.«

In dem Moment trat ein Mann in einem venezianischen Kostüm an sie heran. Es hatte nicht den Anschein, dass Johanna Schopenhauer ihn kannte. Wie viele andere Gäste war er in Schwarz gekleidet, trug eine weiße Perücke und einen Dreispitz mit bunten Federn. Seine Maske hatte eine extrem lange Nase, mit der er Leute auf Abstand halten konnte. Er verneigte sich vor Frau Schopenhauer. »Dürfte ich die Dame um den nächsten Tanz bitten?«

Sie hob den Arm und reichte ihm die Hand, die er dankend annahm.

Johanna verabschiedete sich mit einem Lächeln. »Wir sehen uns morgen. Ich wünsche Ihnen noch viel Vergnügen.«

Sie reichte ihr Glas einem Diener, der ebenfalls eine Maske trug, und verschwand mit ihrem Tanzpartner in den Saal.

Zabel schaute ihnen hinterher. »Ich frage mich, wie er mit so einer Nase tanzen will?«

»Wenn er sie über ihre Schulter hält. Intimere Begegnungen dürften allerdings schwierig werden.«

Da trat der Diener mit dem Tablett an sie heran, und sie stellten ihre Champagnergläser ab. Zabel wollte gerade zu einem gefüllten greifen, da hielt Eva ihn zurück.

»Lass uns auch in den Saal gehen.«

Sie nahm seine Hand und entführte ihn.

Auf dem Weg in Richtung der Tanzfläche kam es vor ihnen plötzlich zu einem Tumult. Mehrere Männer, die im Kreis standen, lachten laut, und dann löste sich einer aus der Menge, es war Karl Philipp von Struensee. Wutentbrannt ging er davon. Zabel meinte, auf der Uniform des Polizeipräsidenten ein paar Rotweinflecken gesehen zu haben. Die Leute, mit denen Struensee aneinandergeraten war, amüsierten sich prächtig. Eva und Zabel kamen näher, und Gustav sah ein leeres Weinglas in der Hand des befreundeten Apothekers Albertus Neureck, der auch zum Festordnenden Komitee zählte.

Er wandte sich Zabel zu. »Es war nur ein Versehen. Dein Vorgesetzter hat mich angerempelt.«

Wieder fingen einige an zu lachen, und Zabel wusste, dass es anders abgelaufen sein musste.

»Heute siegt die Freude«, sagte Neureck laut und hob das leere Rotweinglas. »Überall die Miesepeter, die dem Frohsinn im Wege stehen.«

Eva zog Zabel am Arm. »Komm, lass uns tanzen.«

Da entdeckte er jemanden in der Menge und zögerte. »Würde es dir etwas ausmachen, wenn ich eben den Prinzen Friedrich von Preußen begrüße?«

»Vielleicht suche ich mir lieber einen anderen«, sagte sie schnippisch.

Zabel wendete sich der Gruppe Männer zu. »Meine Frau möchte tanzen, und ich bin …«

Bevor er weiterreden konnte, hatte Albertus Neureck das leere Rotweinglas einem anderen gereicht und fasste galant Evas Hand. »Darf ich bitten.«

Sie lächelte, und der Apotheker geleitete sie auf die Tanzfläche.

Zabel ging auf Prinz Friedrich von Preußen zu. Als Verkleidung trug er die Abendgarderobe aus Zeiten von Louis Seize vor der Französischen Revolution: knielange dunkle Hose, weiße Strümpfe, Rüschenhemd und Gehrock und eine weiße Perücke auf dem Kopf. Dazu hatte er eine schwarze Maske auf, die nur seine Augen verdeckte.

Als Zabel vor Seiner Königlichen Hoheit stand, musterte der Prinz ihn von den Stiefeln bis zu dem Dreispitz mit Federbusch.

Zabel verneigte sich kurz. »Eure Königliche Hoheit.«

Er nickte, und seine Stimme klang mahnend. »Ich meine, mal ein Versprechen von Ihnen gehört zu haben, dass Sie so eine Uniform nie tragen wollten.«

»Es handelt sich nur um ein Kostüm.«

»Ein Kostüm, das hoffentlich nicht allzu sehr auf den Menschen abfärbt«, erwiderte Friedrich von Preußen und schmunzelte. Sein Oberlippenbart ragte bis weit über die Wangen hinaus, wie es vor allem in adeligen Kreisen Mode war.

»Schön, Sie zu sehen«, sagte der Prinz. »Wo ist Ihre Frau?«

»Sie hat sich für einen besseren Tänzer als mich entschieden.«

Friedrich grinste. »Meine ebenso.«

In Momenten wie diesem konnte der Prinz seine Herkunft vergessen und war ganz Mensch. Das spürte Zabel, sie kannten sich schon lange, über acht Jahre. Erstmalig begegnet waren sie sich bei einer Ordensverleihung. Zabel hatte für seine Arbeit als Kommissar den Roten Adler bekommen, weil er zusammen mit Kollegen einen feigen Mordanschlag auf König Friedrich Wilhelm den Dritten hatte vereiteln können. Bei dieser Gelegenheit hatte er den Prinzen kennengelernt, der mittlerweile in Düsseldorf weilte und die vierzehnte Infanteriedivision kommandierte.

Friedrich deutete zu der Gruppe Männer. »Was war da eben los?«

»Einer von ihnen ist mit dem Polizeipräsidenten zusammengestoßen und hat dabei sein Glas Rotwein verschüttet. Auf die Uniform.«

»Mit Absicht?«

»Das wird noch zu klären sein. Aber ich kann Ihnen versichern, falls es absichtlich geschehen ist, wird dies Konsequenzen haben.«

»Welcher Art?«

»Der Mann, dem dieses Missgeschick passiert ist, gehört zum Festordnenden Komitee. Sogar zum Kleinen Rat. Der Präsident Heinrich von Wittgenstein wird es nicht auf sich beruhen lassen, wenn es mit Absicht geschehen ist.«

»Das gehört sich auch so.« Er sah Zabel in die Augen. »Sie kennen meine Meinung zu Ihrem Vorgesetzten. Aber das Motto *Sieg der Freude* schließt mit ein, dass alle ihre Freude haben sollen. Auch ein Karl Philipp von Struensee.«

»Genau so sehe ich es auch.«

Da trat ein Diener mit einem Tablett an sie heran. Sie nahmen jeder ein gefülltes Champagnerglas und stießen an.

»Auf einen sehr gelungenen Abend«, sagte Prinz Friedrich und grinste. »Zumindest für die meisten von uns.«

Jetzt mussten sie beide lachen.

KAPITEL 2

Das Feuer prasselte. Die Funken stiegen hinauf und wurden vom Winde verweht, tummelten sich mit den Sternen am Himmel, bevor sie endgültig in der Dunkelheit verglühten. Die Flammen hatten von der Strohpuppe nur noch ein Häufchen Asche übrig gelassen, weshalb die Wärme des Feuers spürbar nachließ. Eva und Zabel waren nicht mehr kostümiert, trugen nur noch ihre venezianischen Masken, die sie jetzt abnahmen. Der Fastelovend war vorbei. Am elften November, vierzig Tage vor der Heiligen Nacht, würde erneut gefeiert werden, aber nur einen Tag lang. Erst im neuen Jahr ginge es dann weiter.

Fast alle Umstehenden lösten ihre Masken von den Gesichtern, und die Leute waren wieder zu erkennen. Zabel machte in der Menge einen Freund aus: Everhard von Groote. Sie gingen aufeinander zu, kannten sich durch das Festordnende Komitee.

Von Groote schien ohne Begleitung zu sein. »Freut mich, euch zu treffen.« Er begrüßte erst Eva standesgemäß mit einem Handkuss, dann tauschten die Männer einen festen Händedruck aus.

»Ist deine Frau zu Hause geblieben?«, fragte Zabel.

»Nein, sie konnte sich aber nicht für das Feuer erwärmen und ist der Meinung, man müsse nicht jeden Unsinn mitmachen. Sie wartet bei von Wittgenstein. Ihr kommt doch auch dahin?«

»Natürlich«, sagte Eva sofort. »Hat Franziska euren Sohn dabei?«

Von Groote nickte stolz. Zabel und Eva hatten den Eltern bereits zu ihrem vierten Kind und dritten Sohn gratuliert, der wenige Tage vor dem Maskenzug das Licht der Welt erblickt hatte.

Die drei entfernten sich vom prasselnden Feuer und gingen um den Dom herum zur Nordseite der Kathedrale, während Everhard erzählte. Die Geburt war sehr schnell verlaufen, seine Frau Franziska hatte nicht lange in den Wehen gelegen.

Heinrich von Wittgenstein wohnte direkt gegenüber der Kathedrale. An der Haustür stand ein Mann im Frack und mit Zylinder auf dem Kopf, der sie begrüßte und einließ. Die Wohnung lag im ersten Stock, in der Beletage, und man konnte vom Wohnzimmer aus auf den Dom schauen. Zabel fand, dass die Bauruine im Licht des Vollmondes etwas Dämonisches hatte, und der Schein des Feuers war noch hinter dem Turm in den Wolken zu sehen.

Rund fünfzig Gäste hatten sich im Haus von Wittgenstein eingefunden. Zabel kannte die meisten vom Sehen und auch viele mit Namen. Mit denen aus dem Festordnenden Komitee war er sogar per Du. Zabels Blick wanderte umher auf der Suche nach dem Apotheker Albertus Neureck, der sich normalerweise keine Feier entgehen ließ. Er war nirgendwo zu sehen. Zabel machte sich einen eigenen Reim darauf. Womöglich war das verschüttete Rotweinglas beim Maskenball kein Fauxpas gewesen, sondern Ausdruck der Missbilligung gegenüber dem Polizeipräsidenten. Heinrich von Wittgenstein duldete keine Leute mit schlechten Manieren um sich, und Zabel vermutete, dass Albertus Neureck wegen des verschütteten Rotweinglases jetzt nicht mehr zum engsten Freundeskreis des Gastgebers gehörte.

Franziska von Kempis kam auf sie zu. Man sah ihr nicht an, dass sie erst vor ein paar Tagen ein Kind zur Welt gebracht hatte. Franziska war eine zierliche Person, die blonden Haare hatte sie hochgesteckt, und ihre blauen Augen leuchteten, wenn sie einen ansah. Sie begrüßte alle, aber Eva ganz besonders herzlich. Es war ihr erstes Aufeinandertreffen seit der Niederkunft, und die Frauen tuschelten sofort und verschwanden ins Nebenzimmer, um sich den kleinen *Cornelius Joseph Hubertus von Groote* anzusehen, über den ein Kindermädchen wachte.

Gustav und Everhard blieben zurück, bekamen von einem Bediensteten jeder ein Glas Champagner gereicht. Die beiden hatten sich in den letzten zwei Jahren besser kennengelernt, und sie verband eine Gemeinsamkeit. Everhard von Groote war als Freiwilliger bei den Befreiungskriegen dabei gewesen und hatte, genau wie Zabel, unter Generalfeldmarschall Gebhard Leberecht von Blücher gedient. Nach der siegreichen Schlacht bei Waterloo, die von Groote verpasst hatte, schickte der Generalfeldmarschall ihn nach Paris, um gestohlene Kunstgüter zurückzuholen. Von Groote war bei dieser

Mission sehr erfolgreich gewesen, und die Stadt Köln verdankte ihm, dass das berühmte Gemälde von Peter Paul Rubens *Die Kreuzigung Petri* heute wieder an seinem angestammten Platz in der Kirche Sankt Peter hing.

Zabel bemerkte, dass Heinrich von Wittgenstein mit Johanna Schopenhauer diskutierte, und augenscheinlich war sie von dem Gastgeber mehr als begeistert. Von Wittgenstein war zwar Junggeselle, aber Zabel kannte den Geschmack seines Freundes. Johanna Schopenhauer entsprach dem eher nicht.

Von Wittgenstein beendete das Gespräch mit ihr, um sich an alle Gäste zu wenden, er schlug mit einem Silberlöffel an sein halb gefülltes Weinglas. Die Gespräche verstummten allmählich, bis es ganz still wurde.

»Liebe Gäste. Ich freue mich, dass ihr alle hier seid und mit mir den Fastelovend ausklingen lasst.« Er machte eine rhetorische Pause. »Zuallererst möchte ich an all die erinnern, die leider nicht mehr unter uns weilen. Mein Lehrer und Mentor *Ferdinand Franz Wallraf*, Erzbürger der Stadt Köln, ist letztes Jahr im Alter von fünfundsiebzig Jahren von uns gegangen. Er hat ein erfülltes Leben gehabt. Mein guter Freund *Christian Samuel Schier* dagegen ist viel zu jung gestorben, er wurde nur dreiunddreißig Jahre alt. Kurz vor Weihnachten haben wir unseren Freund auf Melaten beigesetzt. Nah an dem Grab meiner Familie, wir werden uns also irgendwann wiedersehen, daran glaube ich fest.«

Von Wittgenstein erhob sein Glas. Alle anderen machten es ihm nach. »*Alle Jläser huh. Kumm, mer drinke uch met denne, die im Himmel sin.«* Von Wittgenstein schaute nach oben zur Zimmerdecke.

Die Gäste nahmen alle einen großen Schluck.

»Nun zu dem Maskenzug. Mir hat das alles wieder große Freude bereitet, auch der anschließende Ball im Gürzenich. Wie wichtig diese Veranstaltung ist, wissen viele gar nicht. Durch diesen Ball können wir das ganze Spektakel bezahlen, und es bleibt noch viel für die Notleidenden der Stadt übrig.«

Tosender Applaus setzte ein und Bravorufe. Von Wittgenstein genoss die Begeisterung, hob die Hände, damit er wieder zu Wort kam.

»Es gab kein einziges freies Zimmer mehr in der Stadt. Die Herbergen waren überfüllt, und die Wirte haben Wohnungen anmieten müssen, um alle Gäste unterzubringen. Vierzigtausend, schätzen wir, haben am Wegesrand gestanden, von den Fenstern und sogar den Dächern haben sie zugeschaut. Und kein Geringerer als Johann Wolfgang von Goethe hat uns mit einem Gedicht beschenkt, das dem diesjährigen Motto nicht besser entsprechen könnte.« Wittgenstein holte tief Luft und rezitierte:

> *»Dass am Rhein, dem vielbeschwommenen,*
> *Mummenschaar sich zum Gefecht*
> *Rüstet, gegen angekommenen*
> *Feind zu sichern altes Recht.«*

Die Gäste applaudierten, aber von Wittgenstein war noch nicht fertig, hob wieder die Hand. »Es geht noch weiter, denn Goethe hat uns in seinem Gedicht auch alle ermahnt:

Löblich wird ein tolles Streben,
wenn es kurz ist und mit Sinn.«

Wieder stimmten die Gäste mit Applaus zu, aber das Klatschen war diesmal etwas verhaltener, als würde den meisten erst jetzt bewusst werden, dass mit dem Feuer und dem letzten Umtrunk der Karneval ein Ende nahm.

Von Wittgenstein fuhr mit seiner Rede fort. »Wir haben dem Fastelovend nicht nur ein neues Gewand geschenkt, nein, wir alle miteinander haben dem Fest auch einen neuen Sinn verliehen. Das spüren die Menschen. Sie kamen von überall her. Und nicht nur das. Andere Städte ziehen nach.« Er machte wieder eine rhetorische Pause, länger als beim letzten Mal, bevor er seufzte: »Düsseldorf.«

Ein Raunen ging durch die Menge, und von Wittgenstein konnte sich ein Grinsen nicht verkneifen. »Ja, es ist passiert. Montag, der vierzehnte Februar 1825, ist zu einem historischen Tag geworden, denn da haben auch unsere Nachbarn in Düsseldorf den Karneval für sich entdeckt. Aber wir müssen uns keine Sorgen machen wegen der Konkurrenz, denn obwohl in Düsseldorf der erste Maskenzug stattfand, hat es Prinz Friedrich von Preußen vorgezogen, zu uns nach Köln zu kommen, um im Gürzenich zu feiern.«

Die Gäste applaudierten, lauter als je zuvor.

Von Wittgenstein schrie gegen das Klatschen und Grölen an. »Mancher aus dem Hochadel ist zu einem Anhänger des Karnevals geworden, und ich darf Ihnen verkünden, dass Prinz Friedrich von Preußen zusammen mit seiner Prinzessin auch im nächsten Jahr eingeladen ist und die beiden bereits zugesagt haben. Der Weg von Düsseldorf nach Köln ist sehr, sehr weit, wie wir alle wissen, aber er möchte die Reise trotzdem auf sich nehmen.«

Die Gäste lachten und jubelten. Zabel hatte sich mal erklären lassen, dass die Rivalität zwischen den beiden Städten am Rhein eine lange Tradition hatte und die Wurzeln bis zur Schlacht von Worringen im Jahre 1288 zurückreichten. Der Sieg damals war quasi ein Auslöser, dass Düsseldorf sich entwickeln und zu einer Konkurrenz für Köln werden konnte. Die viel beschworene »Feindschaft« wurde im Laufe der Zeit aber eher folkloristisch zelebriert.

Von Wittgenstein erkämpfte sich erneut das Wort gegen die Lautstärke. »Am Aschermittwoch, meine lieben Gäste, ist nicht alles vorbei.« Es wurde etwas ruhiger, die meisten wollten doch hören, was der Gastgeber zu sagen hatte. »Nur die Permanenz hört auf. Ab heute werden die Früchte geerntet, das Geld gezählt, und es geht eine große Spende an die Armenverwaltung. Wir blicken vorausschauend ins nächste Jahr. Lassen wir den Fastelovend heute Abend friedvoll ausklingen, aber nächste Woche erwarte ich die Herren des Kleinen Rates bei unserer nächsten Sitzung des Festordnenden Komitees. Zur gewohnten Zeit, am gewohnten Ort. Es gibt viel zu besprechen. Nun aber wünsche ich allen einen schönen Ausklang.«

Die Gäste applaudierten, trotz einer gewissen Wehmut, die zu spüren war. Zabel hingegen hatte genug vom Feiern und freute sich, dass morgen das normale Leben wieder begann.

Johanna Schopenhauer kam auf Gustav zu, von Groote

hatte sich zwischenzeitlich zu seiner Frau Franziska nach nebenan begeben.

»Es freut mich, Sie wiederzutreffen«, begrüßte Frau Schopenhauer ihn. Sie roch nach Qualm, offensichtlich hatte sie zu nahe am Feuer gestanden.

»Ich hoffe, der Karneval hat Ihnen viel Freude bereitet.«

»Ja. Ich habe großen Gefallen am Brauchtum gefunden. Es führt die Menschen zusammen und lässt uns alle für einen Moment die Realität vergessen. So etwas habe ich bisher nur hier am Rhein erlebt.«

»Bleiben Sie noch länger?«

Johanna seufzte. »Nein. Ich fahre morgen nach Berlin und werde meinem Sohn einen Besuch abstatten.«

»Der Philosoph?«

Sie nickte. »Auch er lebt in einer anderen Realität. Mit dem Unterschied, dass diese nicht am Aschermittwoch endet.« Und mit einem weiteren Seufzer fügte sie hinzu. »Ich hoffe nur, dass aus dem Jungen irgendwann mal etwas werden wird.«

Die beiden hoben ihre Gläser und stießen an.

Der Abend nahm seinen gewohnten Lauf. Es wurde immer lauter, je mehr die Gäste getrunken hatten. Eva fand Gefallen daran, sie war sogar eine der Lautesten. Zabel zog es vor, in den Eingangsbereich zu gehen, wo Gleichgesinnte waren, die eine gepflegte Konversation bevorzugten, ohne sich anschreien zu müssen.

Everhard von Groote musste leider gehen. Seine Frau trug den Jungen auf dem Arm, machte aber nicht den Eindruck, dass sie schon wegwollte. In einem Nebensatz glaubte

Zabel herauszuhören, dass Everhard die treibende Kraft für den Aufbruch war. Sie verabschiedeten sich von den Umstehenden, und von Groote nutzte die Gelegenheit, Gustav noch jemandem vorzustellen.

»Ihr kennt euch vielleicht«, sagte Everhard. »Franz Rothamel. Er ist ein neues Mitglied im Kleinen Rat.«

Gustav reichte ihm die Hand. »Gustav Zabel. Herzlich willkommen.«

»Danke.« Rothamel erwiderte den Händedruck. Er war eine stämmige Person mit einem deutlichen Bauchansatz, seine dunklen Koteletten betonten die breite Gesichtsform.

»Was hat Sie zu uns geführt?«, fragte Zabel.

Rothamel hatte eine angenehm sonore Stimme. »Ich war zuerst im Großen Rat. Aber von Wittgenstein meinte, dass ich zu wichtig sei, um dort zu versauern.« Er unterstrich seine Worte mit einem Grinsen.

Everhard klopfte ihm zum Abschied auf die breiten Schultern. »An Selbstbewusstsein fehlt es unserem Freund zumindest nicht.«

Everhard gab Zabel die Hand, dann setzte er sich seinen Hut auf und verließ mit seiner Frau, dem Neugeborenen und seinem Kindermädchen die Feier.

Zabel wandte sich Rothamel zu. »Was machen Sie beruflich?«

»Ich bin Kaufmann. Handele mit allem, was es wert ist, gehandelt zu werden.« Er strich sich beiläufig mit der Hand durch das zurückgekämmte dunkle Haar. »Aber sagen Sie, sind nicht alle Mitglieder des Kleinen Rates per Du miteinander?«

Zabel nickte, gab ihm noch mal die Hand. »Gustav.«

»Franz. Du bist der Kommissar aus Berlin, richtig?«

Zabel nickte.

»Sind deine Dienstherren damit einverstanden, wenn du in einer anderen Uniform als der preußischen herumläufst?«

»Solange ich das nur an Karneval mache.«

»Hörst du gern Musik?«

Der Themenwechsel kam Zabel etwas zu plötzlich, und er musste kurz überlegen. »Wenn sie nicht zu laut ist, ja. Warum fragst du?«

»Nur so.« Er schmunzelte, als wollte er mit der Frage etwas bezwecken, aber nicht den Grund verraten. »Du kanntest Christian Samuel Schier?«

»Ja. Er hat das erste Karnevalslied gedichtet. Es erscheint mir immer noch unwirklich, dass er nicht mehr unter uns weilt. Wir waren Freunde.« Zabel zögerte. »Und Kameraden.«

»Habt ihr zusammen gegen die Franzosen gekämpft?«

»Nicht in derselben Einheit, aber in derselben Schlacht. Kennengelernt haben wir uns aber erst hier in Köln.«

»Ach, hier bist du«, ertönte Evas Stimme neben Zabel, sie wirkte schon etwas beschwipst.

»Darf ich vorstellen, meine Frau Eva. Franz Rothamel. Neues Mitglied des Festordnenden Komitees.«

»Freut mich sehr, Sie kennenzulernen.« Eva reichte ihm ihre Hand, und er verneigte sich, um ihr galant einen Kuss auf den Handrücken zu geben.

»Mich freut es auch.«

»Leider muss ich meinen Mann kurz entführen.« Sie schaute zu Zabel. »Ich möchte dir jemanden vorstellen.«

Gustav schaute zu Rothamel. »Wir sehen uns später.«

»Spätestens morgen beim Fischessen.«

Zabel hatte fast vergessen, dass der Karneval an Aschermittwoch doch noch nicht ganz vorbei war. Den Kölnern fiel immer wieder ein Grund zum Feiern ein, vor allem den Mitgliedern des Festordnenden Komitees.

Eva nahm Gustav am Arm und führte ihn zurück ins Wohnzimmer, während sie ihm laut ins Ohr sprach. »Ich habe jemanden kennengelernt, der mit Grundstücken handelt. Von ihm könnten wir vielleicht eine Parzelle kaufen, einen Garten, den wir uns schon immer gewünscht haben.«

Zabel nickte. Der Wunsch nach einem Garten innerhalb der Stadtmauern schwelte schon lange in Eva. Ihm dagegen war das nicht so wichtig, aber er heuchelte ihr zuliebe Interesse.

KAPITEL 3

Friedhelm Krohn schlich durch die dunklen, menschenleeren Gassen. Schon in der Früh war er aufgestanden, um sein kleines Zimmer, das eher einer Abstellkammer glich, zu verlassen. Er streifte durch die winterliche Kälte auf der Suche nach etwas, das andere vielleicht in der letzten Nacht verloren hatten. Betrunkene gaben meist nicht acht auf ihre Habseligkeiten, und am letzten Tag des Karnevals gab es viele, die nicht mehr bei Sinnen waren. Krohn hatte an dem Spaß nicht teilhaben können, dafür fehlten ihm die nötigen Thaler. Er war auf Almosen angewiesen, musste sehen, wie er durchkam. Wenigstens konnte er sich zu den Glücklichen schätzen, die ein Dach über dem Kopf hatten. Krohn wusste, dass er und viele andere vom Karneval profitieren würden, da die Einnahmen auch der Armenverwaltung zugutekamen, trotzdem überkam ihn oft die blanke Wut, wenn er die Wohlhabenden sah, wie sie sich verlustierten und ausgelassen feierten. Sollten sie ihr Hab und Gut auf dem Nachhauseweg ruhig verlieren, er würde da sein und es finden und bestimmt nicht zurückgeben. Letztes Jahr hatte er fette Beute gemacht, eine Brieftasche, prall gefüllt. In der Börse hatte sich auch ein Zettel mit dem Namen und der Adresse des Besitzers befunden. Krohn hätte sich einen Finderlohn einstreichen können, hatte es aber vorgezogen, sie zu leeren und dann wegzuwerfen. Sollte er bei seinem Streifzug einem Polizisten begegnen, der wissen wollte, was er in seinem Beutel bei sich trug, würde Krohn natürlich behaupten, auf dem Weg zum Präsidium zu sein, um die Fundsachen abzugeben. Das Aufheben von Gegenständen war nicht verboten. Noch nicht. Wer konnte schon wissen, was sich die Preußen noch alles einfallen ließen, um die Kölner Bürger zu drangsalieren.

An diesem Morgen hatte Friedhelm noch nicht viel Glück gehabt. Eine goldschimmernde Haarklammer, die aber nicht aus Gold war. Eine kleine Tasche aus Leder, die anscheinend zu einem Kostüm gehört hatte, doch außer einer Dose mit weißem Puder enthielt sie nichts.

Vor allem Pferdemist und anderer Unrat säumten das Kopfsteinpflaster. Er näherte sich der Kirche Sankt Gregorius im Elend, im Volksmund wurde sie nur *Elendskirche* genannt. Sie befand sich auf einer kleinen Anhöhe, und die aufgehende Sonne im Osten ließ die Kirchturmspitze in rötlichen Farben am Morgenhimmel erleuchten. Friedhelm blieb stehen, um den Anblick zu genießen, aber im selben Moment kam auch das schlechte Gewissen in ihm auf. Der leuchtende Kirchturm in der Morgensonne hatte etwas Ermahnendes, als wolle Gott ihm ein Zeichen senden, dass er davon ablassen solle, die Habseligkeiten anderer zu suchen, um sie zu behalten. Friedhelm riss sich los von dem Bild, ging weiter, denn er hatte genug von ihm, dem Gott, der sich auch nicht um ihn kümmerte. Kein bisschen. Ohne eigenes Verschulden war er in Not geraten, wer half ihm? Niemand. Nein, er würde die Gelegenheit nicht verstreichen lassen, und vielleicht würde er doch noch etwas finden.

Der Kirchplatz von Sankt Gregorius lag hinter einer Steinmauer und diente früher als Begräbnisstätte für die Ehrlosen, Selbstmörder und Hingerichteten. Das wusste Friedhelm. Aber dass auf diesem Kirchhof zum Ende des Karnevals auch eine Nubbelverbrennung stattgefunden hatte, erschien ihm ungewöhnlich. Durch das schmiedeeiserne Tor, das den Zugang zum Kirchhof versperrte, sah er die Überreste des Feuers. Mit der aufgehenden Sonne wurde es von Minute zu Minute heller, und Friedhelm konnte erkennen, dass die Asche keinen gewöhnlichen Haufen bildete. Die Überreste der Strohpuppe sahen aus, als ob … ja, als ob es sich gar nicht um eine Puppe handelte. Friedhelm traute seinen Augen nicht, eine Art Gerippe war zu erkennen. Ein Skelett. Er rüttelte an dem schmiedeeisernen Tor, und es ließ sich öffnen.

Die Sonne war aufgegangen und beschien den Kirchturm von Sankt Gregorius. Gustav Zabel zog fest an den Zügeln, und der Pferdewagen blieb abrupt stehen. Fritz Bartmann stöhnte auf, fasste mit seinen Händen an den Kopf, der wehtat. Betrunken im Dienst zu erscheinen wurde nicht geduldet und zog normalerweise einen Verweis nach sich. Lediglich an einem Tag im Jahr konnte Zabel auch mal darüber hinwegsehen, am Aschermittwoch. Wenn Bartmann sich krankgemeldet hätte, wäre dies schlimmer gewesen.

»Wer trinken kann, kann auch arbeiten«, ermahnte er den

Kollegen ohne einen Anflug von Mitleid und stieg vom Kutschbock herab. Bartmann folgte ihm wortlos, aber im gemächlichen Tempo, darauf bedacht, sein Gleichgewicht zu finden.

Vor dem schmiedeeisernen Tor, durch das man auf den Kirchplatz gelangte, hatte sich bereits eine Menschentraube gebildet. Zabel schritt auf zwei Uniformierte zu, und es kümmerte ihn nicht, dass Bartmann hinterherblieb.

Zwei Sergeanten in dunkelblauer Uniform und mit Dreispitz auf dem Kopf hatten einen Mann in heruntergekommener Kleidung zwischen sich. Er sah wie ein Lumpensammler aus. Den Schlapphut, den er für gewöhnlich auf dem Kopf trug, hatten die Sergeanten ihm abgenommen. Zabel blieb stehen, sah ihn an.

Der ältere der beiden Sergeanten sprach laut. »Wir haben ihn hier erwischt, wie er über den Toten gebeugt war. Sein Name ist Friedhelm Krohn, dreiundvierzig Jahre alt.«

»Ich habe das nicht getan«, sagte der Mann mit zittriger Stimme.

»Später«, erwiderte Zabel und ging weiter zu dem verkohlten Etwas auf dem Kirchplatz. Rußgeschwärzte Schädelknochen waren zu erkennen, und ein paar Zähne glänzten weiß aus der Asche. Der Rest war völlig verkohlt, die Rippen des Brustkorbs, die Wirbelsäule sowie die Arm- und Beinknochen. Zabel fiel sofort auf, dass an der Leiche etwas nicht stimmte. Er kam noch einen Schritt näher und begab sich in die Hocke. Elle und Speiche des rechten Unterarms waren zu kurz, verglichen mit dem linken Arm. Zabel strich mit der Hand durch die Asche, die bereits kalt war. Er fand nicht, wonach er suchte, keine Handknochen, keine Finger. Die von der linken Hand waren deutlich zu erkennen.

»Wieso machen Sie sich die Finger schmutzig?«, fragte Bartmann, seine Alkoholfahne wehte herüber.

Zabel kam wieder auf die Beine. »Sehen Sie mal genau hin. Der Tote hatte keine rechte Hand mehr.«

Bartmann schaute den Kollegen verdutzt an. Trotz der Kopfschmerzen schien er im Bilde zu sein. »Es gibt viele, die ihre Hand verloren haben. Im Krieg zum Beispiel.«

Zabel nickte. »Schauen Sie sich mal den Brustkorb und den Schädel an. Was meinen Sie, wie groß dieser Mann war?«

Bartmann zögerte mit der Antwort. »Groß. Sehr groß.«

»Ein Koloss, würde ich sagen.«

Bartmann verstand. »Sie glauben, es handelt sich um Arthur Schmoor? Es war ihm doch verboten, nach Köln zurückzukommen?«

»Kriminelle halten sich bekanntlich nicht an Gesetze.«

Zabel kam wieder auf die Beine und ging zu den zwei Sergeanten, die auf den Verdächtigen aufpassten.

»Was haben Sie hier gemacht?«

Der Lumpensammler war bereits von den Sergeanten eingeschüchtert worden. Er stammelte. »Ich … ich bin … nur spazieren gegangen.«

»Spazieren? So früh am Morgen. Wo wohnen Sie?«

»Rosengasse.«

»Leben Sie dort allein?«

Krohn nickte. »Ich habe nur ein kleines Zimmer.«

Zabel beurteilte ihn nach seiner Kleidung. »Weil Sie sich nicht mehr leisten können. Was arbeiten Sie?«

»Mal dies, mal das. Was sich so ergibt.«

Einer der Sergeanten hob einen Beutel hoch. »Den hatte er bei sich.«

Bartmann war seinem Kollegen gefolgt, nahm den Beutel und schaute hinein, holte ein Ledertäschchen heraus, reichte es Zabel, der hineinsah. In dem Täschchen befand sich nur eine weiße Dose. Zabel öffnete sie vorsichtig, und weißes Pulver wurde von einem schwachen Windzug verweht. Es schien Puder zu sein, zum Schminken. Zabel gab die Dose dem Sergeanten. Bartmann fand noch eine Haarklammer in dem Beutel sowie einen schwarzen flachen Gegenstand aus Metall. Er zeigte ihn Zabel.

»Eine Münze, würde ich sagen.«

Zabel nahm sie, sah sich das Metallstück genau an. Die Münze war verkohlt und anscheinend so lange dem Feuer ausgesetzt gewesen, dass eine Prägung nicht mehr zu erkennen war. Von der Größe und dem Gewicht her entsprach sie weder einem Thaler noch einem Silbergroschen.

»Wo haben Sie das Geld und die anderen Sachen her?«

Der Mann senkte den Kopf.

Zabel wurde laut. »Gestohlen? Geben Sie es zu.«

»Nein. Gefunden. Auf der Straße.«

»Er war über die Leiche gebeugt«, sagte der ältere Sergeant.

»Ich war es nicht«, beteuerte Krohn mit zittriger Stimme. »Bitte, Sie müssen mir glauben.«

»Sie haben den Toten beklaut. War es so?«

Krohn gab den Widerstand auf, nickte stumm.

Das Opfer war groß und kräftig. Zabel hielt an seiner Ver-

mutung fest, dass es sich womöglich um den einstmals stadt-
bekannten Verbrecher Arthur Schmoor handeln könnte.
Wenn dem so wäre, hätte ein Mann wie Friedhelm Krohn
es niemals gewagt, ihn anzugreifen. Auch war es unwahrscheinlich, dass er nach dem Mord so lange ausgeharrt hatte,
bis die Asche kalt war. Trotzdem fragte Zabel weiter und achtete dabei auf einen harschen Tonfall.

»Haben Sie jemanden gesehen?«

Krohn schaute mit verheulten Augen umher, scheinbar
auf der Suche nach einem, der Mitleid mit ihm hatte. Dann
schüttelte er den Kopf. »Nein. Da war niemand. Wenn Sie
mich einsperren, verliere ich mein Zimmer.«

»Dafür kriegen Sie eine schöne Zelle«, erwiderte Bartmann. »Leichenfledderei ist verboten.«

Zabel sah zu den Uniformierten. »Bringen Sie ihn zum
Präsidium. Wollen wir doch mal abwarten, was er uns noch
so zu erzählen hat.«

Die Sergeanten fassten ihn rechts und links an den Armen, um ihn abzuführen. Da gaben die Knie des Verdächtigen nach, und die Polizisten schleiften ihn zum Pferdewagen.

Zabel wog die Münze in seiner Hand, schaute zu Bartmann. »Wahrscheinlich sagt er die Wahrheit. Er kam zufällig
des Weges, sah den Toten und dachte sich: Mal sehen, ob es
was zu holen gibt.«

Zabel ging noch mal zu der verkohlten Leiche, betrachtete die Rippen, die aus der Asche herausragten, sowie den
gewaltigen Schädel eines großen Mannes. Zabel erinnerte
sich, wie er zum ersten Mal neben Arthur Schmoor gestanden hatte und sich vorgekommen war wie ein kleiner Schul-

junge. Die Erinnerung an jenen Tag kehrte zurück, als wäre es erst gestern gewesen. Wie sie sich in der schmalen Salzgasse am Hafen gegenübergestanden hatten. Schmoor mit einem langen rostigen Messer in der Hand, Zabel mit seinem Degen. Es war ein Kampf um Leben und Tod gewesen, den Zabel für sich entschieden hatte. Arthur Schmoor verlor seine rechte Hand und wäre beinahe an der schweren Verletzung gestorben. Nachdem er sich erholt hatte, musste er Köln für immer verlassen. Beim Maskenzug am Rosenmontag im Jahre 1823 hatte Zabel ihn zum letzten Mal gesehen. Ihn und seine damalige Begleiterin, eine Hure namens Cécile Travail.

Wenn es sich bei der verbrannten Leiche wirklich um Arthur Schmoor handelte, stellte sich für Zabel die Frage, ob er allein zurückgekommen war? Oder hatte Cécile ihn begleitet? War sie in der Stadt?

Zabel spürte, wie sein Herz anfing zu pochen. Ruckartig drehte er sich um, schaute zu der Menschentraube, die auf der anderen Seite des schmiedeeisernen Tores stand. Zielstrebig ging er auf die Leute zu, blieb abrupt stehen. Einige wichen eingeschüchtert einen Schritt zurück, sahen ihn verunsichert an, als ob sie etwas falsch gemacht hätten. Sein Blick schweifte umher. Es waren Frauen in der Menge zu sehen. Einige, aber keine, die dem Bild entsprach, das der Kommissar von Cécile Travail in Erinnerung hatte.

Er wünschte sich insgeheim, dass es sich bei dem Toten nicht um Schmoor handelte. Zabel hatte mit der Vergangenheit abgeschlossen, so dachte er zumindest. Aber in dieser Sekunde waren alle Erinnerungen an Cécile wieder präsent.

Vor ihm traten die Leute plötzlich zur Seite, und ein großer Mann mit einem schwarzen Zylinder auf dem Kopf bahnte sich den Weg durch die Menge, es war Albertus Neureck, der auf Zabel zuging.

»Albertus, was machst du hier?« Im selben Moment fiel Zabel ein, dass der Apotheker sein Geschäft auf der Severinstraße hatte, nicht weit von der Elendskirche entfernt.

»Guten Morgen«, sagte er. »Ich bin auf dem Weg zur Arbeit. Was ist denn passiert?«

»Eine verbrannte Leiche.«

Neureck hielt sich die Hand vor den Mund. »Oje.«

Sie schwiegen einen Moment. Zabel überlegte, ob er ihn auf den Vorfall beim Maskenball ansprechen sollte, entschied sich dagegen und stellte eine eher unverfängliche Frage. »Sehen wir uns heute Abend beim Fischessen?«

»Nein«, antwortete Albertus selbstbewusst und hinterließ bei Zabel den Eindruck, dem heiklen Thema nicht ausweichen zu wollen.

»Du warst gestern auch nicht bei Wittgenstein«, sagte Zabel. »Hatte das einen besonderen Grund?«

Albertus nickte. »Er hat mir die Sache mit dem Polizeipräsidenten sehr übel genommen. Ich muss leider sagen, dass er wahrscheinlich recht hat.«

»Wie ist es denn dazu gekommen?«

Albertus seufzte. »Der Alkohol.«

Zabel glaubte ihm nicht. »Du warst nicht so betrunken, als dass du nicht mehr mit meiner Frau tanzen konntest.«

Albertus lächelte. »Man merkt, dass du Kommissar bist. Dir entgeht wirklich nichts. Lass uns irgendwann darüber reden. Komm doch mal vorbei, wenn du in der Gegend bist und etwas Zeit hast.«

Zabel nickte, sie gaben sich die Hand zum Abschied.

Im Schutz der Menge beobachtete er, wie der etwas kauzige Typ, der auf den Kommissar zugegangen war, sich nun abwandte und davonschritt. Zabel blieb, schaute sich um, sein Blick wanderte umher, als ob er nach jemandem suchte. Da der Kommissar ihn nicht kannte, musste sich der Mann auch keine Sorgen machen, entdeckt zu werden, umgeben von Schaulustigen, die ähnliche Kleidung trugen wie er. Er zog seine Baskenmütze etwas tiefer in die Stirn.

Arthur Schmoor war tot, die Leiche verbrannt. Ein großer Verlust. Zu gern hätte der Mann gewusst, was Schmoor zu sagen gehabt hatte.

Er beobachtete, wie Zabel zu dem Pferdewagen ging, mit dem er gekommen war. Der Kollege folgte ihm. Die Kommissare stiegen auf und fuhren davon.

KAPITEL 4

Die verkohlten Überreste der Leiche lagen auf einem schweren Eichentisch mit einer Steinplatte verteilt. Dr. Johann Vierkötter war Zabels Hausarzt und ebenfalls ein Mitglied des Kleinen Rates im Festordnenden Komitee, weshalb die beiden per Du waren. Wenn der Kommissar eine schnelle Begutachtung einer Leiche brauchte, zog er Dr. Vierkötter hinzu, auch wenn der Arzt sich besser mit Lebenden als mit Toten auskannte. Sie waren im Keller des Präsidiums, und der leicht süßliche Geruch von verbranntem Fleisch lag in der Luft.

»Abgesehen von seiner rechten Hand fehlen ihm keine Extremitäten«, sagte der Arzt. »Er war sehr kräftig und hat in seinem Leben zahlreiche Knochenbrüche erlitten. Besonders auffällig ist eine schwere Verletzung an der Schulter.«

»Die linke Schulter?«

Vierkötter nickte, wodurch sich Zabels Verdacht erhärtete. Mit dem Säbel hatte er Arthur Schmoor nicht nur die Hand abgeschlagen, sondern auch die Schulter schwer verletzt.

Der Arzt deutete auf den Schädel. »Er hatte nur noch wenige Zähne im Mund. Das Jochbein links ist zertrümmert, ebenso der Kiefer gebrochen. In seinem Schädel am Hinterkopf ist ein deutliches Loch zu erkennen, wie ich annehme, von einem spitzen Gegenstand.«

Er drehte den Schädel, und das Loch war selbst für einen Laien nicht zu übersehen.

»Was für ein Gegenstand?«

»Ich vermute, ein Werkzeug, vielleicht ein Zimmermannshammer.«

»Er wurde also von hinten erschlagen? War das die Todesursache?«

Der Arzt nickte. »Davon würde ich ausgehen.«

Auch einhändig war Arthur Schmoor eine Gefahr für jeden Angreifer. Dass der Mörder sich von hinten angeschlichen hatte, um den entscheidenden Schlag auszuführen, erschien nachvollziehbar. Vielleicht hatten ihn auch mehrere attackiert, was die anderen Verletzungen erklärte. Spuren von möglichen Tätern hatten sie auf dem Kirchplatz nicht gefunden, das Feuer schien alles verschlungen zu haben.

Abgesehen von der stark verrußten Münze, die Zabel jetzt aus seiner Rocktasche holte und Vierkötter zeigte.

»Die haben wir in der Asche gefunden.«

Der Arzt nahm eine Lupe zur Hand und betrachtete das Metallstück etwas genauer.

»Sieht wie eine Münze aus.«

Das Metall war durch das Feuer schwer in Mitleidenschaft gezogen worden, wodurch sich die Prägung nicht mehr erkennen ließ.

»Da ist was.« Vierkötter schaute zu Zabel, reichte ihm die Münze und die Lupe. »Könnte eine Ziffer sein.«

Zabel sah es sich an. Sein Freund hatte recht, ganz schwach am Rande der Münze konnte er die Ziffer Sieben erkennen.

»Hast du eine Drahtbürste oder etwas Ähnliches, um den Ruß zu entfernen?«

Der Arzt schüttelte den Kopf. »Das würde ich nicht machen. Dann riskierst du, die Schrift ganz zu zerstören.«

»Kennst du dich mit Münzen aus?«

»Ein wenig. Ich habe mal welche aus der Römerzeit gesammelt. Ich glaube aber nicht, dass es sich um eine antike Münze handelt.«

»Warum?«

»Viel zu groß, und die Ränder sind zu rund geschliffen.«

Zabel gab ihm die Lupe zurück, die Münze behielt er.

Vierkötter begann, seine Utensilien in die schwarze Tasche aus Leder zu packen. »Ich muss leider weiter. Zu einem Patienten, dem ich noch helfen kann.«

Der Arzt nahm seinen Brabanter vom Haken, ein Hut, der Vorläufer des Zylinders war und allmählich aus der Mode kam. Zabel hatte das gleiche Modell wie Vierkötter, aus mit Biberhaar gefertigtem Filz, weshalb er vorsichtshalber in der Innenseite nachsah, in der seine Initialen standen, damit sie ihre Hüte nicht vertauschten.

Gemeinsam verließen sie die Kellerräume des Präsidiums, verabschiedeten sich im Eingangsbereich, und Zabel schritt die Treppe nach oben in den zweiten Stock. Auf halber Strecke kam ihm Konstantin Scheer entgegen, ebenfalls ein Kommissar.

Zabel hatte einen sehr schwierigen Start gehabt, als er vor fünf Jahren am Rhein eingetroffen war, was auch mit seinem offiziellen Auftrag zu tun gehabt hatte. Er sollte den Polizeipräsidenten dabei unterstützen, den Kölnern das Berliner Polizeireglement von 1811 näherzubringen. Ein schwieriges Unterfangen, da die Rheinländer nicht glücklich waren über die preußische Herrschaft und sich bereits genug bevormundet fühlten. In den letzten zwei Jahren hatte sich sein Verhältnis zu den anderen Kommissaren gebessert, und sie redeten mittlerweile mehr als nur zwei Worte am Tag miteinander. Dass er den richtigen Zugang zu seinen Kollegen gefunden hatte, verdankte Zabel auch seiner Frau, die mit den Eigenheiten der Rheinländer besser vertraut war als er.

Scheer sprach vertraulich leise. »Ich wollte Ihnen gerade Bescheid geben, dass es unserem Kollegen Bartmann nicht so gut geht.«

Zabel verstand. »Sagen Sie es bitte niemandem.«

»Natürlich nicht.«

Zabel ging weiter, erreichte den Korridor im zweiten Stockwerk und kam auf dem Weg zu seinem Büro an dem Raum vorbei, in dem sich die Waschkommode befand und ein großer Eimer für die Notdurft. Durch die geschlossene Tür waren eindeutige Geräusche zu vernehmen, wie sich jemand übergab.

Zabel betrat die Amtsstube, die er sich mit Bartmann teilte, hängte seinen Hut an den Haken, den Mantel behielt er erst mal an. Der Verdächtige, Friedhelm Krohn, saß wie ein

Häufchen Elend auf einem Stuhl und wurde von einem Sergeanten in Uniform bewacht. Es war kalt, nicht ganz so wie im Keller des Gebäudes, aber der kleine Ofen schaffte es noch nicht, den Raum ausreichend zu heizen. Manchmal dauerte es Stunden, bis man sich des Mantels entledigen konnte. Zabel knöpfte ihn auf, bevor er an seinem kleinen Schreibtisch Platz nahm und die Münze, die er die ganze Zeit in der Hand gehalten hatte, bewusst auffällig zwischen seinen Fingern hin- und herbewegte.

»Was hat es mit dieser Münze auf sich?«

»Das habe ich doch schon gesagt«, erwiderte Krohn kleinlaut.

Zabel schrie ihn unvermittelt an. »Dann sagen Sie es noch mal.« Im Privatleben vermied er es, die Stimme zu erheben, aber es gehörte zu seinem beruflichen Alltag, sich auf diese Weise Respekt zu verschaffen. Er war eine Amtsperson, vor der man sich zu beugen hatte, und von Zeit zu Zeit musste man gewisse Leute daran erinnern.

Krohn zitterte. Er hatte Angst, schien sich auszumalen, was ihm blühen könnte: eingesperrt sein, zusammen mit einer Horde richtiger Verbrecher, die sich den Schwächsten suchen würden, um im wahrsten Sinne des Wortes auf ihm herumzutrampeln. Auf den Tag seiner Entlassung könnte Krohn sich ebenso wenig freuen, denn dann hätte er kein Dach mehr über dem Kopf und müsste sein Dasein auf der Straße fristen. In den Schlafstätten für Obdachlose waren Kriminelle nicht gern gesehen.

»Raus mit der Sprache. Sofort.«

»Ich kam zufällig des Weges. Ich dachte zuerst, es wäre

eine verbrannte Strohpuppe, die dort lag, aber dann habe ich die … das Gerippe gesehen. Das Tor war nicht abgeschlossen, und ich bin hingegangen, auf den Platz, und da sah ich den Schädel. Von einem Menschen.«

»Und dann?«

Er ließ den Kopf sinken, blickte verschämt auf den Boden. »Es ist, wie Sie gesagt haben. Ich wollte nachschauen, ob … ich habe die Asche durchwühlt und die Münze gefunden.«

»War die Asche kalt? Oder hatte sie noch einen Rest an Wärme?«

»Kalt.«

»Sie haben niemanden gesehen? Es war kein Mensch auf den Straßen?«

Er hob den Kopf wieder. »Ich würde Sie doch nicht anlügen.«

»Das sollten Sie auch nicht.« Zabel schaute auf das geschriebene Protokoll. Sie hatten kein Werkzeug, keinen Zimmermannshammer gefunden. Weder bei Krohn noch am Fundort der Leiche oder in der Nähe. Die wahren Mörder hatten ihre Waffe mitgenommen. Zabel las, dass die Anschrift des Zeugen notiert war. Das musste reichen.

»Sie können jetzt gehen. Wenn wir noch Fragen haben, werden wir Sie benachrichtigen. Sollten Sie dann nicht aus freien Stücken herkommen, wird das ernste Folgen für Sie haben.«

Krohn schien kaum glauben zu können, was er da hörte, und nickte eifrig, während er unter den Stuhl griff, seinen Schlapphut nahm und sich von seinem Stuhl erhob.

»Danke. Vielen Dank.«

»Raus jetzt, bevor ich es mir anders überlege.«

Krohn verschwand ohne ein weiteres Wort und in Begleitung des Sergeanten.

Zabel schaute wieder auf die Münze, nahm ein Lineal zur Hand, um den Durchmesser zu ermitteln. Auf dem Weg in sein Büro war ihm eine Idee gekommen, wen er bezüglich der Münze fragen könnte. Im Kreis des Festordnenden Komitees gab es viele mit unterschiedlichen Berufen, wie den Parfümeur Johann Baptist Farina. Einer seiner Vorfahren hatte das Eau de Cologne erfunden, und der Familienbetrieb existierte seit dem Jahre 1709 in Köln. Als Parfümeur verfügte Farina über viele Essenzen und Chemikalien, mit denen man vielleicht den Ruß entfernen könnte.

Zabel nahm einen unangenehmen Geruch wahr und schaute zur Tür. Bartmann trottete herein, nahm auf dem Stuhl Platz, auf dem eben noch der Zeuge gesessen hatte.

Zabel grinste verschmitzt und zitierte einen kölnischen Trinkspruch. »Will su vill süffe, als der Magen ohn' Biesterei kann jod verdrage.«

Bartmann schaute ihn verdutzt an. »Haben Sie über Nacht etwa die Kölsche Sproch' gelernt?«

»Den Satz habe ich von einem Kameraden bei den Roten Funken. Ich halte dieses Motto nicht für falsch: nur so viel zu trinken, wie der Magen ohne Biestigkeit kann vertragen.«

»Hinterher is man immer schlauer. Hät der Verdächtige noch wat jesaat?«

»Nichts, was wir nicht schon geahnt hatten.«

»Und Sie han ihn gehen losse?«

»Ich denke, wir sollten uns mit dem wahren Täter befassen statt mit einem kleinen Dieb und Lumpensammler.«

Zabel stand auf und steckte die Münze wieder in die Rocktasche, knöpfte den Mantel zu.

»Wo wollen Sie hin?«

»Herausfinden, um was für eine Münze es sich handelt. Sie machen mal besser Feierabend für heute und tauchen Ihren Kopf in eiskaltes Wasser.«

»Danke«, sagte Bartmann, erhob sich langsam von dem Stuhl und fand sein Gleichgewicht.

KAPITEL 5

Johann Baptist Farina öffnete eine große Schatulle, die mit Münzen gefüllt war. Sie hatten unterschiedliche Größen und Farben von verschiedenen Metallen. Johann Baptist führte das Familienunternehmen seines Großvaters in dritter Generation, und er hatte Kunden auf der ganzen Welt, vornehmlich in Europa. Dies führte dazu, dass er sich mit vielen Währungen auskannte, und seine Schatulle beherbergte über fünfzig Münzsorten. Farina reichte Zabel eine Münze nach der anderen, um sie mit der vom Fundort der Leiche zu vergleichen. Größe und Gewicht stimmten aber nie überein. Nachdem sie alle Währungen durchhatten, waren sie sich einig, dass es sich bei der Münze wahrscheinlich nicht um ein gängiges Zahlungsmittel handelte.

»Vielleicht ist es eine Medaille«, schlug Farina vor.

»Oder der Rest eines Ordens. Hast du eine Idee, wie man das Metall vom Ruß befreien könnte, ohne die Prägung zu zerstören?«

»Auf keinen Fall mit Schmirgelpapier oder so was.«

»Das hat Johann Vierkötter auch gesagt.«

Farina überlegte einen Moment, dann schien er eine Idee zu haben. »Folge mir bitte.«

Sie gingen durch den Verkaufsraum, der lichtdurchflutet von der Sonne war, dann die Treppe nach unten. Es wurde immer dunkler und kühler. In dem Backsteingewölbe befand sich das Labor, das ausschließlich mit Kerzenlicht beleuchtet wurde. Sie traten durch eine schwere Metalltür. Zabel war zum ersten Mal hier unten, Farina duldete hier normalerweise keine Gäste. Die Rezepturen wurden wie ein Staatsgeheimnis gehütet, weshalb Farina das Labor auch als sein Allerheiligstes bezeichnete. Hunderte von kleinen Glasfläschchen und Flakons standen in Reih und Glied auf Holzregalen an der Wand. In jedem wurde ein anderer Duft aufbewahrt und archiviert: Extrakte, ätherische Öle, Emulsionen. Die Laboreinrichtung, um solche Zutaten zu gewinnen, bestand vor allem aus Glasgeräten und Apparaten aus glänzend poliertem Kupfer zur Destillation. Aus einer der Destillen, in der etwas kochte, drang feiner Nebel.

»Was du hier riechst, sind gepresste Pomeranzen und Bergamotten.« Farina erklärte, dass in Pflanzen, aber auch in tierischem Gewebe Gerüche verborgen waren, chemisch gebunden, die es galt herauszulösen. Der Parfümeur beschäftigte sich nicht nur mit wohltuenden Gerüchen, er war wissbegierig und wollte die Natur verstehen. Zabel interessierte sich auch für die neuen Wissenschaften, die Chemie, Physik, aber er verstand zu wenig davon. Einmal war er mit seiner Frau bei einer Vorführung gewesen. Auf dem Neumarkt unter freiem Himmel hatte ein Chemiker auf einer Bühne seine Kunststücke vorgeführt. Es grenzte an Magie, wie der Wissenschaftler und seine Assistenten unsichtbare Gase verpuffen ließen und sich aus dem Nichts plötzlich bunte Flammen und farbige Rauchwolken entwickelten. Zwei klare Flüssigkeiten wurden zusammengeschüttet und änderten ihre Farben mehrmals im Laufe von wenigen Minuten, bis sie wieder klar wie Wasser waren. Zum Schluss hatte der Chemiker auf der Bühne eine Behauptung aufgestellt, dass Eisen brennen würde, brennen wie Holz. Das Publikum war in schallendes Gelächter ausgebrochen, jeder, der schon mal bei einem Hufschmied war, wusste, dass dies nicht stimmte. Aber dann hatte der Chemiker eine Eisenfeile genommen und an einer Metallspange geraspelt, um die Späne zu sammeln. Und als er diese durch ein Rohr in ein Feuer hineinpustete, hatte es beinahe eine Explosion gegeben, einen Feuerball aus Abermillionen glühender Funken. Seitdem wusste Zabel nicht nur, dass Eisen unter bestimmten Umständen brennen konnte, sondern auch, dass gewisse Menschen die Gabe besaßen, der Natur ihre Geheimnisse zu entlocken.

Die Münze, die Zabel in der Hand hielt, hatte dem Feuer standgehalten, sich aber durch die Hitze verändert.

»Ich habe eine Idee«, sagte Farina. »Versprechen, dass es klappt, kann ich dir nicht.«

»Einen Versuch dürfte es wert sein.«

Farina erklärte. »Ich habe einen Kunden, er ist Professor für Chemie an der Universität Gießen, obwohl er gerade erst zweiundzwanzig Jahre alt ist. Justus Liebig heißt er. Und da er auch interessiert ist an dem, was ich mache, schreiben wir uns regelmäßig Briefe. Dieser Liebig behauptet, dass manche Metalle Kohlenstoff aufnehmen können, es aufsaugen wie ein Schwamm. Wenn wir den Ruß wegbürsten, zerstören wir auch die Oberfläche der Münze. Darum sollten wir den Ruß verbrennen.«

Farina griff gezielt in ein Regal und holte eine durchsichtige Glasflasche hervor, in der sich weißes Pulver befand, das wie Salz aussah.

»Salpeter sagt dir wahrscheinlich etwas.«

Zabel nickte. »Ein Bestandteil von Schießpulver.«

Farina öffnete die Flasche und tat einen Löffel Salpeter in eine Glasschale. Dann goss er Wasser darüber, und Zabel sah, wie sich die Kristalle langsam auflösten.

»Ich muss eben den Ofen anfeuern«, sagte Farina.

Auf einem Labortisch, der eine Steinplatte hatte, stand ein kleiner Ofen aus Ton, der durch darunterliegende Holzkohle zu befeuern war. Farina entzündete ein paar kleine Scheite und legte sogleich ein paar Kohlen darauf.

»Es wird etwas dauern, der Ofen darf allerdings nicht zu heiß werden.«

Der Salpeter hatte sich vollständig im Wasser aufgelöst. Jetzt träufelte Farina etwas von der klaren Lösung auf die Münze. Vorsichtig beförderte er sie mit einer Zange in den Ofen, ließ das kleine Metalltürchen offen stehen. Nach kurzer Zeit bildete die Lösung auf der Münze Bläschen, das Wasser fing an zu sieden.

»Jetzt schau genau hin«, sagte Farina voller Erwartung.

Es entstand eine Stichflamme über der Münze. Farina nahm sie wieder mit der langen Zange heraus und legte sie auf den Tisch. Die schwarze Rußschicht war immer noch da.

»Wir müssen es noch mal versuchen.«

Wieder träufelte Farina etwas von der klaren Lösung auf die Münze, die noch so heiß war, dass es augenblicklich zischte. Er wiederholte den Vorgang, träufelte so lange etwas von der Lösung auf die Münze, bis sie sich abgekühlt hatte und ein wenig Flüssigkeit auf ihr zurückblieb. Dann beförderte er die Münze mit der Zange in den Tonofen.

Es dauerte nicht lange, und erneut gab es eine Stichflamme, diesmal größer und heftiger, da sich mehr von dem Salpetersalz auf der Münze angesammelt hatte. Farina nahm sie wieder heraus und legte sie auf den steinernen Labortisch.

»Sieh mal einer an«, sagte er triumphierend.

Die Rußschicht war fast vollständig verschwunden.

»Wie ist das möglich?«

»Der Salpeter hat sich mit dem Ruß vermischt, und wie beim Schießpulver ist der Kohlenstoff in einer Sekunde verbrannt. Zu kurz, als dass das Metall hätte Schaden nehmen können.«

Farina legte die Münze in ein Schälchen mit Wasser, damit sie abkühlte. Dann rieb er sie mit einem Tuch trocken.

»Heureka«, sagte er laut. »Da steht ein Datum. Achtundzwanzigster Juni 1577.«

Er reichte Zabel die Münze, und auch er konnte das Datum erkennen. Vor den Ziffern waren auch noch ein paar Buchstaben eingeprägt, die geschmolzen und nur schwer zu erkennen waren. Zabel meinte das Wort *Coeln* lesen zu können, war sich aber nicht sicher. Von dem Kopf, der mal auf die Münze geprägt war, konnte man höchstens noch erkennen, dass die Person einen Hut getragen hatte, und darüber waren noch die Buchstaben *U B* zu entziffern. Der Rest der Prägung war dem Feuer zum Opfer gefallen. Die andere Seite der Medaille war noch tiefschwarz.

»Achtundzwanzigster Juni im Jahre 1577«, sagte Farina. »Fällt dir was zu dem Datum ein?«

Zabel schüttelte den Kopf.

»Der Geburtstag von Peter Paul Rubens, dem berühmten Maler.«

Zabel schaute wieder auf die Münze. »Ich kann *Coeln* lesen, und die Buchstaben *U B*, wahrscheinlich Überbleibsel des Namens Rubens.«

»Vielleicht handelt es sich um eine Gedenkmedaille zu Ehren des Künstlers. Wahrscheinlich zur Feierlichkeit der Rückkehr seines berühmten Gemäldes nach Köln, der *Kreuzigung Petri*.«

Zabel wusste, wovon Farina sprach, kannte das Bild, das in der Kirche Sankt Peter hing, nicht weit entfernt von Zabels Wohnung.

»Es war von den Franzosen geraubt und 1815 nach Köln zurückgebracht worden«, fuhr Farina fort. »Für die feierliche Zeremonie, als das Bild wieder in der Kirche Sankt Peter aufgehängt wurde, hat man ein ganz besonderes Datum gewählt, den achtzehnten Oktober 1815, den zweiten Jahrestag der Völkerschlacht bei Leipzig.«

Zabel erinnerte sich an den achtzehnten Oktober 1813, denn er war bei dieser Schlacht dabei gewesen. »Wieso hat man ausgerechnet dieses Datum gewählt?«

»Das musst du jemand anders fragen. Vielleicht unseren Freund Everhard von Groote. Ihm haben wir die Rückführung des Gemäldes und weiterer Kunstschätze zu verdanken.«

Zabel nickte. »Ja, stimmt. Er hat mir davon erzählt.«

»Everhard selbst war damals, im Oktober 1815, nicht dabei, als das Gemälde aufgehängt wurde. Er verweilte noch in Paris zu der Zeit. Sein Bruder Joseph trug das Bild in die Kirche, die nur fünfhundert Meter von dem Haus entfernt liegt, in dem Rubens mal gewohnt hat.«

Zabel hakte nach. »Wurde er in Köln geboren?«

Farina schmunzelte. »Ein schwieriges Thema. Mancher sagt Ja, andere Nein. Aber die Familie hat in Köln gelebt, das ist sicher. In der Sternengasse Nummer zehn.«

Zabel nahm die Medaille wieder an sich. »Vielen Dank. Du hast mir sehr geholfen.«

»Sollen wir nicht weitermachen, sehen, was auf der Rückseite steht?«

»Gern. Nur muss ich leider weiter.«

»Dann bringe ich dir das gute Stück heute Abend mit zum Fischessen. Ihr kommt doch, oder?«

»Ja, natürlich.« Zabel legte die Medaille zurück auf den Labortisch. Er hatte den Termin am Abend schon vergessen gehabt, so tief war er in den Fall versunken. Nach der Messe im Kölner Dom würden sich die Mitglieder des Festordnenden Komitees in Begleitung der Ehefrauen im *Weinhäuschen Sankt Ursula* zum Fischessen treffen. Diese Veranstaltung fand zum zweiten Mal statt, was in Köln bedeutete, dass es bereits zur Tradition geworden war.

»Ich hoffe, dass der Karneval danach endlich vorbei ist«, sagte Zabel.

Farina grinste. »Die Feierlichkeiten schon. Aber nach dem Maskenzug ist vor dem nächsten, wie Wittgenstein gestern ausdrücklich betont hat.«

Sie lachten beide und verabschiedeten sich.

KAPITEL 6

Zabel warf einen Blick auf seine Taschenuhr, während er zügigen Schrittes zum Regierungsgebäude ging, das von Farina aus nur etwa zehn Gehminuten entfernt lag. Die Spur, der Zabel folgte, war im Moment noch sehr vage, trotzdem musste er sich mit seinem Freund Everhard von Groote dringend unterhalten. Denn die Kirche Sankt Gregorius im Elend, auch Elendskirche genannt, war von der Familie von Groote errichtet worden. Es konnte daher möglich sein, dass der Fundort der Leiche nicht zufällig gewählt worden war. Everhard stand mit der Elendskirche wie auch mit der Rubensmedaille in Verbindung, da er das berühmte Gemälde zurück nach Köln geholt hatte.

Seit vielen Jahren war Everhard für die Bezirksregierung tätig, wenn auch nur als Assessor ohne Gehalt. Zabel führte den Idealismus seines Freundes darauf zurück, dass Everhard sich wohl erhofft hatte, innerhalb der Königlich Preußischen Regierung in Köln aufzusteigen. Schon als Freiwilliger im Krieg hatte er ohne Sold gedient und war vom Vermögen seiner Familie und dem seiner Frau Franziska abhängig.

Von Grootes Pläne hatten sich bis jetzt jedoch nicht verwirklicht. Vor zwei Jahren hatte er sich für das Amt des Oberbürgermeisters beworben, aber in Berlin hatte man sich gegen ihn entschieden. Ein herber Rückschlag. Die Gründe für diese Entscheidung kannte Zabel nicht. Politik auf höherer Ebene war ihm stets fremd geblieben, und mit so etwas musste er sich als Kommissar auch nicht auseinandersetzen. Wieso man Everhard als Kriegshelden keine bessere und vor allem bezahlte Arbeit anbot, verstand Zabel nicht, und Everhard sprach nur ungern über den Verlauf seiner Karriere. Irgendein Hindernis schien seinem politischen und beruflichen Aufstieg im Wege zu stehen.

Zabel bog in die Straße *Unter Sachsenhausen* ein und ging auf das Portal des Regierungsgebäudes zu. Kurz bevor er die Stufen erreichte, blieb er abrupt stehen und drehte sich um. Ein Mann, der hinter ihm ging, schreckte wegen Zabels ruckartiger Bewegung zurück, schritt dann aber wortlos an ihm vorbei und warf ihm einen verwunderten Blick zu.

Zabel sah niemanden, der sich auffällig benahm, ausgenommen er selbst. Keiner schien ihn zu beobachten oder ihm gefolgt zu sein. Er verharrte trotzdem noch einen Moment am Fuße der Treppe. Seit dem Morgen ging ihm der Gedanke nicht mehr aus dem Kopf, dass Arthur Schmoor nicht allein nach Köln zurückgekehrt war. Was, wenn Cécile ihn begleitet hatte? War sie hier? Hatte sie am frühen Morgen vor der Elendskirche gestanden, in der Menschentraube von Schaulustigen, und ihn beobachtet? Es gab noch nicht mal einen Beweis dafür, dass es sich bei dem Opfer um Arthur Schmoor handelte, aber Zabel war von dieser Theorie nicht mehr abzubringen. Wie würde Cécile inzwischen aussehen?

Ihre Augen hatte er nie vergessen können. Wie sie ihn damals angesehen hatte, im Moment des Abschieds.

Er setzte seinen Weg fort, schritt die Stufen nach oben und betrat das Regierungsgebäude. Zabel folgte der Beschilderung. Immer wieder kreuzten Sekretäre und Boten seinen Weg, trugen Akten von einem Raum zum nächsten. Er nahm die Treppe, im ersten Stockwerk befanden sich die Büros der Beamten. Dort ging es etwas ruhiger zu. Im Vergleich zum Erdgeschoss herrschte beinahe gespenstische Stille. Zabel erreichte die Bürotür am Ende des Flures, nahm seinen Hut vom Kopf und klopfte an.

»Herein«, ertönte Everhards Stimme.

Zabel betrat die Amtsstube, die wenig geräumig war und noch kleiner wirkte als sein eigenes Büro im Präsidium. Die Bücher in den Regalwänden, alle in dunklem Leder gebunden, schluckten das Tageslicht. Everhard saß an einem kleinen Schreibtisch, auf dem sich haufenweise Akten stapelten.

Von Groote erhob sich von seinem Stuhl, sah Zabel verwundert an. »Gustav. Das ist ja eine Überraschung.«

Sie gaben sich die Hand zum Gruße. »Guten Tag. Ich hoffe, dass ich nicht ungelegen komme.«

»Also, nein …« Everhard zog seine Taschenuhr hervor, warf einen Blick drauf, dann sah er wieder zu Zabel. »Was führt dich her?«

»Es gibt etwas Wichtiges, von dem ich dir erzählen muss.«

»Hat das nicht Zeit bis nachher? Ihr kommt doch zum Fischessen, oder?«

»Ja, wir kommen. Aber ich möchte dort nicht über die Arbeit reden.«

Everhard deutete auf einen Stuhl, sie setzten sich. Zabel legte seinen Hut auf einem kleinen Beistelltisch ab.

»Es ist etwas vorgefallen, das dich interessieren dürfte«, begann er das Gespräch. »Vielleicht hast du auch schon davon gehört.«

»Nein. Was denn?«

»Wir haben heute Morgen auf dem Kirchplatz von Sankt Gregorius die Überreste einer Leiche gefunden. Sie war verbrannt, bis zur Unkenntlichkeit.«

Everhard sah ihn mit großen Augen an. »Auf dem Kirchplatz?«

Zabel nickte. »Wir haben bei dem Toten eine Münze gefunden, in der Asche. Sie sah aber nur aus wie eine Münze, es handelte sich um eine Medaille. Eine Ehrenmedaille. Soweit ich erkennen konnte, war Rubens darauf abgebildet und das Datum seiner Geburt.«

»Darf ich sie mal sehen?«

Zabel schüttelte den Kopf. »Das geht leider nicht. Ich habe sie bei Farina gelassen. Die Medaille war stark verrußt, aber Johann Baptist ist es dank seiner Kenntnisse in Chemie gelungen, die Prägung wenigstens zum Teil wieder sichtbar zu machen. Wir glauben, es ist eine Medaille zum Andenken an Peter Paul Rubens.«

Everhard war sofort im Bilde. »Rubens? Sein Kopf war darauf abgebildet und das Datum seiner Geburt?«

Zabel nickte.

»Ich denke, ich weiß, wie die Medaille aussieht, denn ich

habe zu Hause auch so eine, irgendwo. Sie wurde mir verliehen, weil ich für die Kunstreklamationsgeschäfte zuständig war.«

»Du meinst die Rückführungsmission der gestohlenen Werke?«, fragte Zabel vorsichtshalber nach.

Everhard nickte.

»Darum bin ich zu dir gekommen. Womöglich steht der Fall mit den Ereignissen von damals in Zusammenhang. Der Tote wurde noch nicht identifiziert.«

Everhard blieb sachlich wie ein Jurist, der er war. »Worin soll dieser Zusammenhang bestehen?«

»Das weiß ich noch nicht. Aber ich werde das Gefühl nicht los, dass die Medaille eine Rolle spielt und die Tat etwas mit der Rückführungsmission der Kunstschätze zu tun haben könnte. Oder vielleicht auch …«, er zögerte.

»Vielleicht auch …?«, hakte Everhard ungeduldig nach.

»Mit deiner Familie. Womöglich war der Fundort der Leiche nicht zufällig gewählt.«

Everhard wirkte wie in Gedanken versunken, sprach leise. »Vielleicht … Womöglich … So ein Gefühl?« Er hob den Kopf und sah Zabel an. »Als Jurist muss ich dir sagen, das klingt alles mehr als vage. Vielleicht wurde der Mann auch nur vor der Kirche ausgeraubt, und man hat die Leiche verbrannt, um keine Spuren zu hinterlassen.«

Zabel mochte es nicht, wenn Laien Mutmaßungen anstellten. Die meisten taten dies, um von sich selbst oder etwas anderem abzulenken.

Everhard sah wieder auf seine Taschenuhr, und Zabel

hatte auf einmal das Gefühl, sein Freund wolle dem Gespräch ausweichen.

»Wer bekam diese Medaille damals?«

»So mancher, der an den Kunstreklamationsgeschäften beteiligt war und sich verdient gemacht hatte. Du weißt, dass es in Köln eine große Verehrung des Malers gibt?«

»Weil Rubens hier geboren wurde?«

Everhard grinste. »Diesen Anspruch erheben auch noch andere Städte.«

»Dann stimmt es also nicht?«

»Die Familie Rubens hat hier gelebt, so viel steht fest. Das Gemälde *Die Kreuzigung Petri* war eine Auftragsarbeit gewesen, zur Neugestaltung des Altars in Sankt Peter. Wusstest du das?«

Zabel schüttelte den Kopf. »Wer hat das Bild in Auftrag gegeben?«

»Eberhard Jabach der Vierte. Im Jahre 1637. Er heiratete später Anna Maria von Groote. Unsere Familien sind daher miteinander verwandt.«

Zabel verstand. »Das heißt, du hast nicht irgendein Gemälde nach Hause geholt, sondern eins, das im weitesten Sinne deiner Familie gehört.«

Er schüttelte energisch den Kopf. »Es gehört an den Ort, an dem es hängt. Sankt Peter.«

»Erzähl mir mehr über die Rückführung dieses Gemäldes und der anderen Kunstschätze.«

»Das ist eine lange Geschichte.«

»Ich habe Zeit«, erwiderte Zabel.

»Hast du nicht. Wir nicht.« Er sah wieder auf seine Taschenuhr. »Wir sind zum Fischessen verabredet, und vorher gehen wir in die Messe im Dom.«

Erneut wirkte es so, als würde Everhard nicht über die Vergangenheit reden wollen. »Gib mir eine Kurzfassung, einen Rapport.«

Er seufzte. »Na gut. Ich war für das Aufspüren und die Beschlagnahmung der Werke verantwortlich. Es ging nicht nur um Kunstobjekte und Gemälde, auch um Bücher, Schriften, Münzen.« Er musste grinsen. »Und sogar eine Mumie habe ich heimgeholt.«

Zabel glaubte, sich verhört zu haben. »Eine Mumie? Aus Ägypten?«

Everhard lachte. »Nein. Die Mumie des Vogts von Sinzig. Eine unglaubliche Geschichte. Johann Wilhelm von Holbach war einst Vogt in Sinzig. Er verstarb 1691, und seine Leiche verweste aus irgendeinem Grund nicht. Dafür gibt es bis heute keine Erklärung. Hundert Jahre später hatten die Franzosen den Toten geraubt, wie so vieles andere auch.«

»Wohin wurden die Sachen gebracht?«

»Nach Paris. Das meiste davon in den Louvre.«

»Ich meinte, wohin wurden die Kunstschätze gebracht, nachdem du sie beschlagnahmt hattest?«

»Es war vereinbart, dass jedes Stück dorthin zurückkehrt, wo es entwendet wurde. Nur leider hatten sich die Preußen irgendwann nicht mehr an dieses Versprechen erinnern wollen.« Er wirkte mit einem Mal verbittert. »Ich musste darum kämpfen, dass *Die Kreuzigung Petri* und andere Werke nach Köln kamen und die Mumie zurück nach Sinzig.«

»Wie kann ich mir diese Rückführungsmission vorstellen?«

»Es ist, wie schon gesagt, eine lange Geschichte.« Er sah wieder auf seine Taschenuhr und fing an, etwas schneller zu sprechen. »Ich hatte mit *Dominique Vivant Denon* zu tun, man nannte ihn auch *Das Auge Napoleons*, weil er während der Besatzung durch Europa gereist war, um Kunstschätze aufzuspüren und zu konfiszieren. Als ich ihn kennenlernte, war er Generaldirektor des Louvre in Paris. Ich erinnere mich noch sehr genau an unsere erste Begegnung, es war am elften Juli im Jahre 1815. Ich suchte ihn im Louvre auf, in Begleitung von einem Dutzend Soldaten. Denon weigerte sich, die Schätze herauszugeben, aber ohne Erfolg. Ich bekam sie. Abgesehen von einer Granitsäule, die aus dem Aachener Dom stammte und die man im Louvre fest verbaut hatte. Sie blieb dort. Für den Rücktransport der Kunstschätze war nicht ich verantwortlich, sondern General Friedrich von Ribbentrop. Wenn dir der Name etwas sagt.«

»Ich habe von ihm gehört, wir sind uns aber nie persönlich begegnet.«

Everhard sah erneut auf seine Taschenuhr und erhob sich von seinem Stuhl. »Wir sollten jetzt wirklich gehen, wenn wir nicht zu spät kommen wollen. Franziska wäre alles andere als glücklich darüber.«

»Meine Frau ebenso wenig. Wir müssen das Gespräch aber unbedingt fortsetzen.«

Everhard nahm es zur Kenntnis, sagte aber nichts, während er sich den Mantel anzog und seinen Zylinder vom Haken nahm. Dann wandte er sich Zabel zu. »Warum interessiert dich diese Rückführungsmission so sehr?«

»Wegen dieser Medaille. Du sagtest, dass du nicht für den Transport der Kunstschätze verantwortlich warst?«

»Ja.«

»Könntest du dir vorstellen, dass nicht jedes Kunstwerk dort angekommen ist, wo es hinsollte? Der Weg nach Köln ist weit, der nach Berlin noch weiter.«

»Nichts ist unmöglich, aber dann müsstest du dich an General von Ribbentrop wenden. Er wird begeistert sein, von dieser Idee zu hören.«

Sie lachten beide.

»Wie wertvoll ist das Rubensgemälde?«, fragte Zabel.

»Für die Kölner Bürger beinahe unbezahlbar. Wie ich schon erwähnt habe, der Maler wird in dieser Stadt sehr verehrt.«

»Warum genau?«

»Wie soll ich es erklären?« Everhard überlegte einen Moment, suchte nach den richtigen Worten. »Bevor die Franzosen kamen, war Köln eine freie Stadt. Ein Wallfahrtsort. Erzkatholisch, es gab eine Universität, Klöster und, und, und. Mit dem Einmarsch der Franzosen änderte sich vieles. Rund zwanzig Jahre lang war die Stadt belagert. Dann kam die Befreiung, und gleich danach übernahmen die Preußen die Herrschaft. Wir sind immer noch fremdbestimmt. Das Gemälde gab den Kölnern ein Gefühl, dass wieder etwas zurückgewonnen wurde, was man verloren glaubte. Ein Synonym für Freiheit. Wie eine romantische Rückbesinnung an die gute alte Zeit.«

Zabel verstand. »Das erklärt den ideellen Wert.«

»Ja. Und das dürfte auch ein Grund gewesen sein, weshalb die Preußen es nicht gewagt hätten, sich dieses Bild unter den Nagel zu reißen. Bei anderen Werken bin ich mir nicht sicher, wo sie abgeblieben sind. Es ist zu lange her.« Er warf erneut einen Blick auf seine Taschenuhr, ohne wirklich hinzuschauen, und seine Stimme klang mahnend. »Jetzt sollten wir aber wirklich los.«

Zabel nahm seinen Hut, und die beiden verließen das Büro.

KAPITEL 7

Es war so leise wie sonst nie. Eher Gemurmel statt Gegröle, das Klappern von Tellern und Besteck, keiner lachte laut oder rief seinem Gegenüber etwas über den Tisch hinweg zu. Ganz anders, als Zabel das von den Sitzungen des Festordnenden Komitees gewohnt war. Die Stille im Saal hatten sie der Anwesenheit der Damen zu verdanken.

Everhard von Groote und seine Frau Franziska hatte es an einen anderen Tisch als Zabel verschlagen, das Kindermädchen war mit dem Neugeborenen im Nebenraum.

Der Verleger Marcus DuMont und seine Frau Katharina saßen Eva und Gustav gegenüber. DuMont zählte zu Zabels besten Freunden, sie waren nicht nur beide im Festordnenden Komitee, sondern hatten sich schon lange vorher kennengelernt, durch Eva. Beruflich standen sie gewissermaßen auf verschiedenen Seiten, weil dem Polizeipräsidenten Karl Philipp von Struensee immer wieder daran gelegen war, die Presse zu zensieren und DuMont in die Schranken zu weisen. Trotz alledem standen sich der Kommissar und der Verleger sehr nah. Während der Festtage hatte Zabel seinen Freund nur im Vorübergehen gesehen. Die *Kölnische Zeitung*, die Du-

Mont als Verleger herausbrachte, war maßgeblich dafür verantwortlich, dass der Karneval prosperierte und über die Stadtgrenze hinaus bekannt geworden war.

Das traditionelle Fischessen am Aschermittwoch, das zum zweiten Mal stattfand, läutete die Fastenzeit ein, und dementsprechend fielen die Portionen aus. Auf dem Teller lagen ein wenig gekochter Fisch, Kartoffeln und Gemüse. Es wurde kein Wein gereicht, nur Wasser und Apfelsaft.

Zabel vernahm, wie zwei Männer am Nebentisch über Albertus Neureck redeten. Der Apotheker gehörte auf unbestimmte Zeit nicht mehr zum Festordnenden Komitee. Was genau der Auslöser war, der zu dem Eklat mit dem Polizeipräsidenten geführt hatte, darüber wurde nicht gesprochen, aber fest stand, dass der Rotwein mit Absicht verschüttet worden war. Heinrich von Wittgenstein duldete solches Verhalten seitens der Repräsentanten des Kölner Karnevals nicht. Obwohl Zabel den Apotheker gut leiden und den Polizeipräsidenten nicht ausstehen konnte, war auch er der Meinung, dass so etwas nicht geduldet werden durfte.

Marcus DuMont beugte sich etwas zu Zabel herüber, um vertraulich sprechen zu können. »Können wir uns morgen mal unterhalten?«

»Worüber denn?«

DuMont grinste. »Das weißt du genau, oder?«

»Sankt Gregorius?«

Er nickte.

»Was ist mit Sankt Gregorius?«, fragte Eva prompt.

»Du wirst morgen sicher in der Zeitung darüber lesen.« Die Männer beendeten ihr konspiratives Gespräch. Zabel vermied es grundsätzlich, über die Arbeit zu reden, sein Privatleben war ihm heilig.

Die Geheimniskrämerei gefiel Eva nicht. »Ich möchte aber jetzt davon erfahren.«

»Ich auch«, schloss sich Katharina an.

Zabel blieb keine Wahl. »Wir haben heute Morgen auf dem Kirchplatz von Sankt Gregorius eine Leiche gefunden. Mehr darf und möchte ich nicht dazu sagen.«

»Wie schrecklich«, entfuhr es Eva. »An so einem heiligen Ort?«

»Der Kirchhof war einst eine Begräbnisstätte«, sagte DuMont, und sein Tonfall klang belehrend. »Für all die Heimatlosen und Fremden, aber auch für einheimische Nichtkatholiken. Ein Friedhof der Ehrlosen, Selbstmörder und Hingerichteten.«

»Trotzdem kein Grund, dort eine Leiche abzulegen«, erwiderte seine Frau, und ihr Tonfall verriet, dass sie sich daran störte, wie erhaben und beinahe arrogant ihr Mann manchmal eine Spur zu viel von seinem Wissen preisgab.

Zabel wollte das Thema beenden. »Belassen wir es dabei.«

»Weiß Everhard davon?«, hakte Eva nach.

»Ja, ich war heute bei ihm. Wir haben etwas die Zeit vergessen, deshalb wären wir beinahe zu spät gekommen.«

»Beinahe?« Eva sah ihren Mann kritisch an. »Franziska war richtig wütend. Auch wegen gestern, weil Everhard so früh wegwollte.«

Zabel schaute auf. Anscheinend hatte er richtiggelegen mit seiner Vermutung, dass Everhard die treibende Kraft gewesen war, die Gesellschaft zu verlassen.

»Wie lange seid ihr geblieben?«, fragte Katharina.

»Es war nach zwei, als wir daheim ankamen«, antwortete Eva.

»Vielleicht hatte Everhard einfach keine Lust mehr gehabt zu feiern«, warf Zabel ein. »Immerhin ist ja am Aschermittwoch der Karneval vorbei. Oder?«

»Na ja«, sagte Katharina. »Franziska hat uns erzählt, dass gerade, als sie zu Hause angekommen waren, Everhard noch mal zurückmusste, weil er seine Geldbörse bei Wittgenstein vergessen hatte. Zum Glück hatten sie den Kutscher noch nicht fortgeschickt. Aber dann blieb er länger weg als gedacht, und Franziska fragte sich, ob er sie nur nicht mehr dabeihaben wollte.«

»Vielleicht meinte er, das Kind müsste nach Hause«, schlug DuMont als mögliche Erklärung vor.

»Ich denke, Franziska kennt sich besser mit Neugeborenen aus als ihr Mann«, erwiderte seine Frau.

Zabel hörte auf zu essen. Seine Gedanken kreisten um den gestrigen Abend. Er hatte bei Wittgenstein die meiste Zeit in der Nähe des Eingangs gestanden, weil es ihm im Wohnzimmer zu laut war. Zabel konnte sich noch gut erinnern, wie Everhard und seine Frau gegangen waren. Nachdem Zabel den Verkäufer von Parzellen kurz kennengelernt und ein paar Worte gewechselt hatte, war es ihm im Wohnzimmer wieder zu laut geworden. Zusammen mit Franz Rothamel hatte Zabel an der Tür gestanden, Everhard war nicht zurückgekehrt. Er schien seine Frau angelogen zu haben.

Eva tippte ihn mit dem Ellbogen an. »Was ist mit dir? Schmeckt es nicht?«

Zabel aß weiter. Eva bemerkte immer sofort, wenn er geistig nicht mehr anwesend war, und das störte sie sehr. Dennoch beließ sie es dabei und wandte sich ihrer Freundin zu.

Die Frauen redeten über die Festtage, schwelgten in Erinnerungen, und schon jetzt kam bei beiden die Vorfreude auf die nächste Session auf. DuMont und Zabel sprachen über sachliche Themen, den Erfolg des Karnevals und wie er sich in den letzten zwei Jahren entwickelt hatte. Am Sonntag, wenn sich der Kleine Rat des Festordnenden Komitees wieder zusammensetzen würde, gäbe es bestimmt eine detaillierte Aufstellung, wie viel Profit die tollen Tage eingebracht hatten.

Nachdem die Teller abgeräumt waren, lichtete sich das Feld, die meisten verließen die Veranstaltung. Da es keinen Alkohol zu trinken gab, war das für die Geselligkeit schädlich. DuMont und seine Frau verabschiedeten sich ebenfalls, Everhard und Franziska waren schon weg, und auch Zabel verspürte das Bedürfnis, den Heimweg anzutreten.

»Wie kommt ihr nach Hause?«, fragte Friedrich Wilhelm Brügelmann, der sich zu ihnen gesellt hatte. Er war Evas Cousin.

»Wir können uns gern eine Kutsche teilen«, sagte Zabel.

»Ich würde lieber zu Fuß gehen«, intervenierte Eva. »Es ist doch noch früh und auch nicht kalt.«

»Dann machen wir das.«

Sie wollten gerade gehen, da erbat sich Zabel noch einen

kleinen Moment und ging zu Johann Baptist Farina, der am anderen Ende des Tisches saß.

»Hast du noch etwas erreicht?«

»Leider wenig.« Farina holte die Medaille aus seiner Rocktasche. »Die Prägung auf der Rückseite war geschmolzen, es ist kaum etwas zu erkennen.«

»Nicht schlimm. Everhard wusste von der Medaille und konnte mir etwas dazu sagen.«

»Dann ist ja gut.«

»Wir gehen jetzt. Vielen Dank für deine Mühe.«

»Jederzeit wieder. Ich wünsche einen guten Heimweg.«

»Euch auch.«

Sie gaben sich zum Abschied die Hand. Zabel blickte sich um, Eva hatte den Gastraum bereits verlassen und wartete an der Theke auf ihn. Als die beiden gemeinsam auf die Straße traten, hakte sie sich bei ihm unter, und sie schlenderten durch das nächtliche Köln. Die Straßen waren von Laternen beleuchtet. In diesem Tempo würden sie wahrscheinlich eine Viertelstunde bis zum Neumarkt brauchen.

»Wieso drehst du dich ständig um?«

Zabel fühlte sich ertappt. »Ist das so?«

Er selbst hatte es kaum wahrgenommen, dass er öfter den Kopf nach hinten drehte.

»Ja.« Sie schaute sich auch um. »Hast du die Befürchtung, dass uns jemand folgt?«

»Nein. Es ist nur: In der Dunkelheit lohnt es sich, hin und wieder mal nach hinten zu schauen.«

»Es ist nicht das erste Mal, dass wir im Dunkeln nach Hause gehen. Was ist los mit dir?«

Er konnte ihr unmöglich die Wahrheit sagen. »Was soll mit mir los sein?«

»Ich weiß nicht genau, ab wann heute Abend, aber plötzlich warst du nicht mehr bei uns. Was ist das für ein Fall, an dem du arbeitest?«

»Du weißt, dass ich nicht gern über die Arbeit rede.«

»Und du weißt, wie unwohl mir dabei ist, wenn du dich so in Gesellschaft von Leuten verhältst.«

»Was meinst du?«

»Wenn deine Gedanken abschweifen und du alle um dich herum plötzlich wie Luft behandelst.«

»Ich gelobe Besserung. Versprochen.«

Sie hielt Gustav fest und blieb stehen, umarmte ihn und schaute zu ihm auf. »Ich bin so stolz auf dich.«

Er lächelte, wenn er auch nicht wusste, warum sie stolz auf ihn war.

»Du hast bewiesen, dass noch ein anderer Mann in dir steckt.«

Zabel war innerlich aufgeschreckt. »Wie meinst du das?«

»Du bist nicht mehr der Preuße, der du mal warst. Du bist am Rhein angekommen, der Frohsinn hat dich gepackt. Ich freue mich darüber, dass wir unsere Krise überwunden haben. Und ich kann damit leben, dass wir keine Kinder haben werden.« Sie sah ihm tief in die Augen. »Solange ich dich habe.«

Ihr Blick zeigte Verlangen. Zabel zögerte, dann senkte er seinen Kopf zu ihr herab, und sie gaben sich einen intensiven Kuss.

Schließlich lösten sie sich voneinander und gingen weiter.

Zabel wurde noch immer das Gefühl nicht los, beobachtet zu werden. Vielleicht war es nur Einbildung, aber er traute
sich nicht, in Gegenwart seiner Frau noch mal den Kopf zu
drehen, um hinter sich zu schauen.

KAPITEL 8

Zabel schlug die Augen auf. Das Bett neben ihm war leer, nur das flackernde Licht einer Kerze erhellte das Schlafzimmer. Er musste kurz eingenickt sein, hörte Geräusche aus dem Flur, dann kam Eva herein. Sie trug nur ihr Nachthemd, keine Kopfbedeckung, und ließ ihre Hüllen fallen. Nackt stand sie vor ihm im Schein der Kerze. Ihre Brüste wogen schwer, und die Haare bildeten einen dunklen Fleck zwischen ihren voluminösen Schenkeln.

Sie kroch unter die Bettdecke, und er spürte die Wärme ihres Körpers, dann ihre Hand, aber eine Reaktion bei ihm blieb aus.

»Es ist Fastenzeit, meine Liebe.«

»Das bezieht sich nur auf Alkohol und reichhaltiges Essen.«

»Wir sollen Vergnügungen entsagen, um uns an den Heiland zu erinnern und das Leben bewusster zu genießen«, hielt er dagegen.

Gustav spürte, wie Evas Bemühungen nun doch dazu führten, dass sich bei ihm etwas regte. Sie schwang das Bein über seinen Bauch, legte sich auf ihn, damit er in sie eindringen konnte. Es fühlte sich gleichermaßen schön wie falsch an, da er in Gedanken woanders war, bei einer anderen Frau. Evas Stöhnen machte es nur noch schlimmer, sie liebte ihn mehr denn je, nicht nur körperlich. Sie glaubte, die Ehekrise überwunden zu haben. Eva stöhnte noch lauter, kannte keine Hemmungen mehr, gab sich ihrem körperlichen Genuss hin, bis es plötzlich still wurde und sie für einen Moment erstarrte. Voller Lust in den Augen sah sie auf ihn herab. Ihm selbst war dieser Höhepunkt nicht vergönnt.

Aus Evas Lungen entwich die Luft, und sie ließ sich zur Seite fallen auf die Matratze. Dann schwang sie die Beine über die Bettkante, streifte das Nachthemd wieder über und verließ das Schlafzimmer. Er hörte Geräusche aus dem kleinen Raum mit der Waschkommode, und kurz danach kehrte sie mit einer Schlafhaube auf dem Kopf zurück, kroch wieder unter die Bettdecke und blies die Kerze aus.

»Gute Nacht«, ertönte es aus der Dunkelheit.

»Gute Nacht«, erwiderte Zabel.

Schon nach kurzer Zeit vernahm er leise Atemgeräusche. Gustav fühlte sich wie ein Betrüger. Wie Adam, der vom Baum der Erkenntnis gekostet hatte und plötzlich merkte, dass er nackt war. Zabels Gedanken kreisten nur darum, was passieren würde, wenn seine Befürchtung wahr würde. Wenn sie wieder da wäre: Cécile.

Eva, die neben ihm lag, entfachte nicht mal annähernd die Gefühle in ihm wie früher. Sie hatte es auf dem Nachhauseweg ausgesprochen. Er war ein anderer geworden. Sie sah in ihm den geläuterten Preußen, bei dem der rheinische

Frohsinn gewirkt hatte. Das sahen auch seine Freunde so. Von Wittgenstein, DuMont, Brügelmann.

Aber wer er wirklich war und was in ihm vorging, wusste keiner. Noch nicht mal er selbst.

Zabel schloss die Augen, aber es dauerte lange, bis die Müdigkeit ihn übermannte.

KAPITEL 9

Zabel wusste, dass das Gespräch mit seinem Freund unangenehm werden würde, aber ihm blieb keine andere Wahl, als darauf zu bestehen. Deshalb wollte er auch nicht wie beim letzten Mal unangemeldet bei Everhard von Groote erscheinen, sondern hatte sich offiziell einen Termin geben lassen. Fritz Bartmann war immer noch krank, seine Frau hatte Zabel Bescheid gegeben und ihre Sorge zum Ausdruck gebracht, dass es vielleicht mehr als nur eine Erkältung war. Auf jeden Fall schien es nicht nur am Alkohol gelegen zu haben, dass der Kollege am Aschermittwoch von Übelkeit heimgesucht worden war.

Es machte Zabel nichts aus, allein zu arbeiten. Im Gegenteil, so musste er sich niemandem mitteilen und erklären. Gerade als er den Mantel vom Haken nahm und anziehen wollte, klopfte es an der Tür.

»Ja?«

Der Kollege vom Büro nebenan, Konstantin Scheer, erschien im Türrahmen. »Von Struensee möchte Sie sprechen.«

Zabel seufzte. »Was will er?«

Scheer grinste. »Das müssen Sie selbst herausfinden.«

»Danke.«

Der Kollege verschwand wieder. Zabel hängte den Mantel an den Haken zurück, verließ sein Büro und ging die Treppe nach oben, erreichte die dritte Etage und klopfte am Ende des Korridors an die zweiflügelige Tür.

»Herein«, ertönte es von drinnen.

Zabel trat ein. Karl Philipp von Struensee stand in seiner dunkelblauen Uniform mit goldenen Bändern und Orden an der Brust hinter seinem Schreibtisch. Es war nicht dieselbe, die er am Maskenball angehabt hatte, denn auf dieser hätte der Rotweinfleck immer noch erkennbar sein müssen. Von Struensee deutete zu einem Stuhl auf der anderen Seite des Schreibtisches.

»Bitte.«

Die bequem erscheinende Sitzecke neben dem Schreibtisch, bestehend aus einem Sofa und zwei Stühlen, war nur für Besprechungen mit wichtigen Persönlichkeiten gedacht, zu denen Zabel nicht gehörte. Er hatte noch nie dort gesessen und nahm wie gewohnt auf dem Stuhl vor dem Schreibtisch Platz.

»Sie wollten mich sprechen?«

Von Struensee blieb stehen, um auf ihn herabzusehen. »Sie hatten recht.«

»Schön zu hören. Womit denn?«

»Die Neuorganisation des Karnevals ist wohl eher von Vorteil als schädlich. Es war mir nicht bewusst, den Kölnern damit eine so große Freude zu machen, dass sie von Krawall und Aufruhr absehen und sich nur der schnöden Belustigung hingeben.« Seine Wortwahl und Stimme klangen herablassend. »Eine Art der Belustigung, die ich natürlich nicht teilen kann. Ebenso wenig werde ich es hinnehmen, dass ich mich von einem Mitglied des Festordnenden Komitees, zu dem Sie ja auch gehören, beleidigen lasse.«

»Von Wittgenstein hat denjenigen bereits abgestraft.«

Der Polizeipräsident sah ihn verdutzt an. »Hat er?«

Zabel nickte. »Der Apotheker Albertus Neureck ist nicht mehr Mitglied des Festordnenden Komitees, weder im Großen noch im Kleinen Rat.«

Von Struensee tat entrüstet. »Und wieso erfahre ich davon nichts?«

»Ich nehme an, von Wittgenstein hat es bis jetzt nicht für nötig gehalten, Sie zu informieren. Aber er wird es bestimmt nachholen, sonst erinnere ich ihn daran.« Zabel ließ seinen Vorgesetzten spüren, dass das Amt des Polizeipräsidenten nicht von solcher Bedeutung war, als dass ein Heinrich von Wittgenstein den Gang nach Canossa antreten würde. Für den Präsidenten des Festordnenden Komitees war es eine persönliche Angelegenheit, solches Verhalten in den eigenen Reihen nicht zu dulden, egal, gegenüber welchem Gast.

Von Struensee nahm auf seinem Stuhl Platz und schien zu überlegen, wie er den Wind, den Zabel ihm gerade aus den Segeln genommen hatte, wieder entfachen konnte. »Prinz Friedrich von Preußen war auch auf dem Maskenball. Mit ihm hatte ich ein interessantes Gespräch. Über Ihre Person.«

Zabel schwieg geduldig, obwohl er vor Neugier platzte.

»Der Prinz wirkte auf mich nicht erfreut, Sie in einer Uniform der ehemaligen Stadtsoldaten zu sehen.« Von Struensee unterstrich seine Worte mit einem Kopfschütteln. »Ich persönlich finde, dass Sie sich durch Ihre Teilnahme an so was der Lächerlichkeit preisgeben.«

»Im Karneval hat jeder das Recht dazu, sich lächerlich zu machen. Solange er niemandem dabei unrecht tut. Warum erscheinen Sie bei einem Maskenball, wenn Ihnen nicht nach Frohsinn ist?«

»Das ist allein meine Sache«, blaffte er ihn an. Nicht jeder durfte in diesem Ton mit von Struensee reden, aber Zabel war der Günstling des Prinzen in Düsseldorf.

»Auch wenn die Neuorganisation des Karnevals gut bei der Bevölkerung ankommt und eine befriedende Wirkung zeigt, so betrachte ich als Polizeipräsident das große Ganze. Womöglich als Einziger, aber das ist mir egal. Fische, die gegen den Strom schwimmen, sind kräftiger als ihre Artgenossen, die es sich leicht machen.«

»Haben Sie mich einbestellt, um mir das zu sagen?« Zabel wurde unruhig. Er hatte Wichtigeres zu tun, als sich von seinem Vorgesetzten belehren zu lassen.

Von Struensee schien das zu spüren und ließ sich absichtlich Zeit fortzufahren. »Ich werde darauf achtgeben, ob die Uniform der ehemaligen Stadtsoldaten nicht zu sehr auf Sie abfärbt. Die Farbe Rot steht Ihnen nicht und könnte hinderlich werden bei der Ausübung Ihrer Dienstpflichten.«

»Da müssen Sie sich keine Sorgen machen. Ich werde immer loyal gegenüber meinem Vaterland sein. Meinem Vaterland, wohlgemerkt.«

Von Struensee verstand sicherlich genau, was Zabel damit zum Ausdruck bringen wollte. Der Kommissar hatte keinen Eid auf den Polizeipräsidenten geschworen.

»Ich spreche vom Kölschen Klüngel«, setzte von Struensee nach. »Sie wissen, was das ist. Man hört viel darüber, wie in gewissen Kreisen Tauschgeschäfte getätigt werden, wodurch Abhängigkeiten entstehen, die unlauter sind. Machen Sie bei so etwas mit?«

»Nein«, erwiderte Zabel prompt. »Ich bin Beamter der Königlich Preußischen Regierung und halte mich strikt an die Gesetze.«

»Wir werden sehen«, erwiderte von Struensee, und es klang beinahe wie eine Drohung, als ob er nur auf den Tag wartete, an dem er seinem Kommissar ein Fehlverhalten nachweisen konnte. Von Struensee wechselte das Thema. »Was wissen Sie über die verbrannte Leiche auf dem Kirchplatz?«

»Noch nicht mal seinen Namen.«

»Und warum lag die Leiche vor Sankt Gregorius?«

Zabel zuckte die Schultern. »Der Tote war groß, sehr schwer. Wenn er dort erschlagen wurde, läge es nahe, dass man ihn auch dort verbrannt hat.«

»Und wieso?«

»Damit wir nicht wissen, um wen es sich handelt.«

»Also eine Person, die bekannt sein dürfte?«

»Womöglich. Geben Sie mir etwas Zeit, dann kann ich Ihnen mehr sagen.«

»Ich erwarte heute noch einen Bericht von Ihnen, ein Protokoll, in dem alles steht, was Sie bis jetzt haben.«

Mit einer Handbewegung gab er seinem Untergebenen zu verstehen, dass das Gespräch beendet war. Der hatte nichts dagegen, stand auf und verließ das Büro.

Zabel hatte Wichtigeres zu tun, als sich an den Schreibtisch zu setzen und ein Protokoll zu schreiben. Der Weg zum Regierungsgebäude war nicht weit. Er traf fünf Minuten zu spät zum Termin ein, weil von Struensee ihn unnötigerweise aufgehalten hatte. Auf das Klopfen an der Bürotür reagierte niemand, Zabel betätigte die Klinke, es war nicht abgeschlossen. Er machte die Tür ganz auf. Niemand war da. Auf Everhards Schreibtisch türmten sich rechts und links zwei hohe Aktenstapel, hinter denen man sich verstecken konnte. Zabel blieb einen Moment an der Tür stehen, überlegte, ob er eintreten sollte. Oder wäre es anständiger, auf dem Flur zu warten? Da sah er zwischen den Aktenstapeln hindurch ein einzelnes Blatt Papier auf der Schreibtischunterlage liegen. Zabel trat ein, ließ die Tür offen stehen und näherte sich dem Schreibtisch. Fein säuberlich waren einige Worte auf einem Papierbogen untereinandergeschrieben. Zabel las: *St. Gregorius. Verkohlte Leiche. Medaille. Rubens. Brief.* – Was darunter notiert war, konnte Zabel nicht lesen, ohne ganz um den Schreibtisch herumzugehen. Aber das letzte Wort unter dem Namen Rubens war: *Brief.* Da hörte er ein Geräusch auf dem Flur und trat einen Schritt vom Schreibtisch zurück. Schritte näherten sich, bis Everhard im Türrahmen erschien.

»Oh, da bist du ja.«

»Entschuldige meine Verspätung. Der Polizeipräsident hat mich aufgehalten.«

Everhard deutete auf einen Stuhl. »Bitte, setz dich.«

Er selbst nahm hinter seinem Schreibtisch Platz, den Papierbogen mit den Stichworten faltete er einmal in der Mitte zusammen, damit man das Geschriebene nicht mehr sehen konnte. Everhard hatte sich ganz offensichtlich Gedanken über den Fall gemacht. Zabel zog seinen Mantel aus und nahm den Hut ab, in Ermangelung einer Garderobe legte er beides auf dem Beistelltisch ab und setzte sich.

Die Lücke zwischen den Aktenstapeln glich beinahe einer Schießscharte, durch die sie sich ansahen. Zabel hatte auf dem Weg hierher überlegt, wie er das Gespräch beginnen sollte, und entschied sich für den kürzesten Weg: die gerade Linie.

»Du hast am Mittwochmorgen, als du nach Hause kamst, deine Frau angelogen.«

Everhard starrte ihn mit offenem Mund an. »Wie kommst du darauf?«

»Du hast ihr gesagt, dass du deine Geldbörse bei Wittgenstein vergessen hättest und noch mal mit der Kutsche zurückgefahren wärst.«

Everhard geriet ins Stottern. »Ja. Wo … woher weißt du das?«

»Es spielt keine Rolle, wer es mir gesagt hat. Ich könnte Franziska fragen, und sie bestätigt es mir sicher. Oder?«

Everhard nickte. »Ja, ich habe meine Brieftasche vergessen.«

»Hat Wittgenstein sie dir aus dem Fenster geworfen?«

»Bitte?«

»Ich habe mich die ganze Zeit in der Nähe der Wohnungstür aufgehalten, zusammen mit Franz Rothamel, den du mir an dem Abend vorgestellt hast. Du und ich, wir hätten uns noch mal sehen müssen, wenn du zurückgekommen wärst.«

Everhard war überführt und wusste es. Darum schwieg er. Die typische Reaktion eines Lügners, der sich erst eine neue Geschichte zurechtlegen musste.

»Unser Gespräch ist vertraulich«, betonte Zabel in ruhigem Tonfall. Er wollte seinen Freund nicht mehr in die Enge treiben als nötig. »Ein rein informelles Gespräch unter Freunden, keine Befragung, kein Verhör. Nichts von dem, was wir hier reden, dringt an die Öffentlichkeit. Ich erwähne es in keinem Protokoll, das kann ich dir versichern. Ich würde auch für dich lügen und sagen, dass du an dem Abend noch mal zurückgekommen bist, um deine Brieftasche zu holen. Nur bei mir funktioniert das nicht.«

»Was?«

»Mich kannst du nicht belügen, denn ich finde die Wahrheit heraus. Irgendwann.«

Everhard signalisierte durch ein stummes Kopfnicken, dass er verstanden hatte.

»Wohin bist du mit der Kutsche gefahren in jener Nacht?«

»Zur Elendskirche. Ich sollte dort jemanden treffen.«

»Wen?«

»Ich weiß es nicht. Das musst du mir glauben.«

»Wie wurde das Treffen arrangiert, wenn du es nicht weißt?«

Everhard zögerte.

»Ein Brief?«, fragte Zabel.

Sein Freund sah ihn verdutzt an.

»Während ich allein im Büro war, habe ich auf das Blatt mit deinen handschriftlichen Notizen geschaut. Für diese Indiskretion entschuldige ich mich, aber es scheint ja vonnöten gewesen zu sein. Darf ich sehen, was du da aufgeschrieben hast?«

Everhard behielt das gefaltete Blatt Papier bei sich, öffnete die oberste Schublade seines Schreibtisches und holte einen Brief hervor, reichte ihn zwischen den Aktenstapeln hindurch. Zabel nahm ihn entgegen, schaute auf das Kuvert, dort stand nur Everhards Name. Es sah eher nach der Handschrift einer Frau als eines Mannes aus, aber das konnte auch täuschen. Zabel öffnete das Kuvert, zog ein Blatt heraus, faltete es auseinander. Der Text war mit Tinte geschrieben, die Handschrift nicht leicht zu lesen. Der Verfasser, Mann oder Frau, hatte sich wenig Mühe gegeben, und neben ein paar Tintenklecksen gab es einige durchgestrichene und falsch geschriebene Worte.

Geehrter Everhard von Groote.

Ich komme aus Paris. Dort habe ich viel erfahren über Ihre Heldentaten von damals.

Treffen wir uns bite, es darf aber niemand dabei sein. Sonnst droht, dass ihr Familienname in den Schmutz gezogen wirt. Wegen Dingen, die Sie nicht zu verandworten haben.

Ich warte auf sie an der Elendskirche. Kommen Sie nach der Nubbelverbrennung. Kommen Sie unbetingt alein.

Zabel verspürte Unbehagen. Wortlaut und Grammatik sowie Rechtschreibfehler deuteten auf eine Person hin, die im Schreiben nicht sonderlich geübt war und keinesfalls über einen höheren Bildungsstand verfügte. Er sah von dem Brief auf zu seinem Freund. »Du warst also da?«

Everhard nickte stumm.

»Als es passierte?«

»Nein.« Er schüttelte vehement den Kopf. »Als ich ankam, brannte das Feuer schon. Ich hatte dem Kutscher gesagt, dass er bei Sankt Katharinen warten sollte. Das letzte Stück bin ich zu Fuß gegangen. Es hatte den Anschein, als ob dort ein Nubbel verbrannt worden wäre. Ich habe niemanden gesehen und gewartet, bis ich bemerkt habe, dass … dass es kein Nubbel war. Sondern ein Mensch. Ich bin dann sofort zurück zum Kutscher gerannt und nach Hause gefahren.«

Zabel hielt das Papier hoch. »Was steckt dahinter? Wer könnte diesen Brief geschrieben haben?«

»Ich weiß es nicht.«

»Glaubst du, dass dich jemand erpressen will?«

Everhard wurde laut. »Ich – weiß – es – nicht. Keine Ahnung, wer den Brief geschrieben hat. Aber ich wüsste auch nicht, womit man mich erpressen sollte.«

»Bist du dir sicher?«

Everhard sah ihn erbost an. »Wie meinst du das?«

»Wir haben bisher noch nie darüber geredet, aus Freundschaft habe ich die Fragen bisher vermieden.«

»Welche Fragen? Nun frag schon.«

»Was war der Grund, weshalb du nicht Oberbürgermeister wurdest?«

»Da gibt es etliche Gründe. Willst du sie alle hören? Keiner davon reicht für eine Erpressung.«

Zabel fuhr fort. »In dem Brief werden deine Heldentaten erwähnt. Damit ist die Rückführung der Kunstschätze gemeint, oder?«

»Nehme ich an, ja. Weißt du inzwischen, wer der Tote ist?«

Zabel überlegte, ob er seine Vermutung mitteilen sollte. »Arthur Schmoor. Es steht noch nicht ganz fest, aber ich bin mir sicher.« Er schaute auf das Kuvert. »Der Brief, so wie er verfasst ist und die Handschrift, könnte von einer Frau stammen. Eine Frau, die nicht oft schreibt, eher über einen geringen Bildungsstand verfügt.« Zabel zögerte einen Moment, bevor er seinen Verdacht aussprach. »Womöglich Cécile Travail. Schmoors Begleiterin. Hast du sie gekannt?«

»Die Hure?« Er schüttelte energisch den Kopf. »Nein. Du denn?«

»Ja.«

»Wie gut habt ihr euch gekannt?«, setzte Everhard nach und versuchte, den Spieß umzudrehen, um Zabel in die Defensive zu drängen.

»Nicht so, wie du jetzt denkst.«

»Einige unserer Freunde glauben das aber schon.«

Zabel sah ihn erbost an. »Wer behauptet so etwas?«

»Es sind Gerüchte. Aber dass Eva und du damals nicht gut aufeinander zu sprechen wart, das hat jeder gemerkt. Und dass du damals bei dieser Cécile warst, wissen auch alle.«

»Aus beruflichen Gründen«, erwiderte Zabel scharf. »Und das tut jetzt wirklich nichts zur Sache.«

Everhard gewann wieder an Selbstsicherheit. »Um auf deine Frage zurückzukommen, ich habe diese Frau nie kennengelernt. Niemals. Auch am Aschermittwoch nicht. Wenn sie den Brief geschrieben hat, dann ist sie selbst nicht erschienen. Das musst du mir glauben.«

»Wieso hast du mir verschwiegen, dass du dort warst?«

Everhard wich seinem Blick aus, drehte den Kopf und schaute wieder nach vorne. »Ich brauchte etwas Zeit. Das, was du in unserem ersten Gespräch gesagt hast, mit dem Mord, das hat sich schlimm angehört. Das musste ich mir erst … erst einmal durch den Kopf gehen lassen. Es kam alles so plötzlich, du bist hier hereingeplatzt und …«, er verstummte.

Zabel schaute auf das Papier in seiner Hand und überlegte, was nun am besten zu tun sei. Er durfte den Brief auf keinen Fall im Protokoll erwähnen, denn dann würde Zabel seinem Freund massiv schaden. Der Familienname von Groote stand auf dem Spiel. Es gab in Köln und Berlin einige Leute, die Everhard an seinem Aufstieg in der Regierung hindern wollten. Ihnen gäbe der Kommissar damit neues Futter, selbst wenn Everhard sich nichts zuschulden hatte kommen lassen. In diesen Zeiten blieb von einem Verdacht immer etwas hängen in den Köpfen der Menschen.

Zabel kannte den Inhalt der Nachricht, das musste ausreichen. Er steckte das Papier wieder ins Kuvert und gab den Brief zurück. Everhard legte ihn in die Schublade, schloss sie, drehte den Schlüssel zweimal herum.

»Wenn dich noch ein Brief erreichen sollte, muss ich das sofort wissen. Ich werde dich und deinen Namen schützen, sofern du nichts mit dem Mord zu tun hast und du mir die Wahrheit sagst. Die ganze Wahrheit.«

Everhard ließ den Schlüssel der Schreibtischschublade in seiner Westentasche verschwinden. Sie schwiegen einen Moment, jeder darauf wartend, dass der andere etwas sagte.

»Erzähle mir von der Rückführung der Kunstwerke.«

Everhard wirkte unleidlich. »Was soll ich dir da noch erzählen? Wo soll ich anfangen?«

»Haben alle Schätze den Weg nach Hause gefunden?«

»Die Frage kann ich dir nicht beantworten. Wie schon gesagt, Friedrich von Ribbentrop war für den Transport verantwortlich.«

»Er war General«, erwiderte Zabel. »Er hatte Adjutanten, Offiziere und Soldaten, die unter ihm dienten. Ihn selbst zu bezichtigen wäre vermessen, ebenso lasse ich nichts auf Generalfeldmarschall von Blücher kommen.«

»Von Blücher war nicht in Paris. Er hatte mich entsandt, um die Kunstwerke in Paris aufzuspüren und zu beschlagnahmen. Aber wenn du es genau wissen willst und dir etwas Zeit nimmst, dann habe ich etwas für dich.«

Everhard stand auf und wandte sich dem großen Regal hinter seinem Schreibtisch zu. Er holte eines der schweren, in Leder gebundenen Bücher heraus, kam um den Schreibtisch herum. »Ich habe damals Tagebuch geführt. Du kannst meine Aufzeichnungen lesen.«

Zabel erhob sich auch von seinem Stuhl, nahm das Buch entgegen, schlug es auf. Die Seiten waren handgeschrieben.

»Alles, was damals geschehen ist, steht in dem Buch. Mein Leben. Meine Taten. Natürlich stehe ich dir für Fragen auch weiterhin zur Verfügung. Dass ich dir dieses Buch gebe, sollte wohl als Vertrauensbeweis reichen.«

Zabel sah ihm in die Augen, klappte das Buch zu. Sein Blick schweifte durch den Raum, vorbei an den Bücherregalen zum Fenster. Die Mauer des Nachbargebäudes verdeckte die Sicht. »Warum arbeitest du hier? In so einem schäbigen Büro?«

Everhard sah ihn irritiert an. »Wie meinst du das?«

»Du bist ein Kriegsheld und Schriftsteller. Einer der gebildetsten und intelligentesten Menschen, die ich kenne. Und sie haben dich auf so einen Posten gesetzt. Du arbeitest ohne Bezahlung. Warum?«

Zabel hatte ins Schwarze getroffen, und die Frage schien Everhard zu treffen. Er ließ sich Zeit mit der Antwort. »*Die viel gepriesene Toleranz Preußens ist nur ein fein gesponnenes Wort.*«

»Was soll das nun wieder heißen?«

Everhard ging wieder um den Schreibtisch herum, ließ sich in den Stuhl plumpsen. »Ich kämpfe seit Jahren um die Anerkennung, die mir gebührt. Ich habe mich für das Amt des Oberbürgermeisters beworben, aber es wurde abgelehnt. Wenn du den Grund wissen willst, musst du in Berlin nachfragen, aber ich glaube, es hat etwas damit zu tun, dass ich die falschen Freunde habe. Oder hatte.«

Zabel sah ihn fragend an. »Was für Freunde?«

»Einige von ihnen sind von der *Demagogenverfolgung* betroffen.«

»Demagogen?«

Everhard musste seine Emotionen offensichtlich im Zaum halten, seine Stimme zitterte leicht. »Ja. Wieder eines dieser Synonyme, die den Preußen zur gezielten Unterdrückung von Freiheitsbestrebungen im Deutschen Bund dienen.«

Zabel verstand. »Du siehst dich also als ein Opfer von Repressalien?«

Everhard konnte seine Verbitterung nicht mehr verbergen. Er sprach laut und anklagend. »Sagt dir Joseph Görres etwas?«

Zabel meinte, den Namen schon mal gehört zu haben, schüttelte aber den Kopf.

»Mit ihm verbindet mich seit Langem eine enge Freundschaft. Görres hat sich im August 1819 in einer Schrift, *Teutschland und die Revolution*, gegen die Politik Preußens gewandt. Im Oktober 1819 wurde die Wohnung von ihm in Koblenz durchsucht, und dort haben sie auch Schriften von mir gefunden.«

»Was genau?«

»Drei Schriftstücke, die mich als Mitglied der Kölner Regierung, vereidigt auf den preußischen Staat, schwer belastet haben. Ein Brief an Joseph Görres. Ein Aufsatz von mir über Toleranz und die Beschreibung der Misshandlung meines Bruders Carl durch preußische Soldaten.«

»Worum ging es in dem Brief an Görres?«

»Ich habe mich darin nach Veröffentlichungen im Mordfall Kotzebue erkundigt.«

Zabel verstand sofort. Der Anschlag auf den russischen Generalkonsul August von Kotzebue hatte im Jahre 1819 große Wellen geschlagen und zur Hinrichtung des Attentäters Carl Ludwig Sand geführt. Dieses Attentat und andere Vorfälle dienten der Regierung als Rechtfertigung für die anschließende Demagogenverfolgung.

»War das alles?«, hakte Zabel nach.

»Ein weiterer Freund von mir, Werner von Haxthausen, hatte mich in dieser Angelegenheit damals unterstützt. Haxthausen war bis vor Kurzem noch Teil des Regierungsrates hier in Köln und wurde gerade erst von der preußischen Regierung entlassen, weil er Görres ebenfalls geholfen hatte und auch Jacob Grimm, den ich in Paris kennengelernt habe.«

»Jacob Grimm?« Der Name kam Zabel bekannt vor.

Everhard nickte. »Er und sein Bruder Wilhelm sind bedeutende Sprachwissenschaftler und Volkskundler. Von ihnen stammt eine berühmte Sammlung von Märchen und Sagen.«

Zabel hatte schon von ihnen gehört, ging aber nicht weiter darauf ein. »Du gibst also der preußischen Regierung die Schuld an allem, was in deinem Leben schiefläuft?«

»Nicht an allem, aber an so manchem.«

»Ich muss dich das noch mal fragen, auch wenn du es schon mal beantwortet hast.«

»Was?«

»Könnte es nicht doch sein, dass dich jemand mit deiner Vergangenheit erpressen will? Wegen der Schriftstücke, die bei Görres gefunden wurden?«

»Nein. Die Sache ist vollumfänglich geklärt.« Von Groote zeigte auf das Tagebuch in Zabels Hand. »Darin findest du alle Informationen. Was ich da geschrieben habe, ist die Wahrheit. Und mit der Wahrheit kann man niemanden erpressen. Mehr kann und werde ich dir nicht dazu sagen.«

Zabel hatte vorerst genug gehört, erhob sich von seinem Stuhl. Während er den Mantel anzog und den Hut aufsetzte, vereinbarten sie Stillschweigen über alles. Zabel nahm das Tagebuch mit und ließ einen verbitterten Freund zurück.

KAPITEL 10

Er stand an einen Baum gelehnt, der Schatten spendete. Die Menschen um ihn herum ignorierten ihn, was auch an seiner Kleidung liegen mochte. Im Gegensatz zu seinem sonstigen Auftreten hatte er nichts Maßgeschneidertes an, seine Hose wies sogar mehrere kleine Löcher auf, und die Schuhe waren ausgetreten und verstaubt. Eine dunkle Baskenmütze bedeckte seinen Kopf. In diesen Zeiten konnte man den Stand eines Mannes an seiner Kleidung ablesen, und den körperlich arbeitenden Leuten, denen es oft nicht gut ging, wurde wenig Beachtung geschenkt.

Der Mann war dem Kommissar vom Regierungsgebäude gefolgt und beobachtete jetzt, wie er das Präsidium verließ. Zabel sah nicht aus wie ein gewöhnlicher Kommissar. Er trug keine Amtstracht, was Kommissaren gestattet war, da sie in der Öffentlichkeit nicht unbedingt auffallen sollten. Auch auf die Entfernung war zu erkennen, dass Zabel sich in besseren Kreisen bewegte. Mantel, Gehrock, Hose und Brabanter auf dem Kopf sprachen Bände. Immerhin war Zabel sogar Mitglied im Festordnenden Komitee, im Kleinen Rat, was in dieser Stadt von Bedeutung war.

Der Kommissar entfernte sich vom Präsidium, und dem Beobachter fiel eine Frau in einem dunkelgrünen Kleid auf, die eilig in eine Kutsche einstieg. Das Gefährt setzte sich in Bewegung. In die Richtung, in die Zabel ging.

Da der Mann selbst ein Meister der Beobachtung war, glaubte er, an ihrem Verhalten zu erkennen, dass die Frau ebenfalls auf den Kommissar gewartet hatte. Das bedeutete, er wäre nicht der Einzige, der ein Auge auf Zabel geworfen hatte.

Der Mann wartete noch einen Moment, ließ dem Kommissar ein wenig Vorsprung, bevor er aus dem Schatten des Baumes heraustrat. Er öffnete den Mantel, denn die Sonne gewann von Tag zu Tag mehr an Kraft. Die Kutsche mit der Frau war längst vorbeigefahren, und der Mann schlug denselben Weg ein wie Zabel.

KAPITEL 11

Zabel war kurz im Büro gewesen, um das Tagebuch in seiner Schreibtischschublade einzuschließen. Der sonnige Tag zog ihn wieder hinaus auf die Straße. Er brauchte etwas Abstand, um besser nachdenken zu können. Everhard hatte zugegeben, in der Nacht an der Elendskirche gewesen zu sein. Aber warum? Wusste er mehr über den Verfasser des Briefes und hatte gelogen? Auch wenn Zabel ihn vor falschen Anschuldigungen schützen wollte, stand sein bester Freund ganz oben auf der Liste der Verdächtigen. Allzu lange konnte Zabel die unumstößlichen Fakten nicht verbergen. Er musste schnell herausfinden, welche Rolle Everhard in diesem Fall spielte.

Der Frühling kündigte sich an, die Temperaturen stiegen stetig, was einerseits schön war, aber die Sonne erwärmte auch die Misthaufen und den menschlichen Unrat. In den Vierteln der Stadt, wo ein Haus dicht neben dem anderen gebaut war, stank es mitunter bis zum Himmel. Erst als Zabel den Neumarkt hinter sich gelassen hatte, wurde die Luft angenehmer, da viele Hausbesitzer in diesem Viertel Gärten mit Obstbäumen besaßen und sogar ihr Gemüse selbst anbauten. In diesen Straßen ließ sich frei durchatmen. Eva wünschte sich so sehr einen Garten, wo sie beide an den Wochenenden ausspannen könnten. Das nötige Geld für so eine Anschaffung hätten sie, aber es gab zu wenig Platz innerhalb der Stadtmauern, und Gärten waren heiß begehrt. Eva hatte ihn schon mehrmals darum gebeten, seine beruflichen wie privaten Kontakte zu nutzen, um schneller an eine solche Parzelle zu gelangen. Aber Zabel verweigerte sich gegen jede Form der Vorteilsnahme, auch wenn so etwas in Köln beinahe zum guten Ton gehörte. Genau, wie von Struensee es gesagt hatte, man nannte es den »Kölschen Klüngel«. Sosehr seine Freunde aus dem Festordnenden Komitee ihn animierten, die Dinge nicht so eng zu sehen und gewisse Vorteile für sich zu nutzen, lehnte Zabel dies ab. Er war Kommissar, preußischer Beamter, und es fiel ihm schon schwer genug wegzuschauen, wenn so etwas in seinem Umfeld praktiziert wurde. Das Problem war, dass Leute, die einem einen Gefallen taten, auch schnell eine Gegenleistung forderten, und dafür war Zabel grundsätzlich nicht zu haben. Außerdem war er von seinem Vorgesetzten beinahe schon verwarnt worden und stand in gewisser Weise unter Beobachtung. Zabel wollte sich nicht die Blöße geben, dem Polizeipräsidenten Rechenschaft ablegen zu müssen.

Eva hatte ihn an dem Abend bei Wittgenstein aus dem Gespräch mit Franz Rothamel weggeholt, um ihm einen Verkäufer von Grundstücken vorzustellen. Aber dieser Mann war Zabel vom ersten Moment an unsympathisch gewesen, weshalb er von einem Geschäft mit ihm absah. Also musste Eva noch etwas warten, bis ihnen eine Parzelle angeboten wurde.

Zabel ging durch die Sternengasse und kam zum Haus Nummer zehn. Hier hatte die Familie von Peter Paul Rubens eine Zeit lang gewohnt, und die Kölner glaubten, dass der berühmte Maler auch hier das Licht der Welt erblickt hatte. Wie Zabel mittlerweile wusste, waren Zweifel daran angebracht. Er ging weiter. Dem Kommissar war die Sternengasse aus einem anderen Grund ein Begriff, denn einige Häuser weiter befand sich eine Schankwirtschaft, wo es des Öfteren Tumulte und Schlägereien gab, bei denen die Polizei eingreifen musste. Zabel hatte schon einige Fälle auf dem Tisch liegen gehabt. Es reichte meist, die Rüpel für ein paar Tage wegzusperren, damit sie wieder zur Räson kamen. Zabel vernahm hinter sich das Klappern von Hufen und drehte sich im Gehen um. Eine Kutsche kreuzte den Weg und verschwand wieder. Er war allein in der Straße unterwegs.

Cécile Travail ging ihm nicht mehr aus dem Kopf. Er wusste nicht, ob sie sich in Köln aufhielt, aber ein Bauchgefühl sagte ihm, dass es so war. Er glaubte, ihre Anwesenheit spüren zu können, wie in dem Moment, als er den Brief an Everhard von Groote in der Hand gehalten hatte. Zabel kannte ihre Schrift nicht, wusste nicht mal, ob Cécile des Schreibens mächtig war. Wenn doch, was wollte sie von Everhard, warum hätte sie ihn in der Nacht zur Elendskirche locken sollen?

Zabel erreichte die Kirche Sankt Peter, die etwa hundert Meter vom Haus des berühmten Malers entfernt lag. Es gab einen Haupteingang und einen an der Seite, vor dem Zabel jetzt stand. Er betätigte die Klinke und drückte die Tür auf. Innen war es dunkel, nur spärlich fiel Licht durch die Bleiglasfenster, und die dunklen Mauersteine verschluckten das bisschen Helligkeit. Umso auffälliger erstrahlte das Gemälde im Licht mehrerer Kerzen hinter dem Altar. Zabel nahm, wie es sich in einer Kirche gehörte, den Hut vom Kopf und schritt langsam auf das Bild zu. Er war schon des Öfteren hier gewesen, kannte das Gemälde, das seine Frau so sehr mochte. Es zeigte den heiligen Petrus, wie er von mehreren Männern ans Kreuz genagelt wurde, allerdings mit dem Kopf nach unten, denn so hatte er es laut der Heiligen Schrift selbst gefordert, da er nicht würdig gewesen sei, wie der Sohn Gottes gekreuzigt zu werden. Das Gemälde hatte einen goldfarbenen Holzrahmen, der nach oben einen Halbkreis bildete. Ähnlich einem Kirchenfenster, das auch nur drei gerade Kanten besaß. Im Licht der Kerzen stachen die Farben besonders hervor. Ein Mann mit grauem Bart trieb einen Nagel in den linken Fuß, die Kreuzigung war noch nicht vollendet, der linke Arm war noch frei, weshalb Petrus von einem anderen festgehalten wurde. Es gab noch zwei weitere Helfer, die sich an dem Spektakel ereiferten, während ein Engel zwischen den Wolken am Himmel schwebte und einen Lorbeerkranz sowie einen Palmenwedel in Händen hielt. Petrus sah seinem Ende entgegen, ohne Angst in den Augen, eher voller Hingabe, denn bald würde er seinem Schöpfer und dem Sohn Gottes gegenübertreten.

Zabel starrte das Gemälde an und hoffte auf eine Inspiration. Er ließ das Bild und die Stille auf sich wirken und dachte über die Fakten nach. Arthur Schmoor musste einen guten Grund gehabt haben, nach Köln zurückzukehren, denn es war ihm verboten worden, sich in der Stadt aufzuhalten.

Vielleicht war er gekommen, um sich zu rächen. Aber wieso erst nach zwei Jahren? Das ergab keinen Sinn. Viel naheliegender erschien es Zabel, dass Arthur an gewisse Informationen gelangt sein könnte, die ihn veranlasst hatten zurückzukommen. Und da er die Medaille bei sich getragen hatte, war ein Zusammenhang mit der Rückführungsmission wahrscheinlich. Zabel fügte die Fakten in seinem Kopf zusammen: Everhard von Groote bekam einen Brief, von einer Frau geschrieben. Dieser führte ihn in der Nacht vom Aschermittwoch zur Elendskirche, wo die Leiche verbrannte. Schmoor hatte die Medaille bei sich. Die logische Schlussfolgerung war, dass Cécile den Brief geschrieben hatte. War sie auch vor Ort gewesen? Hatte man sie verschleppt, ebenfalls getötet? Zabel hoffte, dass sie noch unter den Lebenden weilte. Instinktiv wandte er den Kopf, um hinter sich zu sehen, erblickte aber niemanden.

Zabel dachte über ein mögliches Motiv nach. In dem Freudentaumel darüber, dass das berühmte Rubensgemälde den Weg nach Köln zurückgefunden hatte, wäre es womöglich gar nicht aufgefallen, wenn andere Kunstwerke nicht mehr aufgetaucht wären. Es hatte bestimmt Listen gegeben, auf denen alles ordentlich verzeichnet worden war, aber solche Papiere ließen sich fälschen. Der Weg von Paris nach Köln oder Sinzig war weit. Einen Rubens oder die Mumie konnte man nicht so leicht verschwinden lassen, aber andere Werke, von denen keiner redete, über die niemand nachdachte und die vielleicht keiner vermisste, diese schon.

Es musste einen Zusammenhang zwischen dem Fundort der Leiche, der Rubensmedaille und dem Brief an Everhard geben. Zabel glaubte grundsätzlich nicht an Zufälle. Von Groote war in jener Nacht zur Elendskirche gelockt worden. Warum? Wieso besaß der Tote die Medaille? Oder hatte der Mörder sie dort gelassen, damit Zabel sie fand und diese Spur zu Everhard führte? Auch das wäre möglich, aber unwahrscheinlich, denn dann hätte der Täter die Medaille so platziert, dass sie nicht völlig verrußt worden wäre.

Der Anblick des Gemäldes brachte ihm keine neuen Erkenntnisse. Er vertrödelte hier nur wertvolle Zeit mit Mutmaßungen und sollte besser wieder zurück ins Büro gehen, um sich dem Tagebuch zu widmen. Zabel schritt zum Hauptausgang. Als er durch die Tür nach draußen ging, wurden seine Augen vom Sonnenlicht geblendet. Nur schemenhaft sah er eine Frau in einem dunkelgrünen Kleid, die an dem Tor auf der Straße vorbeihuschte und hinter einer Mauer verschwand.

Zabel empfand schlagartig ein komisches Gefühl im Bauch, setzte den Hut auf und ging zügig zu dem Tor, schaute die Straße entlang. Die Frau in dem dunkelgrünen Kleid war nirgends zu sehen, sie musste in die Sternengasse abgebogen sein. So schnell? Es waren gut dreißig Meter bis zu der Ecke. Zabel rannte los bis zu der Kreuzung, sah in die Sternengasse, nach rechts und links. Die Frau war weg. Dafür konnte es nur eine Erklärung geben, sie musste durch den Seiteneingang in die Kirche gelangt sein. Er lief zur Tür, durch die er vorhin Sankt Peter betreten hatte, und ging erneut hinein. Seine Augen mussten sich erst wieder an die Dunkelheit gewöhnen, Zabels Blick schweifte umher. Da war keine Frau in einem dunkelgrünen Kleid. Einen Moment zweifelte er, ob es sie überhaupt gab oder er sich, vom Sonnenlicht geblendet, geirrt hatte. Sein Blick wanderte umher, verharrte beim Beichtstuhl, der aus dunklem Holz gezimmert war, mit einem violetten Vorhang in der Mitte. Rechts und links davon konnte man niederknien. Langsam schritt Zabel auf den Beichtstuhl zu, zögerte einen Moment, bevor er den Vorhang zur Seite schob. Dahinter saß niemand. In dem Moment trat ein Mann von hinten an ihn heran.

»Was tun Sie da?«

Zabel fuhr herum. »Ich bin Kommissar und auf der Suche nach einer Frau in einem dunkelgrünen Kleid. Haben Sie sie gesehen?«

Der Mann, der offensichtlich der Küster war, nickte. »Ja. Sie verhielt sich seltsam, genau wie Sie. Die Frau kam durch den Seiteneingang herein und verließ die Kirche sofort wieder.«

Damit hatte Zabel wenigstens die Bestätigung, dass er sich nicht geirrt hatte.

»Sie sagten, dass Sie ein Kommissar sind?«

Er nickte und sah ihn fragend an.

»Die Frau hat etwas verloren. Heißen Sie Zabel?« Der Küster hielt ein kleines Kuvert in seiner Hand und reichte es ihm.

Zabel nahm das Kuvert und sah drauf. Dort stand sein Name: *Kommissar Gustav Zabel*. Die Schrift glich der auf Everhards Brief. Zabel riss das Kuvert auf und holte einen Zettel heraus, faltete das Papier auseinander. Darauf war eine Strichzeichnung zu sehen. Zwei Straßen, die zusammenführten, darunter die Namen geschrieben: *Kleine Spitzengasse* und *Weißgerbergraben*. An der Stelle, wo die Straßen sich kreuzten, war ein Kreuz eingezeichnet. Zabel wischte einmal mit der Hand über das Papier, die Tinte war schon lange getrocknet.

»Vielen Dank«, sagte er zu dem Küster. »Sie haben mir sehr geholfen.«

Zabel faltete das Papier wieder zusammen und ließ es in seiner Manteltasche verschwinden.

KAPITEL 12

Es stank fürchterlich nach Fischöl und Tran. Die Gerber, die in diesem Viertel ihr Handwerk betrieben, veredelten Tierhäute, aus denen Kleidung und Schuhe gefertigt werden würden. Zabel hatte so einen Arbeitsprozess mal beobachtet, zuerst musste die Haut entfleischt werden, und die Überreste ließ man einfach auf dem Boden liegen, wo sie vergammelten. Mit steigenden Temperaturen, der Frühling nahte, verweste das Fleisch schneller, was die Gerber nicht zu stören schien. Sie waren von ihrer Arbeit noch ganz andere Gerüche gewohnt.

Der *Weißgerbergraben* traf auf die *Kleine Spitzengasse*. Zabel schaute auf das Papier in seiner Hand. Er befand sich genau an der Stelle, wo das Kreuz eingezeichnet war. Sein Blick schweifte umher. Zwischen den Häusern gab es mehrere Hofeinfahrten. Neben der Straße verlief ein Graben, der mit Abwässern gefüllt war. Das Licht der Sonne spiegelte sich bunt schillernd, und die Kloake war für den Gestank mitverantwortlich. Auf dem Kopfsteinpflaster häufte sich der Unrat von Menschen und Tieren. Zabel sah einen Arbeiter, der einen Karren belud. Schließlich war er fertig, pfiff einmal laut durch die Finger. Sein braun-weiß gescheckter Hund, ein Mischling, kam hinter einem Baum hervor. Der Arbeiter setzte sich in Bewegung und schob den Karren vor sich her. Sein Hund trottete ihm hinterher.

Der Baum befand sich dort, wo die beiden Straßen aufeinandertrafen, unweit der Stelle, die auf dem Papier markiert war. Zabel ging hin, um nachzusehen, was der Hund dort gemacht hatte, und fand ein paar Exkremente. Sonst nichts. Zabel ging zurück, folgte dem Wassergraben. Der Gestank war kaum auszuhalten, Zabel machte kehrt, blieb plötzlich stehen. Unter der in der Sonne schimmernden Wasseroberfläche konnte er einen Gegenstand ausmachen, aber nicht genau erkennen, was es war. Womöglich hatte nur jemand seinen Unrat dort hineingeworfen. Zabel blieb keine andere Wahl, als näher heranzugehen. Vorsichtig schritt er die Böschung hinab, einen Fuß vor den anderen setzend. Bloß nicht das Gleichgewicht verlieren oder ausrutschen, denn dann würde er in das stinkende Gewässer fallen. Schließlich erreichte Zabel eine gute Position, und der neue Blickwinkel ließ ihn mehr erkennen als vorher.

Unter der Wasseroberfläche sah er eine weiße Hand hervorschimmern.

Zabel wusste nun, was die Nachricht zu bedeuten hatte. Er hielt den Gestank nicht mehr aus und ging die Böschung wieder hinauf, rutschte einmal aus, stützte sich sofort mit dem rechten Knie am Boden ab, hielt sich an einem kleinen Strauch fest, der zum Glück tief genug in der Erde verwurzelt war. Noch zwei Schritte, und Zabel hatte es geschafft, er war wieder auf der Straße und holte die Trillerpfeife aus seiner

Manteltasche. Mehrmals blies er mit aller Kraft hinein und erzeugte ein weit hörbares Signal, das jeder Polizist in der Stadt kannte. Es dauerte höchstens ein paar Minuten, in denen Zabel noch mehrmals in die Trillerpfeife blies, dann kamen zwei Sergeanten aus der Severinstraße zu ihm gerannt. Zabel schlug den Mantel ein Stück zur Seite, sodass der Säbel zum Vorschein kam, der ihn als Kommissar zu erkennen gab. Die Sergeanten blieben vor ihm stehen.

»Herr Kommissar«, sagte der eine leicht außer Atem mit unterwürfigem Tonfall. »Sie haben gerufen?«

»Kümmern Sie sich bitte um Verstärkung sowie um ein Fuhrwerk.« Er zeigte zu der Stelle, wo er die Böschung hinaufgestiegen war und Spuren in der Erde hinterlassen hatte. »Ich habe gesehen, dass dort in dem Wassergraben eine Leiche liegt.«

»Eine Leiche?« Der Sergeant klang entsetzt.

»Ja«, blaffte Zabel ihn an. »Nun machen Sie schon. Holen Sie Verstärkung. Sofort. Und bergen Sie den Toten.«

»Jawohl«, erwiderte der Sergeant und rannte los, während der andere bei Zabel blieb.

»Kann ich schon etwas tun?«

»Weisen Sie die Kollegen ein, sobald sie eintreffen.«

Zabel wandte sich ab und entfloh dem Gestank. Er ging zur Severinstraße, die auf gerader Linie zum südlichen Stadttor führte. Dort war es sehr belebt. Zabel dachte nach. Woher wusste die unbekannte Frau im grünen Kleid von der Leiche? Er nahm das Kuvert aus seiner Rocktasche. Der Brief war an ihn adressiert, Kommissar Zabel, also bestand die Absicht, ihn an diesen Ort zu führen. Die Schrift ähnelte der in dem

Brief an Everhard von Groote. Zabel ließ seinen Gedanken freien Lauf. Er war vom Präsidium gekommen, wo die Frau womöglich auf ihn gewartet hatte, von da war sie ihm gefolgt, ohne dass er es bemerkt hatte. Vielleicht war sie nicht zu Fuß unterwegs gewesen, sondern in einer Kutsche. Wozu dieses Versteckspiel? Der Brief sollte ihn erreichen, so oder so. Aber sie wollte keinen direkten Kontakt mit ihm haben.

Zabel schaute die Straße entlang und sah das Schild einer Apotheke. Es würde etwas Zeit brauchen, bis die Sergeanten mit dem Pferdefuhrwerk und Verstärkung da wären. Zeit genug, seinem Karnevalsfreund Albertus Neureck einen Besuch abzustatten.

Zabel betrat die Apotheke, und eine Türschelle ertönte. Hinter einem Tresen stand ein älterer Herr, der ihn anlächelte.

»Guten Tag. Ist Albertus Neureck zu sprechen? Mein Name ist Gustav Zabel.«

»Einen Moment bitte. Ich frage nach.«

Der Mann verschwand kurz in den hinteren Teil der Apotheke und kam schnell wieder zurück. »Bitte, kommen Sie.«

Der Angestellte ging voraus. Zabel folgte ihm, und er führte den Kommissar zum Labor, das sich im hinteren Teil der Apotheke befand. Für Kunden nicht sichtbar. Der Angestellte verschwand wieder in den Verkaufsraum.

Albertus war damit beschäftigt, eine Salbe herzustellen, ließ davon ab und wandte sich Zabel zu. »Na, das ist ja eine nette Überraschung.«

Sie gaben sich die Hand.

Ähnlich wie bei dem Parfümeur standen in den Regalen

viele Glasflaschen aus braunem Glas, von denen aber jede größer war als die bei Farina. Auf den Etiketten, weiß mit schwarzer Schrift, standen lateinische Begriffe, wie sie in der Medizin und Wissenschaft benutzt wurden. Auf einem schweren Labortisch in der Mitte des Raumes befanden sich allerlei Geräte aus poliertem Kupfer und Glas. In einer Retorte über einem kleinen Kohlefeuer blubberte eine trübe Flüssigkeit.

»Was führt dich her?«, fragte Albertus Neureck.

»Der Zufall. Ich habe gerade in der Gegend zu tun.«

Der Apotheker lächelte. »Du willst sicher wissen, wieso ich nicht beim Fischessen war?«

»Das auch, ja.«

»Wie du ja weißt, habe ich deinem Vorgesetzten, dem Polizeipräsidenten, ein Glas Rotwein über die Uniform gekippt.«

Zabel nickte. »Ich weiß nur nicht, warum du das getan hast. Der Alkohol allein kann es ja nicht gewesen sein, oder?«

Albertus sah vor sich auf den Steinboden und wirkte ein wenig verlegen. »Es war ein Fehler. Ich hatte etwas zu viel getrunken und konnte den Anblick dieses ignoranten Dummkopfs nicht länger ertragen. Wie er dastand, in seiner Paradeuniform, wie ein Pfau. Er schaffte es noch nicht mal zu lächeln. Was wollte er auf diesem Ball im Gürzenich, kannst du mir das sagen?«

»Nein.«

»Wir haben Witze über ihn gemacht, so laut, dass er es hören konnte. Da kam er zu uns Männern, meinte, uns zurechtweisen zu müssen. Da habe ich ihn angesehen und das

Motto dieses Maskenzugs verkündet: ›*Sieg der Freude*‹.« Neureck grinste. »Und in einem Akt der Freude habe ich ihm das Rotweinglas über die Uniform gekippt.«

Zabel musste sich ein Lächeln verkneifen. Albertus hatte in gewisser Weise richtig gehandelt, von Wittgenstein allerdings auch. Der Karneval hatte schon immer anarchistische Züge gehabt, erst durch das Festordnende Komitee wurde dem mehr und mehr Einhalt geboten, was der preußischen Ordnungsmacht natürlich gefiel.

»Nun lebe ich in der Verbannung«, sagte der Apotheker.

»Für wie lange?«

»Von Wittgenstein meinte, bis Gras über die Sache gewachsen ist oder von Struensee die Stadt verlassen hat. Als Präsident des Festordnenden Komitees musste er reagieren, das verstehe ich, und wir sind auch immer noch Freunde.«

Zabel reichte ihm die Hand. »Wir auch.«

Albertus schlug ein.

»Danke, dass du mir das erzählt hast. Ich mag es nicht, wenn hinter dem Rücken über andere geredet wird. Jetzt muss ich leider wieder los.«

»Wenn dich der Zufall wieder in die Gegend treibt, komm herein. Meine Tür steht dir immer offen.«

»Das werde ich. Danke.«

Sie verabschiedeten sich, und Zabel trat wieder auf die Straße. Er sah ein Pferdefuhrwerk vom Neumarkt kommend. Einer der beiden Sergeanten saß auf dem Kutschbock, und mehrere berittene Polizisten in Uniform folgten ihm. Der Sergeant steuerte den Wagen in die *Kleine Spitzengasse*, die zum *Weißgerbergraben* führte. Den Polizisten hoch zu Ross rannten ein paar Kinder im heranwachsenden Alter hinterher, die wohl ahnten, dass es da, wo die Polizei war, etwas zu sehen gab. Zabel wollte den Kollegen gerade folgen, als ihn einer der Jungen ansprach.

»Darf ich Ihnen die Schuhe säubern?« Er hielt eine Bürste hoch.

Zabel sah auf seine Stiefel, die sehr verdreckt waren. Er vergewisserte sich, einen Kupferpfennig für den Jungen zu haben, bevor er nickte und seinen rechten Fuß auf einen Stein stellte. Der Junge ging sofort in die Hocke und rubbelte den Schmutz vom Leder. Dann folgte der andere Stiefel. Zabel gab dem Jungen den verdienten Lohn, und er rannte sogleich seinen Freunden hinterher. Zabel beließ es bei einem gemächlichen Tempo. Die Sergeanten würden einige Zeit brauchen, um das, was in dem Wassergraben lag, herauszuholen.

Die Menschentraube von Schaulustigen war schon recht ansehnlich, als Zabel eintraf, und wurde immer größer. Die Leute bildeten einen Halbkreis um das Geschehen, die meisten hielten sich die Nase zu.

»Herr Kommissar«, rief einer der Sergeanten, der eine Harke in der Hand hielt, die man eher zur Gartenarbeit nutzte.

Zabel kam näher. Den Polizisten war es mit dem Werkzeug gelungen, den Toten zur Böschung zu ziehen. Eine menschliche Hand ragte aus dem Wasser heraus. Ein Sergeant warf eine Schlinge um den herausragenden Arm und zog die Leiche an die Uferböschung.

»Da ist noch einer«, rief ein anderer Sergeant laut.

Der Polizist hatte recht. Ein Fuß trieb auf der Wasseroberfläche. Wieder wurde zuerst mit der Harke der Körper ein Stück herangezogen, bevor die Schlinge zum Einsatz kam. Die Sergeanten bargen auch die zweite Leiche, beförderten beide Körper an den Rand der Uferböschung. Der eine Tote wies schwere Bauchverletzungen auf, seine Gedärme quollen heraus. Kein schöner Anblick, aber der Gestank war noch schlimmer, denn die Leichen befanden sich bereits in einem Zustand der Verwesung. Dem anderen Toten fehlten die Augäpfel, zwei tiefe Löcher prägten das Bild des Schädels und waren noch mit schmutzigem Wasser gefüllt.

Zabel stand oben an der Böschung, hielt sich die Nase zu, während die Leichen hinaufgezogen und auf die Pritsche des Wagens befördert wurden. Es war Schwerstarbeit. Die Polizisten keuchten, weil sie beide Hände brauchten, sich nicht die Nase zuhalten konnten und mehr Luft inhalierten als jeder andere. Sie wechselten sich daher ab.

»Was soll mit den Leichen geschehen?«, fragte der Sergeant, der sich eine kurze Pause gönnte.

»Bringen Sie sie in den Pferdestall, auf keinen Fall in den Keller des Präsidiums. Lassen Sie sie auf dem Wagen, und schicken Sie nach Dr. Johann Vierkötter. Er wohnt in der Trankgasse und hat dort auch seine Praxis.«

Zabel wandte sich ab, überließ den Polizisten die unangenehme Arbeit und nahm sich einen Haflinger, mit dem einer der Sergeanten gekommen war. Als er im Sattel saß, schaute Zabel zu der Meute der Schaulustigen. Alle versuchten, einen Blick zu erhaschen, und wer etwas zu sehen bekam, tat dies lauthals kund. Zabel nahm ein Stimmengewirr wahr: »*Oh*

Gott, dem fehlen die Augen« ... *»wie schrecklich«* ... *»der andere hat ein Loch im Bauch«.*

Von seinem Pferd aus hielt er Ausschau nach der Frau im dunkelgrünen Kleid. Zabel konnte sie in der Menge nirgends ausmachen.

Durch einen festen Schenkeldruck setzte er das Pferd in Bewegung und ritt stadteinwärts.

Durch den engen Durchgang an dem Bollwerk zur Hafengasse gelangte Zabel in den Freihafen. Dort herrschte wie an jedem Tag der Woche geschäftiges Treiben. Zwei Kräne entluden mit ihren stählernen Greifarmen die Frachtschiffe, die am Ufer lagen. Fuhrwerke bewegten sich kreuz und quer zwischen den Arbeitern und Passanten, und jeder war für sich selbst verantwortlich, nicht überfahren zu werden. Was leider oft genug vorkam. Zwei Rheinfuhrleute zankten sich mit lautem Geschrei, weil einer dem anderen die Ladung weggeschnappt hatte. Zwischen Küfern, Rheinarbeitern, Fuhrleuten und Karrenpackern strolchten auch eine Menge Knaben umher, machten Jagd auf Pflaumenfässer und ähnliche Leckerbissen.

Für das, was Zabel hier wollte, wäre es wenig sinnvoll, die Gegend auf dem Pferd zu erkunden, also band er den Haflinger fest und begab sich zu Fuß in die Gassen. Der Kommissar wusste, dass die Huren, Taschendiebe und andere Kriminelle auch am Tage ihrer Arbeit nachgingen, aber man musste mittlerweile ein geübtes Auge haben, um sie zu erkennen. Das war früher noch anders gewesen, da schlurfte das Pack ungeniert durch die Gassen. Nicht die Obrigkeit hatte etwas daran geändert, sondern ein neuer Anführer der Unterwelt, der das Sagen hatte. Genau ihn suchte Zabel hier.

Wenn es sich bei der verbrannten Leiche um Arthur Schmoor handelte, wovon Zabel ausging, gäbe es etliche Leute in dem Viertel rund um den Hafen, die einen Grund gehabt hätten, ihn umzubringen. Schmoor war immer noch eine Legende, und wenn eine Legende leibhaftig zurückkehrte, konnte das demjenigen, der seinen Platz eingenommen hatte, nicht gefallen. Schmoors direkter Nachfolger war Hermann Schons gewesen, aber das Glück hatte ihn schnell verlassen. Eines Morgens im Mai schwamm er mit durchgeschnittener Kehle im Rhein. Schons hatte seine Konkurrenz wohl unterschätzt. Derjenige, der nun das Sagen hatte, hieß Victor Koll. Zabel kannte ihn nur aus Erzählungen, hatte noch nie mit ihm zu tun gehabt, denn Koll zog es vor, selbst nicht in Erscheinung zu treten. Der neue König der Unterwelt hatte auch neue Regeln eingeführt. Während die Kriminellen und Huren zu Arthur Schmoors Zeiten eher wenig Respekt vor der Obrigkeit gezeigt hatten, gingen die Kriminellen heutzutage eher unauffällig ihren Geschäften nach. Victor Koll sorgte für ein ordentlich anmutendes Stadtviertel, in dem viele Geschäfte getätigt wurden und es nur wenig Streit gab. Seine Gefolgschaft bestand aus Männern, die in dunklen Mänteln und mit Schlapphüten durch die Gegend zogen und die Drecksarbeit erledigten. Keiner der Verbrecher war zu einem besseren Menschen geworden, sie hielten sich nur versteckt, wodurch die Bevölkerung weniger mitbekam, weniger sah und den Polizisten weniger erzählen konnte. Zabel wusste, dass diese Sicherheit trügerisch war, er ließ sich nicht so leicht täuschen. Nur weil etwas im Verborgenen geschah, geschah es trotzdem.

Victor Koll kam als Auftraggeber eines Mordes durchaus infrage. Was aber so gar nicht ins Bild passte, war die Tatsache, dass Arthur Schmoor vor einer Kirche verbrannt wurde. So etwas erzeugte Aufmerksamkeit, die ein Victor Koll eigentlich vermied. Darum hatte Zabel sich bis jetzt auch nicht die Mühe gemacht, den Unterweltkönig aufzusuchen, aber die neue Blutspur führte geradewegs von der *Weißgerbergasse* zum Freihafen.

Zabel schlug den Mantel nach hinten, präsentierte seinen Säbel und grüßte jeden freundlich. Vor allem die Männer mit Schlapphüten und schwarzen Mänteln. Er war bereits einigen von ihnen begegnet, und sie würden ihrer Hoheit von der Anwesenheit des Kommissars berichten, ohne dass er nach ihm fragen musste.

Das ging schneller, als Zabel angenommen hatte, denn als er zum dritten Mal von der Salzgasse in den Buttermarkt einbog, ertönte hinter ihm ein Ruf.

»Herr Kommissar?«

Zabel blieb stehen, drehte sich um. Ein Mann, von dem er annahm, dass es Victor Koll sein musste, kam auf ihn zu. Er trug einen blauen Gehrock und helle Hosen, auf dem Kopf einen Zylinder. Sogar mit diesem war er kleiner als Zabel und wirkte auch nicht sonderlich kräftig. Seine Waffe sei die Unberechenbarkeit, hatte Zabel irgendwann mal zu hören bekommen. Koll war angeblich gut mit den Fäusten und konnte einen Mann mit einem Schlag erledigen.

»Guten Tag. Mein Name ist Victor Koll.« Seine Stimme

klang beinahe etwas unterwürfig. »Darf ich fragen, was uns die Ehre verschafft, Sie hier anzutreffen?«

»Ich bin Kommissar Gustav Zabel«, stellte er sich vor. »Ich suche nach jemandem. Vielleicht kennen Sie ihn.«

»Wie ist der werte Name?«

»Arthur Schmoor.«

Ein Zucken der Augen verriet, dass Kolls Verwunderung nur gespielt war. »Schmoor? Den gibt's hier nicht mehr.« Er dachte einen kurzen Moment nach. »Zabel? Sie waren es doch, der Schmoor verjagt hat, habe ich zumindest so gehört. Damals habe ich selbst noch nicht in dieser Stadt gewohnt.«

»Und was, wenn ich Arthur Schmoor gesagt hätte, er solle einen anständigen Beruf erlernen, glauben Sie, er wäre meinem Rat gefolgt?«

Koll grinste. »Sie haben recht. Was ich über ihn gehört habe, klang nicht so, als hielte er sich an Regeln. Außer, wenn er sie selbst aufgestellt hatte.«

»Musste er deshalb sterben?«

»Er ist tot?« Koll tat verwundert.

»Wann haben Sie ihn das letzte Mal gesehen?«

»Schmoor? Ich kenne ihn nicht. Wie ich schon sagte, seine Schreckensherrschaft war vor meiner Zeit.«

»Was ist mit Ihren Leuten?«

»Wenn einer ihn in dieser Gegend gesehen hätte, wüsste ich davon.«

»Das meinte ich nicht.«

Koll sah ihn fragend an. »Was meinen Sie dann?«

»Vermissen Sie jemanden? Genauer gesagt: zwei?«

Koll schüttelte den Kopf. »Nein, ich vermisse niemanden. Wieso?«

Zabel sah ihm in die Augen, um eine verräterische Reaktion zu erkennen. »Weil ich zwei Leichen gefunden habe. Sie wurden im Weißgerbergraben versenkt. Nicht weit von hier.«

Koll schüttelte den Kopf. »Ich sage es noch mal: Niemand, den ich kenne, wird vermisst.«

»Wollen Sie sich die beiden nicht mal lieber anschauen?«

»Nicht nötig«, erwiderte Koll selbstsicher.

»Entweder Sie kommen mit zum Präsidium, oder ich werde ein Dutzend Polizisten bitten, die Gegend zu bevölkern, um sich umzuhören.«

Koll seufzte. »Dann werde ich Ihnen wohl folgen müssen. Oder besser: Sollen wir meine Kutsche nehmen?«

»Ich reite hinter Ihnen her.«

KAPITEL 13

Die Leichen waren weiß vom Löschkalk, der den Verwesungsprozess unterbinden sollte. Der üble Geruch blieb, denn die Kleidung der Toten hatte das dreckige Wasser aufgesaugt. Sie lagen nebeneinander auf der Pritsche des Pferdewagens. Dr. Vierkötter war bereits wieder verschwunden und hatte Zabel nur eine kurze Nachricht hinterlassen. Es war nicht schwer gewesen, die Todesursache festzustellen: äußerst brutale Gewalteinwirkung. Dem einen waren die Gedärme zerfetzt worden, der andere hatte sein Augenlicht verloren, bevor ihm jemand den Schädel zertrümmert hatte. An die Leichen waren mit Seilen jeweils schwere Steine gebunden worden, damit sie unter Wasser blieben. Es hätte wahrscheinlich Wochen oder Monate gedauert, bis die beiden entdeckt worden wären, erst wenn sich der Wasserstand im Weißgerbergraben im Sommer gesenkt hätte.

Koll hielt sich ein feuchtes Tuch vor den Mund, während er in die aufgedunsenen Gesichter der beiden Männer blickte. Zabel beobachtete ihn dabei.

»Nein. Die beiden kenne ich nicht«, drang Kolls Stimme gedämpft unter dem Tuch hervor.

»Und das soll ich Ihnen glauben?«

»Glauben Sie, was Sie wollen, Herr Kommissar. Ich kenne die beiden nicht. Sonst noch was?«

»Allerdings. Lassen Sie uns rausgehen.«

Zabel ging voran. Koll folgte ihm und nahm das Taschentuch vom Mund.

Zabel blieb vor dem Pferdestall stehen, drehte sich um und sah Koll in die Augen. Der hielt dem Blick selbstbewusst stand, wirkte aber ein wenig ungehalten.

»Geben Sie mir einen Anhaltspunkt«, brach Koll das Schweigen. »Vielleicht kann ich Ihnen ja helfen.«

»Ich suche nach einer Frau, ihr Name ist Cécile Travail. Sie war die Hure von Arthur Schmoor und hat mit ihm vor zwei Jahren die Stadt verlassen. Ich möchte wissen, ob sie wieder zurückgekehrt ist. Und ich warne Sie: Wenn ihr etwas zustößt …«

»Ich weiß«, schnitt Koll ihm das Wort ab und grinste. »Sie sollen schon damals eine besondere Beziehung zu ihr gehabt haben. Auch wenn sich das für einen Kommissar wohl eher nicht schickt.«

Zabel packte ihn mit der rechten Hand am Hals und drückte zu. Koll erstarrte augenblicklich.

»Noch ein Wort, und ich zerquetsche Ihnen den Kehlkopf. Ich muss Cécile finden. Lebend. Haben Sie verstanden?«

Koll bewegte den Kopf ein wenig, als ob er nicken wollte.

»Und was meine Beweggründe angeht, die können Ihnen egal sein. Haben Sie auch das verstanden?«

Er nickte erneut, soweit es ihm möglich war. Dann ließ

Zabel ihn los. Koll wich sofort zwei Schritte zurück und keuchte, er musste husten, dann bekam er wieder Luft.

Wenn Blicke töten könnten, dachte Zabel. Koll war es nicht gewohnt, dass irgendwer so mit ihm sprach und dann auch noch handgreiflich wurde. In seiner Welt musste sich ein Anführer Respekt verschaffen, so etwas durfte er sich nicht gefallen lassen, aber die beiden Männer waren allein, es gab keine Zeugen und daher für Koll die Möglichkeit, dass nie jemand von Zabels Dreistigkeit erfahren würde.

»Sie kennen mich nicht.« Koll musste noch mal husten. »Ich bin anders als Schmoor. Ich denke anders, ich handele anders, und wenn Sie etwas mehr Feingefühl besäßen, anstatt mich anzugreifen, wäre ich sogar hilfsbereit. Ich würde Ihnen allerdings raten, mir nicht noch einmal nahe zu kommen, Sie unterschätzen meine Verbindungen.«

Zabel musste sich eingestehen, etwas überreagiert zu haben. Gegenüber Koll blieb er aber entschlossen. »Halten Sie nach Cécile Ausschau. Und krümmen Sie ihr kein Haar. Sie werden es nicht bereuen.«

»Darf ich vielleicht erfahren, was genau Sie von dieser Frau erwarten?«

Zabel überlegte einen Moment, ob er es ihm sagen sollte. »Arthur Schmoor muss einen Grund gehabt haben, wieso er nach Köln zurückgekehrt ist. Und Cécile wird diesen Grund kennen. Deshalb könnte sie womöglich für jemanden gefährlich werden.«

»Für wen?«

»Für Sie vielleicht«, erwiderte Zabel.

Koll lächelte. »Dann wären wir schon zu zweit.«

Zabel verstand nicht. »Zu zweit?«

Koll trat einen Schritt näher an Zabel heran, sah ihm in die Augen. »Ich wüsste nicht, was Cécile mir anhaben könnte. Aber Sie, Herr Kommissar. Ich glaube, dass Sie in größerer Gefahr sind. Bei dem, was man sich auf der Straße so erzählt.«

Zabel blieb innerlich ganz ruhig, auch wenn er ihm am liebsten noch einmal an die Kehle gegangen wäre. »Was wollen Sie damit andeuten?«

Koll strotzte vor Selbstsicherheit. »Sie sind ein Mann, ein verheirateter Mann. Und Cécile? Sie soll wohl eine ganz besondere Frau sein.«

Die Drohung war nicht zu überhören.

»Ich werde nach Cécile Ausschau halten«, sagte Koll. »Sollte sie sich in dieser Stadt aufhalten, werden wir sie finden, festhalten, und ich gebe Ihnen Bescheid. Und wissen Sie was? Ich verlange nicht mal eine Gegenleistung dafür. Vorausgesetzt, dass Sie sich bei mir entschuldigen: dafür.« Er fasste an seinen geschundenen Hals, wo immer noch Abdrücke von dem Würgegriff zu sehen waren.

»Es könnte zu Ihrem Vorteil sein, wenn Sie mir helfen«, erwiderte Zabel. »Aber entschuldigen werde ich mich nicht, niemals. Unser kleines Arrangement ist hinfällig, wenn irgendwer davon erfährt.«

Koll seufzte. »So seid ihr, ihr Preußen. Überheblich und selbstgefällig. Nur weil ihr die Franzosen in die Flucht geschlagen habt und euch das Rheinland beim Wiener Kongress zugesprochen wurde, gehört euch die Stadt noch nicht.«

»Was wollen Sie damit sagen?«

»Ihr Preußen glaubt, alles erreichen zu können mit eurer Disziplin, Tugendhaftigkeit und Ordnungsliebe. Aber ohne mich werden Sie Cécile niemals finden. Und wer weiß, vielleicht entschuldigen Sie sich eines Tages doch bei mir.« Er wandte sich ab und schritt zu der Kutsche, mit der er gekommen war.

KAPITEL 14

Zabel verbrachte den Samstag im Büro und nahm sich Zeit, Everhards Tagebuch zu lesen. Angefangen beim neunzehnten Juni, der Schlacht bei Waterloo, die Groote allerdings verpasst hatte. Er war auf dem Rückweg von Heidelberg gewesen, als er an dem Schlachtfeld bei Charleroi vorbeigekommen war und die vielen Toten und Verwundeten gesehen hatte. Zabel wusste viel über Waterloo, da er selbst unter dem Befehlshaber Gebhard Leberecht von Blücher in die Entscheidungsschlacht eingegriffen hatte. Everhard von Groote war trotz der fürchterlichen Bilder der Toten und Verletzten enttäuscht gewesen, dass er diese Niederlage Napoleons nicht selbst miterlebt hatte. Das Tagebuch war schwer zu lesen, da Everhard nicht immer ganze Sätze formuliert, sondern oft nur Stichpunkte notiert hatte und schrecklich viele Namen darin vorkamen. Zabel schrieb sich die Personen, die öfters erwähnt wurden, auf ein Blatt Papier. In den Streit zwischen Everhard von Groote und dem Museumsdirektor des Louvre, Dominique Vivant Denon, hatte sich auch der berühmte Naturforscher Alexander von Humboldt eingeschaltet. Allerdings stand er wohl auf der Seite des Franzosen. Humboldt, der damals in Paris verweilte, schien die wissenschaftliche Bedeutung des unter Dominique Denon geschaffenen Museums sehr zu schätzen und setzte sich beim preußischen König für den Verbleib von vierzig Marmorsäulen ein, die aus dem Aachener Dom geraubt worden waren. Dieser Schritt Humboldts verursachte erhebliche landesweite Kritik, wie von Groote in seinem Tagebuch vermerkte. Anscheinend hielt Humboldt das kulturelle Erbe Europas an einem zentralen Ort für besser aufgehoben, als wenn es in den deutschen Ländern verstreut wäre. Zumindest interpretierte Zabel es so, da er den Naturforscher und seine Leistungen bewunderte. Der Name Jacob Grimm tauchte ebenfalls mehrfach in dem Tagebuch auf. Everhard hatte den Sprachwissenschaftler und Dichter in dem Gespräch mit Zabel kurz erwähnt. Die Gebrüder Grimm waren bekannt durch ihre Märchen und Sagen, die sie gesammelt hatten. In dem Streit um die Kunstgüter hatte Jacob Grimm zu Everhard von Groote gehalten. Zwischen den beiden war eine Freundschaft entstanden, zumindest las es sich für Zabel so aus dem Tagebuch.

Zabel nahm ein weiteres leeres Blatt aus der Schublade und notierte sich die Fakten, die unumstößlich waren. Es gab im Moment noch kein erkennbares Motiv für die Morde, nur einen einzigen Anhaltspunkt: die Rubensmedaille. Dank des Metallstücks hatte Zabel den Weg zu Everhard von Groote gefunden und von seiner Beteiligung an den Ereignissen im Jahre 1815 erfahren. Der anonyme Brief stellte eine wichtige Verbindung zwischen dem Mord an Arthur Schmoor und Everhard von Groote her. Die unbekannte Frau in dem dunkelgrünen Kleid hatte Zabel zum Weißgerbergraben geführt.

Er nahm an, dass es sich bei ihr um Cécile handelte, die wahrscheinlich auch den Brief an Everhard von Groote verfasst hatte.

Wozu dieses Verwirrspiel?

Als Zabel das Blatt Papier vor sich auf dem Tisch anstarrte, wurde ihm die Bedeutung der Ereignisse bewusst. Die Briefeschreiberin schien selbst auf der Suche zu sein. Sie manipulierte die Ermittlungen, hielt die Fäden wie bei einer Marionette in der Hand. Zabel ging fest davon aus, dass sie ihn beobachtete und auf seinen nächsten Schritt wartete.

Aber nach was suchte sie? Nach dem Mörder? Oder nach etwas anderem?

Zabel wollte mehr über die Ereignisse in Köln zur damaligen Zeit erfahren, aber Everhards Tagebuch gab lediglich Aufschluss über das, was in Paris vor sich gegangen war. Hinzu kam noch, dass Zabel den Worten nicht trauen konnte. Wenn sein Freund etwas zu verbergen hatte, würde die Wahrheit nicht in dem Tagebuch stehen, sonst hätte er diese Lektüre dem Kommissar nicht zur Verfügung gestellt. Es gab noch jemand anderen, an den Zabel sich wenden könnte, seinen Freund und Verleger der *Kölnischen Zeitung*, Marcus DuMont. Außerdem stand er durch das Festordnende Komitee in Kontakt mit mehreren bedeutenden Kunstsammlern Kölns, die Brüder Boisserée und Matthias DeNoël. Wenn vor zehn Jahren Kunstschätze angeboten worden wären, mussten seine Freunde aus dem Festordnenden Komitee davon gehört haben.

Zabel klappte das Tagebuch zu und ließ es in seiner abschließbaren Schublade verschwinden. Er stand auf, zog sich den Mantel an.

Marcus DuMont war meist in seinem Büro anzutreffen, auch samstags. Das Verlagsgebäude lag nicht weit entfernt, Zabel brauchte etwa fünf Minuten zu Fuß, in denen er überlegte, wie er vorgehen sollte. Immer wieder drehte sich Zabel im Gehen um, aber da war keine Frau in einem dunkelgrünen Kleid oder sonst jemand, der ihm auffiel.

Wie sah Cécile wohl aus? Nach zwei Jahren? Das Bild, das er im Kopf hatte, entsprach wohl eher seinen Wunschvorstellungen als der Realität.

Im Foyer des Verlagshauses angekommen, stellte sich Zabel beim Pförtner vor, der vergleichbar mit einem Postbeamten hinter einer Glasscheibe saß. Er schickte sofort einen Botenjungen los, um den Verleger zu informieren, dass ein Gast für ihn gekommen war. Während Zabel wartete, beobachtete er zwei Handwerker, die dabei waren, ein Rohr an der Wand anzubringen. Es hatte in etwa den Durchmesser einer Weinflasche. Wozu sollte das gut sein, überlegte Zabel, und die Männer machten den Eindruck, als ob sie es auch nicht genau wüssten. Zumindest schüttelten sie immer wieder verständnislos den Kopf.

Schließlich schritt Marcus DuMont die imposante Treppe hinunter und knöpfte dabei seinen dunklen Mantel mit Fellkragen zu. Er trug einen Zylinder auf dem Kopf.

»Hallo, mein Freund. Was für eine schöne Überraschung, dich zu sehen.«

»Ich hoffe, ich störe dich nicht.«

Sie gaben sich die Hand zum Gruße.

»Keineswegs. Ich nehme an, du willst über etwas Wichtiges reden, und schlage vor, wir nutzen das schöne Wetter und fahren ein bisschen durch die Stadt.«

»Gern.«

Zabel zeigte zu den Handwerkern. »Was machen die da?«

»Eine Erfindung aus England, von der ich eher zufällig erfahren habe und jetzt mal ausprobieren möchte, ob es funktioniert. Man könnte es *Rohrpost* nennen.«

»Rohrpost?«

»Ja. Als du dich eben angemeldet hast, musste ein Botenjunge zu mir hinaufrennen, um dich anzukündigen. Stell dir mal vor, wie es wäre, eine Nachricht auf Papier durch diese Rohrleitung zu mir nach oben ins Büro zu schicken. Mithilfe von Druckluft, wie bei einer Pumpe.«

»Klingt interessant«, sagte Zabel. »Aber dann brauchst du den Botenjungen nicht mehr.«

DuMont legte seine Hand auf Zabels Schulter, und sie gingen nebeneinanderher.

»Der Botenjunge wird nicht mehr gebraucht, um Nachrichten zu überbringen, für ihn müssen wir dann eine andere Arbeit finden.«

»Und wenn er nichts anderes kann, als die Treppen rauf- und runterzulaufen?«

»Dann muss er eben etwas anderes lernen.«

Sie verließen das Gebäude und gingen gemächlich auf die Kutsche zu, während DuMont weiterredete.

»Die Preußen wollen die allgemeine Schulpflicht einführen. Für jedes Kind. Dann lernt jeder Lesen und Schreiben.

Das Gesetz soll noch dieses Jahr in Kraft treten, auch wenn nicht jeder das gut findet.«

»Was sagen die Kritiker?«

»Wenn du die Leute einmal schlaumachst, kriegst du sie nie wieder dumm. Und nicht jeder Mächtige, der etwas zu sagen hat, wünscht sich mündige Bürger in diesem Land.«

Zabel nickte. Grundsätzlich gefiel ihm der Gedanke einer Schulpflicht, sodass alle Kinder Lesen und Schreiben lernten. Aber er verstand auch die Gegenargumente.

»Nicht jedermann kann mit Bildung so gut umgehen wie du.«

DuMont sah ihn fragend an. »Wie meinst du das?«

»Die meisten Bürger brauchen eine starke Führung, und Bildung kann zu Eigensinn führen.«

DuMont grinste. »Davor haben besonders die hohen Herren in Berlin Angst. Und warum führen sie trotzdem die Schulpflicht ein?«

Zabel zuckte die Schultern. »Ich weiß es nicht.«

Der Kutscher stieg von seinem Bock herab und öffnete ihnen die Seitentür. Zabel trat zuerst ein, DuMont folgte und setzte sich neben ihn auf die Rückbank.

Der Kutscher fuhr los, das Geklapper der Hufe, die Schwingungen der Kutsche und die Gesellschaft von DuMont wirkten wohltuend auf Zabel. In Situationen wie diesen konnte er abschalten. Das sonnige Wetter trug sein Übriges dazu bei.

»Ich werde es dir erklären«, sagte DuMont. »Sie führen die Schulpflicht ein, weil es nicht mehr anders geht. Das industrielle Zeitalter hat begonnen, und es wird nicht mehr aufzuhalten sein. Eine Revolution bahnt sich an, eine industrielle Revolution, die das Leben aller Menschen in Europa verändern wird. Und ein starker Staat muss mit diesem Fortschritt gehen, kann sich nicht dagegenstellen. Hast du schon gehört, was von Wittgenstein plant?«

»Noch einen weiteren Maskenzug am Veilchendienstag?« Sie lachten beide.

»Er will in die Dampfschifffahrt investieren. Es wurde bereits eine Aktiengesellschaft gegründet, an der sich jeder beteiligen kann.«

»Jeder, der genug Geld hat«, korrigierte Zabel ihn.

»Sicher. Aber das gehört zum Fortschritt dazu.«

»Was meinst du?«

»Dass einige auf der Strecke bleiben werden. Wenn der Botenjunge nicht begreift, dass er sich ändern muss, wird es bald keine Treppe mehr für ihn geben.«

Da konnte Zabel ihm nicht widersprechen.

DuMont wechselte das Thema. »Was ist der Grund deines Besuches?«

Zabel umriss in groben Zügen, dass Everhards Bemühungen in Paris mit einem aktuellen Fall zu tun haben könnten. DuMont war es gewohnt, von Zabel nur bruchstückhaft informiert zu werden.

»Du weißt, dass dieses Rubensgemälde für die Kölner Bürger eine besondere Bedeutung hat?«

»Ja. Everhard hat versucht, es mir zu erklären.«

DuMont redete drauflos, als sei er seinem Freund eine Erklärung schuldig. Sein Tonfall klang wie der eines Lehrers. »Das Gemälde ist zum Symbol für die nie erloschene Sehnsucht nach der freien reichsstädtischen Zeit geworden. Diese Sehnsucht befriedigt übrigens auch der Karneval, als Erinnerung an eine in den Augen vieler bessere Zeit: vor den Preußen, vor den Franzosen.«

»Ging es den Menschen damals besser?«

»Schwer zu sagen. Wahrscheinlich nicht, aber in der romantischen Rückbesinnung glauben die Leute das. Und sie brauchen Symbole, die das verkörpern. Rubens und sein Gemälde sind ein wichtiger Teil der kulturellen Identität. Ebenso der Karneval und die Stadtsoldaten. Jetzt fehlt eigentlich nur noch, dass wir auch den Dom zu Ende bauen.«

»Sulpiz Boisserée arbeitet fleißig daran, habe ich gehört«, sagte Zabel.

»Er und einige andere.«

Zabel hatte die Argumentation noch nicht ganz verstanden. »Wie kann ein Gemälde Identität stiften?«

»Vorbilder und Symbole dienen dazu, die Menschen aus der nüchternen Realität herauszureißen. Das Gemälde von Rubens hatte schon lange vor den Franzosen da gehangen, und es wurde den Kölnern weggenommen. Das Bild gehört nach Köln, genau wie der Karneval. Es in die Heimat zurückzuholen hatte Symbolcharakter. Und diese Symbolik setzte sich fort: Viele wollen glauben, Köln sei die Geburtsstadt des Malers.« DuMont grinste kurz und fuhr fort. »Die Welt muss romantisiert werden, schrieb einst der Schriftsteller Novalis. Nur so finde man den ursprünglichen Sinn wieder. Romantisieren ist nichts anderes als eine qualitative Potenzierung.«

»Was meinst du mit Potenzierung?«

»Das niedere Selbst wird mit einem besseren Selbst identifiziert. ›Indem ich dem Gemeinen einen hohen Sinn, dem Gewöhnlichen ein geheimnisvolles Ansehen, dem Bekannten die Würde des Unbekannten, dem Endlichen einen unendlichen Schein gebe, romantisiere ich es.‹ Nimm als Beispiel die Kölner Stadtsoldaten. Die waren nie wirklich Helden, wir haben sie beim Maskenzug zu solchen gemacht. Und gerade die Roten Funken verkörpern bei den Kölnern die nie erloschene Sehnsucht nach der freien reichsstädtischen Zeit.«

Zabel hatte verstanden, was DuMont meinte, aber sie kamen vom Thema ab. »Die Rückführungsmission hat Everhard nichts genutzt. Die Kölner müssten ihn doch eigentlich als Helden feiern.«

»Er selbst war leider nicht da, als das Bild zurückkam. Sein Bruder Joseph trug es in die Kirche. Die Menschen vergessen schnell, wem sie das alles zu verdanken haben.«

»In einer romantischen Betrachtungsweise zählt die Realität also wenig?«

DuMont stimmte ihm mit einem Kopfnicken zu.

»Bilder als Balsam für die Kölsche Seele«, sagte Zabel.

DuMont lachte. »Den Satz hast du von Wittgenstein. Das ist sein Argument, wenn er seine verrückten Ideen bezüglich des Maskenzugs durchsetzen will.«

Zabel fragte weiter. »Wieso ist Everhard bei der Auswahl zum Oberbürgermeister gescheitert?«

DuMont wurde wieder ernst. »Das solltest du deine Leute in Berlin fragen. Womöglich weil er die falschen Freunde hatte.«

»Joseph Görres und Werner von Haxthausen?«

DuMont nickte. »Von Haxthausen ist erst kürzlich aus dem Staatsdienst entlassen worden. Görres wurde das Opfer der Demagogenverfolgung und ist bis nach Straßburg geflohen.«

»Genau wie unser verstorbener Freund Christian Schier?«, fragte Zabel.

»So in etwa. Schier hat es bis nach New York verschlagen aus Angst vor Repressalien. Und wie der Polizeipräsident mit mir und der Presse umgeht, weißt du ja auch. Everhard konnte die unheilvolle Görres-Affäre zum Glück klären, aber ein Makel haftet trotzdem noch an ihm.«

»Unser Freund Christian Schier wurde mal wegen seiner Vergangenheit erpresst. Könnte dies auch bei Everhard der Fall sein?«

DuMont war sichtlich irritiert. »Was redest du da? Von wem sollte Everhard erpresst werden?«

»Ich darf nichts darüber sagen«, wiegelte Zabel ab. »Everhard verneint den Vorwurf, aber ich bin mir nicht sicher, ob er die Wahrheit sagt. Oder mir etwas Wichtiges verschweigt. Darum muss ich alles über diese Rückführungsmission wissen.«

»Er hat doch Tagebuch geführt.«

»Das habe ich bereits, er hat es mir gegeben.«

»Das entlastet unseren Freund doch wohl, wenn er so offen mit dir darüber redet.«

»Nein«, erwiderte Zabel. »Wenn er etwas zu verbergen hat, werde ich in dem Tagebuch nichts finden. Sonst hätte Everhard es mir nicht gegeben.«

DuMont sah ihn ernst an. »Du ermittelst also schon wieder gegen einen unserer Freunde?«

»Es ist meine Pflicht, jeder Spur nachzugehen. Everhard hat zugegeben, am Fundort der Leiche gewesen zu sein. In der Nacht, als es geschah. Er wurde dorthin gelockt. Was würdest du an meiner Stelle tun?«

DuMont sah ihn ernst an. »Ich würde nur mit wirklich guten Freunden über diese Sache reden. Ein falsches Wort, und du versetzt unserem Freund den Todesstoß. Schuldig bei Verdacht, so ist das Gebaren in politischen Kreisen.«

»Das weiß ich. Everhard taucht bis jetzt in keinem Protokoll auf, und von Struensee erfährt vorerst nichts. Deswegen muss ich die Wahrheit herausfinden … bevor es ein anderer macht.«

DuMont verstand. »Wer weiß von deinem Verdacht?«

»Du, Everhard und ich. Und eine Frau, die ihm einen Brief geschrieben hat. Ich weiß aber nicht, wer sie ist und wo sie sich aufhält.«

»Was weißt du noch?«

»Es gibt drei tote Männer. Ich glaube, dass die Morde im Zusammenhang stehen und mit der Rückführungsmission zu tun haben. Damals ist womöglich der Keim gesät worden, der heute Früchte trägt.«

»General von Ribbentrop war meines Wissens für den Rücktransport verantwortlich.«

»Das stimmt. Aber er war General und befehligte den Rücktransport nur.«

DuMont war im Bilde. »Ferdinand Franz Wallraf hat das Gemälde damals entgegengenommen. Am ersten August

1815. Wallraf hat schon zu Zeiten der französischen Besatzung Listen angefertigt, welche Werke verschwunden waren, und hat Everhard von Groote mit Informationen versorgt. Natürlich sind nicht alle Kunstwerke nach Köln zurückgekommen, weil die Preußen sich nicht an die Absprachen gehalten haben. Entgegen aller Versprechen.«

Zabel dachte laut. »In den Wirren der damaligen Zeit wäre es also gut möglich gewesen, dass einiges verschwunden ist?«

DuMont nickte. »Vielleicht sind einige Kunstwerke auch in Köln geblieben, während alle glaubten, sie sind nach Berlin gebracht worden.«

»Dann wäre der Kunstraub niemandem aufgefallen.« Je länger Zabel darüber nachdachte, desto mehr musste er sich eingestehen, an eine weitere Möglichkeit noch gar nicht gedacht zu haben. Die Listen, auf denen die Kunstschätze aufgeführt waren, von wem sie auch immer erstellt worden waren, könnten gefälscht worden sein, um den Anschein zu erwecken, dass Bilder auf den Weg nach Berlin gebracht wurden, während dies aber nie geschehen war.

»Wie würde man solche gestohlenen Bilder zu Geld machen?«

»Das ist sehr schwierig, wenn man nicht auffallen möchte«, sagte DuMont. »Frage Matthias DeNoël oder Sulpiz Boisserée. Wenn es jemand versucht hätte, hätten die beiden das mitgekriegt, ebenso Wallraf, aber er ist verstorben.«

»Könntest du das für mich übernehmen?«

DuMont sah ihn fragend an. »Was?«

»Dieser Spur nachzugehen. Kannst du Boisserée und De-

Noël fragen, ob damals gestohlene Kunstwerke im Umlauf waren? Ich möchte so wenig wie möglich Staub aufwirbeln.«

»Gut«, sagte DuMont. »Ich spreche sie darauf an, aus rein journalistischem Interesse.«

Sie schwiegen einen Moment. Zabel dachte über die Möglichkeit nach, dass irgendwo in Köln Kunstschätze lagerten, von denen niemand wusste und die keiner wirklich vermisste. Weil jeder dachte, dass sie in Berlin oder Potsdam oder sonst wo abgeblieben waren. Arthur Schmoor könnte davon gewusst haben und deshalb nach Köln zurückgekehrt sein. Aber wie sollte er an diese Informationen gelangt sein?

Zabel gab sich die Antwort selbst: Paris.

Paris war die Geburtsstadt von Cécile Travail. Ihre Mutter hatte aus irgendeinem Grund von dort weggehen müssen, und so war sie vor langer Zeit nach Köln gekommen. Es läge also nahe, dass Cécile und Arthur nach Paris gegangen waren. Als Hure hätte sie viele einflussreiche Männer kennenlernen können.

»Was ist?«, holte DuMont ihn wieder in die Realität zurück.

»Hast du damals über die Rückführungsmission berichtet?«

»Natürlich. Ebenso der *Rheinische Merkur*. Ich habe einige Briefe von Everhard an seinen Bruder Joseph abgedruckt.«

»Gibt es die Artikel noch?«

»Jede Ausgabe der *Kölnischen Zeitung* ist archiviert.«

»Kannst du mir das Material raussuchen?«

DuMont war nicht begeistert. »Das wird aber etwas dauern.«

»Na gut. Beeile dich bitte. Und – kannst du mich in der Mathiasstraße absetzen?«

»Natürlich. Was ist da?«

»Dort wohnt jemand, den ich mal besuchen möchte.«

DuMont beugte sich zum Kutscher nach vorne und teilte ihm das neue Ziel mit. Dort, vor dem Haus Nummer elf angekommen, bedankte sich Zabel und stieg aus. DuMont fuhr weiter, das Klappern der Hufe wurde leiser und ging im allgemeinen Straßenlärm unter.

Zabel sah an der brüchigen Fassade hinauf. Bis heute war er noch nie bei Fritz Bartmann zu Hause gewesen. Seit nunmehr drei Tagen war der Kollege krankgemeldet. Vor dem Haus spielten Kinder, und Zabel fragte sich, welcher Junge oder welches Mädchen zu Bartmann gehörte.

Er klopfte an die Haustür und stellte fest, dass sie nicht verschlossen war. Zabel trat ins Haus ein, eine schmale Treppe führte ins erste Stockwerk hinauf, links daneben befand sich eine Wohnungstür. Er wusste, dass Bartmann die oberen Stockwerke bewohnte, und nahm die knarzenden Stufen, klopfte an die Wohnungstür, und kurz darauf ging sie wie von Geisterhand auf. Zabel schaute nach unten, dort stand ein kleines Mädchen, das gerade groß genug war, die Klinke zu betätigen. Sie starrte Zabel mit großen Augen an. Ihr Kleidchen war verdreckt und die Haare zerzaust.

»Wer ist da?«, ertönte die Stimme von Frau Bartmann, und dann erschien sie schon hinter ihrer Tochter, erblickte Zabel und lächelte. »Herr von Zabel.« Ihr fiel der Fauxpas auf, und sie korrigierte sich sofort. »Entschuldigung, Herr Zabel.«

Er musste spontan grinsen. Die Anrede *Herr von Zabel* benutzte ausschließlich Fritz Bartmann, wenn er gut gelaunt war. Anscheinend sprach er zu Hause auch so von ihm.

»Guten Tag, Frau Bartmann. Ich wollte mich nach Ihrem Mann erkundigen, wie es ihm geht?«

»Treten Sie doch ein. Sie müssen nur entschuldigen, ich hatte nicht mit Besuch gerechnet.«

»Machen Sie sich keine Umstände«, erwiderte Zabel und empfand sich als Eindringling.

»Kommen Sie erst mal. Kommen Sie herein.«

Zabel folgte der Aufforderung, und Frau Bartmann schloss die Tür hinter ihm.

»Geh nach nebenan«, schrie sie das kleine Mädchen an, das daraufhin davonlief.

Zabel stand in der Wohnküche, einem großen Raum, in dem es muffig roch und die Holzdielen verdreckt waren.

»Darf ich Ihnen etwas anbieten? Einen Tee vielleicht?«

»Nein danke. Ich kann nicht so lange bleiben.«

Außer, dass er ins Büro zurückwollte und Eva heute Abend für ihn kochen würde, hatte Zabel keine weiteren Termine. Aber der Geruch in der Wohnung war alles andere als einladend. Er hätte nicht gedacht, dass sein Kollege in so ärmlichen Verhältnissen lebte, und das erklärte, warum Zabel noch nie bei ihm zu Hause eingeladen worden war. Womöglich war es Bartmann auch nicht recht, Besuch zu bekommen. Da ertönte die Stimme des Kollegen aus dem Nebenzimmer. »Wer is do?«

Seine Frau antwortete. »Kommissar Zabel. Er möchte sich erkundigen, wie es dir geht.«

»Moment«, rief Bartmann aus dem Zimmer.

Frau Bartmann war es unangenehm, dass Zabel hier war, das spürte er. Sie war mit Sicherheit eine gute Hausfrau, hatte aber vier Kinder und einen kranken Mann zu versorgen, da blieb so einiges liegen. Ein Hausmädchen konnten sie sich vom Gehalt eines Kommissars nicht leisten. Zabels eigenen Wohlstand verdankte er allein Eva.

»Kommen Sie her«, rief Bartmann.

Zabel betrat den Nebenraum, das Schlafzimmer, und nahm den Hut ab. Bartmann saß aufrecht im Bett, hatte sich offensichtlich noch schnell die Haare gekämmt, was aber nicht darüber hinwegtäuschen konnte, dass sie schon seit Längerem nicht mehr gewaschen worden waren. In dem Zimmer roch es noch übler als in der Wohnküche.

»Machen Sie mal bitte das Fenster auf«, sagte Bartmann und zog sich die Bettdecke bis unters Kinn.

Zabel kam der Aufforderung gern nach. Frische Luft strömte herein, und da das Fenster zum Hinterhof hinausging, wehte auch nicht der Gestank der Straße herein.

Zabel drehte sich zu seinem Kollegen um. Bartmann sah richtig krank aus, die Laken waren verschwitzt und zerwühlt. Er schien hohes Fieber zu haben, seine Augen waren glasig, und er hatte im Gesicht stark abgenommen. Die Wangen wirkten eingefallen und seine Lippen spröde.

Bartmann klang geschwächt. »Kommen Sie noch ein paar Tage ohne mich klar?«

»Ja, natürlich. Aber was ist mit Ihnen?«

»Am Aschermittwoch dachte ich, es wäre der viele Wein gewesen.« Bartmann fing plötzlich an zu husten und hielt sich die Hand vor den Mund. Es war ein tiefes, sattes Husten, das etwas in seiner Lunge in Bewegung setzte. Er würgte einen Kloß aus seiner Kehle heraus und griff nach einem Tuch, in das er spucken konnte.

»Es war nicht der Wein«, griff Zabel das Gespräch wieder auf.

Bartmann schüttelte den Kopf. »Eine Erkältung oder so was. Bin nicht der Einzige hier in der Straße. Aber keine Sorge, das wird schon wieder. Ich bin bald wieder aufm Damm.«

»Soll ich Ihnen einen Arzt vorbeischicken?«

»Einen Arzt?« Bartmann schüttelte den Kopf. »Wovon soll ich den bezahlen?«

»Dr. Vierkötter«, sagte Zabel. »Ich habe seine Dienste diese Woche schon zweimal in Anspruch genommen. Da fällt es nicht auf.«

»Der Klüngel, wie? Ich dachte, Sie machen bei so was nicht mit?«

Zabel grinste. »In Ihrem Fall würde ich mal eine Ausnahme machen. Schließlich brauche ich dringend Ihre Hilfe, und deshalb müssen Sie gesund werden.«

»Sie sind ein hundsmiserabler Lügner, Zabel.« Bartmann musste wieder husten, noch heftiger als beim ersten Mal.

»Einigen wir uns darauf, dass ich Ihnen am Montag, wenn es bis dahin nicht besser ist, Dr. Vierkötter vorbeischicken werde.«

»Na gut«, sagte Bartmann erschöpft. »Und was macht der Fall? Haben Sie den Mörder schon?«

»Noch nicht.«

»Erzählen Sie doch mal. Alles, was mich ablenkt, tut gut.«

Zabel wollte dem Kollegen nicht zu viele Details verraten, da er sonst auch über Everhard von Groote und Cécile sprechen müsste. Von dieser Verbindung sollte vorerst noch niemand erfahren. Darum berichtete er umso ausführlicher über die Münze und wie Farina ihm geholfen hatte, sie zu restaurieren.

»Glauben Sie immer noch, es handelt sich bei dem Toten um Arthur Schmoor?«

»Wahrscheinlich.«

»Und Cécile? Ist sie auch zurückgekommen?«

Bartmann war anscheinend von selbst zu diesem Schluss gekommen.

Zabel schwieg.

Der Kollege sah ihn ernst an. »Wenn ja, halten Sie sich von ihr fern. Ich habe Ihnen das damals schon gesagt. Die Frau frisst Sie mit Haut und Haaren und spuckt Sie wieder aus. Sie haben einen Ruf zu verlieren, Zabel.«

»Es ist nie etwas geschehen«, erwiderte er sofort.

»Das glaube ich Ihnen, aber … aber jetzt haben Sie keinen, der auf Sie aufpasst.«

»Darum sollen Sie schnell wieder gesund werden.«

»Einverstanden. Das mache ich. Und Sie machen das Fenster wieder zu und gehen jetzt. Ich muss schlafen.«

Zabel schloss das Fenster und Bartmann die Augen. Wie er so dalag, sah er beinahe aus, als wäre er dem Tod näher als dem Leben.

KAPITEL 15

Es waren noch nicht mal fünf Tage der Fastenzeit vergangen, da verspürten schon einige Teilnehmer des Festordnenden Komitees den Drang, noch mal einen Schluck Wein zu kosten. Am Aschermittwoch beim Fischessen waren noch alle standhaft geblieben, aber nun, beim ersten Treffen des Kleinen Rates, reichte der Wirt die Krüge herum und traf bei den Mitgliedern des Festordnenden Komitees auf große Zustimmung.

Zabel verzichtete. Er hatte während der Karnevalszeit sehr viel Wein getrunken, manchmal auch Bier, das an einigen Orten ausgeschenkt worden war. Er und Eva hatten sich gegenseitig versprochen, vierzig Tage lang bis zum Ostersonntag auf Alkohol zu verzichten und weniger zu essen.

Seit nunmehr zwei Jahren war Gustav Zabel fester Bestandteil des Komitees und gehörte zum Kleinen Rat. Er hatte sich beim Umzug wieder den Roten Funken angeschlossen gehabt, die in den Uniformen der ehemaligen Kölner Stadtsoldaten den Maskenzug belebten. Aber nicht nur sie prägten das Bild des neu organisierten Karnevals. Matthias Joseph DeNoël hatte die Festordner in zahlreichen Diskussionen davon überzeugen können, dass typisch kölnische Elemente mit hohem Wiedererkennungswert in die Züge gehörten, die Heiligen Knechte und Mägde, Jan von Werth, der Kölner Bauer sowie das Hänneschen mit den Figuren Marie-Zibill und Bestevader. Ebenso hatte sich eine Frackgesellschaft gebildet, die *Große vun 1823*.

An diesem Sonntagabend trugen alle zivile Kleidung. Everhard war zur heutigen Sitzung nicht erschienen, und Zabel fragte sich, warum? Seinetwegen vielleicht? Hatte ihm das Gespräch, das eher einer Befragung geglichen hatte, sehr zugesetzt?

Das Festordnende Komitee hatte sich in den letzten zwei Jahren stark vergrößert und unterteilte sich in einen Kleinen und einen Großen Rat. Der Kleine Rat bestand aus den Mitgliedern des Komitees, und dort wurden die wichtigen Entscheidungen für das Fest getroffen. Den Großen Rat bildeten alle Teilnehmer der Generalversammlung. Mitglied dort konnte jeder Einheimische werden, der sich in die Narrenliste eintragen ließ und drei Reichsthaler bezahlte.

Die Mannigfaltigkeit des Festes, die Menge der Vorarbeiten und die dafür erforderlichen Kenntnisse sowie die großen Summen, die zur Deckung der Kosten notwendig waren, verlangten eine wohlgegliederte Organisation, wie es sie noch nie zuvor im Karneval gegeben hatte. Wenn man mit gleichem Enthusiasmus und Engagement den Weiterbau des Doms vorantriebe, könnte die Kathedrale bis zum Ende des Jahrhunderts vielleicht fertiggestellt sein, dachte Zabel. Und tatsächlich gab es diese Bestrebungen, daran beteiligt war auch der Kunsthändler Sulpiz Boisserée. Mit ihm hatten sich einige honorige Persönlichkeiten der Stadt zusammengetan, um dieses Vorhaben voranzutreiben, auch wenn es fraglich schien, dass sie selbst den Tag der Fertigstellung noch miterleben würden. Zabel hatte durch das Gespräch mit DuMont verstanden, worum es den Menschen in Köln wirklich ging, sowohl beim Karneval wie dem Dombau oder der Rückführung des Rubensgemäldes. Die Kölner waren auf der Suche nach einer eigenen Identität, angelehnt an die Zeit, bevor die Franzosen und Preußen das Sagen hatten. Etwas, worauf man wieder stolz sein konnte. Der Karneval war nur eine Facette, aber eine bedeutende, wie die letzten zwei Jahre gezeigt hatten.

Heinrich von Wittgenstein war im letzten Jahr mit großer Mehrheit von den Mitgliedern des Komitees zum ersten Sprecher gewählt worden. Natürlich gab es auch Kritiker und Zweifler, die hinter vorgehaltener Hand sagten, dass der Kleine Rat nun Wittgensteins Staatsministerium sei. Mancher sah in der Organisationsform des Komitees ein politisches Instrument, das es nach Meinung von Zabel aber nicht gab. Das Komitee war bei der Organisation des Karnevals lediglich die einzig bestimmende Institution.

Eine Begleiterscheinung des geselligen Miteinanders war, dass die Mitglieder untereinander ihre Vorteile daraus zogen. Zabel betrachtete diesen Kölschen Klüngel nach wie vor mit kritischem Blick. Für ihn bedeutete jede Vorteilsnahme eine Art der Bestechung. Seine Freunde versuchten, zu beschwichtigen und ihm diese Haltung auszureden, manchmal musste er ihnen sogar recht geben. Wie im Falle des Arztes Dr. Vierkötter, der bei der Sitzung neben Zabel saß und ver-

sprach, gleich morgen früh bei Fritz Bartmann vorbeizuschauen. An diesem Freundschaftsdienst konnte selbst ein
Kommissar nichts auszusetzen haben, trotzdem blieb Zabel
in der Regel bei seiner Zurückhaltung, wenn es um Gefälligkeiten ging.

Von Wittgenstein hatte im letzten Jahr mit akribischer
Genauigkeit die Bücher des Komitees geführt, Einnahmen
und Ausgaben detailliert aufgelistet, und nun präsentierte er
sein Zahlenwerk.

»Dreihundertdreiundsiebzig Thaler sind an Beiträgen der
Mitglieder zusammengekommen, drei Thaler von jedem, sowie zweitausendfünfhundertachtundzwanzig Thaler durch
den Kartenverkauf für den Ball im Gürzenich.«

Der Saal bebte, so laut war der Applaus von Bravorufen
begleitet. Wittgenstein fuhr fort. »Dem gegenüber stehen nur
Ausgaben in Höhe von tausendsechshundertachtundvierzig
Thalern, was einen hohen Überschuss bedeutet, der nun der
Armenverwaltung zugutekommt. Die Neuorganisation des
Karnevals entpuppt sich also als eine einzigartige Erfolgs-
geschichte. Vierzigtausend Zuschauer am Wegesrand, aus-
gebuchte Herbergen und dazu noch der finanzielle Überschuss.« Wieder erntete der Präsident den ihm gebührenden
Applaus. Einige erhoben sich von ihren Stühlen, und es war
von Wittgenstein anzumerken, wie glücklich ihn das
machte. Ein größeres Geschenk könnte es für ihn kaum geben als die ehrlich gemeinte Anerkennung in dieser Runde.

Dass diese Organisation funktionierte, wie sie es tat, so
betonte er, habe auch mit der Spendenbereitschaft der Mitglieder zu tun, und er hob besonders die Gebrüder Biermann

hervor, die kein Geld für gelieferte Lichter angenommen hatten. Einer der Brüder erhob sich unter Applaus von seinem Stuhl und erwiderte: »Wir sind beim Umzug durch das Vergnügen ausreichend entschädigt worden.«

Von Wittgenstein vergaß nicht zu erwähnen, dass auch der Verlag *DuMont Schauberg* keine Gebühren für das Einrücken in die Zeitung wollte. Wieder gab es tosenden Applaus, diesmal für Marcus DuMont.

Von Wittgenstein ergriff erneut das Wort. »*Zum Ruhme Kölns, zum Vorteil unserer Vaterstadt hat jeder gewirkt, und gewiss jeder hat es gefühlt, dass er dazu mitzuwirken berufen sei. Daher die musterhafte Ordnung. Glauben Sie es, meine Herren, das Fest hat einen vaterländischen Sinn unter uns begründet, und ein Band geschlungen, das dauernder ist als der Faschingsjubel.*«

Von Wittgenstein war standhaft geblieben, jetzt aber griff er zu einem der Weinkrüge, füllte ein Glas und erhob es. »*Alle Jläser huh. Kumm, mer drinke uch met denne, die im Himmel sin.*«

Die Menge schloss sich an, und die meisten tranken kein Wasser mehr. Ausgenommen Zabel, er hatte es sich und seiner Frau versprochen. Franz Rothamel, der am anderen Ende des Tisches saß, prostete Zabel zu.

In dem allgemeinen Trubel fiel es nicht auf, dass der Wirt hereinkam, diesmal nicht, um noch weitere Krüge zu bringen. Er drängelte sich an den Sitzenden vorbei bis zu Zabel, beugte sich herunter und sprach leise.

»An der Theke am Eingang steht ein Mann, der Sie sprechen möchte.«

»Hat er seinen Namen genannt?«

Der Wirt schüttelte den Kopf. »Er sagte nur den Namen

einer Frau, um die es wohl geht. Cécile oder so ähnlich, ich konnte ihn nicht gut verstehen.«

Zabel stand sofort von seinem Stuhl auf und folgte dem Wirt nach draußen. DuMont warf ihm einen fragenden Blick zu, den Zabel ignorierte. Er trat aus dem Saal heraus und erblickte sofort den Mann, der an der Tür stand. Er trug einen dunklen Mantel und einen Schlapphut.

Zabel ging auf ihn zu. »Haben Sie sie gefunden?«

Der Mann nickte. »Ich bringe Sie zu ihr.«

»Wo ist sie?«

»In Sicherheit.«

»Wie meinen Sie das?«

»Es waren Leute hinter ihr her«, murmelte er. »Aber keiner von uns.«

»Warten Sie einen Moment«, sagte Zabel. »Ich bin gleich zurück.«

Zabel ging wieder in den Saal zu DuMont und flüsterte ihm ins Ohr. »Ich muss leider weg. Kannst du bitte bei Eva vorbeischauen und ihr Bescheid sagen, dass es sehr spät werden kann. Vielleicht sogar erst morgen, bis ich zurückkomme. Sie soll sich keine Sorgen machen.«

»Das mache ich.« Er hielt Zabel am Arm fest. »Darfst du mir was sagen?«

Zabel schüttelte den Kopf. »Nein. Später.«

Er verließ den Saal. Der Mann mit dem Schlapphut saß bereits auf dem Kutschbock, und kaum dass Zabel Platz genommen hatte, fuhr er los.

KAPITEL 16

Zabel erreichte die Probsteygasse, die trotz einiger Laternen düster wirkte, da die Mehrzahl der Häuser noch den natürlichen Ton des Tuffs, der Ziegel und des Mörtels hatten und die Fassaden zum Teil zerfressen und zerbröckelt waren. Er platzte vor Ungeduld und sprang aus der Kutsche, als sie anhielt. Der Mann mit dem Schlapphut blieb auf dem Kutschbock sitzen. Das Haus von Victor Koll war irgendwann mal weiß gestrichen worden, die Farbe aber verwittert. Auf dem Spitzgiebel befand sich eine Wetterfahne, die im Wind knarrte. Alle Fenster des Hauses hatten die gleiche Größe, auch die in der Beletage. Victor Koll zog es anscheinend vor, nicht dort zu wohnen, wo er seine Geschäfte machte. Verglichen mit dem Freihafen, gehörte die Probsteygasse zu den besseren Gegenden der Stadt.

Zabel betätigte den Türklopfer aus Messing. Es dauerte nicht lange, bis sie geöffnet wurde. Vor ihm stand ein älterer Mann, Zabel vermutete ein Bediensteter, der genauso fein gekleidet war wie der Hausherr. Er hatte schütteres graues Haar und trat einen Schritt zurück, um Zabel hereinzulassen. Dann schloss er die Tür wieder.

»Ich möchte zu Cécile Travail.«

»Ich weiß«, sagte der Bedienstete. »Victor Koll erwartet Sie bereits, folgen Sie mir bitte.«

Der Flur vor ihnen wurde nur von einer einzigen Kerze beleuchtet, die Tür zu einem angrenzenden Zimmer stand einen Spalt weit offen, von ihr fiel Licht in den Korridor. Der Bedienstete öffnete die Tür und ging voran. Zabel betrat nach ihm den Raum. Victor Koll saß in einem Sessel und rauchte eine Pfeife mit sehr langem Mundstück. Er war elegant gekleidet, mit hohem weißen Stehkragen, einem roten Halstuch und dunkelblauem Rock. Der Pfeifenrauch schwängerte die Luft, im Kamin prasselte ein Feuer. Es war so warm in dem Zimmer, dass Zabel sofort seinen Mantel öffnete.

»Darf ich Ihren Mantel und Hut nehmen?«, fragte der Bedienstete.

»Nein danke.« Zabel nahm den Brabanter vom Kopf, behielt ihn aber.

»Lassen Sie uns allein«, sagte Koll, und der Bedienstete verschwand.

Zabel fiel auf, dass es in dem Wohnraum kaum Möbel gab, abgesehen von einem Sofa, zwei Sesseln und einem Schreibsekretär an der Wand. Die dunkelgrüne Seidentapete erinnerte Zabel an das Kleid der unbekannten Frau in der Kirche Sankt Peter.

Koll deutete auf den leeren Sessel ihm gegenüber. »Bitte, nehmen Sie Platz.«

Zabel trat nah an ihn heran, wollte sich nicht setzen. »Wo ist sie?«

»Hier im Haus. Es geht ihr den Umständen entsprechend gut.«

»Und die Umstände sind?«

Koll deutete erneut auf den leeren Sessel vor ihm, nahm einen tiefen Zug aus seiner Pfeife und ließ den Rauch zuerst aus seinem Mund quellen, bevor er ihn mit einem Atemzug herausblies. Zabel musste sich geschlagen geben und nahm Platz.

»Ich weiß nicht, wie viel Ihnen mein Bote erzählen musste, damit Sie sich in die Kutsche setzten und hierher begaben.«

»Nicht viel. Er sagte, dass sie hier ist und jemand hinter ihr her war?«

Koll nickte. »Cécile ist uns quasi in die Arme gelaufen. Wir wissen nicht, wer die Männer waren. Sie sind abgehauen, als meine Leute sich um Cécile gekümmert haben.«

Er nahm wieder einen Zug von der Pfeife.

»Ich möchte sie sehen. Sofort!«

»Herr Kommissar, Ihr Ton gefällt mir nicht. Wie Sie wissen, haben wir ein Arrangement, und natürlich werden Sie Cécile zu sehen bekommen. Aber vorher muss ich Ihnen etwas erklären. Cécile wurde von den Männern verprügelt. Nicht von meinen Leuten.«

»Ich glaube Ihnen.« Zabel musste seine Ungeduld bändigen. »Ich bin Ihnen sehr dankbar, dass Sie nach mir geschickt haben. Aber jetzt will ich zu ihr.«

Koll schien zu merken, dass ein vernünftiges Gespräch mit dem Kommissar im Moment nicht möglich war. Er deutete zu einer Tür, die in einen Nebenraum führte. »Bitte. Sie wartet bereits. Ich habe Ihren Besuch angekündigt.«

Zabel erhob sich aus dem Sessel und spürte seinen Herzschlag bis zum Hals hinauf. Jetzt, da es so weit war, zögerte er, schritt langsam auf die Tür zu, hinter der sich Cécile befand. Er klopfte an, seine Hand ging zur Klinke, und er drückte sie herunter. Begleitet von einem leisen Quietschen, ging die Tür auf. Der Raum dahinter war schwach beleuchtet, nur eine einzelne Kerze flackerte. Das Bett war frisch bezogen, Zabel legte seinen Hut dort ab. Cécile saß mit dem Rücken zu ihm vor einem Schminktisch, hob den Kopf, und ihre Blicke trafen sich im Spiegel. Zabel schloss leise die Tür.

Die Kerze verbreitete warmes Licht und dunkle Schatten. Im Spiegel war nur Céciles rechte Gesichtshälfte zu sehen. Zabel erkannte, dass ihre Unterlippe aufgeplatzt war, und sie tupfte mit einem Tuch das Blut ab. Sie trug ein dunkelblaues Kleid mit weißen Rüschen, das im Licht der Kerze fast schwarz aussah. Die Knöpfe am Rücken waren zum Teil abgerissen. Zabel trat näher an sie heran, hielt den Blickkontakt.

Da vernahm er aus dem Nebenraum leise Geräusche, Schritte von Stiefeln, eine Tür fiel ins Schloss, und darauf folgte Stille. Koll schien gegangen zu sein, sie waren allein.

Zabel kam kein einziges Wort in den Sinn, das er sagen sollte. Cécile ging es wohl ähnlich. In den letzten Tagen hatte Zabel unzählige Male darüber nachgedacht, wie ihre erste Begegnung verlaufen würde. Und wo? Unter welchen Umständen? Auf seine Gefühlsregungen war er nicht vorbereitet. Er sah ihre halb nackten Schultern, die in dem aufgerissenen Kleid steckten, und hatte das Bedürfnis, sie zu berühren. Aber die Pflicht verlangte Zurückhaltung.

Nach einer gefühlten Ewigkeit drehte Cécile endlich den Kopf zu ihm, ihr Oberkörper folgte, dann schwang sie die Beine über den Hocker und saß schließlich ihm zugewandt da, tupfte mit dem blutgetränkten Stofftuch an ihrer Unterlippe.

»Wer hat das getan?«

Ihr Tonfall klang emotionslos. »Wenn man mit dem Feuer spielt, kann man sich verbrennen.«

»Hat Arthur auch mit dem Feuer gespielt?«

Sie nickte und schaute Zabel in die Augen. »Er hat seine Gegner unterschätzt. Wieder einmal.«

»Wieder einmal?« Zabel brauchte einen Moment, um zu verstehen, dass er damit gemeint war. Schmoor hatte vor zwei Jahren durch Zabel seine rechte Hand verloren. Es war nur ein einziger Hieb nötig gewesen, sie abzuschlagen.

»Warum sind Sie beide zurückgekehrt, obwohl es Schmoor verboten war?«

»Wissen Sie, was Heimat bedeutet?«

»Das weiß ich sehr wohl«, entgegnete er sofort.

»Wo ist Ihre Heimat? In Köln oder in Berlin?«

»Das tut nichts zur Sache«, wich er aus. »Wollen Sie mir erzählen, dass Heimatgefühle der Grund waren?«

Sie sah ihm in die Augen. »Nein. Es gab da noch etwas, das ihn nicht mehr losließ. Das Bedürfnis nach Rache. Arthur wollte es allen heimzahlen, die er für sein Schicksal verantwortlich machte.«

»Wollte er sich auch an mir rächen?«

Sie nickte. »An Ihnen ganz besonders.«

»Dann kann ich seinem Mörder also dankbar sein?«

Cécile schüttelte den Kopf. »Müssen Sie nicht. Arthur war nicht mehr derselbe wie früher. Sie wären mit ihm fertiggeworden. Sie schulden dem Täter also nichts.«

»Wissen Sie, wer es war?«

»Nein. Ich wollte es herausfinden. Das Ergebnis sehen Sie ja.« Sie deutete auf ihre geplatzte Unterlippe. Zusätzlich hatte sie noch eine Schwellung unter dem linken Auge, die Zabel erst jetzt wahrnahm. Die Kerze schien nur auf eine Gesichtshälfte.

»Hat Arthur die beiden Männer umgebracht, die wir im Weißgerbergraben gefunden haben?«

Sie nickte erneut.

»Warum haben Sie mich dorthin geführt?«

»Verdienen die beiden es nicht wenigstens, begraben zu werden?«

Zabel konnte sich nicht vorstellen, dass das der einzige Grund war. Cécile log ihn an, das spürte er.

»Wer waren die Männer?«

»Ich weiß es nicht. Finden Sie es heraus. Sie sind doch Kommissar.« Cécile sah ihm in die Augen, damit er ihr Glauben schenkte. »Ehrlich. Ich weiß es nicht.«

»Und wozu das Versteckspiel? Wieso haben Sie den Brief nicht im Präsidium abgegeben?«

»Das hatte ich vorgehabt. Und als ich dort angekommen bin, vor dem Präsidium, kamen Sie heraus. Ich bin Ihnen gefolgt.«

»Mit einer Kutsche?«

Sie nickte. »Und als Sie aus der Kirche kamen, haben Sie mich entdeckt. Ich bin geflohen und habe den Brief fallen lassen, damit Sie aufhören, mir nachzulaufen.«

So in etwa hatte Zabel ihr erstes Aufeinandertreffen auch in Erinnerung.

»Bleibt die Frage, wieso Sie nicht mit mir reden wollten? Die Toten sollte ich finden. Warum?«

Cécile sah auf den Boden. »Das habe ich Ihnen bereits gesagt. Glauben Sie es oder nicht.«

Ihre Geschichte ging nicht auf. Cécile wollte ihn offensichtlich auf die Spur der Mörder bringen, um seine Ermittlungen zu beobachten und daraus irgendeinen Vorteil zu schlagen.

»Erzählen Sie mir von der Nacht, als es passierte. Haben Sie Everhard von Groote zur Elendskirche bestellt?«

Sie nickte stumm.

»Warum?«

»Um mit ihm zu reden.«

»Worüber?«

Sie schwang die Beine wieder über den Hocker, drehte Zabel die halb nackte Schulter zu und sah auch nicht mehr in den Spiegel.

»Es gibt zwei Möglichkeiten. Entweder Sie kooperieren und helfen mir, den Mord aufzuklären, oder ich nehme Sie fest, und Sie verbringen die nächste Zeit im Gefängnis, wo es sicherlich nicht so angenehm ist wie hier.«

Sie sah wieder durch den Spiegel zu Zabel. »Vertrauen Sie etwa einem Kriminellen wie Victor Koll?«

»Es gibt gute Gründe, weshalb er nach Ihnen Ausschau gehalten hat und weshalb er auf Sie aufpassen wird.«

»Was für Gründe?«

»Das geht Sie nichts an. Beantworten Sie meine Fragen. Worüber wollten Sie mit Everhard von Groote sprechen?«

»Über die Ereignisse von damals. Als das Rubensgemälde und einige andere Kunstschätze aus Paris fortgeschafft wurden.«

»Was interessiert Sie daran?«

Cécile senkte den Kopf, starrte vor sich auf den Schminktisch und schwieg.

»Ich weiß es längst. Sie glauben, dass einige Kunstwerke damals verschwunden sind. Wollten Sie von Groote erpressen?«

Ihr Kopf fuhr hoch. »Nein.«

»Was dann? Glauben Sie, dass er weiß, wo die Kunstwerke sind?«

»Ja«, sagte sie leise.

»Und wieso glauben Sie das? Woher haben Sie das Wissen? Wer hat Ihnen davon erzählt?«

Cécile erhob sich ruckartig vom Hocker. Das Korsett schnürte ihre Taille zusammen, was ihre breiten Hüften noch breiter erscheinen ließ und das Gesäß betonte. Sie drehte sich herum. Das Kleid war auch im Ausschnitt eingerissen, was Zabel erst jetzt bemerkte. Ihre linke Brust trat daher etwas zu sehr zum Vorschein, als dass es schicklich wäre. Cécile schien sich ihrer Ausstrahlung bewusst zu sein. Sie versuchte, ihn abzulenken, seine Konzentration zu beeinträchtigen. Ihre roten Haare hatte sie hochgesteckt.

»In den zwei Jahren, die wir in Paris verbrachten, habe ich als Hure gearbeitet, wie Sie sich sicher denken können. Zu meinen Kunden gehörten honorige Männer, einflussreiche Persönlichkeiten. Und wenn ein Mann, nachdem er sich abreagiert hat, völlig entspannt daliegt, fängt er meist an zu reden. Den Namen Everhard von Groote hörte ich mehrmals. Deshalb wollten wir mit ihm sprechen.«

»Worüber? Was wurde über ihn gesagt?«

»Ich wollte herausfinden, ob die Geschichten meiner Kunden der Wahrheit entsprechen.«

»Warum sollte dieses Treffen ausgerechnet mitten in der Nacht vor der Elendskirche stattfinden?«

»In der Nacht davor wäre es wohl eher ungünstig gewesen, da zu viele Leute auf der Straße waren. Oder?«

»Sie hätten ihn in seinem Büro aufsuchen können.«

Cécile verzog den Mund und schüttelte den Kopf. »Wie hätte das ausgesehen? Eine Hure, die ihn im Büro besucht? Oder Arthur, den jeder kannte? Manchmal zweifle ich an Ihrem Scharfsinn, Herr Kommissar.«

Cécile hatte recht. Die Nacht zu Aschermittwoch war nicht ungünstig für ein Treffen und der Ort ebenfalls nicht. Wenn man Everhard dort gesehen hätte, hätte dies nicht ungewöhnlich gewirkt, da die Kirche seiner Familie gehörte. Trotzdem glaubte Zabel die Geschichte nicht.

»Was ist dann geschehen?«

»Von Groote kam nicht. Mir wurde kalt, ich habe mich etwas bewegt, bin zur Kirche Sankt Johann Baptist gegangen. Ich hörte plötzlich den Schrei, bin zurückgelaufen, und da brannte Arthur schon. Er war tot.«

»Haben Sie jemanden gesehen?«

»Zwei dunkle Gestalten, die weggerannt sind. Sie waren vermummt, trugen Schlapphüte wie die Handlanger von Victor.«

Das klang glaubwürdig, was aber nicht hieß, dass Céciles Geschichte stimmen musste. Zabel dachte nach. Leider war es nicht auszuschließen, dass Everhard von Groote die Mörder beauftragt haben könnte. Er wusste von dem Treffpunkt. Gegen diese Annahme sprach, dass er seine Frau belogen hatte, um nachts allein zur Elendskirche zu fahren, nur begleitet von einem Kutscher. So dumm wäre Everhard niemals gewesen. Céciles Geschichte sprach gegen ihn als Täter.

»Wir haben eine Rubensmedaille in der Asche gefunden. Was hatte die zu bedeuten?«

Céciles Blick verriet, dass Zabel ins Schwarze getroffen hatte, sie zögerte die Antwort einen Moment heraus.

»Ich habe die Medaille von jemandem geschenkt bekommen. In Paris.«

»Von wem?«

»Von einem Kunden. Er hatte mit der Medaille bezahlt und behauptet, sie sei etwas wert. Er hat über Everhard von Groote geredet, kannte ihn ganz gut.«

»Wie hieß der Mann?«

»Es wäre mir lieber, den Namen nicht zu nennen. Er ist mittlerweile verstorben und hat nichts mit alldem zu tun.«

Zabel blieb unerbittlich. »Wie hieß er?«

»Na schön. André Thuin. Er war Leiter des naturkundlichen Museums in Paris. Ein sehr, sehr netter Mann. Er war aus anderen Gründen bei mir, als Sie denken.«

»Warum denn?«

»Es fiel ihm schwer, Wasser zu lassen. Seine Ärzte verstanden nicht, ihm zu helfen, so wie ich das tat.« Sie hob ihre Hand und streckte den Zeigefinger aus, um anzudeuten, dass sie ihren Kunden damit geheilt hatte. »Wenn Sie Zweifel an meinen Worten haben, fragen Sie Everhard von Groote nach André Thuin. Die beiden kannten sich. Deshalb wollten wir uns mit von Groote treffen. Ihm sagen, woher wir die Medaille haben und was wir wissen.«

»Was hat Ihnen dieser Thuin denn erzählt?«

»Es ist einiges schiefgelaufen damals. Nicht alle Werke, die in Paris beschlagnahmt wurden, sind an ihrem Ziel angekommen.«

Zabel konnte seine Neugier kaum verbergen, denn Céciles Geschichte deckte sich mit seinen Vermutungen. »Wissen Sie das genau?«

»Das erzählte man sich in gehobenen Kreisen in Paris. Und ich glaube, dass Ihr werter Freund nicht ganz so ehrenhaft war, wie er vielleicht vorgibt zu sein.«

Zabel ging nicht auf den Vorwurf ein, kombinierte weiter. »Sie sind also nach Köln zurückgekehrt, weil Sie hier einen Schatz vermuten. Und als Sie angefangen haben, danach zu suchen, was geschah dann?«

»Arthur wurde entführt. Er konnte sich befreien und hat die Männer ermordet und sie im Weißgerbergraben versenkt. Aber dann hat die Bande, zu der diese Männer gehörten, Arthur doch noch gekriegt.«

»Und diese Leute waren auch hinter Ihnen her?«

Cécile nickte stumm, betrachtete die Blessuren im Gesicht und die aufgeplatzte Unterlippe im Spiegel.

»Erzählen Sie mir alles. Woraus besteht dieser Schatz, wegen dem Sie hier sind. Gemälde, Bücher?«

»Das weiß ich nicht«, sagte Cécile.

»Unmöglich. Sie machen sich auf den Weg nach Köln, ohne zu wissen, wonach Sie suchen?« Er schüttelte den Kopf. »Nein, niemals. So dumm wäre Arthur Schmoor nicht gewesen.«

Cécile begriff, dass sie ihm nichts vormachen konnte und er weiter bohren würde, bis er die Wahrheit erfuhr. Sie sah ihm in die Augen. »Die *Mineralien von Cöln*.«

Zabel sah sie verdutzt an, hatte noch nie davon gehört.

»Mineralien«, wiederholte sie. »Sie wurden zusammen mit der Mumie von Sinzig aus Paris weggeschafft. Der Transport ging über Sinzig, dort wurde die Mumie abgeladen, die Mineralien sind aber verschwunden. Spurlos.«

»Sie meinen: Edelsteine?«

»Steine«, erwiderte sie. »Wie edel sie sind, weiß ich nicht, aber sie sollen einen ganz besonderen Wert haben.«

»Der da wäre?«

»André Thuin hat mir nur von den Mineralien erzählt. Aber etwas später habe ich von einer Legende erfahren. Ich bin der Sache nachgegangen. Durch den Transport der Mineralien, an der Seite der Mumie, haben diese Steine magische Heilkräfte erlangt. Es heißt, dass zwischen diesen Steinen und der Mumie eine magische Verbindung herrscht. Der Vogt von Sinzig soll schon zu Lebzeiten mit diesen Mineralien in Berührung gekommen sein, und deshalb ist seine Leiche nicht verwest.«

Zabel konnte seine Enttäuschung nicht verbergen. Cécile hinterließ bei ihm den Eindruck, als ob sie den Unsinn glaubte. In seinen Ohren klang diese Geschichte einfach nur dumm.

»Sie haben sich wegen einer Legende auf den Weg nach Köln gemacht?«

Cécile drehte den Kopf und sah ihn mit großen Augen an. Dann nickte sie, gab sich keine Mühe, ihre Leichtgläubigkeit zu überspielen, und genau das ließ ihre Worte wahr erscheinen.

»Solche Geschichten, das ist bestenfalls Aberglaube«, sagte Zabel.

»Nennen Sie es, wie Sie wollen.«

»Solche Legenden werden über Jahrhunderte weitererzählt. Nichts davon ist wahr. Nach was suchen Sie wirklich?«

In Céciles Stimme schwang Resignation mit. »Was wollen Sie hören? Ich sage Ihnen, was Sie hören wollen.«

»Die Wahrheit.«

Cécile reagierte energisch. »Finden Sie die Mineralien, und Sie haben Arthurs Mörder.«

Sie meinte es ernst, und Zabel fing an, ihrem Gedanken zu folgen. Vielleicht war es unerheblich, wie er über die Mineralien und die Legende dachte. Wenn jemand an die besondere Wirkung dieser Steine glaubte, wäre er auch bereit, Geld dafür zu zahlen und einen Mord zu begehen.

»Wo haben Sie nach diesen Mineralien gesucht, als die Männer Sie gefunden haben?«

»An der Peterswerft in der Sankt-Johannes-Straße.«

»Am Schlachthaus?«

Cécile nickte.

»Und warum ausgerechnet dort?«

»Arthur hielt sich am Schlachthaus auf, als er von den beiden Männern geschnappt wurde, die er später umgebracht hat.«

»Und deshalb sind Sie auch da gewesen, haben sich umgeschaut. Dann tauchten plötzlich Komplizen der beiden ermordeten Männer auf, einfach so?«

Cécile schwieg vielsagend. Er spürte, dass sie ihm noch nicht alles erzählt hatte. »Reden Sie weiter, und sagen Sie mir alles. Ansonsten kann ich Sie auch ins Gefängnis bringen lassen.«

»Das würden Sie doch niemals tun.«

»Oh doch. Ohne mit der Wimper zu zucken. Nach wem oder was haben Sie gesucht?«

»Rabanus Vaasen.«

»Was soll das sein?«

»Ein Name. Rabanus Vaasen heißt ein Mann, der mit dem Verschwinden der Mineralien zu tun haben soll.«

»Rabanus?«

Cécile nickte. »Ja, ein wirklich ungewöhnlicher Name.«

»Woher haben Sie den Namen? Auch von Thuin?«

»Nein«, erwiderte sie. »Arthur kannte ihn. Ich weiß auch nicht, woher, von früher vielleicht.« Cécile drehte den Kopf und sah ihn an. »Seien Sie vorsichtig, wenn Sie nach diesem

Rabanus fragen. Es sind schon drei Männer seinetwegen gestorben.«

Zabel glaubte ihr und hielt es für das Beste, das Gespräch an dieser Stelle zu beenden. »Sie werden hierbleiben, und ich sorge für Ihre Sicherheit.«

»Das heißt, Sie sperren mich ein?«

»Sie haben die Wahl, in einem goldenen Käfig zu sitzen oder im Gefängnis. Was ist Ihnen lieber?«

»Dann bleibe ich hier. Und gehorche. Aber Sie sollten Victor Koll nicht trauen.«

»Das weiß ich selbst.«

Cécile stand auf. »Sie könnten mich auch woanders unterbringen, oder?«

Er schüttelte den Kopf, sah sich aber nicht veranlasst, ihr das zu erklären. Zabel hatte nicht nur einen Mordfall zu lösen, er wollte auch seinen Freund vor Verleumdungen schützen. Wenn der Familienname von Groote erst einmal in einem Polizeiprotokoll auftauchen würde, wäre es zu spät. Dann geriet Everhard in Verdacht, und das wollte Zabel um jeden Preis vermeiden.

»Ich stelle noch eine weitere Bedingung. Den Namen Everhard von Groote werden Sie gegenüber niemandem mehr aussprechen. Und Sie haben ihm auch niemals einen Brief geschrieben.«

Cécile nickte. »Ich habe wirklich keinerlei Grund, Ihrem Freund schaden zu wollen.«

»Dann wünsche ich Ihnen eine gute Nacht.« Zabel wandte sich ab und schritt zur Tür.

»Gehen Sie jetzt nach Hause zu Ihrer Frau?«

Er drehte sich zu ihr um. »Natürlich. Wohin denn sonst?«

Cécile schenkte ihm ein Lächeln zum Abschied. Zabel nahm seinen Hut vom Bett, fühlte sich einen Moment lang nicht in der Lage zu gehen, verharrte an der Tür. Es war ihr Blick, der ihn festhielt. Cécile hatte sich trotz ihrer Arbeit etwas bewahrt. Ein Stück ihrer Seele, eine kleine Kammer in ihrem Herzen, und genau diese spiegelte sich jetzt in ihrem Blick wider. Augen, die so klar und rein waren und nicht zu dieser Person passten. Oder vielleicht doch? Hatte Zabel nur ein falsches Bild von ihr?

Er betätigte die Türklinke und verließ schnell das Zimmer.

KAPITEL 17

Zabel marschierte auf kürzestem Weg zum Neumarkt, ging, so schnell er konnte, um Abstand zu gewinnen. Sein Herz raste. Cécile, wie sie ihn zum Abschied angesehen hatte, setzte ihm zu. Sie war noch lange Zeit in seinem Kopf präsent gewesen, nachdem sie Köln vor zwei Jahren unfreiwillig verlassen hatte. Er spürte Gefühle in sich aufkeimen, die er geglaubt hatte, verdrängen zu können. Das war jetzt nicht mehr möglich. Er stand vor einem gewaltigen Problem, das nicht mit Sachverstand und kriminalistischer Logik zu lösen war. Dafür reichte auch nicht seine Lebenserfahrung, in einer solchen Situation hatte er sich noch nie befunden. Eine Frau, die er begehrte und die auch ihm zugeneigt schien, war eine Hure – und er verheiratet. Mit einer ehrbaren Frau. Sein gesellschaftliches Ansehen war untrennbar mit Eva verknüpft, und auch beruflich konnte er sich keine Beziehung mit Cécile erlauben. Gar keine. Sie war Hure durch und durch. Eine Frau niederen Standes. Gesellschaftlich verpönt, selbst bei den Männern, die sie als Kunden bediente. Zabel hatte sie noch nicht einmal berührt oder ihren nackten Körper betrachtet, trotzdem fühlte er sich schuldig. Ein Ehebruch begann in Gedanken, und diese konnten sich in seinem Körper ausbreiten, dort ein Verlangen erzeugen, dem er womöglich nicht widerstehen konnte.

Zabel versuchte, sich auf andere Gedanken zu bringen, sich auf den Fall zu konzentrieren, was kaum möglich war. Aber je mehr sein Kopf arbeitete, desto langsamer schlug sein Herz. Bevor er das Haus verlassen hatte, war er Victor Koll noch einmal begegnet. Nicht zufällig, der Hausherr hatte wissen wollen, was nun zu tun sei. Er würde Cécile wie einen Gast behandeln, auf sie achtgeben und über die Vereinbarung mit dem Kommissar schweigen. Zabel hatte erneut und in einem hohen Maße gegen ein ehernes Prinzip verstoßen, an das er glaubte: Er wollte keine gemeinsame Sache mit einem Kriminellen machen. Aber ihm blieb keine andere Wahl, zumindest im Moment nicht. Nicht, solange er von Cécile und ihrem Wissen abhängig war und er nicht wusste, ob sein guter Freund Everhard von Groote ihm die ganze Wahrheit gesagt hatte. Einer ordentlichen Festnahme Céciles wäre eine Befragung gefolgt, wenn auch zuerst nur als Zeugin. Karl Philipp von Struensee hätte sich auf den Fall gestürzt, und dann wäre auch Everhard von Groote zur Person von Interesse geworden.

Zabel ging ein enormes Risiko ein, dessen war er sich bewusst. Würde der Polizeipräsident von dem Arrangement mit Victor Koll erfahren, wäre Zabel die längste Zeit Kommissar gewesen, und auch Prinz Friedrich von Preußen würde ihn fallen lassen.

Er saugte die frische, kalte Luft tief in seine Lungen ein und stieß sie wieder aus. Dann blieb er stehen, drehte sich ruckartig um. Die Straße hinter ihm war menschenleer. Trotzdem beschlich ihn ein ungutes Gefühl, als ob ihn jemand verfolgte. Hatte Koll einen seiner Männer hinter ihm hergeschickt?

Zabel setzte den Weg fort. Er begann, an sich selbst zu zweifeln. Eva war eine ehrbare Frau, treu, wohlhabend und gesellschaftsfähig. Sie befriedigte auch seine Bedürfnisse, die er als Ehemann hatte, und sie gab sich größte Mühe, ihm zu gefallen. Eine Ehefrau, um die ihn viele beneiden würden.

Was war nur in ihn gefahren?

Zabel wusste, dass sein Verhalten, die Gefühle, die er für Cécile hegte, großes Unrecht bedeuteten, und in diesem Wissen war die Sünde noch gewaltiger. Er verstieß schon jetzt gegen seine Prinzipien von Treue und Ehrbarkeit.

Cécile war eine Versuchung. Aber er durfte sie nur als eine wichtige Zeugin bei der Lösung eines Mordfalls betrachten. In seinem Privatleben sollte sie keine noch so kleine Rolle spielen, er musste sich unlautere Gedanken aus dem Kopf schlagen.

Zabel kam vor seinem Haus an, drehte sich noch mal ruckartig um. Wieder war niemand zu sehen. Wenn es einen Verfolger gab, war dieser sehr geübt in seiner Disziplin.

Zabel betrat das Treppenhaus, schlich die Stufen in die Beletage hinauf und öffnete leise die Tür. Es war dunkel im Flur. Eva schlief bereits, als er ins Schlafzimmer schaute. DuMont hatte ihr hoffentlich Bescheid gegeben, dass er lange wegbleiben würde. Zabel hängte Hut und Mantel an den Haken im Flur, zog sich aus und ging ins Nebenzimmer, wo die Waschkommode stand. Er reinigte seinen Nacken und den

Hals mit Wasser und Seife, da er nicht sicher sein konnte, ob nicht vielleicht ein wenig von Céciles Geruch an ihm haftete. Dann legte er sich zu seiner Frau ins Bett, starrte die Decke an. Es war still, nur leise Atemgeräusche vernahm er neben sich.

Vor seinem inneren Auge lächelte Cécile ihn an, bevor sie ihr blaues zerrissenes Kleid über die Schulter streifte und es fallen ließ. Darunter trug sie nichts. Kein Korsett, keinen Unterrock, keine Wäsche. Ihre Scham leuchtete rot zwischen ihren Schenkeln hervor, sie ließ sich auf dem Bett nieder, legte sich hin und spreizte ihre Beine, bis ihre Mitte weit entblößt war.

Die Sonne schien Zabel ins Gesicht. Wie jeden Morgen im beginnenden Frühjahr fielen die Strahlen waagerecht durchs Schlafzimmer bis zum Kopfende. Die linke Seite des Bettes war leer. Zabel merkte, dass das Laken feucht war. Sein Traum hatte sich in der Realität entladen.

Er stieg aus dem Bett, zog sich eilig an und setzte sich zu seiner Frau an den Frühstückstisch. DuMont hatte Eva gestern benachrichtigt, und nun wollte sie wissen, was denn so Wichtiges vorgefallen sei, weshalb er fast die ganze Nacht weg war. Zabel erfand eine Geschichte und betonte, dass absolutes Stillschweigen von seiner Seite notwendig sei, um einen Freund zu schützen.

»Meinst du Everhard?«, fragte sie.

Zabel sah sie verdutzt an. »Wie kommst du auf ihn?«

»Weil er sich in letzter Zeit seltsam verhält. Das meinte Franziska zumindest. Er wirkt nervös und ist leicht aus der Fassung zu bringen.«

Zabel wurde ernst. »Dann sage Franziska, sie soll hinter ihrem Mann stehen und ihn nicht mit Fragen bedrängen.«

»Das tut sie auch nicht. Sie ist eine gute und eine kluge Frau, und so eine stellt ihrem Mann keine Fragen.« Der Sarkasmus in ihrer Stimme war nicht zu überhören. »Ich bin übrigens auch klug genug.«

Zabel begann zu frühstücken, strich sich Butter aufs Brot.

»Du machst mir Sorgen«, brach sie das Schweigen.

»Wie meinst du das?« Er tat, als wüsste er nicht, wovon sie redete.

»Was ist mit Everhard? Ermittelst du gegen ihn?«

»Nein. Es ist nichts, was dich oder Franziska beunruhigen sollte.«

»Was ist es dann?« Eva sah ihn fordernd an. »Auch wenn es nicht klug ist, danach zu fragen.«

Zabel schnitt das Brot in der Mitte durch, legte die beiden Hälften zusammen und faltete sie in eine Serviette ein. Dann erhob er sich von seinem Stuhl.

»Eine verkohlte Leiche wurde auf dem Kirchplatz von Sankt Gregorius gefunden. Das ist die einzige Verbindung zwischen dem Mordfall und Everhard. Mehr darf und werde ich nicht dazu sagen.«

Er schritt zur Tür, blieb noch mal stehen und drehte sich um. »Ich kann dir nicht versprechen, dass ich heute wie gewohnt nach Hause komme, gebe mir aber die beste Mühe.«

Sie stand auch von ihrem Stuhl auf. »Solltest du es nicht schaffen, würde ich mich über eine Nachricht freuen.«

»Das mache ich.« Er wandte sich ab und verließ den

Raum. Im Flur zog er sich die Stiefel und den Mantel an und schnallte sich den Säbel um.

Zabel setzte den Brabanter auf, als er auf die Straße trat. Der Weg zum Präsidium war nicht weit, und als er den Eingangsbereich betrat, winkte ein Sergeant ihm zu. Er ging auf ihn zu und erhielt ein Kuvert mit seinem Namen darauf. Zabel holte den Brief heraus, las die Nachricht vom Polizeipräsidenten, der das Protokoll zu dem aktuellen Fall anmahnte. Bis heute Mittag müsse dieses bei Struensee auf dem Schreibtisch liegen.

Zabel begab sich sofort in sein Büro und fasste zusammen, was er bis jetzt an Fakten hatte, die sich nicht verschweigen ließen. Drei Männerleichen, eine Rubensmedaille und einen anonymen Briefeschreiber, der den Kommissar zum Fundort der Leichen am Weißgerbergraben geführt hatte. Zabel erwähnte den Fundort der verbrannten Leiche nur in einem Nebensatz und wies auch nicht auf Arthur Schmoor als Opfer hin. Ebenso war die Identität der anderen Männer unbekannt, aber Zabel äußerte seine Vermutung, dass sie zu Kolls Männern aus dem Viertel am Freihafen stammen könnten. Somit würde er immer einen triftigen Grund haben, sich mit Victor Koll zu einer offiziellen Befragung zu treffen.

Zabel beendete den Schriftsatz und rief einen Sergeanten herbei, der das Protokoll sofort zum Polizeipräsidenten brachte. Allein im Büro, lehnte er sich in seinem Stuhl zurück und schaute zu dem leeren Platz ihm gegenüber.

Wie lange würde Bartmann noch fortbleiben?

Zabel öffnete die Schublade seines Schreibtisches und

holte von Grootes Tagebuch heraus, blätterte so lange darin, bis er auf den Namen André Thuin stieß. Auf derselben Seite wurden auch die Mumie von Sinzig und die *Mineralien von Cöln* erwähnt. Céciles Geschichte schien in allen wesentlichen Punkten zu stimmen. Zabel erinnerte sich auch wieder an Rabanus Vaasen. Anscheinend reichte es, nach seinem Namen zu fragen, und man bekam Probleme. Da fiel ihm ein, dass er vergessen hatte, sich zu erkundigen, woher Arthur diesen Namen kannte.

Wer war Rabanus Vaasen? Zabel musste es herausfinden, aber er sah keinen Sinn darin, ohne Vorkenntnisse am Schlachthof oder anderswo nach ihm zu fragen. Damit würde er die Täter nur aufschrecken, und sie wüssten, dass nun auch die Polizei nach ihm suchte.

Ein Klopfen an den Türrahmen riss Zabel aus seiner Gedankenwelt. Dr. Vierkötter stand im Korridor.

»Guten Tag, Herr Doktor. Komm rein.«

»Guten Tag.«

Zabel wollte aufstehen.

»Bleib sitzen.«

Dr. Vierkötter stellte seine Arzttasche auf Zabels Schreibtisch ab. »Wir müssen reden.«

Zabel vernahm an der Stimme des Arztes, dass es etwas Ernstes zu besprechen gab.

»Wann hast du deinen Kollegen Bartmann besucht?«

»Am Samstag. Wieso?«

»Fühlst du dich gut?«

Zabel sah ihn verdutzt an. »Wieso fragst du?«

»Darüber darf ich nicht viel sagen. Es geht jetzt erst mal um dich. Dir geht es gut?«

»Ja.«

»Darf ich kurz ein paar Dinge überprüfen?«

Zabel nickte. Der Arzt tastete seinen Hals ab, sah ihm in den Mund, fühlte an der Stirn die Temperatur und den Puls am Handgelenk.

Zabel war auf einmal besorgt. »Um was geht es hier?«

»In der Straße, wo dein Kollege wohnt, sind mehrere Krankheitsfälle aufgetreten. Bartmann hat es erwischt, seinen Kindern geht es aber gut, die Frau schwächelt ein wenig, aber das kann auch daran liegen, dass sie nun alle Hände voll zu tun hat.«

»Meinst du, es gibt eine Krankheitswelle?«

»Ich hoffe nicht, aber ich werde es vorsorglich melden müssen. Solltest du Krankheitssymptome bei dir feststellen, komme bitte sofort zu mir.«

»Wie schlecht geht es meinem Kollegen?«

Dr. Vierkötter seufzte, und sein Blick verriet, dass es nicht gut aussah. »Ich darf es dir nicht sagen. Aber komme nicht auf die Idee, ihn noch mal zu besuchen. Erst wenn ich weiß, was er hat.«

Dr. Vierkötter nahm seine Arzttasche vom Tisch, verabschiedete sich mit einem Händedruck und verließ das Büro.

KAPITEL 18

Der Gesundheitszustand von Bartmann bereitete Zabel große Sorgen, was aber auch für Ablenkung sorgte und ihn weniger an Cécile denken ließ. Nun hieß es hoffen und beten, dass Bartmann stark genug war und die Krankheit überstand. Die Medizin machte große Fortschritte, trotzdem verstarben immer noch zu viele Menschen unerwartet wegen leichten Verletzungen und scheinbar harmlosen Erkrankungen. Es grenzte an ein Wunder, wenn ein Mensch sehr alt wurde und allen Einflüssen des Lebens trotzte. Zabel hatte im Krieg viele Kameraden sterben sehen. Bei manchen ging es schnell, andere siechten dahin, weil sich ihre Verletzungen entzündet hatten. Man nannte es Wundbrand. Wenn dieser erst mal auftrat, wurden vielen sogar die Gliedmaßen amputiert, um ihnen das Leben zu retten, bevor der Wundbrand den ganzen Körper befallen konnte. Aber es hatte auch Kameraden gegeben, die nicht sterben wollten. Trotz furchtbarer Schmerzen führten sie einen aussichtslosen Kampf bis zum Schluss, rangen dabei um jeden Atemzug, bis der Körper keine Kraft mehr hatte. In der Zeit des Krieges, als Zabel all das Leid sehen musste, hatte sich sein tiefer Glaube entwickelt. Um das Elend zu verarbeiten und die Angst vor dem Tod zu verdrängen, setzte er auf Gott, der über ihn wachte. Jetzt wurde sein Glaube auf die Probe gestellt. Wieso war Cécile in sein Leben zurückgekehrt? Er hatte sie vergessen gehabt, beinahe.

Zabel wartete bereits zehn Minuten vor dem Regierungsgebäude. Everhard von Groote machte immer pünktlich um ein Uhr Mittagspause. Als er endlich heraustrat und Zabel am Fuße der Treppe erblickte, erstarrte Everhard für einen Moment, bevor er langsam die Stufen hinabschritt.

»Waren wir verabredet?«

Zabel schüttelte den Kopf. »Nein. Aber es gibt neue Erkenntnisse.«

Beide wollten lieber ein paar Schritte gehen, anstatt sich in ein Café zu setzen. Die Sonne schien, war deutlicher zu spüren, das Frühjahr nahte, und die ersten Bäume zeigten schon Blüten.

»Du kanntest André Thuin?«, eröffnete Zabel das Gespräch.

Everhard nickte. »Der Direktor des Museums für Naturgeschichte in Paris. Wieso fragst du nach ihm?«

»Von ihm stammt die Rubensmedaille, die wir bei der verbrannten Leiche gefunden haben.«

Everhard blieb stehen, sah ihn verdutzt an. »Woher weißt du das?«

»Die Frau, die dir den Brief geschrieben hat, um dich zu treffen, hat es mir gesagt.«

Everhard schloss die Augen und schaute zum Himmel. Es schien, als ob er in Erinnerungen versunken war. Dann sah er wieder zu Zabel. »Ich habe gehört, Thuin soll gestorben sein. Letztes Jahr. Wer ist die Frau?«

»Das tut nichts zur Sache.«

»Cécile Travail?«

Zabel bestätigte es mit einem Nicken. Sein Freund bewies mehr Scharfsinn, als Zabel angenommen hatte. Wenn er von Everhard die Wahrheit erwartete, musste auch er aufrichtig zu ihm sein.

»Was kannst du mir über André Thuin sagen?«

»Nur Gutes. Er war ein ehrlicher Mann, sehr kooperativ. Er hat uns keine Schwierigkeiten gemacht und mehr Artefakte herausgegeben, als er gemusst hätte. Ganz anders als Dominique Vivant Denon, der Direktor des Louvre.«

Zabel waren die Namen mittlerweile geläufig. »Ich habe dein Tagebuch aufmerksam gelesen. Du schreibst von der Mumie und den *Mineralien von Cöln*, irgendwann ist nur noch von der Mumie die Rede, die Mineralien werden nicht mehr erwähnt.«

Everhard nickte. »Sie sind nicht mehr aufgetaucht.«

»Bist du dir sicher?«

Everhard mochte es nicht, wenn Zabel seine Antworten infrage stellte, das verriet sein Gesichtsausdruck.

»Nein, bin ich nicht. Aber wenn du aufmerksam gelesen hättest, wirst du bemerkt haben, dass ich sehr mit anderen Dingen beschäftigt war zu jener Zeit. Mit den Säulen aus dem Aachener Dom zum Beispiel, die Denon nicht herausgeben wollte. Ein Teil dieser Säulen verblieb in Paris, weil sie bereits fest im Louvre verbaut worden waren.«

Zabel fiel ihm ins Wort. »Ich habe weitergelesen. Der Museumsdirektor hat dir das Leben schwer gemacht. Ebenso ein Preuße: Alexander von Humboldt.«

»Ja. Ich konnte damals nicht verstehen, warum er sich auf die Seite von Denon geschlagen hatte, obwohl er ein Preuße ist.«

»Und heute verstehst du es?«

Everhard seufzte. »Um ehrlich zu sein, ja. Die Säulen, die nicht verbaut worden waren und die wir zurück nach Aachen gebracht haben, stehen heute noch irgendwo herum. Ich hatte den Eindruck, dass von Humboldt es für besser hielt, das kulturelle Erbe an einem Ort zu lassen, anstatt es auf dem ganzen deutschen Gebiet zu verstreuen. In mancherlei Hinsicht hatte er damit vielleicht recht. Was *Die Kreuzigung Petri* angeht, das Gemälde gehört dahin, wo es heute hängt.«

»Und die Mumie wurde nach Sinzig gebracht«, kam Zabel auf das Thema zurück und stellte eine Mutmaßung an. »Die Mineralien sollen beim selben Transport dabei gewesen sein.«

Everhard zuckte die Schultern. »Davon weiß ich nichts. Was ist so wichtig daran? Es hieß, sie hätten keinen besonderen Wert.«

»Über den Wert lässt sich streiten«, erwiderte Zabel. »Es könnte Menschen geben, die den Steinen heilende Kräfte nachsagen. Es heißt, weil der Vogt von Sinzig die Mineralien vor seinem Tod berührt habe, verwese sein Körper nicht.«

Everhard lachte laut. »Oje. Glaubst du etwa an diese Legenden? Dann glaubst du auch an Zauberei.«

»Ich nicht. Aber was ist mit denen, die daran glauben?«

Everhard grinste. »Spielst du etwa auf deinen ehemaligen König an: Wilhelm den Zweiten?«

Zabel verstand nicht.

»Euer König von Preußen, Vater von Wilhelm dem Dritten. Er war dem Okkultismus zugewandt, heißt es, zumindest eine gewisse Zeit lang. Zwei seiner engsten Minister gehörten den Rosenkreuzern an.«

Zabel hörte zum ersten Mal davon. »Rosenkreuzer?«

»Eine spirituelle Gemeinschaft, die im letzten Jahrhundert an Einfluss gewonnen hatte. Kreise des Bürgertums und des Adels waren damals von der Aufklärung verunsichert und deshalb auf der Suche nach mystischen Erfahrungen. Sie wandten sich dem Okkultismus und Spiritismus zu.«

»Gibt es solche Gruppierungen heute noch?«

»Nehme ich an, aber ich bin kein Experte auf dem Gebiet. Es gab zwischenzeitlich ein Religionsedikt, das die Macht solcher Sekten eingeschränkt hat, aber sie wurden geduldet. Unser jetziger König, Wilhelm der Dritte, hat das Religionsedikt von 1788 zwar nie formal aufgehoben, aber auch nicht mehr konsequent angewendet.«

»Du willst damit sagen, dass solche okkulten Sekten wiedererwacht sein könnten?«

»Eher sind sie nie ganz verschwunden.«

Zabel verstand und dachte darüber nach. Der Aberglaube bezüglich der *Mineralien von Cöln* könnte zum Entstehen von spirituellen, vielleicht sogar okkulten Sekten geführt haben.

»Kennst du Leute, die sich mit Okkultismus beschäftigen?«

»Nein. Aber es gibt zahlreiche Geheimbünde, immer noch.«

»Und wäre es vorstellbar, dass irgendwer von denen an die heilende Kraft solcher Mineralien glaubt?«

»Natürlich. Aber da fragst du definitiv den Falschen.«

»An wen könnte ich mich bei so was wenden?«

Everhard überlegte nicht lange. »Unser gemeinsamer Freund Dr. Vierkötter vielleicht. Ich möchte nichts Falsches über ihn sagen, aber er beschäftigt sich immerhin mit Mesmerismus.«

Zabel hörte auch dieses Wort zum ersten Mal. »Was ist das nun wieder?«

»Franz Anton Mesmer war ein Arzt in Wien, er ist vor zehn Jahren verstorben. Mesmer glaubte an die heilenden Kräfte von Magnetismus, animalischem Magnetismus, wie er es nannte. Genau kann ich dir das nicht erklären. Ich weiß nur, dass er seine Ideen nie beweisen konnte. Eine königliche Kommission der Wissenschaft in Paris konnte keinen Zusammenhang zwischen Behandlung und Heilung erkennen, oder sie wollten es nicht sehen. Trotzdem erzielte Mesmer mit seinen Methoden Heilungserfolge. Wenn du mehr darüber wissen willst, wende dich an Johann Vierkötter.«

In Zabel erwachte ein Verdacht, er achtete auf seinen Tonfall, um sich nicht anmerken zu lassen, worauf er mit seiner Frage abzielte. »Hast du Johann oder einem anderen von dem anonymen Brief erzählt?«

»Nein«, antwortete Everhard. »Niemandem außer dir, warum?«

»Abgesehen von dem Kutscher, der dich dorthin gebracht

hat, weiß niemand, dass du in dieser Nacht an der Elendskirche warst?«

»Wenn du es keinem gesagt hast.« Er sah Zabel scharf an. »Nicht mal meine Frau weiß, wo ich in dieser Nacht war.«

Zabel wollte ihm glauben, dass es so war. Er strich Everhard in Gedanken vorerst von der Liste der Verdächtigen. Es sah so aus, als ob er allein aufgrund der Rückführungsmission in diesen Fall mit hineingezogen worden war.

»Sagt dir der Name Rabanus Vaasen etwas?«

Everhard schüttelte den Kopf. »Nein. Nie gehört.«

»Gut. Dann möchte ich dich nicht länger behelligen.«

»Ich konnte dir hoffentlich weiterhelfen?«

»Ja, sehr sogar.«

»Eins würde mich noch interessieren«, sagte Everhard. »Wieso hat Cécile Travail mir diesen Brief geschrieben, wieso wollte sie mich treffen?«

»Sie ist den *Mineralien von Cöln* auf der Spur, weil sie glaubt, dass sie wertvoll sind.«

»Und was habe ich damit zu tun?«

»Du kanntest André Thuin, du warst in Paris, als die Steine verschwunden sind.«

Everhard schloss wieder die Augen, legte den Kopf nach hinten, um die Sonne zu genießen. Dann sprach er ganz leise. »Vertraust du diesem Frauenzimmer?«

»Bis jetzt liefert sie gute Informationen.«

Er senkte den Kopf wieder, öffnete die Augen und sagte mit mahnender Stimme. »Cécile Travail ist und bleibt eine Hure. Daran wird sich nie etwas ändern. Du solltest vorsichtig sein.«

»Ich habe meine Erfahrungen mit Lügnern, mach dir keine Sorgen.«

»Das meine ich aber nicht«, mahnte er.

Zabel konterte sofort. »Ich werde niemals neben ihr aufwachen, wenn du darauf anspielst.«

»Du solltest dir trotzdem die Frage stellen, wer hier wen kontrolliert? Sie hat den Brief geschrieben und mich mit hineingezogen. Was macht sie mit dir?«

Zabel fischte die Uhr aus seiner Westentasche, schaute kurz drauf. Es war eine Verlegenheitsgeste. »Ich muss leider los. Vielen Dank, dass du dir die Zeit genommen hast.«

»Ich bin stets für dich da«, erwiderte Everhard. »Ganz egal, über was du reden möchtest.«

Zabel ließ es dabei bewenden, sie verabschiedeten sich mit einem festen Händedruck, und Zabel ging weg. Die letzte Bemerkung seines Freundes klang unmissverständlich. Anscheinend war er für Everhard ein offenes Buch. Und womöglich nicht nur für ihn, er musste vorsichtig sein.

KAPITEL 19

Zabel kehrte in sein Büro zurück. Auf seinem Schreibtisch
standen zwei große verschlossene Kisten aus stabiler Pappe.
Er zog den Mantel aus, hängte ihn und den Brabanter an einen Haken. Dann wandte er sich den Kisten zu, öffnete die
erste. Obenauf lag ein handgeschriebener Brief von Marcus
DuMont.

> *Mein lieber Freund.*
> *Wie du gewünscht hast, habe ich dir aus meinem Archiv die*
> *Ausgaben meiner Zeitung zusammengestellt, in denen über*
> *unseren Freund Everhard von Groote berichtet wurde. Einige*
> *der Briefe an seinen Bruder Joseph sind vollständig in mei-*
> *ner Zeitung abgedruckt. In der zweiten Kiste befinden sich die*
> *Ausgaben vom* Rheinischen Merkur, *in denen Everhard er-*
> *wähnt wird.*
> *Ich hoffe, dass ich dir damit helfen konnte.*
> > *Herzlichst*
> > *Marcus DuMont*

Zabel warf einen Blick in die zweite Kiste, die ebenfalls bis zum Rand gefüllt war mit Ausgaben des *Rheinischen Merkur*. Ein Berg von Informationen lag nun vor ihm, und Zabel wusste nicht genau, wonach er suchen sollte und ob er diese Informationen überhaupt noch brauchte. Denn der Fall entwickelte sich gerade in eine neue Richtung. Everhard trat mehr und mehr aus dem Kreis der Verdächtigen heraus, Zabel glaubte an die Ehrlichkeit seines Freundes. Aus den Tagebüchern ging hervor, dass von Groote ausschließlich mit der Suche und der Beschlagnahmung von Kunstgegenständen betraut war. Für den Transport zurück in deutsche Staaten zeichneten andere verantwortlich. Wenn die *Mineralien von Cöln* geraubt worden wären, hätte Everhard davon nichts mitbekommen.

Trotzdem wollte Zabel sich die Zeitungsartikel wenigstens ansehen. Also nahm er die zwei Papierstapel aus den Kisten und setzte sich an seinen Schreibtisch. Er begann zu lesen, überflog die Texte und vergaß die Zeit dabei. Zwischendurch blickte er immer wieder zu dem leeren Platz ihm gegenüber und musste an Bartmann denken. Wie ging es ihm wohl? Zu gern hätte er einen Sergeanten dorthin geschickt, um sich zu erkundigen, aber Dr. Vierkötter hatte dies ausdrücklich verboten.

Johann Vierkötter. Zabel hatte ihn immer als einen streng rational denkenden Menschen eingestuft. Dass er an Wunderheilung durch animalischen Magnetismus, was immer das sein mochte, glauben könnte, hielt Zabel für schwer vorstellbar. Aber über König Wilhelm den Zweiten hatte Everhard etwas Ähnliches behauptet, angeblich war er dem Okkultismus verfallen gewesen. Wenn auch nur für eine gewisse

Zeit. Zabel hatte noch nie davon gehört, was nur bedeuten konnte, dass dieses Kapitel der Regentschaft von Wilhelm dem Zweiten totgeschwiegen wurde. Zwei der Berater des Königs sollten Rosenkreuzer gewesen sein. Wofür genau diese Gruppierung stand, wusste Zabel nicht, aber er stellte sich einen Geheimbund vor. Ähnlich wie die Freimaurer. Niemand wusste so genau, was in deren Logen geschah und wer zu ihnen gehörte.

Zabel dachte weiter: Wenn ein solcher Geheimbund an die heilenden Kräfte von Mineralien glaubte, zu was wären diese Leute fähig, wenn ihnen jemand auf die Spur käme? Cécile könnte durchaus richtigliegen mit der Behauptung, dass Zabel nach den Mineralien suchen musste, um Schmoors Mörder zu finden.

Er nahm sich eine nächste Ausgabe der *Kölnischen Zeitung* vor und las weiter. Seine Augen ermüdeten allmählich, und draußen wurde es immer dunkler. Sollte er noch mal nach Cécile schauen? Er wähnte sie in guten Händen, aber eine innere Unruhe machte sich breit. Es fiel ihm schwer, sich jetzt noch auf die Worte zu konzentrieren, die auf dem Papier gedruckt waren.

Elendsfriedhof.

Dieses Wort fiel Zabel ins Auge, und er las den Text darunter.

In der Nacht des 2. Oktober 1711 wurde dem zweiundzwanzigjährigen Stadtsoldaten Laurenz Eschweiler das Leben genommen, erstochen mit einem Messer von einem Kameraden. Laurenz Eschweiler wurde dann auf dem Elendsfriedhof mit einem geringen Gebet nach Kriegsmanier eingesegnet und begraben.

Zabel begann, den Artikel von vorne zu lesen, die Überschrift lautete: *Die Stadtsoldaten Kölns. Eine Chronik.* Zabel schaute auf das Datum der Zeitung, sie war vor fünf Jahren erschienen, im Januar 1820.

Zabel erfuhr durch den Artikel, dass einige Stadtsoldaten auf dem Elendsfriedhof beigesetzt worden waren, weil sie ihr Leben in Armut gefristet hatten. Sie bekamen im ausgehenden achtzehnten Jahrhundert so wenig Sold, dass die wenigsten davon leben konnten und deshalb noch andere Tätigkeiten ausüben mussten. Sie wurden außerdem zum Gespött der Stadt und von vielen Bürgern verhöhnt. Ganz anders als im Maskenzug, wo man sie zu Helden stilisierte.

An den Stadttoren verweilten die Posten damals ganz ohne Kommando, waren damit auf sich selbst gestellt, wodurch sie kein gutes Bild für die Kölner Bürger oder Reisende abgaben. Nachtschwärmer und Ruhestörer foppten die Soldaten, missachteten ihre Anweisungen und misshandelten sie mitunter. Zabel empfand beim Lesen beinahe Mitleid mit ihnen. Die meisten waren angeworbene Söldner, zum Teil aus anderen Armeen unehrenhaft entlassen oder mit undurchsichtiger Vergangenheit. Allmählich verstand Zabel, wieso Prinz Friedrich von Preußen den Kommissar nicht in so einer Uniform sehen wollte, und Zabel musste ihm recht geben. Vielleicht sollte er sich beim Umzug im nächsten Jahr einer anderen Gruppierung anschließen.

Er las weiter. Stadtsoldaten, die ein Handwerk erlernt hatten, durften als Handlanger ihren kargen Lohn aufbessern. Sie wohnten auch nicht in Kasernen, sondern waren über die ganze Stadt verteilt. Zum Ende des Artikels ging es um die Pensionen der Soldaten. Es wurde eine Liste vom 26. Januar 1818 erwähnt, in der hundertdreißig Namen verzeichnet sein sollten. Ein Hauptmann Ludwig von Lunickhausen, der damals schon siebzig Jahre alt war und seit 1779 in der Kompanie von Karpffen gedient hatte, musste um seine Pensionsansprüche betteln. Interessant an dieser Geschichte war, dass Lunickhausen ein Belobigungsschreiben von Heinrich von Wittgenstein vorlegen konnte. Auch zwischen Ferdinand Franz Wallraf und dem Hauptmann hatte es einen regen Schriftverkehr gegeben, wie in dem Zeitungsartikel behauptet wurde.

Zabel schaute von dem bedruckten Papier auf, rieb sich die Augen und dachte nach. Sein Freund Heinrich von Wittgenstein dürfte einiges über die Stadtsoldaten wissen, wenn er sich für Lunickhausen eingesetzt hatte. In Gedanken konstruierte Zabel einen möglichen Zusammenhang zwischen den Stadtsoldaten, der Elendskirche und der Rückführungsmission. Es war durchaus vorstellbar, dass ehemalige Stadtsoldaten an dem Rücktransport beteiligt gewesen waren. Als Söldner. Dies würde bedeuten, man hätte armen Schluckern, die kaum genug Geld zum Leben hatten, die Verantwortung über äußerst wertvolle Kunstschätze überlassen. Was ein nicht zu unterschätzendes Risiko gewesen wäre, denn arme Leute sind immer anfälliger für Verbrechen wie Raub und Diebstahl.

Zabel las weiter, und der nächste Absatz des Artikels traf ihn wie ein Schlag ins Gesicht. Er traute seinen Augen nicht, vor ihm stand gedruckt ein Name:

RABANUS VAASEN.

Zabel las weiter. Rabanus wurde als einer von zwei ehemaligen Stadtsoldaten erwähnt, die eine Ausnahme bildeten, weil sie auf die ihnen zustehenden Pensionen verzichtet hatten. Der andere Stadtsoldat hieß Peter Heyden, der sich als Buchbinder und Händler mit Schreibstoffen selbstständig gemacht hatte. Zabel las die Adresse, wo sich das Geschäft befand: *An Oben Marspforte 20.* Das war direkt neben dem Geschäft von Johann Baptist Farina. Womöglich kannten die beiden sich, weil sie Nachbarn waren.

Rabanus Vaasen war einst Quartier- und Zahlmeister bei den Stadtsoldaten gewesen und hatte sich später als Aufseher im Schlachthaus an der Sankt-Johannes-Straße verdingt.

Zabel kamen Céciles Worte in den Sinn. Arthur Schmoor war angeblich in der Johannesstraße entführt und Cécile dort angegriffen worden.

Zabel studierte den Text noch ein zweites und drittes Mal, aber es wurde mit keiner Silbe erwähnt, warum Rabanus Vaasen oder Peter Heyden auf ihre Pension verzichtet hatten. Zabel notierte sich zwei Fragen auf einem Papierbogen: Woher hatte Peter Heyden das Startkapital für seine Buchbinderei? Verdiente ein Aufseher im Schlachthaus so viel Geld, dass er auf seine Pension verzichten konnte?

Zabel spürte, dass er auf etwas von Bedeutung gestoßen

war. Zwei ehemalige Stadtsoldaten, die anscheinend zu Geld gekommen waren. Und dies genau zu der Zeit, als die Kunstschätze von Paris nach Köln transportiert wurden.

Zabel ließ die *Kölnische Zeitung* vom Januar 1820 in der Schublade verschwinden und schloss sie ab. Die restlichen Ausgaben von der *Kölnischen Zeitung* und dem *Rheinischen Merkur* legte er in die zwei Kisten zurück.

Draußen ging bereits die Sonne unter, der Abendhimmel über dem Neumarkt erstrahlte in Dunkelrot und Tiefblau. Es war an der Zeit, nach Hause zu gehen. Zabel zog den Mantel an und setzte den Hut auf, verließ sein Büro. Er schritt den Flur entlang, ging die Treppenstufen nach unten. Im Eingangsbereich rief er nach einem Sergeanten in Uniform, der herumstand und den Feierabend herbeisehnte.

Der junge Mann kam zügig näher, gab sich unterwürfig. »Herr Kommissar?«

»Bitte gehen Sie zu mir nach Hause, und richten Sie meiner Frau aus, dass ich noch dienstlich unterwegs bin und es leider wieder sehr spät werden wird.«

»Jawohl.«

Zabel schritt zum Portal und verließ das Präsidium.

KAPITEL 20

Der Bulle schien zu spüren, dass sein Ende nahte. Er war mit einem Seil an einer Eisenstange in der Mitte der größten Halle des Schlachthauses angebunden. Ein Koloss, mindestens zehn Zentner schwer, schätzte Victor Koll, der sich eine dunkle Schürze umband. Er sah dem Tier in die Augen, der Bulle schnaubte und scharrte mit dem rechten Huf. Das Seil um den Hals war so lang, dass es den Boden berührte und dem Bullen etwas Raum gab, sich zu bewegen. Genau so hatte Koll es verlangt. Er nahm den Degen, der an einem Haken hing, und zog die Klinge aus der Scheide. Sie war beinahe siebzig Zentimeter lang und das Metall blank poliert, so scharf, dass man damit ein Papier zerschneiden konnte.

Die Männer mit den Schlapphüten standen im Kreis um den Stier herum, bereit einzugreifen, aber bisher war das noch nie nötig gewesen. Langsam bewegte sich Koll auf den Bullen zu. Das Tier wich im ersten Moment ein wenig zurück, um dann zu verharren und wieder mit dem Huf zu scharren. Die Situation war nicht die gleiche wie die, die Koll auf seiner langen Reise im Süden Spaniens erlebt hatte, aber er war auch kein ausgebildeter Stierkämpfer. Koll bewunderte den Mut dieser Männer, die Faszination des Tötens war nur eine Begleiterscheinung. Schon lange hatte er diese Herausforderung nicht mehr gesucht, darum war es dringend an der Zeit, um nicht aus der Übung zu kommen und die natürlichen Ängste zu überwinden. Der Bulle schnaubte. Koll ließ sich nicht beirren, setzte einen Fuß vor den anderen. Die Hörner des Stiers ragten weit aus dem Schädel heraus und schienen immer größer zu werden, je mehr man sich ihnen näherte. Das Seil war nicht gespannt, baumelte am Hals des Tieres herab. Einen Menschen als Gegner zu haben war läppisch dagegen. Die meisten Männer handelten berechenbar, vor allem, wenn sie Angst hatten. Ein Tier dagegen folgte dem reinen Instinkt. Ein einziges Mal hatte Koll in der Arena gesehen, wie der Stier den Torero auf die Hörner genommen hatte, den Körper aufgespießt hatte und das Blut gespritzt war. Die Zuschauer waren außer sich gewesen, mancher starr vor Schreck, die meisten hatten getobt. Er hatte das Schauspiel genossen, die Gewalt eines Tieres und der Mensch, der dieses unterschätzt hatte.

Seine Hand umschloss fest den Griff des Degens. Es fühlte sich gut an. Sich der Angst zu stellen war die Herausforderung. Niemals durfte die Furcht vor der drohenden Gefahr einen übermannen und zur Flucht verleiten. Die Klinge des Degens war lang genug, um bis ins Herz vorzustoßen. Es kam nur darauf an, den Stich sauber und gezielt auszuführen. Der Bulle senkte den Kopf, brachte seine Hörner in Stellung. Noch mal scharrte der rechte Huf über den Boden, dann folgte der Angriff, mit dem Koll gerechnet hatte. Blitzschnell wich er zwei Schritte zurück und wartete genau auf den Moment, wenn sich das Seil um den Hals des Tieres zuzog. Genau in dieser Sekunde musste er den Kampf beenden. Er machte einen weiten Ausfallschritt nach vorne und trieb die stählerne Klinge durch die linke Brust des Stieres. Das Blut spritzte wie eine Fontäne aus der Wunde, während die Hinterbeine einsackten. Koll zog den Degen wieder heraus und versetzte dem Bullen den Todesstoß von oben ins Genick. Wieder schoss eine Fontäne aus Blut hervor. Diesmal ließ er die Klinge stecken, trat einen Schritt zurück und sah dem sterbenden Tier in die Augen. Die Pupillen verdrehten sich, und der Bulle brach endgültig zusammen.

Seine Männer applaudierten. Koll gab den Schlachtern ein Handzeichen, dass sie nun mit der Arbeit beginnen durften, während er sich der blutverschmierten Schürze entledigte. Die Schlachter legten eine Kette um die Hinterbeine des Bullen und zogen den schweren Körper vom Boden in die Höhe, damit er ausbluten konnte.

Zwischen Kolls Männern trat jemand hervor, der auch einen Hut trug, aber einen anderen als seine Gefolgsleute.

»Was haben Sie für mich?«, fragte Koll.

»Das, was Sie wollten. Die Protokolle.«

»Die echten?«

Der Mann schüttelte den Kopf, reichte ihm mehrere Papierbögen, die zusammengerollt waren. »Nein. Ich habe sie abgeschrieben. Die Originale sind bei von Struensee. Aber ich verbürge mich für den Inhalt.«

»Das ist gut«, erwiderte Koll. »Und was steht drin?« Er ließ die Schürze auf den Boden fallen, nahm sein weißes Hemd von einem Haken und zog es an.

»Kein Wort über Sie. Oder die Hure.«

Koll ließ die Knöpfe des Hemdes offen, nahm die Papierrolle entgegen. »Wie geht es Ihnen?«

»Gut. Ich fühle mich so gesund wie nie.«

»So soll es sein, und so wird es auch bleiben. Vergessen Sie nicht, ein großes Stück Fleisch mit nach Hause zu nehmen, für sich und die ganze Familie.«

»Vielen Dank«, ertönte es unterwürfig.

Koll schaute zu dem toten Tier. Der Bauch war bereits aufgeschnitten, und die Innereien quollen heraus, verteilten sich auf dem Steinboden. Ein Schlachter begann, die Haut des Tieres abzuziehen, während ein anderer mit einem großen Messer die ersten Stücke aus der Schulter schnitt. Koll gab seinem Gegenüber mit einem Handzeichen zu verstehen, dass er jetzt gehen durfte. Der Mann nickte zum Abschied und entfernte sich, machte auf dem Weg zu den Schlachtern einen großen Bogen um die Blutlache herum.

Koll spürte sein Herz immer noch pochen. Momente wie dieser erzeugten eine Art Rauschzustand, der manchmal noch Stunden danach anhielt. Stärker, als wenn er im Boxring stand oder einen Menschen eigenhändig tötete.

Koll öffnete das Band um die Papierrolle und schaute sich das Protokoll an, überflog den Text, während er darüber nachdachte, wie lange er das Arrangement mit dem Kommissar noch aufrechterhalten sollte. Und wann der beste Zeitpunkt wäre, die Schlinge um Zabels Hals zuzuziehen.

KAPITEL 21

Zabel knöpfte den Mantel bis zum Hals zu. Sobald die Sonne hinter dem Horizont verschwand, wurde es sehr schnell kalt. Zügig schritt er auf Kolls Haus in der Probsteygasse zu, klopfte laut gegen die Tür, und es dauerte nicht lange, bis jemand öffnete. Vor Zabel stand wieder der Bedienstete, der einen schwarzen Gehrock zu einer dunklen Hose trug, ein weißes Hemd mit Stehkragen und eine granatrote Weste.

»Ich möchte zu Cécile Travail.«

Der Bedienstete trat einen Schritt zurück, um Zabel eintreten zu lassen. Danach schloss er wieder die Tür.

»Sie ist in ihrem Zimmer«, sagte der Bedienstete und schritt voran. Zabel folgte ihm.

Victor Koll war augenscheinlich sehr darauf bedacht, der Nachbarschaft das Bild eines ordentlichen Geschäftsmannes zu vermitteln. Dazu gehörte auch ein Faktotum, das dem Haus ein ehrbares Gesicht verlieh. Die Männer mit den Schlapphüten schienen diese Räume nicht einmal betreten zu dürfen. Sie waren für das Grobe zuständig, blieben auf der Straße wie Hunde. Zabel musste sich eingestehen, dass er den Stil dieses Kriminellen faszinierend fand. Victor Koll war ganz anders als die Verbrecher, mit denen Zabel sonst zu tun hatte. Räuber, Diebe, Erpresser und Mörder waren Nichtsnutze, zu faul, einer ordentlichen Arbeit nachzugehen, nur den niederen Instinkten folgend. Aber es gab auch wenige Ausnahmen. Einer der Attentäter, die Zabel vor vielen Jahren in Berlin festgenommen hatte, um einen Anschlag auf den König zu vereiteln, stammte aus gutem Haus. Der junge Student aus Heidelberg war zu der tiefen Überzeugung gelangt, dass König Wilhelm der Dritte mit all seiner Macht verhinderte, dass die deutschen Staaten zu einer Nation zusammenwachsen würden. Zabel hatte viele Stunden mit dem Attentäter in einer Zelle verbracht und nie das Gefühl gehabt, einem Verbrecher gegenüberzusitzen, der aus Mordlust oder Geldgier handelte. Das hatte Zabel damals nachdenklich werden lassen, und Victor Koll bewegte sich auf einem ähnlichen Terrain. Kriminelle wie er oder der Student von damals werteten ihre eigene Gesinnung höher als das Gesetz und nahmen sich das Recht heraus, selbst zu bestimmen, was richtig und was falsch war.

Der Bedienstete öffnete Zabel die Tür zum Wohnraum, stellte sich ihm aber in den Weg. »Darf ich Ihnen heute den Mantel abnehmen?«

Zabel zog ihn aus. Das Faktotum nahm Hut und Mantel mit einer gewissen Eleganz entgegen und fungierte als Kleiderständer, während sein Blick zur offen stehenden Tür wanderte. »Bitte, der Herr. Sie wartet bereits.«

»Sie weiß nicht, dass ich komme.«

Der Mann verkniff sich ein Lächeln, aber ein leichtes Schmunzeln war zu erkennen. »Anscheinend doch.«

Er drehte sich um und verschwand in der Dunkelheit des Flurs.

Zabel betrat den Wohnraum. Die Tür zum Nebenzimmer stand offen, und Cécile hatte ihn wohl bereits gehört, denn sie erschien sofort und schenkte ihm ein Lächeln zur Begrüßung. Die Schwellungen in ihrem Gesicht waren kaum noch zu sehen, auch weil Cécile sehr viel Schminke aufgetragen hatte. Ihr graues Stoffkleid war bis oben zum Kragen geschlossen, wie es ehrbare, weniger aufreizende Frauen trugen.

Da erschien das Faktotum hinter Zabel. »Darf ich Ihnen etwas zu trinken anbieten?«

»Nein danke. Lassen Sie uns bitte allein.«

»Selbstverständlich.«

Er zog sich zurück und wollte gerade wieder die Tür schließen, als Zabel sich zu ihm umdrehte. »Ist Victor Koll auch hier?«

»Nein. Er ist außer Haus.«

»Danke.«

»Gern geschehen.« Er schloss die Tür.

Zabel drehte sich wieder zu Cécile herum. Sie standen sich stumm gegenüber. Ihre Augen leuchteten blau, und sie hatte Lidschatten aufgetragen.

»Was müssen Sie mir Dringendes sagen?«

Zabel verstand nicht. »Dringend?«

»Sonst wären Sie doch nicht hier, zu so später Stunde.« Sie sah ihn mit neugierigem Blick an.

Zabel räusperte sich. »Ich weiß etwas über Rabanus Vaasen.«

»Haben Sie ihn ausfindig gemacht?«

»Nein, noch nicht. Aber er wurde in einem Zeitungsartikel aus dem Jahre 1820 erwähnt. Ein ehemaliger Stadtsoldat, der auch im Schlachthaus als Aufseher gearbeitet und auf die ihm zustehende Pension verzichtet hatte.«

»Er hat verzichtet, warum?«

»Womöglich, weil er zu Geld gekommen war. Woher haben Sie seinen Namen?«

»Von Arthur.«

»Und woher kannte er ihn?«

Cécile zögerte einen Moment zu lang, als dass ihre Antwort wahr sein konnte. »Die beiden kannten sich von früher. Das hatte ich doch schon gesagt.«

Zabel spürte, dass sie log.

»Wie steht es mit Peter Heyden? Geschrieben mit einem *y* in der Mitte. Haben Sie den Namen schon mal gehört?«

Cécile schüttelte den Kopf. »Nein.«

Zabel glaubte ihr wieder nicht. Es war ein Zucken ihrer Gesichtsmuskeln, das sie verriet. Er kannte das von zahlreichen Verhören, die er im Laufe seiner Dienstjahre geführt hatte.

Zabels Taktik war stets die, den anderen im Gespräch zu verwirren, indem er mehrfach das Thema wechselte. »Wo haben Sie eigentlich Schreiben gelernt?«

»Von meiner Mutter. Sie hätte sich sehr gewünscht, dass aus mir mal etwas anderes wird als eine Hure.«

»Und Ihre Mutter? Woher konnte sie es?«

Cécile wandte sich demonstrativ ab, drehte ihm den Rücken zu, um ihre Gefühlsregung zu verbergen. Es schien ein

Thema zu sein, das sie immer noch belastete. Nach einem Moment des Schweigens folgte die Antwort. »Glauben Sie, dass man als Hure geboren wird?«

»Entschuldigung. So habe ich das nicht gemeint.«

Cécile drehte sich wieder zu ihm um. »Meine Mutter war mehrere Jahre im Schreiben und Lesen unterrichtet worden, in dem Haus, wo schon ihre Mutter als Dienstmädchen gearbeitet hatte. Der Hausherr war ein guter Mann, leider hat man ihn in den Wirren der Revolution um einen Kopf kürzer gemacht. Weil er angeblich die falschen Freunde gehabt hatte.« Sie schluckte ein Mal. »Meine Mutter war an diesem Tag dabei und erzählte mir später davon, wie das Fallbeil heruntergesaust war und die Menge getobt hatte. Meine Mutter fand zum Glück eine neue Arbeit in einem Hotel und konnte sich selbst und ihre Mutter versorgen. Dann …«, sie zögerte einen Moment, bevor sie weiterredete. »Dann hat sich ein Gast an ihr vergriffen. Mein Vater. Selbstverständlich schilderte er die Situation ganz anders, meine Mutter war an allem schuld, sie hatte ihn verführt, ihm ihre Dienste angeboten, und deshalb verlor meine Mutter ihre Stellung. Sie hatte nur noch eine Chance, uns durchzubringen. Sie gab sich den Männern hin, während meine Großmutter auf mich aufgepasst hat. Am Anfang waren es noch wohlhabende Männer gewesen, aber mit den Jahren musste sie mit jedem ins Bett, der uns am Fressen hielt. Meine Großmama starb, als ich sieben Jahre alt war. Von da an bekam ich mit, was meine Mutter tat.« Cécile verfiel wieder einen Moment in Schweigen und sah Zabel tief in die Augen. »Ich wollte es auch machen. Das, was meine Mutter tat.«

»Warum?«

»Weil es nichts anderes gab für uns auf dieser Welt. Das erste Mal ist meine Mutter vergewaltigt worden, aber der Mann, der das getan hat, wurde dafür nicht bestraft, sondern sie. Die einzige Entschädigung dafür war ich, ihre Tochter. Das hat sie mir immer gesagt.« Die Erinnerung an ihre Mutter trieb Cécile die Tränen in die Augen. »Warum hätte es mir anders gehen sollen als meiner Mutter? Die Männer haben sie benutzt. Und mir wäre dasselbe widerfahren. Da lag es doch nahe, dass ich bestimmen wollte, wann ein Mann über mich bestimmt. Und wann ich über ihn.«

»Nicht alle Männer sind so.«

Cécile sah ihm tief in die Augen, kam einen Schritt näher, und Zabel wich instinktiv einen Schritt zurück. »Doch. Nur die meisten Männer wissen es nicht.«

»Was wissen sie nicht?«

»Manche können ihr wahres Wesen verbergen, vor dem Rest der Welt und sich selbst. Aber manchmal tritt das wahre Wesen in ihnen hervor. Wie ein Mann, der taucht und hin und wieder nach Luft schnappen muss.«

»Schade, dass Sie die Welt so sehen.«

»Das macht die Erfahrung.«

Zabel wusste nicht, ob Cécile wirklich so dachte oder ihn nur herausfordern wollte. Aber in dem Moment, da sie ihn anklagend ansah, war sie schöner denn je. Sie strotzte vor Erfahrung und Wissen über das starke Geschlecht, das in ihren Armen nicht mehr ganz so stark war, die meisten wurden wahrscheinlich weich wie Pudding.

»Würden Sie mit einer Hure verkehren? Seien Sie ehrlich.«

Zabel nickte. »Meine ersten Erfahrungen machte ich im Krieg als junger Mann.« Er zögerte, ob das als Antwort reichte, aber Céciles fordernder Blick zwang ihn weiterzusprechen. »Da kümmerten sich Frauen um uns.«

»Huren. Sagen Sie es doch.«

»Ja. Huren. Die drohende Gefahr, den nächsten Tag nicht zu überleben, hatte auch mich dazu verführt, diesem Drang nachzugeben.«

Cécile grinste. »Ich liebe es, wie gewählt Sie sich ausdrücken. Die Intelligenz eines Mannes kann verführerischer sein als sein Geld und sein Aussehen.«

Zabel hielt ihrem Blick nicht länger stand, sah vor sich auf den Boden.

»Würden Sie sich mit einer Hure wie mir in der Öffentlichkeit zeigen? Mit mir in eine feine Lokalität gehen, mir den Mantel abnehmen?«

»Nein«, sagte er sofort und schaute wieder auf. »Ich bin verheiratet.«

»Die Verheirateten sind die Schlimmsten von allen.«

Zabel ging nicht darauf ein. »Wenn Sie die Möglichkeit hätten, etwas anderes zu machen: Würden Sie es tun?«

»Warum, glauben Sie, bin ich hier? Wieso riskiere ich wohl mein Leben?«

Zabel verstand. Cécile war nur aus einem Grund nach Köln gekommen: um einen Schatz zu bergen. Arthurs Mörder zu finden schien eine Nebensache für sie zu sein, ihr ging es nicht um Rache oder Vergeltung. Cécile blickte nur in die

Zukunft. Sie hoffte auf ein neues Leben. Dafür würde sie mit jedem kooperieren, auch mit Victor Koll. Zabel konnte dieses Motiv gut verstehen, musste deshalb aber umso vorsichtiger sein, genau, wie Everhard gesagt hatte. Er konnte ihr nicht trauen, so gern er es auch täte.

Cécile fing plötzlich an zu lachen. »Wie ich Ihrem Gesichtsausdruck entnehme, sind Sie enttäuscht von mir.«

Zabel verstand nicht, sah sie fragend an. »Enttäuscht?«

»Auch wenn ich ein zugeknöpftes Kleid trage, ist Ihnen wieder mal bewusst geworden, was ich in Wirklichkeit bin: eine Hure. Eine Frau, die bereit ist, für Geld fast alles zu tun.«

Zabel fühlte sich ertappt. Er wollte Cécile nicht so sehen, wie sie sich gerade selbst beschrieben hatte. Sie war eine ungewöhnliche Frau, moralisch keineswegs gefestigt, aber er glaubte an das Gute in ihr. Sie verbarg ihren wahren Charakter hinter einer Fassade. Zabel wollte dahinterblicken, herausfinden, wer Cécile war, ganz egal, ob ihm die Wahrheit gefiel oder nicht.

»Victor hat mir angeboten, für ihn zu arbeiten. Bei ihm bin ich in Sicherheit. Sie müssten sich nicht mehr um mich kümmern. Und was den Fall angeht …«

Zabel schnitt ihr das Wort ab. »Sie wollen gemeinsam mit Koll den vermeintlichen Schatz finden?« Er wartete die Antwort nicht ab. »Davon kann ich nur dringend abraten. Außerdem sind Sie eine wichtige Zeugin, und deshalb unterstehen Sie meiner Obhut. Ich habe meine Gründe, Sie hierzubehalten.«

»Dann werde ich geduldig ausharren. Aber Sie müssen mir glauben: Ich habe Ihnen alles erzählt, was ich weiß.

Wenn Sie Rabanus Vaasen finden, sind Sie auf der richtigen Spur. Wie könnte ich Ihnen jetzt noch behilflich sein?«

Ihre Worte klangen so, als ob sie ihn loswerden wollte. Da kam ihm noch eine Möglichkeit in den Sinn, an die er bisher noch nicht gedacht hatte. Natürlich, schoss es ihm in den Kopf. Wie oft hatte er es schon erlebt, dass Zeugen freundlich und scheinbar hilfsbereit waren, nur um von der Wahrheit abzulenken.

Er sah ihr in die Augen.

»Was ist los?«, fragte sie.

»Was hat Sie bewegt, nach Köln zu kommen?«, murmelte er und schritt an Cécile vorbei in ihr Zimmer. Sie ging ihm hinterher. Er begann, sich umzuschauen, hob die Matratze an, darunter war nichts außer das Bettgestell.

»Was tun Sie da?«

»Treten Sie einen Schritt zurück, und bleiben Sie an der Tür stehen.«

»Ich denke nicht dran.«

Zabel fasste sie am rechten Handgelenk und verdrehte es leicht.

»Ah«, schrie sie auf. »Sie tun mir weh.«

Zabel blieb unerbittlich. Seine Grobheit unterstrich, wie ernst er es meinte. »Es ist nicht meine Art, Ihnen wehtun zu wollen, aber wenn ich sage, Sie warten an der Tür, dann warten Sie dort.«

Cécile nickte, woraufhin er ihr Handgelenk losließ. »Was ist nur los mit Ihnen?«

Sein Misstrauen stieg ins Unermessliche. Womöglich hatte er die Dinge nicht mehr ganz so klargesehen, wie er es als Kommissar eigentlich sollte. Cécile wusste genau, dass er in ihr mehr sah als nur eine Zeugin. Sie spielte mit seinen Gefühlen.

»Ich glaube, dass Sie Everhard von Groote am Aschermittwoch nicht nur Fragen stellen wollten. Er hätte Ihnen nichts gesagt, nichts sagen können. Er wäre in die Kutsche gestiegen und wieder nach Hause gefahren. Es sei denn, Sie hatten einen Plan, etwas Handfestes, womit Sie ihn konfrontieren wollten.«

Zabel ärgerte sich, dass er nicht schon vorher darauf gekommen war. Wieso hatte sie von Groote ausgerechnet nachts bei der Elendskirche treffen wollen?

Er durchsuchte das Zimmer, öffnete die Schubladen der einzigen Kommode im Raum und wühlte in Céciles Sachen. Dann wandte er sich dem Schminktisch zu, in dem allerlei Fächer waren, aber auch dort fand er nichts, was sein Interesse weckte.

Cécile verhielt sich auffällig ruhig, aber ihre Stimme klang nicht mehr ganz so selbstsicher. »Sagen Sie mir, wonach Sie suchen. Vielleicht kann ich Ihnen behilflich sein.«

Über den Schminkspiegel nahm er Blickkontakt zu ihr auf. Es war ihre Körperhaltung, die ihn stutzig machte. Cécile stand im Türrahmen, hielt die Arme vor ihren üppigen Brüsten verschränkt.

Zabel drehte sich langsam zu ihr um, ging auf Cécile zu, sie wich keinen Millimeter zurück. So standen sie dicht voreinander, der Geruch ihres Parfüms stieg in seine Nase. Cécile wich seinem Blick nicht aus.

»Wonach suchen Sie?«

»Etwas, das man als eine Schatzkarte bezeichnen könnte. Einen Hinweis, wie Sie ihn mir gegeben haben, damit ich die beiden Leichen im Weißgerbergraben finden konnte.«

Ihre Augen verrieten, dass er auf der richtigen Spur war. Sie schüttelte den Kopf.

Zabel fuhr fort. »Es gab einen Grund, warum Sie von Groote ausgerechnet an der Elendskirche treffen wollten.«

Cécile schwieg.

»Die Arme runter«, befahl er.

Sie mimte die Unschuldige. »Was wollen Sie?«

»Lassen Sie die Arme herunterhängen, und drehen Sie sich um.«

Cécile schaute zu dem frisch bezogenen Bett. »Wenn Sie das von mir wollen, müssen Sie bezahlen wie jeder andere auch. Im Voraus.«

Zabel fasste sie an den Schultern und drehte sie rüde herum. »Ich habe Ihnen gesagt, dass ich anders bin als die Männer, die Sie sonst kennenlernen.«

Er drückte ihren Oberkörper gegen die geschlossene Tür und begann, die hinteren Knöpfe ihres Kleides zu öffnen.

»Das fühlt sich aber ganz und gar nicht so an«, sagte sie.

»Halten Sie still, oder das Kleid wird reißen.«

»Die meisten wollen ihn mir von hinten reinstecken. Sie auch?«

»Seien Sie still«, befahl er. »Sie wissen genau, warum ich das mache.«

Nachdem er den letzten Knopf geöffnet hatte, zog er ihr das Kleid über die Schultern und drehte Cécile wieder zu sich um.

Ihr Blick sprach Bände, sie schien kurz davor, ihn anspucken zu wollen. Zabel ließ sich nicht beirren, senkte den Kopf und schaute in ihren Ausschnitt. Die Brüste waren von dem Korsett abgeschnürt. Er tastete ihren Oberkörper ab, so sanft und zurückhaltend wie möglich. Er war im Dienst.

Cécile streckte den Kopf nach vorne und hauchte ihm ins Ohr. »Gefällt Ihnen das?«

Zabel machte weiter, schob das Kleid über ihre breiten Hüften, es fiel auf den Boden. Sie stand im Unterrock vor ihm. Er tastete den Stoff ab, da fühlte er etwas. Zabel hob den Rock an, Cécile trug keinen Schlüpfer, und ihre leuchtend roten Schamhaare kamen zum Vorschein.

»Das macht bis jetzt fünf Silbergroschen«, sagte sie.

Zabel sah nicht hin, nicht mehr, fuhr unbehelligt mit dem Unterrock fort. Er konnte ertasten, dass in dem Stoff etwas eingenäht war, etwas Starres, das dort nicht hingehörte.

Wohl wissend, dass sie überführt war, sah Cécile ihm in die Augen. »Bravo, Herr Kommissar. So leicht kann Ihnen noch nicht mal eine Hure etwas vormachen. Kompliment.«

»Bleiben Sie, wo Sie sind.«

Zabel wandte sich ab, ging zum Schminktisch. In der Schublade hatte er eine Schere gesehen. Er holte sie raus, kam damit zurück zu Cécile und suchte die Stelle am Unterrock, wo er etwas gefühlt hatte. Dann schnitt er in den weißen Stoff, bis etwas zum Vorschein kam, etwas Metallisches. An einem kleinen rostigen Metallring befand sich ein etwa zehn Zentimeter langer Stab, zeigefingerdick, mit kleinen Zargen und Einbuchtungen. Und ein Stück Papier.

Er trat einen Schritt zurück. »Sie dürfen sich wieder anziehen.«

Cécile dachte nicht daran, blickte ihn herausfordernd an, während sie den Unterrock löste und ihn auf den Boden fallen ließ. Jetzt trug sie nur noch das Korsett und weiße Strümpfe, die bis zu den Knien reichten. Zwischen ihren Oberschenkeln glänzten hellrote Schamhaare.

Zabel schaute weg. »Was wollen Sie damit erreichen?«

Cécile verharrte stumm an der Tür.

»Ziehen Sie sich wieder an«, sagte er laut.

»Wieso? Ist mein Anblick so schwer zu ertragen?«

Zabel erwiderte ihren Blick, sah sie unverhohlen an. Ihre Beine und Hüften waren nackt, nur das Korsett bedeckte den Rest ihres Körpers. Sie wollte ihn provozieren, und das gelang Cécile. Sie tat nichts weiter, als entblößt vor ihm zu stehen.

Zabel schaute weg, faltete das Papier auseinander, auf dem eine Zeichnung zu sehen war. Es sah aus wie ein Symbol. Ein symmetrisches Kreuz, alle Streben gleich lang, und am Fuß des Kreuzes war ein unvollendeter Kreis, zweihundertsiebzig Grad. Ein Viertel fehlte.

Er hielt den Metallstab hoch. »Das könnte ein Schlüssel sein. Wofür?«

»Für eine Tür, nehme ich an.«

»Keine normale Tür«, erwiderte Zabel. »Eher ein Geheimfach, vermute ich. Und was bedeutet das Symbol?«

»Ich weiß es nicht.«

Zabel kombinierte. »Sie sind nach Köln gekommen. Mit diesem Schlüssel im Unterrock versteckt, aber Sie wissen nicht, zu welcher Tür er passt. Und Sie wissen auch nicht, wofür dieses Symbol steht?«

»Nein«, sagte sie. »Einer von vielen Hinweisen, die ich nicht einzuordnen weiß.«

»Deshalb haben Sie sich mit Everhard von Groote in jener Nacht an der Kirche treffen wollen. Weil Sie gehofft hatten, dass er Ihnen sagen kann, zu welcher Tür der Schlüssel passt. Ist es so?«

»Ich wusste, dass Sie ein intelligenter Mann sind.«

»Was ist dann passiert?«

»Wie ich Ihnen schon erzählt habe. Mir wurde kalt, ich habe mich ein bisschen bewegt, bin in die Richtung gegangen, aus der ich von Groote erwartete. Ich sah niemanden, dann hörte ich einen Schrei. Ich ging zurück, und da lag Arthur am Boden und brannte.«

»Warum haben die Mörder Sie verschont?«

»Ich glaube, sie haben mich nicht gesehen. Das war mein Glück. Aber dann … dann kam von Groote. Ich habe mich in einer Nische versteckt, weil ich in der Dunkelheit dachte, er gehört zu den Männern. Von Groote ist sofort weggelaufen, als er das Feuer sah. Ich bin ihm nicht hinterher. Ich wusste nicht mehr, was ich tun sollte.«

»Von wem haben Sie den Schlüssel? André Thuin?«

Sie schüttelte den Kopf. »Von einem Kunden, der in Paris lebte, aber aus Köln stammte. Ein ehemaliger Stadtsoldat.«

»Peter Heyden?«

Sie schüttelte den Kopf. »Nein. Den Namen habe ich zum ersten Mal von Ihnen gehört. Der Kunde war ein Freund von Rabanus.« Sie löste sich vom Türrahmen, machte einen

Schritt auf ihn zu, kam näher, noch näher. Zabel roch ihren Atem. Er drehte ihr den Rücken zu.

»Ziehen Sie sich wieder an.«

Sie hauchte ihm ins Ohr. »Ich will mich nicht in Ihr Leben drängen. Aber ich könnte es. Ich könnte Ihre Ehe zerstören, Ihren Ruf. Das wissen Sie, und ich weiß es. Sie müssen mir einen Gefallen tun, dann lasse ich Sie in Frieden.«

Zabel drehte sich zu ihr um, sie sahen sich in die Augen.

»Dieser Schlüssel ist meine Chance auf ein neues Leben. Meine einzige Chance, eine ehrbare Frau zu werden. Berauben Sie mich nicht dieser Möglichkeit.«

»Ziehen Sie sich an, damit wir vernünftig darüber reden können.«

Endlich kam sie der Aufforderung nach, ging zur Tür, wo ihre Sachen lagen. Zabel konnte den Blick nicht von ihr lassen, auch nicht, als sie sich bückte, um den Unterrock vom Boden aufzuheben, und ihre Scham dabei entblößte.

Er drehte den Kopf, sah weg.

Cécile begann, sich anzuziehen.

»Was hat Ihnen der Kunde über den Schlüssel erzählt?«

»Nicht viel. Dass Rabanus ein Freund gewesen war, aber sie hatten sich zerstritten. Rabanus hatte ihn töten wollen, vor vielen Jahren. Er hat den Mann in den Rhein geworfen, obwohl er nicht schwimmen konnte. Was Rabanus nicht ahnte, war, dass sein Opfer diesen Schlüssel dabeihatte. Einer von mehreren Schlüsseln, er wusste nur nicht, für welche Tür.«

»Hatte der Mann auch einen Namen?«

»Er nannte sich Gerard. Wie er auf Deutsch hieß, weiß ich nicht.«

Cécile schnürte den Unterrock zu. Dann stieg sie in das Kleid und drehte sich zu ihm um. »Wären Sie so freundlich, die Knöpfe wieder zu schließen?«

Zabel ging zu ihr, ließ den Schlüssel in der Tasche seines Gehrocks verschwinden und fing mit dem untersten Knopf des Kleides an.

Zabel fragte weiter. »Haben Sie sich mal in der Elendskirche umgesehen?«

»Ja. Ein paar Tage zuvor. Aber wir haben nichts gefunden, keine Geheimtür, kein Schloss. Der Priester war auf uns aufmerksam geworden, darum sind wir gegangen und haben gehofft, dass von Groote etwas mit dem Schlüssel anzufangen weiß.«

»Was hat Ihnen dieser Gerard über das Symbol erzählt?«

»Nichts. Dazu kam er nicht mehr.«

»Wieso nicht?«

»Ein Unfall.«

»Hören Sie auf, in Rätseln zu sprechen. Meine Geduld ist am Ende.«

»Arthur hat ihn zu hart angepackt, bevor er mit der ganzen Geschichte herausgerückt ist. Gerard prahlte viel herum, dass er einflussreiche Leute kennen würde. Und dieser Rabanus hat wohl die *Mineralien von Cöln* geraubt. Weil Gerard davon wusste, hatte man versucht, ihn umzubringen, und er ist daraufhin nach Paris geflüchtet.«

Zabel ließ sich Zeit mit dem Zuknöpfen des Kleides, genoss die Nähe zu ihr. »Und weiter?«

»Gerard hat behauptet, dass der Schlüssel zu einem geheimen Ort führen würde und Rabanus bestimmt bereit sei, viel Geld für den Schlüssel zu bezahlen, um diesen Ort geheim zu halten.«

»Was hat Arthur mit Gerard gemacht?«

»Nach einem seiner Besuche bei mir ist Arthur ihm nach Hause gefolgt, hat ihn zur Rede gestellt. Sie können sich denken, wie das ablief. Arthur war sehr geschickt darin, Leuten die Finger zu brechen. Er bekam den Schlüssel und einen Hinweis auf das Symbol, Gerard hat es aufgezeichnet. Aber dann machte er den Fehler, zu einem Messer zu greifen. Arthur brachte ihn um und warf die Leiche in die Seine.«

»Was hat er über die Mineralien erzählt?«

»Sie wurden zusammen mit der Mumie von Sinzig aus Paris fortgeschafft. Und sie haben magische Kräfte.«

Zabel war beim vorletzten Knopf angekommen, da fasste Cécile über ihre Schultern hinweg seine Hände. Er spürte ihre Wärme, nahm den Geruch ihres Parfüms noch intensiver wahr als zuvor. Zabel fühlte sich wie paralysiert. So verharrten sie einen langen Moment, und keiner sagte etwas, bis Cécile seine Hände wieder losließ.

Zabel interpretierte ihre Reaktion so, dass die Entscheidung nun bei ihm lag. Sollte er die letzten zwei Knöpfe schließen oder die anderen wieder öffnen?

Er verlor jedes Zeitgefühl, während sie so dastanden, dicht hintereinander, schweigend, und keiner rührte sich. Er hörte ihre leisen Atemgeräusche.

Dann schloss er die letzten beiden Knöpfe.

KAPITEL 22

Die Sonne fiel im schrägen Winkel durch die hohen Fenster der Beletage. Es versprach, ein schöner Tag zu werden. Zabel saß im weichen Licht am Frühstückstisch, Eva bevorzugte den Schatten. Er war in Gedanken schon bei dem, was er heute als Erstes tun würde: zusammen mit Everhard von Groote die Elendskirche aufsuchen, um dort nach einer geheimen Tür zu suchen, zu deren Schloss der Schlüssel passte. Erinnerungen an Cécile und das letzte Gespräch sowie den Anblick ihres nackten Körpers versuchte Zabel zu verdrängen. Gleich nachdem er das Kleid zugeknöpft hatte, war er gegangen.

Eva hustete. Schon zum wiederholten Male, seitdem sie am Morgen aufgestanden waren. Sie fasste sich an den Hals, als ob es wehtat. Der Gong der Standuhr zur vollen Stunde um acht Uhr wurde von dem Husten sogar übertönt, sie hielt sich die Hand vor den Mund.

»Entschuldigung.« Sie räusperte sich und schluckte runter, was aus den Lungen heraufbefördert wurde.

Zabel war besorgt. Der Klang ihres Hustens erinnerte ihn

an Fritz Bartmann. Bei ihm hatte es am Aschermittwoch auch mit Husten und Unwohlsein angefangen.

»Geht es dir nicht gut?«

»Ich habe ein Kratzen im Hals, schon seit gestern. Mehr nicht.«

»Dann solltest du zu Dr. Vierkötter gehen.«

Eva schmierte sich Butter aufs Brot, schüttelte den Kopf. »Wieso das? Es ist wahrscheinlich nur eine Erkältung. Wie zu dieser Jahreszeit üblich, ich habe nicht aufgepasst und dachte, es wäre draußen schon wärmer, als es ist.«

Zabel trank einen Schluck Kaffee und überlegte, wie viel er seiner Frau erzählen sollte, weil er sie nicht beunruhigen wollte.

»Mein Kollege Fritz Bartmann hat auch eine Erkältung verschleppt.«

»Verschleppt?«

»Es ging ihm am Aschermittwoch nicht gut. Und seitdem ist er richtig krank.«

»Was hat er?«

»Dr. Vierkötter darf es mir nicht sagen.«

Eva sah ihn verwundert an. »Bartmann war bei Dr. Vierkötter?«

»Der Arzt war bei ihm. Auf mein Ansinnen hin.«

»Vierkötter hat Bartmann zu Hause aufgesucht?«

»Ja. Er hat es mir zuliebe getan.«

»Und das findest du richtig?«

»Was meinst du?«

»Einen Freundschaftsdienst? Ich denke, du lehnst den

Kölschen Klüngel ab.« Sie hustete wieder, hielt sich die Hand vor den Mund.

»Es geht um die Gesundheit meines Kollegen.«

»Und wenn ich mir etwas wünsche? Dann ist das kein Grund, einen Freundschaftsdienst anzunehmen?«

Zabel seufzte. »Lenk nicht vom Thema ab. Dr. Vierkötter ist zu mir ins Büro gekommen und hat auch mich untersucht.«

»Dich? Wieso? Bist du auch krank?«

»Nein, mir geht es gut. Aber ich habe Fritz Bartmann besucht. Und deshalb wollte Vierkötter mich sehen.«

Eva fing an zu verstehen. Sie hatte gerade ihr Käsebrot zum Mund geführt, biss aber nicht hinein und legte es wieder auf den Teller vor sich.

Jetzt klang sie besorgt. »Denkst du, Bartmann könnte eine Krankheit haben, die sich überträgt?«

»Ich würde vorschlagen, wir schauen beim Arzt vorbei. Gemeinsam.«

»Musst du denn nicht arbeiten?«

»Das kann warten«, sagte Zabel.

»Ich dachte, du arbeitest an einem so wichtigen Fall, der dich sogar sonntagnachts beschäftigt und gestern bis in die späten Stunden.«

»Ja. Aber deine Gesundheit ist mir wichtiger.«

Eva nahm ihr Brot, biss ein Stück ab, und während sie kaute, sah sie Zabel mit einem ernsten Gesichtsausdruck an. »Geht es immer noch um die Leiche an der Elendskirche?«

Er nickte.

»Weißt du inzwischen, wer der Tote ist?« Sie hustete erneut.

»Nein«, log er. »Die Leiche war bis zur Unkenntlichkeit verbrannt.«

»Es heißt, dass es sich um Arthur Schmoor handeln soll.«

Zabel konnte seine Irritation nicht verbergen. »Wer sagt das?«

»Everhards Frau. Ich hatte Franziska gestern zufällig getroffen, und wir sprachen darüber.«

»Und woher wusste sie es?«

»Na, ich nehme an von ihrem Mann. Everhard und du, ihr habt euch getroffen, sagte sie. Du hättest ihn verhört in der Sache, stimmt das?«

»Das sind interne Angelegenheiten, über die ich nicht reden möchte, nicht sprechen darf. Und Franziska sollte das auch nicht tun.«

»Dann sag ihr das.« Eva hustete schon wieder, hielt sich die Hand vor den Mund. Zabel hoffte, dass das Thema damit beendet war.

Dem war nicht so. »Wenn Arthur Schmoor wieder in der Stadt ist, was ist dann wohl aus dieser Hure geworden, die bei ihm war? Ist sie auch zurückgekommen?«

Zabel strich stumm etwas Butter auf sein Brot. Nicht zu viel, das mochte er nicht.

»Ist sie also«, gab Eva sich selbst die Antwort. »Warst du deshalb die letzten zwei Nächte so lange fort?«

Zabel griff schweigend nach dem Glas mit dem Honig.

Eva fragte weiter. »Was würdest du tun, wenn ich sterbe?«

Zabel warf ihr einen Blick zu, der ihr zeigen sollte, was er von solchen Spekulationen hielt. »Hör auf damit.«

»Vielleicht ist es ja nicht nur ein Husten. Vielleicht bin ich ja schwer krank, wie dein Kollege.«

Zabel schwieg und strich einen dünnen Film Honig auf die Butter.

Eva schaute zum Fenster hinaus. Ihr schien der Appetit vergangen zu sein. Schließlich brach sie das Schweigen. »Ich habe dir nie die Wahrheit über meinen ersten Mann erzählt.« Sie mied den Blickkontakt. »Als er vom Pferd fiel und nicht mehr aufstand, war das schrecklich. Im allerersten Moment. Aber ich habe mich von diesem Schicksalsschlag erholt, ziemlich schnell sogar. Die Ehe war alles andere als leicht gewesen für mich. Ich musste mich ihm oft hingeben und hatte wenig Freude dabei. Ich sah darin auch den Grund, weshalb ich kein Kind bekommen konnte. Die Natur hatte es nicht gewollt, mein Körper verweigerte sich. Umso trauriger macht es mich heute, dass es mit dir auch nicht klappt und es anscheinend an mir liegt.« Jetzt blickte sie ihm in die Augen. »Ich gebe mich dir gern hin. Nicht nur, weil es zu den ehelichen Pflichten einer Frau gehört.«

Zabel versuchte, sich nicht anmerken zu lassen, wie er innerlich verkrampfte. Auf eine Lebensbeichte am frühen Morgen war er nicht vorbereitet.

Eva redete weiter. »Von dir hätte ich mir ein Kind gewünscht, das weißt du.«

»Das reicht jetzt«, unterbrach er sie. »Die Natur will es nicht so. Und was mich betrifft, ich habe mich längst damit abgefunden. Wir müssen auf Gott vertrauen, der Herr wird seine Gründe haben.«

Er sah ihr in die Augen. »Warum erzählst du mir das? Ausgerechnet jetzt. Hat das etwas mit dieser Hure zu tun?«

Eva nickte. »Diese Frau drängt sich in unser Leben. Das spüre ich. Und du lässt es zu.«

Zabel schob den Teller von sich weg. »Ich habe ein rein berufliches Interesse an ihr, sie ist eine wichtige Zeugin in dem Mordfall. Ich verlange, dass du sofort aufhörst, dir Gedanken über sie zu machen. Ich bin ein ehrbarer Mann und werde dies auch bleiben.«

Er tupfte sich mit der Serviette den Mund ab und erhob sich von seinem Stuhl. »Zieh dich an. Wir gehen zu Dr. Vierkötter in die Praxis.«

Zabel pfefferte die Serviette mit Wucht auf den Tisch und verließ das Esszimmer.

KAPITEL 23

Dr. Johann Vierkötter schaute Eva in den Rachen, tastete ihren Hals ab. Was man mit den Händen dabei fühlen konnte, war Zabel schleierhaft, so weit reichten seine medizinischen Kenntnisse nicht. Er saß auf einem Stuhl an der Wand des Behandlungszimmers.

»Dürfte ich Sie bitten, das Kleid zur Hälfte auszuziehen und das Korsett darunter zu lockern.« Er deutete zu dem Paravent, hinter dem Eva daraufhin verschwand.

Dr. Vierkötter wusch seine Hände in einer Schüssel mit Wasser, bevor er zu Zabel ging. »Bitte mach auch du noch mal den Mund weit auf.«

Dr. Vierkötter, der einen Kopf kleiner als Zabel war, beugte sich zu ihm herunter und sah in den Rachen. Dann tastete er genau wie bei Eva den Hals rechts und links ab.

»Was versuchst du, durch das Tasten herauszufinden?«

»Schwellungen«, sagte der Arzt. »Bei Krankheiten bilden sich Schwellungen unter der Haut, die man fühlen kann. Bei dir ist alles in Ordnung.«

Zabel sprach leise. »Und bei meiner Frau?«

»Auch«, flüsterte er.

Eva kam hinter dem Paravent hervor und hielt sich schützend die Arme vor ihre nackten Brüste. Dr. Vierkötter nahm ein Hörrohr, das aussah wie eine kleine Fanfare. Die größere Öffnung hielt er an Evas Rücken und die kleinere an sein Ohr.

»Nun bitte aus- und wieder einatmen.«

Es wurde ganz still im Raum, nur das Zwitschern der Vögel drang von draußen herein, und leise klangen Gespräche aus dem Wartezimmer durch die Tür. Der Arzt hielt das Hörrohr an verschiedene Stellen von Evas Rücken. Er beendete die Untersuchung und wirkte zufrieden. Zu guter Letzt fasste er an Evas Stirn, um ihre Temperatur zu fühlen.

»Danke. Sie dürfen sich wieder anziehen.«

Eva verschwand wieder hinter dem Paravent. Der Arzt redete so laut, dass sie es auch hören konnte. »Sie haben wahrscheinlich nur eine ganz normale Erkältung. Trotzdem war es richtig, sofort zu mir zu kommen, um das abzuklären.«

»Danke, Herr Doktor«, sagte sie.

»Und wie geht es meinem Kollegen?«, fragte Zabel leise.

Vierkötter signalisierte ihm, dass er gleich etwas dazu sagen würde. Er wartete, bis Eva angezogen war. »Dürfte ich Sie bitten, einen Moment lang draußen zu warten?«

»Natürlich. Vielen Dank für alles.« Eva nahm ihren Mantel und verließ das Behandlungszimmer, machte die Tür von außen zu.

Vierkötter wandte sich Zabel zu. »Du weißt, dass ich an die Schweigepflicht gebunden bin.«

Zabel spürte, dass der Arzt mit ihm reden wollte, sich aber vorher absichern musste.

»Ich bin als Kommissar ebenfalls an das Dienstgeheimnis

gebunden, welches mindestens genauso streng gehandhabt wird wie die Schweigepflicht bei Ärzten.«

Dr. Vierkötter sah das anscheinend auch so. »Es geht ihm sehr schlecht. Womöglich stirbt er.«

Zabel musste diese Nachricht erst realisieren, bevor er etwas sagen konnte. »Und seine Familie?«

»Es scheint nur ihn zu betreffen. Was immer er hat, es überträgt sich nicht so leicht oder nicht auf jeden. In der Straße, wo er wohnt, gibt es nur zwei weitere Fälle. Zum Glück.«

Zabel fiel es schwer, sich vorzustellen, dass sein Kollege womöglich sterben könnte. Bartmann ernährte seine Frau und die vier Kinder. Was sollte aus ihnen werden? Noch war es nicht so weit, trotzdem gingen Zabel die schlimmsten Gedanken durch den Kopf.

»Gibt es sonst noch etwas, das ich für dich tun kann?«

Zabel wusste, dass im Vorraum der Praxis einige Patienten warteten. Eva war sofort drangenommen worden, was zu den Vorzügen zählte, wenn man dem Festordnenden Komitee angehörte. In solchen Momenten musste Zabel sich eingestehen, dass manche Privilegien durchaus von Vorteil waren.

»Ich möchte dir nicht zu viel deiner Zeit rauben.«

»Nun sag schon. Was liegt dir auf dem Herzen?«

Zabel holte aus der Innentasche seines Gehrocks den Block heraus, auf dem er sich Notizen zu seinen Fällen machte. Er blätterte zu der Seite, wo er sich Stichpunkte über das letzte Gespräch mit von Groote aufgeschrieben hatte.

»Everhard erzählte mir, dass du ein Anhänger von Franz Anton Mesmer bist.«

Vierkötter schmunzelte. »Anhänger‹ würde ich es nicht nennen.«

»Sondern?«

»Mesmers Ideen haben mein Interesse geweckt. Er hat mit seinen Methoden tatsächlich einige Heilerfolge erzielt.«

»Und wodurch?«

»Nach Mesmers Auffassung wird das gesamte Universum von einer Kraft durchströmt, die er als *Animalischen Magnetismus* oder auch *Lebensfeuer* bezeichnet. Und diese Kraft soll es wohl auch im menschlichen Körper geben. Alle Krankheiten haben laut Mesmer dieselbe Ursache, eine Stockung des Lebensfeuers. Seine Theorie wurde aber von der Wissenschaft nicht anerkannt, obwohl in der Chemie auch von der *vis vitalis* ausgegangen wird, einer Art transzendenten Lebenskraft, wie sie nur Pflanzen, Tiere und Menschen haben und die unbedingt nötig ist, um organische Substanzen zu erzeugen.«

»Was sind organische Substanzen?«

»Stoffe, die in Organen von Lebewesen oder in Pflanzen hergestellt werden. Nur in Organen wohlgemerkt, mithilfe dieser Lebenskraft. Ein Apotheker kann solche Stoffe aus Pflanzen oder Tieren gewinnen, aber er ist nicht in der Lage, sie in der Retorte herzustellen. Weil die Lebenskraft dort nicht vorhanden ist.«

»Dieser animalische Magnetismus oder Lebenskraft, könnte so etwas auch in Mineralien verborgen sein?«

Vierkötter sah ihn verdutzt an. »Mineralien?«

»Ja. Seltene Mineralien, könnten die etwas enthalten, das zu einer Heilung führt?«

Dr. Vierkötter musste erst überlegen, bevor er antwortete. »Ausschließen möchte ich nichts. Aber ich habe noch nie davon gehört und … das klingt für mich eher nach einem wundersamen Heilversprechen. Ich möchte betonen, dass Mesmer kein Scharlatan war, kein Wunderheiler, auch wenn seine Methoden nicht anerkannt waren.«

»Ich weiß, was ein Magnet ist«, sagte Zabel, »aber wie kann ich mir tierischen Magnetismus vorstellen?«

»Die Heilmethode lief in etwa so ab.« Vierkötter legte seine Hand auf Zabels Schulter. »Der Magnetiseur verfügt über ein Übermaß an animalischem Magnetismus und bringt durch Körperkontakt das stockende Lebensfeuer im Körper des Kranken wieder zum Fließen. Mesmer hat, nach Erzählungen von Patienten, sie regelrecht in seinen Bann gezogen, sie in eine Art Trancezustand versetzt.«

Vierkötter nahm die Hand wieder weg. Zabel machte sich Notizen und überlegte, inwieweit er seinen Freund einweihen sollte.

»Wenn jemand behaupten würde, dass von Mineralien die gleichen heilenden Kräfte ausgingen, Magnetismus oder Lebensfeuer …«, Zabel zögerte.

Vierkötter sah ihn neugierig an. »Ich habe noch nie gehört, dass es solche Steine gibt.«

»Wenn es sie gäbe, wären sie aber bestimmt von beträchtlichem Wert. Oder?«

»Nur für den, der daran glaubt«, erwiderte der Arzt.

»Oder man kann beweisen, dass die Steine diese Kräfte in sich haben. Sonst ist es reiner Aberglaube.«

»Wo ziehst du die Grenze als Wissenschaftler?«

»Ich sehe mich nicht als Wissenschaftler. Ich bin Arzt und wende die wissenschaftlichen Erkenntnisse nur an.«

»Praktizierst du auch Mesmers Heilmethoden?«

»Nein.«

»Weil du nicht daran glaubst?«

»Nicht genug. Trotzdem stehe ich neuen Erkenntnissen der Wissenschaft immer offen gegenüber. Wenn morgen jemand käme und eine organische Substanz in der Retorte herstellen würde, wäre die Theorie der transzendenten Lebenskraft für mich vom Tisch. Oder nehmen wir Antoine de Lavoisier, ein französischer Chemiker und Wegbereiter der modernen Wissenschaft. Er hat gezeigt, dass Wasser kein Element ist, und damit die Alchemie in das Reich des Aberglaubens verwiesen. Leider war er in den Wirren der Französischen Revolution angeklagt worden und starb auf dem Schafott.« Vierkötter merkte, dass er vom Thema abschweifte. »Was ich damit zum Ausdruck bringen möchte, ist, dass wir uns nie sicher sein können, welche Wunder uns die Natur noch zu bieten hat. Dennoch muss man vorsichtig sein, denn der irrationale Glaube kann sehr gefährlich werden.«

»Warum?«, hakte Zabel nach.

Vierkötter suchte nach den richtigen Worten. »Nun. Wir leben in einer spannenden Zeit. Ich würde sie als eine Art Konvergenzzeit bezeichnen. Wissenschaft, Glaube, Kunst, aber auch das Unerklärliche: Spiritismus, Okkultismus, fließen ineinander. Verschmelzen zu einem Ganzen, könnte man sagen. Genau in diesen Zeiten muss man darauf achten, was man glauben und was man besser ablehnen sollte. Von Mineralien, die heilende Kräfte besitzen, habe ich wirklich noch nie gehört. Ich würde mich auch schwer damit tun. Aber es gibt viele leichtgläubige Menschen, vor allem, wenn sie von schweren Krankheiten heimgesucht werden. Die Angst vor dem Tod macht uns empfänglich für so was.«

Zabel sah es genauso. »Es ist also durchaus vorstellbar, dass solche Mineralien plötzlich von unschätzbarem Wert sind?«

»In den Händen der falschen Leute, ja. Haben deine Fragen etwas mit dem Fall der verbrannten Leiche zu tun?«

Zabel vertraute seinem Freund und war ihm eine Antwort schuldig. »Ja. Es hat sich eine Spur in diese Richtung ergeben. Nicht alle Schätze sind damals aus Paris an ihrem Bestimmungsort angekommen. Die *Mineralien von Cöln* scheinen auf dem Transport verschwunden zu sein.«

Dr. Vierkötter sah ihn fragend an. »*Mineralien von Cöln?* Noch nie gehört. Und wie lautet dein Verdacht?«

»Irgendjemand hat sie entwendet. Offiziell haben die Mineralien keinen besonderen Wert, weshalb niemand danach gesucht hat. Aber auf einer Legende lässt sich ein Aberglaube errichten.«

Zabel blätterte in seinem Block, wo er das Symbol des Schlüssels abgezeichnet hatte: ein symmetrisches Kreuz, mit einem unvollendeten Ring darunter. Er zeigte das Bild seinem Freund. »Hast du dieses Symbol schon mal gesehen?«

»Nein.« Vierkötter schüttelte energisch den Kopf. »Und

ich kenne niemanden aus spirituellen Kreisen. Niemanden«, betonte er.

Zabel war verwundert. Jegliche Neugier, die der Arzt bis zu diesem Moment an den Tag gelegt hatte, war scheinbar verflogen. Er sah demonstrativ zu der Standuhr neben seinem Schreibtisch, dann wieder zu Zabel. »Es tut mir leid, ich kenne mich mit Okkultismus und so was nicht aus. Und ich muss mich jetzt um meine Patienten kümmern.«

»Selbstverständlich.« Zabel klappte den Block zu, nahm seinen Mantel und Hut vom Haken und wandte sich noch mal seinem Freund zu. »Vielen Dank für deine Zeit.«

Dr. Vierkötter lächelte kurz zum Abschied, aber sein Blick verriet, dass er ihn loswerden wollte.

KAPITEL 24

Was die körperliche Gesundheit seiner Frau anging, konnte Zabel aufatmen. Er begleitete Eva nach Hause, auf dem Weg aber wechselten sie kaum ein Wort. Erst als die beiden vor der Haustür standen und Zabel sich verabschieden wollte, hielt Eva ihn am Handgelenk fest.

»Ich erwarte dich heute Abend zum Essen. Pünktlich, wie sonst auch.«

Er nickte nur, löste seine Hand aus der Umklammerung und ging davon. Zabel spürte den Blick seiner Frau, und als er sich noch mal umdrehte, stand sie immer noch vor der Haustür und sah ihm hinterher.

Was war nur geschehen mit ihnen?

Céciles Einbruch in sein Leben war sicherlich nicht die alleinige Ursache für seine Veränderung, aber der Auslöser, durch den seine wahren Gefühle zutage traten. Es führte kein Weg mehr daran vorbei, sich das einzugestehen: Er war unzufrieden mit seinem Leben, fühlte sich nicht mehr wohl in seiner Haut. Schon seit Längerem nicht mehr. Niemand wusste davon, bis vor einer Woche nicht mal er selbst. Lag es an dem rheinischen Frohsinn, den er zwar angenommen, aber nicht verinnerlicht hatte? Der eigentlich nicht seinem Naturell entsprach. Es wäre vielleicht sinnvoll, ein wenig auf Abstand zu gehen, zu seinen Freunden, zum Festordnenden Komitee. Zu seiner Frau.

Zabel ließ sich die letzten zwei Jahre durch den Kopf gehen. Eva zuliebe war er dem Festordnenden Komitee beigetreten, und mittlerweile fühlte er sich mehr involviert, als es ihm guttat. Seine Freunde vereinnahmten ihn, vor allem Heinrich von Wittgenstein und Marcus DuMont. Sie forderten Zabel regelmäßig heraus und stellten mitunter seine preußischen Tugenden infrage. Wie beim Umgang mit dem Kölschen Klüngel, was in dieser Stadt jedermann als normal empfand. Seine Freundschaften zu hinterfragen fiel Zabel leicht, aber welche Rolle spielte Cécile bei seiner allgemeinen Unzufriedenheit? War sie nur ein Spiegel seines Selbst, dem er sich stellen musste? Oder kamen diese Gefühle tief aus seinem Herzen?

Je mehr er darüber nachdachte, desto weniger sprach dafür, Céciles Nähe zu suchen. Sie war eine Hure, durch und durch. Trotzdem konnte er seine Gefühle ihr gegenüber nicht leugnen, höchstens verdrängen. Und dann war da noch das Misstrauen. Cécile verfolgte eigene Interessen, das wusste er, das hatte sie ihm gesagt. Während Zabel einen Mord aufzuklären versuchte, hoffte sie auf eine Geldquelle, einen Schatz, der ihr ein neues Leben ermöglichte. Er musste vorsichtig sein und genau abwägen, wie weit er den Weg gemeinsam mit ihr gehen sollte. Den Schlüssel, eingenäht in ihrem Unterrock, hatte sie ihm verschwiegen, und von den Mineralien hatte er bestimmt nur aus einem Grund erfahren:

Cécile war bei ihrer Suche nach Rabanus Vaasen gescheitert und hoffte, mithilfe des Kommissars ihr Ziel zu erreichen. Sie wollte den Schlüssel zu Geld machen, aber den Schlüssel hatte sie nun verloren, den hatte Zabel.

Er ging zu den Ställen und sattelte einen Haflinger, mit dem er zur Kirche Sankt Gregorius ritt. Dort band er sein Pferd an. Zuerst ging er langsam über den Kirchplatz, um sich das Gebäude von außen anzusehen auf der Suche nach etwas, das wie das Symbol aussah. Dann erst betrat er die Kirche. Das Sonnenlicht strahlte durch die hohen Fenster, und es war, verglichen mit manch anderem sakralen Gebäude, außergewöhnlich hell, was auch daran lag, dass die Wände weiß gestrichen waren. Langsam schritt er auf den steinernen Altar zu, sein Blick schweifte an den Wänden entlang, den Verzierungen an den Kerzenhaltern. Ihm fiel nichts auf, nichts, was dem Symbol auch nur annähernd ähnelte. Weder vor noch hinter dem Altar. Zabel schritt auf die Tür zur Sakristei zu, sie war nicht abgeschlossen.

Ein Priester in schwarzer Kleidung, der über ein Buch gebeugt war, drehte sich zu ihm um.

»Guten Tag. Entschuldigen Sie die Störung. Ich bin Kommissar Zabel.«

»Guten Tag. Was wollen Sie?«

Zabel zog den Block aus seiner Manteltasche und zeigte ihm das Symbol, das er abgezeichnet hatte. »Ich suche dieses Symbol. Haben Sie so was schon mal gesehen?«

Der Priester sah es sich an, schüttelte den Kopf. »Nein. Aber dieses Symbol müssen Sie woanders suchen, nicht hier.«

»Wieso?«

»Das Kreuz ist symmetrisch, anders als das, an dem der Heiland starb. Und der Kreis darunter unvollendet. Verstehen Sie?«

Zabel schüttelte den Kopf.

»Der nicht geschlossene Kreis. Ein Kreis hat keinen Anfangs- und Endpunkt und ist daher ein Symbol der Unendlichkeit. Dieser Kreis aber wurde unterbrochen oder nicht zu Ende geführt. Er hat seinen Anfang am Fuße des Kreuzes und endet plötzlich. Was genau das zu bedeuten hat, kann ich Ihnen nicht sagen, aber ich würde annehmen, dass dieses Symbol von Menschen benutzt wird, die dem Glauben eher abschwören oder an etwas anderes glauben als an unseren Herrn.«

Zabel hatte genug gehört. »Danke für Ihre Hilfe.«

»Gehen Sie mit Gott, mein Sohn.«

Zabel wandte sich ab, verließ die Sakristei. Er hielt es für Zeitverschwendung, noch länger Ausschau zu halten. Vor der Kirche schwang Zabel sich wieder auf seinen Haflinger und ritt in Richtung Dom. Auf der Schildergasse und am Heumarkt herrschte geschäftiges Treiben, und er musste oft einem Passanten ausweichen. Manchmal war der Weg durch ein Fuhrwerk verstellt, und er musste warten, bis es zur Seite geschoben wurde. Wenn nicht ein Lufthauch durch die Gassen wehte, konnte der Gestank beinahe unerträglich werden. Die Kölner kippten ihren Unrat auf die Straße, und hinzu kam der Pferdemist, der viel zu selten beseitigt wurde. Endlich hatte Zabel es geschafft, ritt am Dom vorbei, stieg von seinem Haflinger ab und band ihn vor dem Haus Nummer sechs in der Trankgasse fest. Sicher konnte Zabel sich nicht sein, seinen Freund anzutreffen, aber einen Versuch war es wert. Er betätigte den Seilzug und hörte durch die geschlossene Tür die Schelle. Es dauerte nicht lang, bis ein Bediensteter öffnete, ihn einließ und sogleich dem Hausherrn Bescheid gab.

Heinrich von Wittgenstein freute sich sehr über den Besuch und begrüßte Gustav mit einem festen Händedruck. Der Bedienstete des Hauses nahm ihm Mantel und Hut ab und brachte beides zur Garderobe. Eher beiläufig fiel Zabel auf, dass der Hausangestellte nicht ganz so gut gekleidet war wie der grau melierte Herr, der bei Victor Koll die Tür geöffnet hatte.

Von Wittgenstein ging voraus in den Rauchersalon. Eine Lieferung Zigarren aus Übersee war gerade gekommen, aus einem fernen Land, das Honduras hieß, und Zabel sollte unbedingt eine davon probieren. Mehr als eine am Tag sei nicht ratsam, betonte von Wittgenstein. Es gab schon so manchen Gast, der einen übermäßigen Konsum bereut hatte. Zabel nahm auf einem der Sessel am Fenster Platz, von wo aus man einen guten Ausblick auf die Nordseite des Doms hatte. Jedes Mal, wenn er auf den gezackten Turm mit dem Baukran an der Spitze schaute, stellte Zabel sich dieselbe Frage: Würde man die Kathedrale jemals zu Ende bauen, und geschah dies noch zu seinen Lebzeiten? Er wusste, dass sich einige seiner Freunde aus dem Festordnenden Komitee genau dies zum Ziel gesetzt hatten.

Wittgenstein wollte sich gerade hinsetzen, da fiel ihm etwas ein, und er ging zu einem Sekretär, der an der Wand gegenüber der Fensterfront stand. Von Wittgenstein öffnete eine Schublade und holte ein Kuvert heraus, kam damit zurück und ließ sich auf dem Sessel neben Zabel nieder. Zwischen ihnen befand sich ein kleiner Tisch, auf dem ein Silberteller für die Asche stand sowie zwei leere Gläser und eine Flasche Rum. Von Wittgenstein schenkte ein, und sie entzündeten ihre Zigarren mit Streichhölzern. Der Rauch verbreitete sich im Salon, und von Wittgenstein fächerte sich mit dem Kuvert etwas Luft zu.

»Möchtest du deiner Frau eine große Freude bereiten?«

Zabel sah ihn fragend an. »Was hast du da?«

Von Wittgenstein öffnete das Kuvert, schaute hinein. »Habt ihr am ersten April schon etwas vor?«

»Ich weiß es nicht genau.«

»Wenn ich dir sage, was ich hier habe, wirst du jeden anderen Termin absagen. Das garantiere ich dir.« Er holte zwei bedruckte Karten heraus. Zabel konnte nicht erkennen, was darauf stand.

»Wir fahren am ersten April mit mehreren Leuten aus dem Festordnenden Komitee und unseren Frauen nach Frankfurt am Main.«

»Und was ist da?«

»Ein Konzert. Die erste Aufführung der Neunten Symphonie Ludwig van Beethovens in seinem Heimatland.«

»Beethoven?«

Von Wittgenstein sah ihn mit großen Augen an. »Du kennst doch wohl Beethoven?«

»Natürlich. Eva schwärmt für seine Musik.«

»Aus diesem Grund sollt ihr auch mitkommen. Die Reise

und das Hotel sind bereits organisiert. Letztes Jahr in Wien habe ich die Uraufführung der Neunten Symphonie erlebt. Grandios, man kann es gar nicht beschreiben. Neben dem Orchester gibt es einen großen Chor und vier Solosänger in allen Stimmlagen, die die *Ode an die Freude* singen.«

»*Ode an die Freude?* Klingt ein wenig wie unser letztes Karnevalsmotto: *Sieg der Freude.*«

Von Wittgenstein lachte. »Der Text stammt aber von Schiller, nicht von Schier.«

Zuerst lachten sie beide, dann aber verfielen sie in Schweigen, gedachten ihres Freundes, der letztes Jahr gestorben war: Christian Samuel Schier. Er stammte aus Erfurt und hatte genau wie Zabel bei den Befreiungskriegen gekämpft. Allerdings als Freiwilliger. Das hatte eine besondere Verbundenheit zwischen ihnen hergestellt, und der Tod seines Freundes belastete Zabel heute noch. In stillen Momenten wie diesem.

Von Wittgenstein reichte die beiden Karten herüber, Zabel nahm sie, schaute drauf. Der Preis war auf der Karte abgedruckt: vier Reichsthaler pro Person. Hinzu kamen noch die Reisekosten und die Unterbringung.

Von Wittgenstein schien Zabels Gedanken lesen zu können. »Mach dir keine Sorgen wegen der Kosten. Die werden alle übernommen.«

»Von wem?«

»Franz Rothamel. Ich glaube, ihr habt euch nach der Nubbelverbrennung kennengelernt. Ein neues Mitglied im Kleinen Rat. Das ist gewissermaßen sein Einstandsgeschenk, und er hat gesagt, dass er Eva und dich unbedingt dabeihaben möchte. Darum überreiche ich dir die Karten, weil du sie sonst vielleicht nicht annehmen würdest.« Von Wittgenstein lachte.

Zabel erinnerte sich, dass Rothamel ihn an diesem Abend gefragt hatte, ob er gern Musik hörte. Jetzt wusste Zabel, warum.

»Ich weiß nicht, ob ich das Geschenk annehmen kann. Ich würde gern dafür bezahlen.«

»Ich bitte dich, Gustav.« Von Wittgenstein winkte ab. »Da ist doch nichts dabei.«

»Für dich vielleicht nicht. Klüngeln, oder wie ihr das nennt, ist für euch ein legitimes Geschäftsmodell.«

»Und was ist schlimm daran?« Von Wittgenstein grinste. »Mein Vorschlag: Wir machen daraus eine Veranstaltung des Festordnenden Komitees. Und dann kannst du gern etwas spenden, das bleibt dir überlassen. Wenn du dich dann besser fühlst.«

Zabel gab sich mit dieser Kölner Lösung zufrieden und steckte die Karten ein, auch wenn ihm nicht ganz wohl dabei war. Solange von Wittgenstein oder Franz Rothamel keine unmittelbare Gegenleistung forderten, konnte man nicht von einer Vorteilsnahme oder Bestechung reden. Sie waren schließlich Freunde.

»Ich wäre zu gern dabei, wenn du Eva die Karten überreichst. Sie wird begeistert sein.« Von Wittgenstein nahm das Glas mit Rum in die Hand, Zabel folgte, sie stießen an und tranken. Zabel genoss es, wie der Alkohol die Kehle brennen ließ. Dann stellte er das Glas wieder auf dem Beistelltisch ab, von Wittgenstein behielt seines in der Hand.

»Wie schmeckt dir die Zigarre?«

»Ausgezeichnet.« Zabel nahm einen tiefen Zug und blies den Rauch aus.

»Dieses Jahr müssen wir wohl noch mit der Kutsche nach Frankfurt reisen. Aber spätestens zur Zehnten Symphonie werden wir mit dem Schiff den Rhein hinauffahren.«

Zabel sah ihn verdutzt an. »Mit einem Schiff?«

Von Wittgenstein nickte. »Ich werde in die Dampfschifffahrt investieren. Der Bankier Merkens schrieb mir, er habe noch niemals Grundgesetze einer Aktiengesellschaft gelesen, die einen solchen Eindruck auf ihn gemacht hätten. Vielleicht solltet ihr auch mit einsteigen.«

»Mit neuen Techniken hatte ich es noch nie so«, erwiderte Zabel.

»In der Zukunft ist Dampf ein Synonym für Wunder.«

»Mit Wundern tue ich mich ebenfalls schwer.«

Von Wittgenstein lachte und fuhr fort. »Die Gründung der Preußisch-Rheinischen Dampfschifffahrtsgesellschaft als Aktiengesellschaft wurde eingeleitet. Wir werden auf dem Rhein von Köln nach Mainz schippern. Den niederländischen Gesellschaften überlassen wir die Strecken auf dem Niederrhein bis nach Köln. Boisserée ist die treibende Kraft dahinter.«

»Boisserée?«, hakte Zabel nach. »Ich dachte, er handelt mit Kunst.«

»Du meinst Sulpiz und Melchior. Ihr älterer Bruder Bernhard ist Jurist und Spediteur. Wir planen, eine publikumswirksame Dampfschifffahrt mit Prominenz durchzuführen, und denken dabei an keinen Geringeren als den preußischen

König.« Von Wittgenstein nahm einen tiefen Zug von seiner Zigarre, sog den Rauch ein und ließ ihn aus seinem Mund quellen, bevor er ihn ausblies. »Hast du immer noch ein gutes Verhältnis zu seinem Neffen, Prinz Friedrich von Preußen?«

Zabel schwieg.

Von Wittgenstein zog wieder an seiner Zigarre und ließ sich Zeit, den Rauch auszupusten. »Du könntest mir einen Gefallen tun.«

Da war es. Zabel musste an die Konzertkarten in seiner Tasche denken. »Der da wäre?«

»Vielleicht könntest du Prinz Friedrich einen Brief schreiben. Oder um eine Audienz bitten und ihn davon überzeugen, bei seinem Onkel, dem König, ein gutes Wort einzulegen. Die Dampfschifffahrt bedeutet die Zukunft.«

»Ich denke, das weiß Prinz Friedrich nur zu gut. Schließlich ist er vor ein paar Jahren auch schon mit dem Schiff nach Köln gereist. An dem Tag, als wir beide uns kennenlernten.«

»Und du deine Frau«, erinnerte sich von Wittgenstein. »Aber ein Prinz ist ein Prinz. Und Wilhelm der Dritte ist eben der König. Natürlich sollen deine Bemühungen nicht umsonst sein.«

»Deshalb die Karte für das Konzert?«

»Nein«, sagte von Wittgenstein sofort. »Damit hat das nichts zu tun.«

Natürlich nicht, dachte Zabel.

Von Wittgenstein hob das Glas, und sie stießen erneut an. »Lass es mich so sagen. Freundschaft ist etwas Schönes, Freundschaftsdienste ebenso. Aber es ist nichts Ehrenrühriges dabei, für einen Gefallen irgendwann später mal um eine

Gegenleistung zu bitten. Hier in Köln heißt es: *Man kennt sich, man mag sich, man hilft sich.* Das müsst ihr Preußen erst noch lernen.«

»Ich werde sehen, was ich tun kann. Bei nächster Gelegenheit.«

Von Wittgenstein richtete sich in seinem Sessel auf und sah ihn an. »Was hat dich hergeführt?«

Er kannte Zabel gut genug, um zu wissen, dass ein preußischer Kommissar während der Dienstzeit nicht ohne Grund den Weg zu seinen Freunden findet. »Wir Rheinländer besuchen uns untereinander auch einfach so, aber in Preußen ist so was ja eher unüblich. Das weiß ich aus meiner Zeit in Berlin.«

»Ich komme gern vorbei«, erwiderte Zabel. »Im Moment habe ich allerdings sehr viel Arbeit.«

»Ich habe davon gehört. Eine verbrannte Leiche auf dem Kirchhof von Sankt Gregorius.«

Zabel nickte. »Dir sagt doch der Name Lunickhausen etwas.«

Von Wittgenstein nickte. »Ich habe mich mal in gewisser Weise für ihn verbürgt. Er war ein ehemaliger Stadtsoldat, der um seine Pension kämpfen musste, und er tat mir leid. Aber das ist schon lange her. Wieso fragst du?«

»Dein Name wurde in einem Zeitungsartikel erwähnt. Kennst du auch einen Rabanus Vaasen?«

Von Wittgenstein schüttelte den Kopf. »Nein, sicher nicht. So einen Namen behält man, wenn man ihn hört.«

»Und Peter Heyden?«

»Mit *y* geschrieben?«, hakte von Wittgenstein nach.

Zabel nickte.

»Allerdings. Den kenne ich, und du bist ihm wahrscheinlich auch schon mal begegnet.«

Zabel sah ihn verdutzt an.

»Peter Heyden gehört dem Großen Rat des Festordnenden Komitees an.«

»Er sagt mir trotzdem nichts.«

»Peter Heyden ist Buchbinder. Ich bin mir sicher, du kennst ihn.«

Da fiel es Zabel wie Schuppen von den Augen. »Natürlich, ja. Ein eher unauffälliger Mann, groß gewachsen, mit nur wenigen Haaren auf dem Kopf.«

Von Wittgenstein nickte. »Was hat er denn angestellt?«

»Darüber darf ich nicht reden.«

»Möchtest du irgendwas über ihn wissen?«

»Alles, was du mir sagen kannst. Auch jedes Gerücht über ihn, das du kennst.«

Obwohl Peter Heyden nicht zu seinem engeren Freundeskreis gehörte, wusste von Wittgenstein eine Menge über ihn zu berichten. Peter Heyden war ein ehemaliger Stadtsoldat und hatte es geschafft, im Geschäftsleben erfolgreich zu sein. Seine Buchbinderei direkt neben der Parfümerie von Farina lief gut. Zwischen seiner Zeit bei den Stadtsoldaten und der Eröffnung des Geschäftes war Peter Heyden ein halbes Jahr verschwunden gewesen.

Zabel wurde hellhörig. »Verschwunden? Woher weißt du das?«

»Es gab zwei Gläubiger, die ich kenne und die nach ihm gesucht hatten. Es sah so aus, als ob Heyden untergetaucht

wäre, aber dann kam er zurück nach Köln und beglich seine
Schulden.«

»Er war also überraschend zu Geld gekommen?«

Von Wittgenstein nickte. »Dann eröffnete er die Buchbinderei.«

»Geschah das so um 1815 herum?«

»Ich meine, das war in dieser Zeit. Warum?«

Zabel schwieg.

Von Wittgenstein fuhr fort. »Heyden wurde Mitglied der
Casinogesellschaft und gehörte bald schon zu den ehrbaren
Kreisen. Zum Festordnenden Komitee ist er erst später gekommen. Was daran lag, dass jemand nicht so gut auf ihn zu
sprechen war.«

»Wer?«

»Ferdinand Franz Wallraf.«

»Und warum?«

»Wallraf hatte einiges über Heyden gehört und gemeint,
es sei besser, ihn nicht in den inneren Zirkel des Festordnenden Komitees aufzunehmen. Es geht außerdem das Gerücht
um, Heyden soll ein Freimaurer sein.«

Zabel wurde hellhörig. »Ich muss zugeben, dass ich wenig über solche Geheimbünde weiß. Kannst du mir mehr
darüber sagen?«

»Nicht viel. Niemand weiß so recht, was in den Logen
der Freimaurer hinter verschlossenen Türen so vor sich geht.
Das gehört, glaube ich, zum Wesen eines Geheimbundes.« Er
grinste kurz und fuhr fort. »Ich weiß aber, dass die Freimaurer geheime Erkennungszeichen haben, zum Beispiel einen
speziellen Händedruck. Dieser Händedruck verrät dem Ge-

genüber nicht nur die Zugehörigkeit zu einer Loge, sondern auch die Stellung, den Grad der Meisterschaft.«

»Meisterschaft?«

»Ja. Der Vorsitzende einer Loge wird *Meister vom Stuhl* genannt. Man beginnt als Suchender, wird dann zum Lehrling und irgendwann zum Meister erkoren.«

»Und worum geht es dabei?«

»Genau weiß ich das nicht, ich gehöre schließlich keiner Loge an. Es heißt, dass die Freimaurer aus den Tempelrittern hervorgegangen sind, der Templerorden wurde Anfang des vierzehnten Jahrhunderts in Südfrankreich zerschlagen. An einem Freitag, dem Dreizehnten, um genau zu sein. An diesem Tag wurden alle verhaftet oder getötet. Es heißt, dass deshalb *Freitag der Dreizehnte* ein Unglückstag sei. Tempelritter, die der Verhaftung oder dem Tod entkommen waren, sind aus Frankreich geflohen, und einige von ihnen suchten Schutz bei den Steinmetzen der Dombauhütten. So soll der Geheimbund entstanden sein.«

»Und was wollen die? Warum gibt es die?«

»Die Freimaurer betrachten das Leben und die Entwicklung eines Menschen wie die Arbeit an einem rauen Stein. Sie sehen sich selbst als Freigeister und sind dem Fortschritt verbunden. Solche Leute wurden in der Menschheitsgeschichte oft als Bedrohung angesehen.«

»Von wem?«

»Von den Machthabern: Königen, Fürsten, Politikern. Dem Klerus. Man hat Angst vor Leuten, die das Volk aufwiegeln könnten. Es gibt jede Menge Legenden über die Freimaurer, zum Beispiel die von Christoph Kolumbus.«

»Kolumbus war ein Freimaurer?«

»Nein. Aber weißt du, welches Symbol die *Santa Maria*, das Schiff von Christoph Kolumbus, auf den Segeln gehabt hatte?«

Zabel schüttelte den Kopf.

»Das Kreuz der Tempelritter. Es wird behauptet, Kolumbus habe über geheimes Wissen der Tempelritter verfügt, als er in See stach, denn Amerika sei schon längst entdeckt worden. Von den Tempelrittern, die auf der Flucht vor Verfolgung bis auf den neuen Kontinent gelangt waren. Natürlich ist das alles historisch nicht erwiesen, aber Legenden sterben niemals aus und sind von enormer Bedeutung für die Entstehung solcher Geheimbünde.«

Zabel bat den Bediensteten, den Block aus seinem Mantel zu holen, und notierte sich schnell eine Zusammenfassung, dann schlug er die Seite mit dem Symbol auf und zeigte das Bild von Wittgenstein. »Ist das vielleicht auch ein Symbol der Freimaurerei?«

Wittgenstein nahm den Block, sah sich das Symbol genau an, bevor er den Kopf schüttelte. »Glaube nicht, aber ich werde nachschauen.«

Er gab Zabel den Block zurück, stand auf und ging zu einem Bücherregal. Von Wittgenstein musste nicht lange suchen, bis er das richtige Buch fand, und kehrte damit zu Zabel zurück. Es war klein und in dunkelrotes Leder gebunden.

»Ein Lexikon der Symbole«, sagte von Wittgenstein und blätterte darin, setzte sich wieder in den Sessel und hielt das Buch so, dass Zabel es auch sehen konnte. Von Wittgenstein ging durch das Kapitel *Freimaurerei*, aber keines der dort abgebildeten Symbole sah auch nur annähernd so aus. Von Wittgenstein suchte weiter und gelangte zum Kapitel *Spiritismus & Okkultismus*.

Zabel erstarrte, als er das Symbol vor sich sah: »Da ist es.«

Von Wittgenstein fing an zu lesen. »*Kreuz der Verwirrung. Dieses Symbol wurde erstmals von den Römern benutzt, um die Wahrheit des Christentums infrage zu stellen.*« Er blätterte eine Seite weiter, wo ein ähnliches Symbol abgedruckt war. Wieder ein Kreuz mit einem Haken darunter, aber es war nur eine Strichzeichnung.

»Darf ich mal sehen?«

Von Wittgenstein reichte Zabel das Büchlein. Er las laut. »*Saturnzeichen, oder auch: Satansgabel, Teufelshaken. Astrologisches Symbol. Meister Saturn wird auch als Beherrscher allen lebensfeindlichen Wissens interpretiert, wozu die Schwarze Magie gehört. Der Bogen am Kreuz stellt eine Sichel dar, die das Kreuz abschneidet, also ein Symbol der Feinde des Christentums.*«

Zabel sah von Wittgenstein fragend an. »Sind die Freimaurer auch Feinde des Christentums?«

»Nein, eher umgekehrt. Die Freimaurer sind der Kirche ein Dorn im Auge, denn sie beschäftigen sich auch mit dem Tod und dem, was danach kommt.«

Zabel klappte das Buch zu. »Zurück zu Peter Heyden. Im Großen Rat des Festordnenden Komitees durfte er mitmachen?«

Von Wittgenstein grinste. »Jedes Mitglied zahlt drei Reichsthaler. Drei Thaler sind drei Thaler, egal, von wem sie kommen. Mir persönlich wäre es egal, wenn er Freimaurer ist oder irgendeinem anderen Bund angehört.«

»Was hältst du persönlich von ihm?«

»Um ehrlich zu sein, ich kenne ihn kaum.«

»Und woher weißt du dann so viel über ihn?«

Von Wittgenstein hob die Augenbrauen. »Man merkt, dass du ein preußischer Beamter bist. Du musst dir über so was keine Gedanken machen.«

»Worüber?«

»Im Geschäftsleben ist man auf Informationen angewiesen. Aus diesem Grund weiß ich sehr viel über die Leute, auch wenn sie mir nicht immer etwas bedeuten.«

»Aber von einem Rabanus Vaasen hast du noch nie gehört?«

»Nein. Woher hast du den Namen überhaupt?«

»Aus demselben Zeitungsartikel, in dem Peter Heyden und du erwähnt werden. Erschienen ist der Artikel vor etwa fünf Jahren in der *Kölnischen Zeitung*.«

Wittgenstein stand die Neugier ins Gesicht geschrieben. »Darfst du mir wirklich nicht sagen, was es mit Heyden und diesem Rabanus auf sich hat?«

»Ich bin mir selbst noch nicht sicher.« Zabel überlegte einen Moment, schaute auf das kleine, in Leder gebundene Büchlein in seiner Hand. Er sah den Zeitpunkt gekommen, von Wittgenstein einzuweihen, um dessen Wissen zu nutzen. »Ich interessiere mich für Leute, die um das Jahr 1815 plötzlich zu Geld gekommen sind und mit der Rückführungsmission der Kunstwerke zu tun hatten.«

»Du schließt hoffentlich nicht unseren Freund Everhard von Groote mit in den Kreis der Verdächtigen ein?«

»Nein. Seine Familie ist wohlhabend. Ich denke nicht, dass er es nötig hatte, zum Dieb zu werden.«

»Du bist also auf der Suche nach verschollenen Kunstwerken?«

»Mineralien, um genau zu sein.«

»Die *Mineralien von Cöln*?«

Zabel sah seinen Freund verblüfft an. »Was weißt du darüber?«

»Dass die Franzosen sie gestohlen haben. Seit ihrem Verschwinden gibt es die Legende, dass diese Mineralien magische Kräfte haben.«

Zabel nickte. »Der Vogt von Sinzig soll auf einer Reise nach Köln mit diesen Steinen in Berührung gekommen sein, und deshalb verweste seine Leiche später nicht.«

Von Wittgenstein schüttelte den Kopf. »Ich kenne die Geschichte genau andersherum.«

»Wie – andersherum?«

»Die Mineralien wurden zusammen mit der Mumie transportiert. Tagelang, während der gesamten Reise. Und dadurch haben sich magische Kräfte von der Mumie auf diese Steine übertragen. Aber es handelt sich nur um eine Legende. Wie die von Kolumbus. Man sollte nicht alles glauben, was so erzählt wird. Ich glaube an die Wissenschaft, den Fortschritt. Die Dampfmaschine. Vor hundert Jahren hätte sich noch keiner vorstellen können, dass es diese Erfindung irgendwann geben wird. Und heute? Heute investiere ich in ein Unternehmen, das Dampfschiffe über den Rhein fahren lässt. Ich glaube an lebende Menschen, die solche Leistungen vollbringen. Nicht an totes Gestein.«

Zabel spürte die Wärme der Glut an seinen Fingern und legte den letzten Rest der Zigarre auf den Metallteller.

»Uns steht eine Revolution bevor«, fuhr Wittgenstein fort.

Zabel reagierte aufgeschreckt. »Wie meinst du das?«

»Eine technische Revolution. Nichts wird mehr so bleiben, wie es mal war. Wir werden uns alle umstellen müssen.« Er sah aus dem Fenster hinaus zu dem gezackten, halb vollendeten Turm der Kathedrale. »Ich glaube, dass wir noch miterleben werden, wie der Hohe Dom zu Köln nach den Plänen des Meisters Gerhard fertiggestellt wird. Der Fortschritt wird es möglich machen.«

Zabel fand gewisse Zweifel angebracht. »Ohne die technischen Mittel von heute sind die Baumeister damals auch weit gekommen. Daran ist das Vorhaben nicht gescheitert.«

Von Wittgenstein nickte. »Du hast recht. Es liegt nur am Willen. Der Mensch bewegt sich ohne inneren Antrieb genauso wenig wie eine Dampfmaschine ohne Kohlenfeuer.«

Von Wittgenstein schaute auf seine Zigarre, die noch glühte. Nach einem langen Moment des Schweigens nickte er. »Daran werden wir etwas ändern müssen.«

Zabel hielt das Büchlein hoch. »Darf ich mir das leihen?«

»Natürlich«, erwiderte von Wittgenstein. »Bringe es bei deinem nächsten Besuch wieder mit. Ich hoffe, dass dies bald sein wird.«

Er hatte Zabel damit einen guten Vorwand geliefert, noch mal vorbeizuschauen.

KAPITEL 25

Zabel band den Haflinger am Jülichs-Platz fest und überquerte die Straße. Er wusste äußerst wenig über das Handwerk eines Buchbinders. Nur, dass es enorm an Bedeutung gewonnen hatte – seit der Erfindung Gutenbergs. Im Schaufenster des Ladens waren in Leder gebundene Bücher ausgestellt sowie Schreibgeräte, Tinte, Federn und feinstes Papier. Zabel betrat das Geschäft und löste dabei eine Türglocke aus. Im vorderen Teil des Ladens standen vor dunkelblauer Tapete hohe Regale rechts und links, in denen Schreibutensilien und Papier lagen. Der Raum war durch einen Tresen unterteilt, und dahinter befand sich die Buchbinderei mit ihren Werkbänken und Maschinen. Ein Mann um die vierzig schaute zu Zabel, grüßte ihn aber nicht. Er verbarg seine Glatze unter einer grauen Mütze, trug eine dunkelblaue Schürze um den Bauch und drehte kräftig an dem Metallrad einer Presse. Dazwischen befand sich ein Stapel Papier. Ein anderer Arbeiter saß weiter hinten und war so in sein Schaffen vertieft, dass er Zabel gar nicht wahrnahm. Der Mann an der Presse drehte das Rad mit aller Kraft bis zum Anschlag, dann kam er an den Tresen. »Guten Tag, der Herr. Wie kann ich Ihnen behilflich sein?«

»Ist Herr Peter Heyden zu sprechen?«

»Wen darf ich dem Chef melden?«

»Einen Freund aus dem Festordnenden Komitee.«

Der Mann wandte sich ab und ging an der Presse und den Werkbänken vorbei zu einer Tür, die verschlossen war. Er klopfte an und trat ein. Kurz darauf kam er wieder in die Werkstatt zurück und rief Zabel zu: »Einen kleinen Moment bitte.«

Es dauerte höchstens eine Minute, bis ein großer, stattlicher Mann in weißem Hemd und dunkelrotem Gehrock aus dem Büro kam und auf den Tresen zuging. Er hatte noch weniger Haare auf dem Kopf, als Zabel in Erinnerung hatte.

»Sagen Sie nichts«, ertönte die tiefe Stimme Peter Heydens, und er hob mahnend den Zeigefinger. »Sie sind … Zabel, richtig? Gustav Zabel.«

»Stimmt genau.«

Sie gaben sich über den Tresen hinweg die Hand.

»Hat jemand meinen Besuch angekündigt?«, fragte Zabel.

»Nein. Ich meine, wir haben uns schon mal gesehen, allerdings nur flüchtig.«

»Ich habe mit von Wittgenstein über Sie geredet. Vielleicht können Sie mir helfen.«

»Möchten Sie ein Buch binden lassen, oder darf ich das Präsidium mit Schreibgeräten ausstatten?«

»Weder noch. Ich hätte ein paar Fragen zu einem Fall und bräuchte Ihre fachliche Meinung.«

»Oh, das klingt interessant. Kommen Sie doch mit in

mein Büro.« Heyden klappte einen Teil des Verkaufstresens hoch, sodass ein Durchgang entstand. Er ging voraus, Zabel folgte ihm und sah, wie der Mann an der Presse den Stapel Papier mit Leim einkleisterte, an der Seite, wo sich später der Buchrücken befinden würde. Der andere Arbeiter würdigte Zabel keines Blickes und durchstieß mit einer großen Nadel mehrere Papierseiten, um einen Faden hindurchzuziehen.

Zabel sah einen Stapel gedruckter Manuskripte, etwa ein Dutzend, die übereinanderlagen und wahrscheinlich darauf warteten, gebunden zu werden. Auf dem obersten Deckblatt las er den Titel: *MAGNETISMUS*. Zabel musste spontan an den Arzt Franz Anton Mesmer denken und blieb stehen. Unter den Großbuchstaben stand in kleinerer Schrift: *Auszüge aus dem Labortagebuch von Michael Faraday*.

Heyden bemerkte Zabels Neugier, blieb stehen und drehte sich zu ihm um. »Interessieren Sie sich für Wissenschaft?«

»Worum geht es in dem Buch *Magnetismus*?«

»Über den Inhalt weiß ich leider nicht viel. Der Autor ist ein berühmter Wissenschaftler aus England.«

»Michael Faraday?«

»Ja genau. Und wissen Sie, was dieser Faraday als junger Mann zuerst gelernt hat?«

Zabel sah ihn fragend an.

»Buchbinder.« Heyden strahlte. »Faraday war Buchbinder. Aber anders als ich hat er all die Bücher gelesen, die er gebunden hat. Und da es wissenschaftliche Bücher waren, brauchte er kein Studium mehr. Manchmal schreibt das Leben verrückte Geschichten.«

»Wer hat das Buch drucken lassen?«

»Der Verleger ist Leopold Hachette hier aus Köln. Er verkauft wissenschaftliche Werke an Universitäten.«

Zabel hatte genug gehört. Sie gingen weiter, betraten das Büro. Zabel machte die Tür hinter sich zu. Heyden deutete auf einen Stuhl, während er selbst hinter seinem Schreibtisch Platz nahm. »Bitte, setzen Sie sich.«

»Leopold Hachette. Ist er Franzose?«

Heyden nickte. »Ja, aus Paris.«

Zabel setzte sich, ließ den Mantel an und den Hut auf. Er wollte nicht länger bleiben als unbedingt nötig und dies seinem Gegenüber signalisieren. »Wissen Sie, ob er noch andere wissenschaftliche Bücher herausgebracht hat?«

»Bestimmt. Wonach suchen Sie konkret?«

Zabel sah Heyden tief in die Augen, bevor er antwortete. »Bücher über Mesmerimus. Okkultismus. Spiritismus. Freimaurerei.«

Zabel meinte, im Gesicht seines Gegenübers eine Reaktion auszumachen. Dann wich Heyden dem fragenden Blick aus, schaute auf den Schreibtisch und tat desinteressiert.

»Nein, tut mir leid. Das sagt mir nichts.«

»Sie haben noch nie von Okkultismus gehört?«

»Doch, natürlich. Aber ich bin mir sicher, dass Leopold kein Buch über so was herausgebracht hat.«

»Leopold?«, hakte Zabel nach. »Sie kennen sich also besser, sind per Du?«

»Ja, natürlich. Wir arbeiten schon lange zusammen. Warum sind Sie hier, wie kann ich Ihnen helfen?«

»Ich habe einen Zeitungsartikel gefunden, in dem Ihr Name erwähnt wird. Und der Ihres Freundes.«

»Leopold?«

Zabel schüttelte den Kopf. »Rabanus Vaasen.«

Heyden zuckte innerlich zusammen, das verrieten seine Augen. »Freund wäre wohl zu viel gesagt.«

»Sie kannten sich?«

Heyden nickte. »Ja, wir waren Kameraden bei den Stadtsoldaten. Aber das ist schon sehr lange her.«

»Zehn Jahre?«

Der Buchbinder schüttelte den Kopf. »Nein, länger. Die Stadtsoldaten gibt es schon lange nicht mehr.«

»Was ist aus Rabanus geworden?«

»Er ist tot. Sie müssen nicht mehr nach ihm suchen.«

Zabel sah ihn erstaunt an. »Woher wissen Sie, dass ich nach ihm suche?«

»Sie haben nach ihm gefragt. Ich meine, es klang so, als ob Sie nach ihm suchen würden. Eine Vermutung meinerseits.«

Zabel gewann den Eindruck, als ob Heyden mit seinem Besuch gerechnet hatte.

»Wann ist Rabanus gestorben?«

»Das weiß ich nicht. Wir haben uns aus den Augen verloren, und irgendwann habe ich gehört, dass er nicht mehr lebt.«

»Waren Sie mit ihm zusammen in Paris?«

Heyden schien zu überlegen, ob er antworten sollte. Wenn man ihn vorgewarnt hatte, war er nicht gut vorbereitet auf Zabels Besuch. »Was wollen Sie von mir?«

»Eine Spur in einem Mordfall hat mich hierhergeführt. Genauer gesagt, eine Medaille, auf der Peter Paul Rubens abgebildet war und die zu Ehren des Malers geprägt wurde. Sein berühmtes Werk *Die Kreuzigung Petri* kam wieder nach Köln zurück. Kennen Sie die Geschichte?«

»Natürlich. Das Bild hängt in Sankt Gregorius.« Heyden korrigierte sich sofort. »Ich meine natürlich Sankt Peter.«

»Sankt Gregorius«, wiederholte Zabel und machte eine rhetorische Pause. Ein so scheinbar banaler Versprecher verriet, an was Heyden wohl gerade gedacht hatte. Zabel fuhr fort. »Auf dem Kirchplatz von Sankt Gregorius haben wir eine verbrannte Leiche gefunden. Wissen Sie etwas darüber?«

»Nein.« Heyden wurde unruhig. »Sie sprachen eben über einen Artikel, in dem ich erwähnt wurde. Wo stand da was über mich?«

»In der *Kölnischen Zeitung*. Es ging um die Stadtsoldaten und deren jämmerliche Pensionen. Viele von ihnen sind in Armut gestorben und wurden auf dem Elendsfriedhof beigesetzt. Bei Sankt Gregorius. Nur ganz wenige der ehemaligen Stadtsoldaten haben es geschafft, nach der Dienstzeit im Geschäftsleben erfolgreich zu sein. Zwei von ihnen waren so erfolgreich, dass sie freiwillig auf die ihnen zustehende Pension verzichtet haben. Der eine hieß Rabanus Vaasen, und der andere sind Sie.«

Heyden nickte. »Ich brauchte die Pension nicht.«

»Nun ja«, erwiderte Zabel. »Drei Thaler sind drei Thaler, auf die muss man nicht verzichten. Sie hätten das Geld ja an Bedürftige spenden können.«

»Das hätte ich, ja. Wollen Sie mir deshalb einen Vorwurf machen?«

»Nein. Mich interessiert, woher Sie das Startkapital hatten, um dieses Geschäft zu eröffnen. Und woher stammte das Geld, mit dem Sie zuvor Ihre Schulden bezahlt haben?«

Heyden stand hinter seinem Schreibtisch auf. »Was unterstellen Sie mir?«

»Hinsetzen«, befahl Zabel. Er mochte es nicht, wenn jemand auf ihn herabsah, und er hatte auch keine Lust zu stehen.

Heyden ließ sich langsam wieder auf seinem Stuhl nieder.

Zabel fuhr fort. »Sie waren in Paris, als mein guter Freund Everhard von Groote die Kunstwerke beschlagnahmt hat. Richtig?«

Heyden überlegte zuerst, bevor er nickte.

»Sie haben zu denen gehört, die die Kunstwerke zurücktransportiert haben. Gehörte Rabanus auch zu den Soldaten?«

Heyden nickte erneut, sah stumm vor sich auf die Tischplatte.

»Woran ist er gestorben?«

»Ich weiß es wirklich nicht. Wir haben uns danach aus den Augen verloren.«

»Nachdem Sie die *Mineralien von Cöln* und noch so manch anderes geraubt haben?«

Heyden blickte auf, sah Zabel verdutzt an. »Mineralien? Davon weiß ich nichts.«

Lügen gehörte nicht zu den Stärken des Buchbinders.

Zabel war auf der richtigen Spur. »Rabanus Vaasen wusste es vielleicht. Musste er deshalb sterben?«

»Ich habe nichts mit seinem Tod zu tun, wenn Sie das glauben.«

»Wer dann?«

Heyden sprang hinter seinem Schreibtisch auf. »Gehen Sie bitte, ich habe zu tun.«

»Hinsetzen«, befahl Zabel. »Oder wir führen dieses Gespräch in meinem Büro im Präsidium weiter. Ich werde Sie abholen lassen von Sergeanten in Uniform.«

Heyden schienen die Knie weich zu werden, und er konnte sich glücklich schätzen, einen Stuhl hinter sich zu haben, in den er sich jetzt hineinplumpsen ließ.

»Fangen wir noch mal ganz von vorne an. Woher stammt das Geld, mit dem Sie damals Ihre Schulden beglichen haben?«

»Von einem Freund.«

»Wie ist sein Name?«

»Er ist verstorben.«

»Sind noch mehr Freunde von Ihnen gestorben?«

Er schüttelte den Kopf, richtete sich auf. »Ich erkläre es Ihnen.«

»Bitte. Je eher Sie die Wahrheit sagen, desto schneller können Sie weiterarbeiten.«

Heyden seufzte laut, seine Hände zitterten leicht. »Wir haben damals drei Bilder beiseitegeschafft und einen Kunstsammler gefunden, der sie uns abgekauft hat.«

»Sein Name? Oder ist er auch tot?«

Heyden nickte. »Er lebt nicht mehr, ist letztes Jahr verstorben, eines natürlichen Todes, und Sie kennen ihn. Es dürfte äußerst peinlich werden, wenn ich seinen Namen jetzt ausspreche.«

Zabel wusste sofort, auf wen der Buchbinder anspielte. Den bedeutenden Kunstsammler Ferdinand Franz Wallraf. Heyden hoffte wohl darauf, dass der Kommissar ihm glaubte und die Aussage nicht mehr überprüfen konnte.

»Sie wollen mir ernsthaft weismachen, Wallraf hat Ihnen gestohlene Bilder abgekauft.«

»Wallraf? Nein. Das habe ich so nicht gesagt.«

»Welcher Kunsthändler ist denn letztes Jahr sonst noch verstorben?«

Heyden fiel niemand ein, das verriet sein Gesichtsausdruck. Er war ein miserabler Lügner.

Zabel setzte nach. »Sie haben keine Bilder verkauft. Matthias DeNoël und Sulpiz Boisserée kenne ich gut, die beiden sind ebenfalls im Kleinen Rat des Festordnenden Komitees. Sie hätten mitgekriegt, wenn solche Bilder damals auf dem Markt angeboten worden wären.«

Heyden schluckte und sah dem Ernst der Lage ins Auge.

»Woher hatten Sie also das Geld, um Ihre Schulden zu begleichen?«

»Ich habe es mir bei jemand anderem geliehen und jeden Groschen zurückbezahlt. Das kann ich beweisen. Geben Sie mir nur ein paar Tage Zeit.«

Zabel ging nicht weiter auf die offensichtliche Lüge ein. »War Arthur Schmoor irgendwann bei Ihnen?«

»Nein. Wieso sollte er?«

»Er war, genau wie ich, auf der Suche nach Rabanus Vaasen. Sie sind bisher der Einzige, den ich treffe, der mit diesem Namen etwas anzufangen weiß. Also liegt es nahe, dass Schmoor auch bei Ihnen war.«

Zabel bemerkte, dass Heyden merklich anfing zu schwitzen. »Nein. Er war nicht hier. Aber seine Hure.«

Zabel fuhr innerlich zusammen. »Seine Hure?«

»Cécile heißt sie. Cécile Travail.«

»Und was wollte sie?«

»Mir ein Geschäft vorschlagen. Aber ich habe es mir gar nicht angehört. Ich habe sogar die Bürotür aufgelassen, damit meine Angestellten alles hören konnten. Jedes Wort. Das Frauenzimmer sollte mich nicht in Schwierigkeiten bringen. Verstehen Sie?«

Zabel geriet in die Defensive, denn er konnte sich nicht sicher sein, ob Cécile ihn angelogen hatte, als er sie nach Peter Heyden gefragt und sie behauptet hatte, ihn nicht zu kennen.

»Wo waren Sie nach der Nubbelverbrennung, in der Nacht auf Aschermittwoch?«

»Ich bin gleich nach Hause gegangen. Mit meiner Frau. Sie können sie fragen.«

»Nicht nötig«, erwiderte Zabel schroff. »Ihre Frau wird natürlich alles bestätigen, weil ihr keine andere Wahl bleibt. Sollten Sie ins Gefängnis wandern, ist sie mittellos.«

»Gefängnis?«

»Oder aufs Schafott. Vor dem kann nur ich Sie bewahren, auch vor dem Gefängnis, wenn Sie mir die Wahrheit sagen.«

»Ich sage die Wahrheit. Bitte glauben Sie mir«, flehte er Zabel an.

»Es gibt Leute, die sagen, dass Sie einem Geheimbund angehören.«

»Wer behauptet so etwas?«

»Stimmt es oder nicht?«

»Nein. Ich weiß noch nicht mal, wovon Sie reden. Was für ein Geheimbund?«

Zabel griff in seine Tasche und holte die Zeichnung des Symbols heraus, legte sie auf den Tisch und wartete auf Heydens Reaktion. Er schaute auf das Blatt. Schweißperlen zeichneten sich auf seiner Stirn ab, nicht erst, seitdem er das Symbol anstarrte.

»*Das Kreuz der Verwirrung*«, sagte Zabel. »So wird das Symbol genannt.«

Heyden schüttelte den Kopf, wagte es aber nicht, Zabel in die Augen zu sehen. Er nahm das Papier wieder an sich, faltete es zusammen und steckte es in die Rocktasche. Dann erhob Zabel sich von seinem Stuhl. Er hatte genug gehört, um sich einen Eindruck zu verschaffen. Zabel wandte sich ab, ging zur Tür und drehte sich noch mal um.

»Arthur Schmoor musste sterben, weil er im Besitz eines Schlüssels war. Diesen hatte er aus Paris. Er wollte den Schlüssel zu Geld machen. Jetzt habe ich ihn. Und ich werde die Tür finden, zu der dieser Schlüssel passt. Sagen Sie das Ihren Leuten.«

»Welche Leute meinen Sie?«

Zabel ließ die Frage unbeantwortet und verschwand.

KAPITEL 26

Das Gespräch mit dem Buchbinder empfand er als Erfolg versprechend. Zabel wollte den Spieß umdrehen und ging davon aus, dass Peter Heyden sich an die Leute wenden würde, die hinter ihm standen. Seine Komplizen. Zabel hoffte, dass die über kurz oder lang auf ihn zukommen würden. Nach einem ominösen Geheimbund Ausschau zu halten wäre wahrscheinlich genauso aussichtslos, wie jeden Bürger der Stadt nach Rabanus Vaasen zu fragen. Wenn er noch lebte und nicht gefunden werden wollte, war ihm dies bisher sehr gut gelungen.

Das Gespräch mit Heyden hatte allerdings noch etwas anderes zutage gefördert, Zabels Misstrauen. Er musste noch mal mit Cécile reden, um herauszufinden, wer gelogen hatte, sie oder Peter Heyden. War sie wirklich bei ihm gewesen?

Zabel hörte die Glocken von Groß Sankt Martin viermal läuten. Es blieb ihm also noch etwas Zeit, bevor er nach Hause gehen sollte. Nach wenigen Minuten hatte er die Probsteygasse erreicht, ritt aber noch hundert Meter weiter an der Mauer entlang, die den Garten des Hauses von der Straße trennte. Dann stieg er ab und machte den Haflinger fest. Zabel ging um die Mauer herum, kam von der anderen Seite zur Haustür und klopfte einmal laut dagegen.

Es dauerte, bis die Tür geöffnet wurde, und zu Zabels Verwunderung stand nicht der Bedienstete vor ihm, sondern Victor Koll höchstpersönlich.

»Guten Tag. Kommen Sie herein.«

Er machte einen Schritt zur Seite, Zabel trat in den Flur.

»Mein Bediensteter hat heute einen freien Tag.«

Koll ging weiter in den Wohnraum. Die Tür zu Céciles Zimmer stand offen, Zabel schaute hinein. Das Bett war zerwühlt, als ob Cécile Besuch gehabt hätte, und es roch stark nach Parfüm. Koll ging zum Fenster und öffnete es. Der Blick ging zum Garten hinaus, und der Apfelbaum direkt vor dem Fenster zeigte schon erste Blüten. Frische, kühle Luft strömte herein und vertrieb den aufdringlichen Geruch.

Zabel konnte seine Gefühle kaum verbergen. »Arbeitet Cécile jetzt für Sie? Das ist eindeutig gegen unsere Abmachung.«

Koll lächelte, ging an Zabel vorbei in den spärlich möblierten Wohnraum. Er folgte ihm aufgebracht. »Reden Sie. Wo ist sie?«

»Sie können Cécile gleich selbst fragen.«

Koll ging zu dem kleinen Beistelltisch, wo seine Pfeife lag, führte sie zum Mund und entzündete mit einem Streichholz den Tabak. Erst dann wandte er sich wieder seinem Gast zu.

»Ich halte mich an unsere Abmachung: Niemand erfährt von Cécile, dass sie hier ist. Aber ich stelle mir auch die Frage, was für mich dabei herausspringt.«

»Wenn Sie irgendein Zugeständnis meinerseits erwarten,

muss ich Sie enttäuschen. Aber vielleicht ist Ihnen daran gelegen zu erfahren, wer Arthur Schmoor ermordet hat.«

Koll blies den Rauch aus. »Ja, das wüsste ich gern. In meiner Welt muss ich mir jeden Tag aufs Neue Respekt verschaffen. Schnöde Gewalt führt dabei immer nur zu Gegengewalt, bis eines Tages jemand kommt, der stärker ist. Arthur Schmoor und sein Nachfolger Hermann Schons haben das nie begriffen.« Er zog wieder an seiner Pfeife, und sein Tonfall klang wie der eines Lehrers. »Was meinen Sie, wodurch gewinnt man Macht?«

Zabel schwieg. Er wollte die Antwort von Koll hören.

»Macht hat derjenige, der andere dazu bringt, genau das zu tun, was er von ihnen will. Menschen sind am leichtesten zu führen, wenn sie Angst haben. Kennen Sie den Unterschied zwischen Furcht und Angst?«

»Sie wollen ihn mir bestimmt erklären«, erwiderte Zabel.

»Furcht hat man vor etwas ganz Konkretem. Wenn ein Löwe vor einem steht und man weglaufen möchte. Angst hingegen ist ein unbestimmtes Gefühl, es löst Beklemmungen und Besorgnis aus. Wenn es draußen dunkel wird, gehen viele nicht mehr vor die Tür. Aus Angst, es könnte ihnen irgendwas zustoßen.«

»Macht über Menschen zu haben, die einen fürchten, ist trügerisch«, erwiderte Zabel. »Denn genau, wie Sie sagen: Eines Tages kommt jemand, vor dem die Leute noch mehr Angst haben.«

Koll nickte zustimmend. »Angst beherrscht man nicht, ohne Furcht zu kennen. Ich war nicht im Krieg, so wie Sie. Aber dank meines Vaters, der mich in die Welt hinausgeschickt hat, habe ich einiges über Angst und Furcht gelernt. Ich war als junger Mann auf Reisen im Süden Spaniens. Dort habe ich einen Stierkampf miterlebt. Haben Sie so etwas mal gesehen?«

Zabel schüttelte den Kopf. »Nein.«

»Die ersten rituellen Kämpfe dieser Art gab es bereits im dreizehnten Jahrhundert, aber der erste Stierkämpfer, der namentlich bekannt wurde, Francisco Romero, lebte vor etwa hundert Jahren. Es war beeindruckend, wie der Torero dem Stier gegenüberstand und die Nerven behielt. Er zeigte keine Angst, hat sich nicht gefürchtet und hat das Tier getötet. Eiskalt und präzise.«

Koll drückte sich zu gewählt aus für die Welt, in der er sich tagtäglich bewegte. Woher stammte er? Sein Vater war anscheinend reich genug gewesen, den Sohn auf Reisen zu schicken. Zabel fragte sich, was passiert sein mochte, dass aus ihm ein Krimineller geworden war.

Koll redete weiter. »Der Torero mochte Angst gehabt haben, irgendwann in seinem Leben. Aber er war mutig genug, die Angst zu überwinden.«

»Fürchten die Leute sich vor Ihnen, oder haben sie nur Angst?«

»Das kommt darauf an, ob sich jemand meiner Macht beugt oder nicht. Wenn man in einen Kampf zieht, muss man den Gegner aufwühlen. Je mehr er fühlt, desto weniger denkt er.«

»Warum erzählen Sie mir das? Sind wir Gegner?«

Koll lächelte. »Sieht es danach aus? Nein, wir haben ein Arrangement.« Er nutzte die Gelegenheit, das Thema zu wechseln. »Cécile hat mir nicht gesagt, was Sie von ihr wollen. Aber ich weiß es längst.«

»Was wissen Sie?«

Koll zog an seiner Pfeife und ließ den Rauch genüsslich aus seinem Mund quellen, schaute zu, wie die Schwaden zuerst nach unten fielen, bevor sie zur Decke schwebten, um sich schließlich aufzulösen.

»Der Grund für ein zerwühltes Bett kann sein, dass eine Hure Besuch hatte. Oder, dass man keinen Besuch erwartet und es daher nicht aufgeschlagen hat. Ihre Reaktion eben hat mir signalisiert, an was Sie gedacht haben.«

»Da liegen Sie falsch«, erwiderte Zabel sofort. »Ich habe mir Sorgen gemacht. Wo ist sie?«

»Sie haben Angst um Cécile?«

»Wenn ihr etwas zugestoßen sein sollte, dann …« In dem Moment hörte Zabel aus dem Flur das Knarzen einer Treppe.

Koll lächelte. »Sie sind mitunter leicht zu durchschauen, Herr Kommissar. Sie haben geglaubt, dass Cécile mit einem Mann das gemacht hat, was Sie gern mit ihr tun würden. Je mehr ein Mensch fühlt, desto weniger denkt er. Das gilt vor allem für Männer.«

Da ging die Tür auf, und Cécile kam herein. Ihr Lächeln wertete Zabel als Beleg dafür, dass sie sich freute, ihn wiederzusehen. Sie hatte sich frisch gemacht, ihre roten Haare waren nach oben gesteckt, die Augen geschminkt, und sie trug ein anständiges Kleid, ein ähnliches hing auch bei Eva im Schrank. Bei dem Anblick deutete nichts auf eine Hure hin, eher auf die Dame des Hauses. Zabels Gedanken spielten verrückt. Warum war er gekommen? Was machte er hier?

»Was ist?«, fragte Cécile mit besorgter Stimme.

Koll antwortete mit einem Grinsen auf den Lippen. »Nichts Schlimmes. Er dachte nur, Sie hätten einen Kunden gehabt.«

Cécile konnte sich ein Grinsen nicht verkneifen.

Koll trat einen Schritt näher an Zabel heran und sprach leise. »Ich habe Ihnen nicht die Wahrheit gesagt. Cécile hat mir etwas verraten. Einen Namen: Rabanus Vaasen.«

»Kennen Sie ihn?«

»Ich weiß lediglich, dass er als Aufseher im Schlachthaus gearbeitet hat. Dann ist er spurlos verschwunden, hat entweder die Stadt verlassen, oder er wurde getötet. Aber nicht von mir.«

»Oder er ist untergetaucht.«

»Auch das ist möglich. Deshalb habe ich meine Leute losgeschickt, um nach Rabanus Vaasen zu suchen.«

Zabel sah ihm tief in die Augen. »Wollen Sie ihn wirklich finden oder verhindern, dass er gefunden wird?«

Koll seufzte laut. »Ich habe es Ihnen doch erklärt. Die Menschen sollen mich fürchten, und die, die einen Mord ohne mein Wissen begehen, tun das nicht. Da spielt jemand sein eigenes Spiel.«

Zabel hatte immer noch Zweifel, und ihm kam eine Idee. »Sind Sie Rabanus Vaasen?«

Er konnte keine verräterische Reaktion bei Koll erkennen. Kein Zucken der Wangenmuskeln. Nichts. Nur ein Lächeln.

»Jetzt fantasieren Sie, Herr Kommissar. Ich glaube, ich habe Sie überschätzt.«

Koll schaute zu Cécile und deutete zum Nebenzimmer. »Meine Liebe, wären Sie so nett, das Fenster wieder zu schließen? Es wird kalt. Und machen Sie auch die Tür zu, von innen.«

Cécile verschwand in ihrem Zimmer, schloss die Tür.

Dann redete Koll weiter. »Kennen Sie die Geschichte des Darmwindes am Hofe von Louis Seize? Vor der Französischen Revolution.«

»Ich weiß nicht, was Sie meinen.«

»Bei einem Festbankett am Hofe war ein Marquis eingeladen, der ordentlich schlemmte und sich prächtig amüsierte. Einen kurzen Moment gab er nicht acht, verlor für eine Sekunde die Kontrolle. Und es entschwand ihm ein Darmwind. Laut genug, dass es bis zu zwei Tischnachbarn weit zu hören war. Aber schlimmer noch, der Geruch breitete sich bis zum Ende des Tisches aus. Der Marquis verließ augenblicklich das Bankett und ward danach nie mehr gesehen.« Koll zog an seiner Pfeife, stieß den Rauch aus. Er schien den Tabak nicht mehr genießen zu können, legte sie auf den kleinen Tisch, bevor er sich wieder Zabel zuwandte. »Manchmal sind es kurze, banale Momente, die unser Leben verändern. Ein Moment der Unachtsamkeit, ein falsches Wort zur falschen Zeit.« Er machte eine rhetorische Pause und lächelte. »Ich habe nicht am Tisch gefurzt. So etwas ist mir noch nie passiert. Meine Verfehlung hatte eine andere Dimension und war ausreichend, dass meine Familie mich verstoßen hat. Aber was ich bis dahin gelernt hatte über die Menschen, konnte mir niemand mehr nehmen. Das Wissen über die Verderbtheit und wie man sich dieses Wissen zunutze macht.«

Zabel war sich nun sicher, dass Koll kein gewöhnlicher Krimineller war. Er hatte eine gute Erziehung und Schulbildung genossen, was ihn noch gefährlicher machte. Koll war in unterschiedlichen Welten zu Hause.

»Wir sind nicht am Hofe von Louis Seize. Was wollen Sie mir mit dieser Geschichte sagen?«

Er schmunzelte und sprach verschwörerisch leise. »Nur ein kurzer Moment der Unachtsamkeit, der ein ganzes Leben verändern kann. Sie müssen konzentriert bleiben, Herr Kommissar, den Blick nur auf den Fall richten, auf sonst nichts. Ich bin Ihr Verbündeter, aber wer sich da hinter dieser Tür befindet, kann ich Ihnen nicht sagen. Meine Männer haben ein Auge auf Cécile, aber wer gibt auf Sie acht?«

»Was wollen Sie?«

Koll verstand es prächtig, seine Gedanken zu kaschieren. Im Krieg wäre dies von großer Bedeutung. Das Bild, das sich auf dem Schlachtfeld bot und der Gegner zu sehen bekam, durfte niemals vollständig sein. Es musste immer noch ein verstecktes Regiment oder eine Reiterstaffel hinter einem Hügel existieren, die ein Feldherr hervorholen konnte.

»Ich will Rabanus Vaasen finden, genau wie Sie. Ich muss wissen, ob er mir gefährlich werden könnte.« Kolls Blick ging zur Tür, hinter der sich Cécile befand. »Ich traue ihr nicht. Was führt diese Frau wirklich im Schilde?«

Er versuchte, einen Keil zwischen ihn und Cécile zu treiben. Ein guter Plan. Wahrscheinlich hatte er bei ihr bereits ähnliche Zweifel geschürt, dass sie dem Kommissar nicht glauben sollte und Zabel sie irgendwann ins Gefängnis stecken würde. Womöglich hatte Koll auch schon von dem Schlüssel erfahren.

Zabel nickte. »Wahrscheinlich haben Sie recht. Ich werde Cécile im Auge behalten.«

Koll reichte ihm die Hand, und er schlug ein. Dann ging Zabel zur Tür von Céciles Zimmer und klopfte an.

»Ja«, ertönte es durch die Tür.

Zabel trat ein. Die Abendsonne tauchte den Garten hinter dem Fenster in goldgelbes Licht. Cécile stand vor dem Bett, drehte sich um und sah ihn fragend an.

»Was hat Koll gesagt?«

»Dass ich Ihnen nicht trauen sollte. Und leider ist das auch so.« Erst jetzt nahm er seinen Hut ab und legte ihn aufs Bett.

Sie sah ihn fragend an. »Warum?«

»Ich habe mit Peter Heyden gesprochen. Er sagte, dass er Sie kennt und Sie bei ihm waren. Was durchaus Sinn ergibt. Wieso sollten Sie ihn auf der Suche nach Rabanus Vaasen nicht getroffen haben?«

»Weil ich seinen Namen nicht kannte. Sie haben durch die Zeitung von Heyden erfahren. Schon vergessen?«

Zabel nickte. »Sie waren also nie bei ihm?«

»Nein.«

»War er denn mal bei Ihnen? Als Kunde? Vor ein paar Jahren?«

»Wenn, dann erinnere ich mich nicht an ihn.«

Zabel beließ es dabei. Er verspürte das dringende Bedürfnis zu gehen, wandte sich der Tür zu.

»Gustav«, sagte sie und machte einen Schritt auf ihn zu. Er drehte sich um. Sie standen sehr dicht voreinander.

»Ich wünsche mir nichts mehr, als dass Sie mir vertrauen.«

Zabel wünschte sich dasselbe. Dass sie ihn nicht hinterging. Er spürte sein Herz pochen.

»Ich werde bald wieder fort sein, wenn Sie mich gehen lassen. So lange will ich bleiben. Bis Sie sagen, dass ich gehen soll.«

Zabel hielt ihrem Blick stand. »Und wo gehen Sie dann hin?«

»Zurück nach Paris vielleicht.«

»Sie haben dort niemanden mehr, der Sie beschützt.«

»Vielleicht zieht es mich auch woandershin. Nach Berlin. In Ihre Heimatstadt.«

Zabel fühlte sich kaum in der Lage, klar zu denken. Céciles Angebot war unmissverständlich. Hier in Köln wäre keine gemeinsame Zukunft möglich. In Berlin dagegen schon, dort kannte sie niemand, und wenn Cécile ein solches Kleid trug wie jetzt, sah sie aus wie eine ehrbare Frau. An diese Möglichkeit hatte Zabel bisher keinen Gedanken verschwendet. Wenn man ihn nach Berlin versetzen würde, bliebe Eva hier. Sie hatte immer wieder betont, nie mehr vom Rhein weggehen zu wollen. Die Ehe bliebe bestehen, und jeder würde seiner Wege gehen.

»Ist es in Berlin schön?«

»Bestimmt nicht vergleichbar mit Paris, auch wenn ich selbst noch nie dort war.«

»Wünschen Sie sich, irgendwann in Ihre Heimat zurückzukehren?«

Zabel nickte.

Sie machte noch einen Schritt auf ihn zu, er roch ihren Atem.

»Ich wünsche mir, nie wieder als Hure arbeiten zu müssen. Egal, wo ich lebe. Auf den Ort kommt es nicht an. Die Menschen, die einem nahestehen, sind wichtig.«

Ihre Lippen näherten sich einander, die erste Berührung war sanft, dann stürmisch. Sie küssten sich, schlangen die Arme umeinander, und Zabel wollte sie nie wieder loslassen, auch wenn es moralisch falsch war.

Doch Cécile drückte ihn weg und sah ihm in die Augen. »Ich konnte dich nicht vergessen, zwei Jahre lang nicht.«

»Ich dich auch nicht. Ich habe es versucht.«

»Gehe jetzt. Bitte. Bitte, geh sofort.«

Sie löste sich aus seiner Umklammerung, drehte ihm den Rücken zu und flüchtete zum Fenster.

Er hoffte, dass sie ihm noch mal den Kopf zudrehte, aber sie blieb standhaft, sah hinaus. Ihr Körper zitterte, sie weinte.

Zabel gab sich einen Ruck, nahm seinen Hut vom Bett und verschwand durch die Tür.

KAPITEL 27

Das Kirchenschiff der kleinen Kapelle lag im Dunkeln, ebenso der steinerne Altar. Nur ein ewiges Licht brannte rot leuchtend im Hochchor. Der Küster kniete auf einer Bank, scheinbar tief im Gebet versunken. Jeden Abend zur selben Zeit holte er hier neue Kraft und war überzeugt davon, dass ihm dies ein langes Leben bescherte, alle Krankheiten von ihm fernhielt. Er würde bald achtzig Jahre alt werden und wusste, wem er das zu verdanken hatte.

Er schaute auf. Vor ihm in einem gläsernen Schrein lag die Mumie des Vogts, umgeben von einem Dutzend Kerzen.

Der alte Mann war in Sinzig geboren worden, nie fortgegangen und hatte miterleben müssen, wie französische Soldaten die Mumie geraubt hatten. Fast achtzehn Jahre, so lange hatte es gedauert, bis sie an ihren angestammten Platz zurückgebracht worden war. Verantwortlich dafür sollte ein Mann aus Köln gewesen sein, aus einer einflussreichen Familie, hatte der Küster erfahren.

Knarrend ging hinter ihm die Tür auf, und er drehte sich um. In der Dunkelheit konnte er niemanden erkennen. Ledersohlen klackerten auf dem Steinboden. Der Eindringling schritt in gemächlichem Tempo auf den gläsernen Schrein zu, kniete sich neben den Küster und nahm seine Kopfbedeckung ab, eine Baskenmütze.

Sie schauten beide nach vorne, während sie leise sprachen.

»Es freut mich, Sie zu sehen«, sagte der Küster.

»Mir geht es ebenso. Hat sich jemand nach mir erkundigt?«

»Nicht seit dem letzten Mal. Sonst hätte ich Ihnen geschrieben. Was ist mit dem Mann geschehen?«

»Er ist verbrannt.«

Der Küster bekreuzigte sich. »Gott sei seiner Seele gnädig.«

Die beiden sahen sich an.

»Das Problem ist nur: Wir haben ihn nicht getötet.«

»Ist er durch Gottes Hand gestorben?«

»Nein«, sagte der Mann. »Sein Tod gibt Rätsel auf, und deshalb bin ich zu Ihnen gekommen.«

»Weshalb?«

»Wir müssen unser Erbe schützen, und dazu brauche ich erneut Ihre Hilfe.«

»Was soll ich tun?«

»Wir müssen uns vergewissern, wem wir vertrauen können. Ich benötige Ihre Fähigkeiten, den Menschen die Wahrheit zu entlocken. Selbst denen, die den Unterschied zwischen Wahrheit und Lüge noch nicht mal kennen.«

»Bringen Sie mir den Mann?«, fragte der Küster.

»Es wäre besser, Sie würden mit mir kommen.«

»Ich gehe ungern hier weg.«

»Aber es geht um unser Erbe. Das, was uns am Leben hält.«

»Kann niemand anders das erledigen?«

»Niemand, dem ich so sehr vertraue wie Ihnen.«

Der Küster bekreuzigte sich. »Dann muss es wohl so geschehen.«

KAPITEL 28

Zabel schaffte es gerade noch pünktlich zum Abendessen. Er war Umwege gegangen, mal schnellen Schrittes, mal langsamer, weil er innerlich so aufgewühlt war. In diesem Zustand konnte er nicht nach Hause, Eva hätte die Veränderung an ihm bemerkt. Erst nachdem er wieder etwas zur Ruhe gekommen war, hatte er den Heimweg angetreten.

Der Tisch war bereits gedeckt, und das Essen dampfte noch. Sie saßen am Esstisch, und Wilma, ihre Bedienstete, brachte das Essen, das sie gekocht hatte. Sie servierte den Braten mit Kartoffeln und einer fettigen, dunklen Soße. Evas Husten war noch da, hatte sich aber etwas gebessert, sodass sie sich keine Sorgen deswegen machten. Sie sprachen wenig während des Essens, die Bedienstete war meist in Hörweite.

Nach dem Essen räumte Wilma den Tisch ab, und die Eheleute verschwanden ins Wohnzimmer. Zabel setzte sich mit dem kleinen Büchlein aus Wittgensteins Bibliothek aufs Sofa. Direkt gegenüber stand ein Beistelltisch an der Wand, auf dem sich das Korkmodell vom Brandenburger Tor befand. Eva hatte es in mühevoller Kleinstarbeit gebastelt, um Zabel eine Freude zu machen. Es sollte als Erinnerung an seine Heimat dienen, vergleichbar mit einem Bild, nur dreidimensional. Korkmodelle basteln fand Zabel eine ungewöhnliche Beschäftigung, aber er ermunterte Eva zu allem, was sie vom tristen Alltag ablenkte. Ihm blieb wenigstens sein Beruf, der ihn aus dem Haus trieb. Eva hatte schon mehrfach geäußert, dass sie den Haushalt auch allein bewältigen könnte, immerhin hatte der Tag vierundzwanzig Stunden. Aber in ihren Kreisen schickte es sich nicht, ohne eine Bedienstete auszukommen, wenn man sie sich leisten konnte. Noch weniger schickte es sich, nicht genug Geld für eine Angestellte zu haben.

Eva blieb zu viel Zeit, um sich düstere Gedanken zu machen. Vor zwei Jahren hatte sie ihr Glück im Wein gesucht. Davon war sie Gott sei Dank abgekommen. Zabel schaute auf das Korkmodell. Er hatte ihr nicht gesagt, wie es ihm gefiel, und wenn er es täte, dürfte er ihr dabei nicht in die Augen sehen. Es war hässlich. Eine Strichzeichnung des Bauwerks würde Zabel besser gefallen als das, was jetzt in ihrem Wohnzimmer stand.

Wilma klopfte an die Tür und trat ein, um zu fragen, ob es noch etwas zu tun gäbe. Eva bedankte sich bei ihr für die Arbeit und schickte sie in den wohlverdienten Feierabend. Sie wohnte drei Etagen über ihnen unter dem Dach, dort hatte Wilma eine kleine Kammer.

Kaum hörten sie, dass die Wohnungstür ins Schloss fiel, da erhob sich Eva von ihrem Stuhl, auf dem sie Platz genommen hatte, um zu häkeln. Sie legte die Sachen beiseite und sah auf Gustav herab.

»Was ist los mit dir?«

Er schaute noch nicht mal von dem Buch auf, das von Wittgenstein ihm geliehen hatte. »Nichts. Zumindest nicht, was du wieder denkst.«

»Was denke ich denn?«

»Du denkst an sie, diese Hure.«

Eva schluckte. »Was bleibt mir anderes übrig. Du gibst mir genug Anlass dazu. Ich spüre, dass du mir etwas verheimlichst.«

Zabel nickte. »Ja, ich verheimliche dir etwas. Setz dich wieder.«

Eva folgte der Aufforderung und nahm auf ihrem Stuhl Platz. Zabel erhob sich, offensichtlich erwartete Eva ein Geständnis. Er kam einen Schritt näher, blieb vor ihr stehen und zog das Kuvert aus seiner Rocktasche, reichte es ihr.

Eva wirkte irritiert und nahm das Kuvert, schaute zunächst hinein, dann holte sie die beiden Karten heraus und las den gedruckten Text.

Ihr Gefühlszustand änderte sich schlagartig. Sie sprang auf, stand vor ihm und wusste nicht mehr, was sie sagen sollte. »Gustav.«

Er lächelte verschmitzt. »Es fiel mir schwer, diese Überraschung beim Essen für mich zu behalten. Deshalb mag ich etwas komisch gewirkt haben.«

»Beethoven?« Eva war begeistert. »Ist das möglich? Woher hast du die Karten?«

»Von Wittgenstein hat sie mir überreicht. Manchmal lohnt es sich doch, dem Festordnenden Komitee anzugehören.«

»Das sage ich doch immer. Danke, dass du dieses Geschenk angenommen hast. Es ist schließlich von einem guten Freund.«

»Der edle Spender ist Franz Rothamel, den wir nach der Nubbelverbrennung kennengelernt haben.«

»Ich weiß, wen du meinst.« Eva umarmte ihn, und sie gaben sich einen Kuss. Gustav spürte das schlechte Gewissen. Seine Stimmung am Esstisch hatte nichts mit den Karten in seiner Rocktasche zu tun gehabt, sondern mit seinen Gedanken an Cécile.

Eva löste sich wieder von ihm und schaute erneut auf die Karten. »Wir sitzen in der dritten Reihe.«

»Tut mir leid. Ich konnte mir die Plätze nicht aussuchen.«

Eva lachte. »Die dritte Reihe, das ist ein … ein Traum. Wird der Komponist auch da sein: Ludwig van Beethoven?«

»Ich glaube nicht. Davon hat niemand geredet. Haben wir am ersten April denn Zeit?«

»Selbst wenn nicht. Ich würde jeden Termin absagen für dieses Konzert. Ich habe einiges über die Uraufführung in Wien gehört. Es muss grandios gewesen sein. Weißt du, dass Beethoven taub ist?«

Zabel wusste es nicht. Er kannte den Komponisten kaum, hatte auch noch keine der anderen acht Symphonien gehört. »Wenn er taub ist, wie komponiert er denn dann?«

»Er hört die Musik in seinem Kopf.«

»Aber er kann sie nie in Wirklichkeit hören?«

Eva nickte. »Noch nicht mal den tosenden Applaus. Es heißt, ein Freund soll ihn bei der Premiere aus dem Sitz gezerrt haben, damit er aufsteht und sich umdreht, um das begeisterte Publikum zu sehen.«

»Woher weißt du das alles?«

»Franz Rothamel hat mir davon erzählt. Er war in Wien bei der Premiere.«

Zabel war verwundert. »Und wann hat er dir das erzählt?«

»An dem Abend bei von Wittgenstein. Er fragte mich eher beiläufig, ob ich Musik mag.«

Gustav dachte sich nichts weiter dabei, dass Rothamel den persönlichen Kontakt zu seiner Frau gesucht hatte. Es machte Zabel glücklich, dass er Eva mit diesem Konzert eine so große Freude machen konnte.

Sie legte die Karten auf den Tisch neben das Korkmodell. »Danke, dass du das Geschenk angenommen hast. Ich weiß, wie du über den Kölschen Klüngel denkst.«

In dem Moment fing Eva an zu husten, erst ganz leicht, doch dann wurde es heftiger. Sie nahm ein Stofftuch zur Hand und hielt es sich vor den Mund. Erst nach einer gefühlten Ewigkeit ließ der Husten etwas nach. Sie nahm das Tuch vom Mund und erstarrte.

»Was ist?« Gustav machte einen Schritt auf sie zu.

Eva drehte sich schnell um, wich ihm aus.

Er nahm ihre Hand, in der sich das Tuch befand, zog es zwischen den Fingern hervor.

Mehrere Blutstropfen waren auf dem weißen Stoff verteilt.

KAPITEL 29

Diesmal klang der Arzt etwas besorgter als bei ihrem letzten Besuch, auch wenn Dr. Vierkötter versuchte zu beschwichtigen. Ein blutiger Auswurf beim Husten deutete nicht unbedingt auf eine schwere Erkrankung hin, denn ein geplatztes Äderchen im Hals oder leichte Verletzungen am Zahnfleisch könnten auch ein Grund dafür sein, dass sich ein Taschentuch rot färbte. Wegen Fritz Bartmanns Erkrankung waren aber alle etwas verängstigt und Dr. Vierkötter daher übervorsichtig. Eva zeigte noch immer keine Anzeichen von Fieber oder andere Krankheitssymptome, abgesehen von dem starken Husten. Der Arzt wollte die weitere Entwicklung abwarten, und bis dahin sollte Eva den Husten durch Inhalation von heißem Wasser mit Kräutern lindern.

Als sie die Praxis verließen und auf die Straße traten, fühlte sich Eva schon besser. Die Nacht hatte sie kaum geschlafen. Zabel ebenso wenig, ihn plagten gleich mehrere Sorgen. Sein Leben drohte aus den Fugen zu geraten. Und ihm fiel keine Lösung ein, wie er etwas ändern sollte. Gefühle ließen sich nicht abstellen.

Er brachte Eva noch bis zur Haustür, dann ging er ins

Büro. Auf seinem Schreibtisch lag eine Nachricht vom Polizeipräsidenten, der ihn wegen mangelnder Dokumentation in dem Mordfall rügte. Von Struensee war im Moment der Letzte, mit dem Zabel sich auseinandersetzen wollte. Trotzdem musste er ihm wohl oder übel einen Besuch abstatten.

Zabel betrat sein Büro und nahm wie gewohnt gegenüber am Schreibtisch Platz.

»Sie sind also noch nicht viel weitergekommen«, eröffnete von Struensee das Gespräch.

»Es gibt eine Verbindung zwischen der verbrannten Leiche und den beiden Männern, die wir im Weißgerbergraben gefunden haben.«

»Worin besteht die Verbindung?«

»Der Mann, der verbrannt ist, hat die beiden Männer zuvor getötet. So steht es im letzten Protokoll, das ich Ihnen geschickt habe.«

»Und wer hat ihn ermordet?«

»Wahrscheinlich Freunde oder Komplizen der beiden.«

»Wahrscheinlich? Das ist mir zu wenig. Was ist los in dieser Stadt?«

»Es sieht danach aus, dass es einen Machtkampf um das Hafenviertel gibt. Sie wissen ja, dass Victor Koll dort das Sagen hat.

»Er ist damals an die Stelle von Hermann Schons getreten, nachdem dieser mit durchgeschnittener Kehle am Rheinufer gefunden wurde, ich erinnere mich. Auch daran, dass Sie diesen Mord nie aufgeklärt haben.«

»Nein, leider nicht.«

»Ihre Bilanz, Zabel, lässt mehr als zu wünschen übrig.

Vielleicht sollte Kommissar Scheer sich der Sache annehmen, jetzt, da Ihr Kollege krank ist und Sie, sagen wir, angeschlagen sind.«

»Ich bin nicht angeschlagen. Mir geht es gut.«

»Sie sehen aber nicht so aus. Ich kenne Menschen wie Sie. Mangelnder Ehrgeiz war noch nie Ihr Problem, aber wenn die Erfolge ausbleiben, dann … dann häufen sich die Fehler.«

Zum ersten Mal, seitdem Zabel vor fünf Jahren nach Köln gekommen war, fühlte er sich vom Polizeipräsidenten wirklich in die Enge getrieben. Bisher hatte er bei Konflikten immer die Oberhand behalten können, nicht zuletzt, weil Zabel einen Leumund in Düsseldorf hatte, der bisher schützend die Hand über ihn gehalten hatte: Prinz Friedrich von Preußen, der Neffe des Königs.

Von Struensee suchte den Konflikt, auch, um seine Macht zu demonstrieren. Zabel fühlte sich tatsächlich erschöpft, das hatte von Struensee richtig erkannt. Was würde ihm noch auffallen? Zabel durfte keine Schwäche zeigen. Der Polizeipräsident wartete nur darauf, dass seine Beamten Fehler machten und er dadurch seine Position stärkte. Von Struensee war verhasst unter der Kölner Bevölkerung, trotzdem gelang es ihm immer wieder, Spitzel zu finden, die ihn über das, was auf der Straße vor sich ging, informierten. Zabel konnte nur hoffen, dass Victor Koll keinen Verräter in seinen eigenen Reihen hatte. Von Struensee war ein Mensch, der andere zu erniedrigen versuchte, um sich selbst zu erhöhen. In Kommissar Zabel hatte er seinen Lieblingsgegner gefunden.

»Der Tote heißt Arthur Schmoor«, sagte Zabel.

»Arthur Schmoor?« Von Struensee sah ihn verblüfft an. »Woher wissen Sie das?«

»Die Leiche hat nur eine Hand. Die rechte fehlt.«

Von Struensee blätterte in dem Protokoll und wurde laut. »Wieso steht hier kein Name, Arthur Schmoor?«

»Weil ich mir bisher noch nicht sicher war. Deshalb sage ich es Ihnen jetzt. Es gibt auch andere, die ihre Hand verlieren, im Krieg zum Beispiel.«

»Und wieso sind Sie sich auf einmal sicher?«

»Weil der Tote auch noch eine Verletzung an der Schulter hatte, die ich ihm damals zugefügt habe. Dr. Vierkötter hat dieses Detail bei der ersten Begutachtung übersehen. Ich habe ihn gebeten, sich die Leiche noch mal genau anzuschauen, und dann kam er zu dem Schluss.«

»Zu welchem Schluss?«

»Die Körpergröße und die beiden Verletzungen deuten sehr auf Arthur Schmoor hin.«

Zabel konnte nur hoffen, dass von Struensee nicht sofort jemanden zu Dr. Vierkötter schickte, um diese Aussage zu überprüfen.

Von Struensee schlug die Akte zu, erhob sich von seinem Stuhl und sah Zabel von oben herab an. »Was ist mit seiner Begleiterin von damals? Diese Hure, wie war noch gleich ihr Name?«

»Cécile Travail. Was soll mit ihr sein?«

»Ist sie auch zurückgekehrt? Haben Sie Kontakt mit ihr?« Er machte eine kurze Pause. »Rein beruflich natürlich.«

Jetzt erhob sich Zabel von seinem Stuhl, um Präsenz zu zeigen. »Erscheint der Name der Hure in dem Protokoll?«

»Nein«, sagte von Struensee. »Aber Arthur Schmoors Name fehlt auch.«

»Zweifeln Sie also an meiner Integrität?«

»Genau das tue ich«, erwiderte von Struensee.

»Ich werde den Bericht vervollständigen. Sonst noch etwas?«

Von Struensee machte eine Handbewegung, dass Zabel verschwinden sollte. Er wandte sich ab und verließ den Raum.

Im Korridor kam er wieder zur Besinnung und schluckte den Ärger herunter. Zabel war sich bewusst, dass er auf einem sehr dünnen Ast saß, der jeden Augenblick brechen konnte. Schon jetzt befand sich der Ast in solcher Höhe, dass er sich bei einem Sturz verletzen würde, aber stiege er noch weiter hinauf bis in die Baumkrone, wäre der tiefe Fall sein sicherer Tod.

KAPITEL 30

Zabel steckte fest. Das Pferd war ruckartig stehen geblieben und hatte ihn abgeworfen. Er war vornüber durch die Luft geflogen und im Morast gelandet. Aber der Morast entpuppte sich als Sumpf, der ihn gefangen hielt. Seine Beine waren knietief eingesunken, als er versucht hatte aufzustehen. Sein Hut schwamm neben ihm im Dreck, und Zabel dachte, dass der Brabanter wohl nicht mit ihm untergehen würde. Langsam sanken seine Beine tiefer und tiefer ein, während der Haflinger festen Boden unter den Hufen hatte, aber zu weit entfernt war, als dass Zabel an die Zügel käme. Nun bloß keinen Fehler machen, jede Bewegung könnte ihn noch schneller noch tiefer in den Sumpf hineinziehen. Er musste Ruhe bewahren.

»Hey«, rief er dem Pferd zu. »Komm ein Stück näher, ein kleines Stück nur.«

Der Haflinger blieb stur auf der Stelle, er spürte wohl die Gefahr. Warum sollte das Pferd auch seinem Reiter helfen wollen? Der eigene Überlebensinstinkt war stärker. Pferd und Reiter hatten keine besondere Beziehung, das Tier stammte aus dem Stall. Zabels Knie waren bereits im Sumpf verschwunden, und er hatte das Gefühl, es ging schneller und schneller. Die Oberschenkel, die Hüften. Nicht mehr lange, und er hätte keine Chance mehr, sich aus eigener Kraft aus dem Sumpf zu retten. Der Haflinger war seine einzige Rettung, die Zügel hingen herab, baumelten vor Zabels Augen hin und her. Unerreichbar weit entfernt, das Pferd kam nicht näher heran, schabte mit dem rechten Huf auf festem Boden. Zabel spürte die Feuchtigkeit an seiner Brust, so tief war er bereits versunken, hoffnungslos der Natur ausgeliefert. Er griff nach dem Hut, warf ihn dem Pferd zu, eine Reaktion erwartend. Nichts geschah. Wenn Zabel Glück hatte, war der Sumpf nicht so tief, und er bekäme vielleicht festen Boden unter den Füßen, einen Stein vielleicht oder andere Körper, die bereits versunken waren und auf die er sich stellen könnte. Aber das Glück war ihm schon lange nicht mehr hold. Einen letzten Versuch musste er starten. Er reckte sich mit aller Kraft.

Da klopfte es. Sein Kopf schnellte in die Höhe. Kein Haflinger. Kein Morast. Der Hut hing am Haken. Draußen war bereits die Sonne untergegangen. Zabel saß in seinem Bürostuhl, war eingeschlafen, als er für einen Moment den Kopf auf die Tischplatte gelegt hatte. Der Traum spiegelte seine innersten Empfindungen nur zu gut wider. Zabel fühlte sich wie in einem Sumpf. Und sein Pferd, sein treues Pferd, der Haflinger, hatte ihn in der Stunde der Not im Stich gelassen. Niemand würde ihn retten, wenn er versank.

Oder doch?

Wem konnte er vertrauen?

Da klopfte es erneut am Türrahmen. Zabel schaute zur

Seite und traute seinen Augen nicht. Dort stand Frau Bartmann.

»Entschuldigen Sie die Störung.«

»Nein, bitte. Kommen Sie rein.«

Zabel erhob sich von seinem Stuhl, erwartete das Schlimmste. »Wollen Sie sich setzen?«

Er deutete zum Platz ihres Mannes hinter dem Schreibtisch.

»Nein. So viel Zeit bleibt mir nicht. Es ist … ich bin hier vorbeigekommen und habe Licht hinter dem Fenster brennen sehen. Darum dachte ich, dass Sie vielleicht noch da sind.«

Zabel hielt es nicht mehr aus. »Was ist passiert?«

Frau Bartmann fing an zu weinen, Tränen rannen ihr aus den Augen. »Heute Morgen …«

»Er ist gestorben?«

»Nein«, sagte sie laut.

Zabel glaubte, nicht richtig gehört zu haben. »Nein?«

Es waren Freudentränen. »Heute Morgen ist er aufgewacht, und … und es war vorbei.«

Sie wischte sich die Tränen aus dem Gesicht.

Zabel begriff es noch nicht. »Vorbei?«

»Ja«, sagte sie laut. »Das Fieber ist weg. Den ganzen Tag schon. Und er hat gegessen, so viel wie die ganze letzte Woche nicht.«

Zabel fiel ein unendlich schwerer Stein vom Herzen. Er ließ sich auf seinen Stuhl plumpsen und deutete auf den Platz gegenüber. »Bitte. Bitte setzen Sie sich. Erzählen Sie mir alles.«

Frau Bartmann schritt um den Schreibtisch herum und kam Zabels Aufforderung nach, ohne ihren Mantel auszuziehen. »Ich soll Sie unbedingt grüßen von ihm und Ihnen sagen, dass Sie ihn so schnell nicht loswerden.«

Jetzt lachten beide.

»Und Sie sollen endlich die Kölsche Sproch' lernen, hat Fritz gesagt. Das ist ja nicht mehr auszuhalten mit Ihnen, hat er gesagt.«

Sie lachten beide noch lauter.

»Das werde ich. Sagen Sie ihm das bitte. Ich fange gleich morgen damit an.«

Einen Moment lang sahen sie sich nur an. Dann wurde Frau Bartmann sehr ernst. »Wir sind Ihnen unendlich dankbar, dass Sie den Arzt zu uns geschickt haben. Er hat meinem Mann das Leben gerettet, also Sie haben …«

»Nein«, unterbrach Zabel sie. »Das hat Gott so gewollt. Dass Ihr Mann überlebt.«

Sie nickte zustimmend. »Ich habe jeden Tag gebetet. Trotzdem. Wir wollen die Dienste des Arztes natürlich bezahlen, nicht sofort, aber …«

»Das kommt gar nicht infrage«, schnitt er ihr erneut das Wort ab. »Der Arzt ist ein guter Freund von mir. Er nimmt kein Geld.«

Sie strahlte übers ganze Gesicht. »Dann möchte ich Sie aber um noch einen Gefallen bitten.«

Zabel sah sie fragend an.

»Wenn Sie jemals Hilfe brauchen. Egal, was, und wir Ihnen helfen können. Dann möchte ich, dass Sie zu uns kommen. Mein Mann und ich werden Ihnen das nie vergessen. Niemals.«

»Es gäbe da was«, sagte Zabel sofort und lächelte. »Sie haben schon lange keinen Eintopf mehr gekocht und mittags vorbeigebracht.«

Sie lachte. »Das werde ich. Das verspreche ich Ihnen, das werde ich.«

»Richten Sie Ihrem Mann aus, er soll unbedingt noch zu Hause bleiben, bis er wirklich gesund ist. Ganz gesund. Und allen anderen in Ihrer Familie geht es gut?«

Sie erhob sich von ihrem Stuhl. »Ja, aber ich habe viel Arbeit und muss mich um alle kümmern.«

Frau Bartmann schritt zur Tür, blieb noch mal stehen und drehte sich um.

»Ich möchte Ihnen noch sagen, wie froh mich das macht, dass Sie hier sind. In Köln. Dass Sie mit meinem Mann zusammenarbeiten, er Ihr Kollege sein darf.« Sie zögerte kurz. »Ich muss Ihnen die Wahrheit sagen.«

»Bitte.«

»Mein Mann hat sich sehr geärgert, als er damals beim Knobeln verloren hat und sich deshalb das Büro mit Ihnen teilen musste. Damals konnte er Sie nicht leiden, und ich glaube, Sie ihn auch nicht. Aber das hat sich geändert. Menschen ändern sich. Nicht nur Sie als Preuße, auch Fritz, der Sturkopf, ist ... er ist ein besserer Mann geworden. Und ich glaube, da haben Sie einen Anteil daran. Er sagte, und das soll ich Ihnen ausrichten: Er freut sich schon wieder auf die Arbeit – mit Ihnen.«

Die Worte taten richtig gut. Zabel spürte auf einmal die

symbolische Hand, die ihm gereicht wurde, um ihn aus dem Sumpf zu ziehen. So etwas erlebte er nicht zum ersten Mal, dass die Hilfe ausgerechnet von Menschen kam, mit denen er gar nicht mehr gerechnet hatte. Während andere im Notfall tatenlos zusahen, genau wie der Haflinger in Zabels Albtraum.

KAPITEL 31

Evas Husten hatte seit dem Morgen nachgelassen, und auch der blutige Auswurf schien ein einmaliges Ereignis gewesen zu sein.

»Fritz Bartmann geht es besser.« Zabel stocherte appetitlos auf seinem Teller herum. »Seine Frau war heute bei mir, er hat wohl das Schlimmste überstanden.«

»Das ist schön zu hören. Ich fühle mich auch besser. Die Inhalation mit heißem Wasser und Kräutern hat viel gebracht.«

Sie aßen weiter.

Eva brach das Schweigen. »Ich war heute in der Probsteygasse.«

Zabels Kopf fuhr hoch. Kolls Haus befand sich dort.

Eva sah ihn erschrocken an. »Was ist los mit dir?«

Zabel riss sich wieder zusammen, versuchte, so normal wie möglich zu wirken. »Was hast du da gemacht?«

»Mich mit Franz Rothamel getroffen.«

»Probsteygasse? Ich dachte, er wohnt …«

»Nein«, schnitt sie ihm das Wort ab. »Wir haben uns dort getroffen, weil er gehört hat, dass wir uns eine Parzelle wünschen, einen Garten. Du weißt, wie wichtig mir das ist. Ich möchte öfter hier rauskommen, an die frische Luft. Auch das würde meiner Gesundheit guttun.«

»Ja. Und weiter? Was ist in der Probsteygasse?«

»Dort gibt es eine freie Parzelle. Rothamel kennt den Besitzer. Im Moment soll der Garten nur vermietet werden, aber irgendwann könnte er uns gehören. Rothamel will sich für uns einsetzen.«

Zabel schwieg.

»Ich weiß, wie du darüber denkst«, sagte Eva. »Zuerst die Konzertkarten, jetzt dieses Angebot. So funktioniert es nun mal in Köln.«

Zabel nickte. Seine Entscheidung, dem zuzustimmen, war längst gefallen. Je mehr Eva sich mit anderen Dingen beschäftigte, desto weniger würde sie seine Veränderung bemerken.

»Rothamel ist ein ehrbarer Mann, er will uns nur etwas Gutes tun. Einen Freundschaftsdienst erweisen, mehr nicht.«

»Ich bin einverstanden«, sagte Zabel. »Wenn du die Parzelle mietest. Ich möchte da herausgehalten werden.«

Eva lächelte, stand auf und ging um den Tisch herum. Sie fasste seinen Kopf und drückte ihn sanft gegen ihren Bauch.

»Ich liebe dich, Gustav. Ich liebe dich so sehr.«

Zabel erwiderte nichts.

KAPITEL 32

»Gustav?«

Er schaute nach rechts zu Friedhelm Brügelmann, der neben ihm saß und lächelte. »Bist du noch bei uns?«

»Ja, entschuldige bitte. Ich war in Gedanken gerade …«

» … bei einem Fall?«, fragte Franz Rothamel, der auf der anderen Seite des Tisches saß.

»Ja. Ich habe gerade sehr viel zu tun.«

»Solange der Fall keinen weiblichen Vornamen hat, ist alles in Ordnung«, sagte Probst, und die um ihn herumsaßen, brachen mal wieder in schallendes Gelächter aus.

Zabel konnte dieser Art von Humor noch nie viel abgewinnen, aber er lachte mit, um seine Stimmung nicht nach außen dringen zu lassen. Alle hoben die Weinbecher und stießen an. Das Treffen des Kleinen Rates fand nicht ohne Grund an einem Sonntag statt, denn da erlaubte die Kirche, das Fasten zu unterbrechen, und alle Anwesenden nutzten diese Gelegenheit aus. Auch Zabel war mittlerweile von seinen guten Vorsätzen abgewichen und trank wenigstens sonntags ein wenig Wein.

Probst gehörte von Beginn an zum Festordnenden Komitee und war seitdem in allen drei Zügen in der Uniform der Stadtsoldaten mitgegangen. Als Glasmaler, spezialisiert auf Kirchenfenster, gehörte er zu der Handwerkergilde. Die Berufsgruppen hatten sich aber mittlerweile bei den Treffen des Kleinen Rates vermischt. Franz Rothamel schaute zu Zabel herüber. »Ich habe mit Freuden vernommen, dass ihr am ersten April auch mit dabei sein werdet?«

»Ja. Vielen Dank für die Einladung.«

»Gern geschehen.« Franz erhob sich von seinem Stuhl und rückte einen Platz auf, um etwas leiser reden zu können. »Von Wittgenstein hat mir gesagt, dass du anfänglich leichte Probleme gehabt hättest. Wegen des Betrags, den die Karten kosten. Ich würde deine Bedenken gern zerstreuen.«

»Das ist nicht mehr nötig. Meine Frau freut sich sehr über die Einladung. Und auch darüber, dass du uns eine Parzelle beschaffen willst.«

»Ich hoffe, du bist auch damit einverstanden. Es geht mir nicht um Gefälligkeiten, das garantiere ich dir. Ich habe Beethovens Neunte Symphonie bereits in Wien gehört, und sie ist großartig. Deshalb möchte ich beim nächsten Mal die richtigen Leute um mich haben.«

Zabel hob den Becher mit Wein. »Danke.«

Sie stießen an und tranken.

Von Wittgenstein, der wie immer am Kopf des langen Tisches saß, ergriff das Wort. Seine Stimme klang gehetzt, als ob der nächste Maskenzug kurz bevorstünde. Bis dahin waren es aber noch elf Monate.

»Leev Fründe! Das Jahr vergeht schneller, als wir alle denken. Der Kleine Rat ist daher gefordert, sich ein neues Motto für den nächsten Zug auszudenken.«

Es wurde ruhiger im Saal.

»Na, was dachtet ihr denn? Dass wir uns nur treffen, um Fasten zu brechen und dem Laster zu frönen?«

Er hob den Becher mit Wein, und alle taten es ihm nach. Sie tranken, und dann ertönte zwei Dutzend Mal kurz hintereinander das *Pock*, wie die Becher wieder abgestellt wurden.

Von Wittgenstein fuhr fort. »Wir leben in aufregenden Zeiten. Der technische Fortschritt wird unser aller Leben verändern. Ich fände es gut, wenn das nächste Motto dieses Thema aufgreifen würde und gleichzeitig persifliert. Der Umzug an Karneval soll zu einem Spiegel unserer Gesellschaft werden. Während Dichter und Denker nur reden und langweilige Bücher schreiben, bringen wir unsere Philosophie auf die Straße, und das Volk dankt es uns.«

»Ich dachte, wir wollen feiern«, rief der Glasmaler in den Saal.

»Das natürlich auch«, erwiderte von Wittgenstein, und sein Blick wanderte umher, damit sich alle angesprochen fühlten. »*Wenn das Fest selbst an und für sich dem Scherze geweiht ist, so hat es doch eine leicht erkennbare ernste Note.* Ich möchte noch mal an Goethes Gedicht erinnern: ›*Löblich wird ein tolles Streben, wenn es kurz ist und mit Sinn.*‹« Von Wittgensteins Stimme schwoll an, er war wieder ganz in seinem Element. »Mit Sinn, meine Freunde. Mit Sinn. Wir erleben ein neues Zeitalter, und der Karneval sollte die Zukunft vorwegnehmen.«

Die Suche nach Bildern, die beim Volk ankamen und wie

Balsam für die Seele wirkten, war ein großes Anliegen des Präsidenten. Nicht jeder im Saal verstand das.

»Bei Fortschritt fällt mir die Dampfmaschine ein«, sagte einer. »Ich habe gehört, dass es bald eine Dampfmaschine auf Rädern geben wird.«

»Das hast du in meiner Zeitung gelesen«, rief Marcus Du-Mont dazwischen.

»Nee«, feixte Probst. »Der kann nicht lesen und macht mit deiner Zeitung ganz was anderes.«

Die Leute brachen in Gelächter aus.

»Ich kann sehr gut lesen. Ich war einer der ersten Bezieher der *Kölnischen Zeitung*. Und ich habe gelesen, dass so eine Dampfmaschine auf Rädern irgendwann so schnell fahren wird, dass sie dreißig Kilometer in einer Stunde zurücklegen kann.«

Kopfschütteln, Unverständnis und Gelächter waren die Reaktion darauf.

Probst beteiligte sich weiter an der Diskussion. »Nein, nein, nein. Experten sind sich einig, dass ein menschlicher Körper so eine Geschwindigkeit gar nicht aushält und es ihn zerreißen würde.«

Zabel schaute zu Wittgenstein. Er hatte sich wieder auf seinen Stuhl gesetzt und schien in Gedanken versunken zu sein, während die anderen Teilnehmer eine eher sinnfreie Diskussion über die Dampfmaschine führten.

Plötzlich aber stand der Präsident wieder auf und rief laut in den Saal: »Die Dampfmaschine gibt es schon. Wir müssen weiterdenken, viel weiter. Was kommt als Nächstes?«

»Dat der Mensch fliegen lernt«, sagte Brügelmann. »Wie ein Vogel.«

Einer sprang auf und imitierte mit den Armen einen Vogel, piepte laut und brachte damit einige zum Lachen.

Von Wittgenstein blieb ernst. »Die Brüder Montgolfier sind längst geflogen. Mit einem Heißluftballon. Wohin fliegen wir?«

»Zu den Sternen«, rief einer in den Saal.

Wittgensteins Augen weiteten sich schlagartig. Wie immer, wenn er einen Einfall hatte. »Zu den Sternen. Wie wäre es mit dem Mond. *Der Mann aus dem Monde.*«

Alle Anwesenden sahen sich verdutzt an. Probst hatte wie bei jedem Vorschlag mal wieder etwas auszusetzen, das verriet sein Gesichtsausdruck, während sein Gemurmel nicht zu verstehen war.

»Wir fliegen nicht hinauf bis zu den Sternen«, fuhr von Wittgenstein fort. »Wir lassen den Mann aus dem Monde zu uns kommen. Als Gast unseres *Held Carneval.*«

Es wurde auf einmal still im Saal. Nicht jeder schien in der Lage zu sein, den Gedanken des Präsidenten zu folgen.

»Der Mann aus dem Monde«, wiederholte von Wittgenstein, und allmählich fingen die Ersten an, sich mit dem Motto anzufreunden. Es dauerte eine Weile, bis er die meisten davon überzeugt hatte. Zabel beneidete seinen Freund um so viel Einfallsreichtum.

Von nun an lief die Diskussion ganz von selbst, wie eine Dampfmaschine, bei der von Wittgenstein immer wieder Kohlen nachlegte. Die Mitglieder des Kleinen Rates schrien sich nur noch an, jeder versuchte, den anderen zu übertrumpfen. Zabel wurde es zu laut im Saal, und Franz Rothamel empfand es genauso. Sie erhoben sich von ihren Plätzen und gingen nach draußen. Rothamel bestellte beim Wirt am Tresen zwei Becher Wein für sich und Zabel. Sie stießen an.

»Von Wittgenstein ist ein schlauer Kopf«, sagte Rothamel. »Wenn ich aber ganz ehrlich bin: So ganz begriffen habe ich den Karneval noch nicht.«

»Bist du Rheinländer?«

Er nickte. »Oberrhein. Aus Sinzig.«

»Die Mumie von Sinzig sagt dir bestimmt etwas?«, fragte Zabel.

»Natürlich. Die kommt von dort und ist weltberühmt. Everhard von Groote hat es geschafft, sie zurückzuholen.«

»Und was hat dich nach Köln geführt?«

»Geschäfte. Ich bin Kaufmann, handele mit Kunst und Antiquitäten. Genau das, was du nicht magst, spielt mir in die Karten. Der Kölsche Klüngel.« Er grinste. »Und du? Bist ein waschechter Preuße aus Berlin?«

Zabel berichtete in aller Kürze davon, wie er aus beruflichen Gründen an den Rhein gekommen war, um den Kölner Kommissaren das Berliner Polizeireglement von 1811 näherzubringen. Dass die Kollegen zunächst nicht begeistert davon waren, musste Zabel nicht erst erwähnen. Nur durch seine Frau Eva war er hier heimisch geworden, sie war es, die ihm den rheinischen Frohsinn nähergebracht hatte.

»Sie erzählte mir, dass Johann Brügelmann ihr Vater war. Er hat den ersten mechanischen Webstuhl auf dem Kontinent eingeführt.«

»Ja. Friedrich Brügelmann ist ihr Cousin. Und sie hat ihn

animiert, auch nach Köln zu kommen und das Geschäft seines Onkels hier zu etablieren. Kanntest du Evas Vater?«

»Nein. Aber ich bin oft unterwegs, und da hört man viele Geschichten.«

»Weißt du, warum die Mumie von Sinzig nicht verwest?«

»Das weiß keiner. Ein großes Mysterium.«

»Und warum haben die Franzosen sie geraubt?«

»Sie haben sich alles unter den Nagel gerissen, was ihnen irgendwie wertvoll erschien.«

»Wie die *Mineralien von Cöln*.«

»Die auch«, erwiderte Rothamel kopfnickend.

Sein Freund gehörte zu den wenigen, die von den Mineralien gehört hatten. »Was weißt du darüber?«

»Dass sie verschwunden sind. Seitdem die Franzosen sie aus Köln mitgenommen haben. Warum interessiert dich das?«

»Ich hatte bis vor Kurzem nie davon gehört, auch die Mumie von Sinzig war mir kein Begriff.« Zabels Hand glitt in seine Tasche und holte das Stück Papier hervor, auf dem das Symbol gezeichnet war. »Hast du das schon mal gesehen?«

Rothamel zog eine Brille aus der Brusttasche, setzte sie auf und schüttelte den Kopf. »Was soll das sein?«

»Das Kreuz der Verwirrung«, antwortete Zabel. »Ein antichristliches Symbol, reicht bis zur Römerzeit zurück.«

»Hat dieses Symbol mit deinem Fall zu tun?«

»Vielleicht. Vielleicht hängt es auch mit dem Verschwinden der Mineralien zusammen.«

»Inwiefern?«

»Das versuche ich herauszufinden. Du sagtest, dass du viele Geschichten hörst.«

Rothamel lächelte. »Ich soll mich mal umhören?«

»Wenn es dir nicht zu viel ausmachen würde.«

Er nickte, und sie stießen mit ihren Bechern an.

Rothamel faltete das Papier wieder zusammen und steckte es in seine Rocktasche. »Du hast mich neugierig gemacht. Vielleicht verrätst du mir eines Tages, worum es geht.«

»Ich möchte die *Mineralien von Cöln* finden.«

»Warum? Glaubst du, sie sind wertvoll?«

»Nicht für mich, aber für bestimmte Leute.«

Einen Moment lauschten sie dem Gegröle aus dem Saal, bevor Zabel das Thema wechselte. »Erzähl mir von der Parzelle in der Probsteygasse.«

»Ihr könnt den Garten haben. Du musst nur zustimmen. Ich kläre den Rest.«

Zabel zögerte noch.

»Man kennt sich, man mag sich, man hilft sich. Was ist schon dabei? Hast du Sorge, dich erpressbar zu machen?«

Zabel hob seinen Becher mit Wein. »Einverstanden. Wir nehmen die Parzelle.«

Sie stießen erneut an und tranken gleichzeitig.

Zabel schaute auf seine Taschenuhr. Es war noch nicht sehr spät, und die Probsteygasse lag nicht weit entfernt. Er verabschiedete sich von Rothamel und ging.

KAPITEL 33

Der Mond war nur eine Sichel, trotzdem erhellte er den Garten hinter dem Haus. Zabel und Cécile saßen auf einer Bank im Schatten des Apfelbaums, der zu dieser Jahreszeit noch kaum Blätter trug, aber vereinzelte Blüten sprießten bereits und traten im Mondlicht als Kontrast zum dunklen Nachthimmel hervor.

Zabel hatte sich nicht mehr im Haus aufhalten wollen, weil er die möglichen Konsequenzen fürchtete. Er könnte die Kontrolle verlieren, wenn Cécile sich in seiner Nähe aufhielt. Hier im Garten berührten sich nur ihre Lippen, wenn sie sich leidenschaftlich küssten.

Zabel hatte die Zeit vergessen, es durfte schon Mitternacht sein, und er würde bald nach Hause müssen. Diesmal hatte er keinen seiner Freunde zu Eva geschickt, um ihr ausrichten zu lassen, dass es später werden würde.

»War das ernst gemeint …«, brach Zabel das Schweigen.

»Was?!«

»Berlin.«

Cécile nickte stumm. Sie sahen sich in die Augen.

»Ein neues Leben?«

Cécile lächelte. »An deiner Seite. Als ehrbare Frau. Es gäbe nichts Schöneres, was ich mir vorstellen könnte.«

»Ich werde auch weiterhin verheiratet sein.«

»Das ist mir egal.«

»So lange, wie meine Frau lebt.«

»Das macht für mich keinen Unterschied.«

»Aber für mich. Als preußischer Beamter wird ein ordentlicher Lebenswandel von mir erwartet.«

»Wir können ja im selben Haus wohnen. Tür an Tür. Wie Nachbarn. Bist du sicher, dass deine Frau in Köln bleiben wird?«

Zabel nickte. »Das wird sie. Es gibt nichts, das Eva vom Rhein trennen könnte.«

Sie schwiegen, und Zabel glaubte, dass sie beide den gleichen Gedanken verfolgten, wie ein Leben in Berlin aussehen könnte.

»Eins möchte ich von dir wissen.« Sie legte ihre Hand auf seine.

Er drehte den Kopf zu ihr.

»Wenn du von deiner Frau geschieden wärst, wenn das Schicksal es so wollte, was würde dann geschehen?«

»Du meinst, ob ich dich dann zur Frau nehmen würde?«

Cécile nickte.

Zabel überlegte. »Du sagtest eben, es würde keinen Unterschied machen.«

»Nicht, was meine Gefühle für dich angeht. Aber durch die Heirat wäre ich keine Hure mehr. Erst dann würde mein neues Leben wirklich beginnen.«

Zabel spürte den festen Druck ihrer Hand, die seine Finger zusammenquetschte. Er hatte auf einmal das Gefühl, Cécile habe schon immer diese Absicht verfolgt und auf diesen Moment hingearbeitet. Sie könnte allein seinetwegen nach Köln zurückgekehrt sein. Dieser Gedanke hinterließ einen schalen Beigeschmack.

Zabel zögerte noch einen Moment, dann stand er auf.

Cécile ließ augenblicklich seine Hand los.

Er nahm seinen Hut von der Bank und setzte ihn auf. »Ich werde nach Hause gehen.«

Sie schaute zu ihm auf, in ihrem Blick lag Sehnsucht. Zabel wandte sich ohne einen Abschiedskuss ab und schritt davon.

KAPITEL 34

Zabel war innerlich aufgewühlt wie noch nie in seinem Leben. Er sah zum Himmel hinauf und musste an das neue Motto denken. *Der Mann aus dem Monde.* Von Wittgenstein hatte mit dieser Idee mal wieder seinen Führungsanspruch im Festordnenden Komitee behauptet.

Die frische Luft und die Bewegung taten gut. Er ging nicht auf direktem Weg nach Hause, brauchte wieder eine gewisse Strecke, bis sich sein Puls normalisierte. So schlenderte er durch die Nacht und dachte nach. Er musste sich eingestehen, dass Eva nie so starke Gefühle in ihm ausgelöst hatte wie Cécile allein in dem Moment, als sie nur nebeneinander auf der Bank gesessen hatten. War aus ihm ein Romantiker geworden? Vernebelte dies seinen Verstand, und konnte er sich noch sicher sein, das Richtige zu tun? Eva war seine Ehefrau, er hatte ihr das Jawort gegeben. Zabel stand vor einer innerlichen Zerreißprobe.

Sein Umweg führte ihn am Jülichs-Platz vorbei. Er blieb stehen und sah zu der Buchbinderei von Peter Heyden. Spiegelte sich eine der Straßenlaternen in dem Schaufenster, oder flackerte dahinter Licht? An einem Sonntag, um diese Uhrzeit? Zabel ging hin, bewegte sich nah an der Hauswand, um nicht gesehen zu werden, falls jemand in dem Laden war. Er duckte sich, lugte vorsichtig über den Rand der Auslagen hinweg, konnte aber niemanden in dem Geschäft sehen, nur eine Kerze erhellte die Werkstatt hinter dem Tresen. Hatte jemand vergessen, sie auszumachen? Zabel trat vor die Eingangstür, die ein Glasfenster hatte, und schaute in den Verkaufsraum. Die Kerze brannte im hinteren Teil der Werkstatt. Zabel glaubte, den Rücken eines Mannes zu erkennen, es sah aus, als wäre er über der Werkbank eingeschlafen. Da erschrak Zabel, die Eingangstür erzeugte ein knarzendes Geräusch, sie war nicht richtig verschlossen, nur angelehnt. Zabel drückte sie ganz auf und löste die Türglocke aus. Der Mann hinter der Werkbank rührte sich nicht.

»Hallo«, rief Zabel ihm zu.

Der Mann, der anscheinend schlief, reagierte nicht, weder auf das Geläut der Türglocke noch auf Zuruf. Zabel betrat das Geschäft, ging zum Tresen, der an einer Stelle hochgeklappt war, um hindurchzugehen. Jetzt sah Zabel mehr. Der leblose Körper lag vornübergebeugt in einer Blutlache. Es war Peter Heyden. Einige Blätter, die auf der Werkbank verstreut lagen, hatten etwas von der tiefroten Flüssigkeit aufgesaugt. Die Arme des Toten ruhten rechts und links neben der Presse aus schwarzem Gusseisen, sein Kopf war darin eingeklemmt. Durch das Drehen eines waagerechten Rades ließen sich die Platten zusammenführen, sie hatten Heydens Kopf zerquetscht, bis er geplatzt war. Hals und Nacken des Toten waren blutig, auf der anderen Seite der Presse tropfte Hirnmasse von der Werkbank.

Da hörte Zabel ein Geräusch und fuhr herum. Er sah nichts. Schnell suchte er nach einem geeigneten Werkzeug, das er als Waffe benutzen könnte, entschied sich für eine lange Metallnadel an einem Holzgriff. Zabel vermutete, dass sie zum Durchstoßen von Blättern gebraucht wurde. Er pustete die Kerze aus, die sich in einem Glasgefäß befand.

Es wurde schlagartig dunkel, die Kerze glomm aus. Nur das Licht der Straßenlaternen fiel von draußen durch das Schaufenster herein und bildete die Buchstaben der beschrifteten Scheibe auf dem Boden ab.

Zabel atmete ruhig, lehnte mit dem Rücken zur Wand und wartete, ob sich etwas rührte, und darauf, dass sich seine Augen an die Dunkelheit gewöhnten. Schemenhaft nahm er den toten Körper auf der Werkbank wahr, das Bild des zerplatzten Kopfes hatte sich bereits in sein Gedächtnis eingebrannt. Im Krieg war so ein Anblick beinahe etwas Alltägliches gewesen, aber da hatte er in einem anderen Zustand gelebt, umgeben von Leid und Tod. Mittlerweile machten ihm solche Bilder zu schaffen, noch mehr durch die Gefahr, in der er jetzt schwebte. Wenn der Mörder noch hier wäre, sollte dieser sich zeigen, bevor Zabel ihm in die Arme lief. Während er dastand, seinen Atem kontrollierte, sammelte er seine Gedanken. Warum wurde Peter Heyden ermordet? Hatte Zabel diese Tat herausgefordert, weil er den Buchbinder unter Druck gesetzt hatte? Womöglich war Heyden zu gewissen Leuten gegangen, um von der Befragung zu berichten, und das Ergebnis war sein Tod. Die Art zu sterben wies darauf hin, dass Heyden bewusst Schmerzen zugeführt wurden, wahrscheinlich, um ihn zum Reden zu bringen, damit er seinem Mörder alles berichtete, was er dem Kommissar gesagt hatte. Zabel wollte die Gegner aus der Reserve locken, aber nicht so. War es Folter, oder sollte die Brutalität als Warnung dienen? Eine Abschreckung für jeden, der auf die Idee käme, mit Zabel zu reden. Oder glaubten seine Gegner, sie könnten auch ihn auf diese Weise einschüchtern, um die Polizei von den Ermittlungen abzuhalten?

In dem Moment der Stille kam Zabel ein furchtbarer Gedanke. Er hatte Rothamel beauftragt, sich umzuhören wegen des Symbols. Zabel müsste gleich morgen früh zu ihm gehen und ihn davon abhalten. Kein Außenstehender durfte in die Sache mit hineingezogen werden.

Da vernahm er wieder das Geräusch, es klang wie beim ersten Mal. Zabels Augen hatten sich mittlerweile an die Dunkelheit gewöhnt, er begab sich in die Hocke, um unter die Werkbänke zu schauen. Sein Blick schweifte umher, da sah er einen Schatten vorbeihuschen und entdeckte sie: eine Ratte. Von stattlicher Größe. Sie hatte sich anscheinend durch die offene Tür hereingeschlichen und lief auf der Suche nach Nahrung durch die Werkstatt. Dabei war sie gegen eine Metalldose gestoßen. Zabel kam wieder auf die Beine, hielt die lange Nadel fest am Holzgriff, bereit zuzustoßen. Sie war lang und dünn, er dürfte nicht auf den Körper des Gegners zielen, sondern müsste die Augen oder Ohren treffen, denn die Nadel konnte leicht an einem Knochen abbrechen. Zabel war sich noch nicht sicher, ob er allein in der Werkstatt war.

Langsam bewegte er sich in Richtung der Bürotür. Sie war geschlossen. Sollte er die Klinke betätigen und dadurch einen möglichen Täter warnen, der hinter der Tür auf ihn wartete? Zabel holte zu einem Tritt aus, und sein Fuß krachte mit Wucht gegen das Holz. Die Tür flog auf, knallte an die seitliche Wand und schlug zurück. Jetzt konnte er sicher sein, dass auch niemand hinter der Tür stand, und stürmte ins Büro, die Waffe fest im Griff. Es war niemand da. Der Mörder hatte ganze Arbeit geleistet. Manuskripte, Papiere, Aktendeckel, alles lag auf dem Boden verstreut, und die Schreibtischplatte war leer gefegt. Schubladen standen offen.

Zabel ging in die Werkstatt zurück, trat noch mal an den Toten heran. Da fiel ihm eine Schachtel mit Zündhölzern ins Auge, er nahm sie und zündete die Kerze in dem Glas wieder an. Das Licht erhellte die Werkbank. Die Arme des Toten ruhten neben der Presse, als habe Heyden noch versucht, sich von der Werkbank wegzudrücken, um den Kopf herauszuziehen. Unter den ausgestreckten Fingern der rechten Hand lag ein Bleistift. Zabel hob die Hand etwas an, die auf dem Blatt lag, das sich mit Blut vollgesogen hatte. Zabel traute seinen Augen nicht. Unter der Hand des Toten war eine Bleistiftzeichnung zu sehen. Nur wenige Striche, die Zabel aber sofort erkannte: das Kreuz der Verwirrung.

Das Symbol. Wann hatte Heyden es aufgezeichnet, und was wollte er damit bezwecken? Zabel hob die Hand des Toten noch mal an und zog das Blatt darunter weg, legte die Hand wieder ab. Dann drehte er das Blatt um.

MAGNETISMUS stand da in fetten Lettern, und darunter in kleinerer Schrift der Name des Autors Faraday und der des Verlegers: Leopold Hachette.

Zabels Blick schweifte umher. Die Manuskripte zum Thema *Magnetismus*, die Zabel bei seinem letzten Besuch gesehen hatte und die gebunden werden sollten, waren nicht mehr da. Hatte Heyden den Auftrag schon erledigt? Aber woher stammte dann die einzelne Seite, das Deckblatt? Zabel kannte sich nicht aus mit der Herstellung von Büchern. Wurde das Deckblatt öfter gedruckt als der Rest? Er wusste es nicht. Zabel glaubte, dass Peter Heyden mit dem Deckblatt auf Leopold Hachette hinweisen wollte. Dem Mörder schien der letzte Hilferuf seines Opfers entgangen zu sein. Und die Botschaft konnte nur für einen bestimmt sein: Kommissar Zabel. Sie hatten über das Buch, den Autor und den Verleger gesprochen. Heyden wusste, dass Zabel irgendwann hier erscheinen und den Toten vorfinden würde.

Zabel legte noch ein sauberes Blatt Papier über die blutverschmierte Titelseite, bevor er beides zusammenfaltete und das Beweisstück in der Tasche seines Gehrocks verschwinden ließ.

KAPITEL 35

Der Tag erwachte nur langsam, was an den dichten Wolken lag. Vor dem Fenster regnete es in Strömen. Da nicht ausreichend Licht durch das Schaufenster fiel, brannten alle Kerzen in der Werkstatt und im Büro. Nachdem die Leiche noch in der Nacht von Sergeanten abtransportiert worden war, hatte Zabel begonnen, jeden Winkel der Werkstatt und des Büros zu durchsuchen, jedes Blatt umgedreht, in jedes Buch hineingeschaut, alle Manuskripte durchgeblättert. Zeitweise hatte ihn die Müdigkeit übermannt, und er war im Bürostuhl Heydens kurz eingenickt. Furchtbare Sekundenträume hatten ihn immer wieder aus dem Schlaf aufschrecken lassen.

Zabels Blick schweifte erneut durch das Büro. Manchmal gab ein Einbrecher Auskunft über sich selbst, wenn man betrachtete, was er zurückließ. In einer Schreibtischschublade hatte Zabel fünfzehn Reichsthaler und eine Handvoll Silbergroschen gefunden. Geld war also nicht das Motiv für den Mord gewesen, aber das hatte Zabel auch nicht angenommen. Was er nicht finden konnte, war auch nur ein einziges Manuskript oder gebundenes Buch von Michael Faraday. Die Geschäftsbücher waren ebenfalls nicht mehr vorhanden. Der

Name des Verlegers, Leopold Hachette, tauchte nirgendwo auf.

Da ertönte die Türglocke. Zabel saß im Büro, erhob sich hinter dem Schreibtisch, um nachzusehen, wer da kam. Wahrscheinlich wollte sich der Sergeant, der die ganze Zeit vor dem Geschäft Wache gehalten hatte, ein wenig aufwärmen.

Zabel blieb im Türrahmen stehen. Im schwachen Gegenlicht des Schaufensters sah er einen großen Mann, der den Hut, einen Dreispitz, abnahm und ihn ausschüttelte. Regenwasser tropfte auf den Boden.

Der Mann kam gemächlich an den Tresen, so wie Zabel das von ihm gewohnt war. Fritz Bartmann kannte keine Eile. Zabel ging zu ihm und zeigte durch ein Lächeln, wie sehr er sich freute, den Kollegen wiederzusehen.

»Willkommen zurück im Dienst. Sind Sie wieder gesund?«

Bartmann hustete wie auf Kommando. »Ja. Kann man so sagen. Nur der blöde Husten ist noch da, aber: Ich habe es zu Hause nicht mehr ausgehalten. Im Präsidium sagte man mir, dass Sie hier sind.«

Er streifte seinen nassen Mantel über die Schultern und schüttelte auch den aus. »Verdammtes Sauwetter.«

Zabel musterte seinen Kollegen. »Sie haben ja richtig abgenommen.«

»Keine Sorge«, erwiderte Bartmann mit einem Grinsen. »Das habe ich janz schnell wieder dropp. Und Sie?«

»Ich? Wiege noch genauso viel wie am Aschermittwoch.«

»Dat sehe ich. Aber meine Frau han me jesaat, dass Sie die Kölsche Sproch' lernen wollen, wenn ich wieder jesund wäd.«

Zabel lachte. »Ja, das habe ich versprochen, aber geben Sie mir noch ein bisschen Zeit.«

»Is jenehmigt.« Bartmann wurde plötzlich ernst. »Zwei aus meiner Straße haben es leider nicht geschafft.«

»Nicht geschafft?«

»Sie waren auch krank. Sind gestorben. Hatten nicht so viel Glück wie ich, bei ihnen kam kein Arzt vorbei. Womöglich verdanke ich Ihnen mein Leben.«

»Jetzt übertreiben Sie mal nicht. Das liegt an Ihrer guten Konstitution.«

»Nicht so bescheiden, Herr von Zabel. Ich möchte mich hiermit in aller Form bei Ihnen bedanken.«

Zabel nahm es mit einem Kopfnicken zur Kenntnis. »Ich freue mich, dass Sie wieder da sind.«

»Dieser Dr. Vierkötter ist auch beim Festordnenden Komitee, nehme ich an. Ein Freund von Ihnen.«

»Ja. Ich hatte ihm davon erzählt, und er bestand darauf, Sie aufzusuchen.«

»Er wollte auch keine Bezahlung. Darauf hat er bestanden. Verstehen Sie jetzt, wie das in Köln läuft?«

Zabel nickte. »Der Kölsche Klüngel.«

»Mit dem Sie so Ihre Probleme haben«, erwiderte Bartmann grinsend. »*Man kennt sich, man mag sich, man hilft sich.* Was ist schon dabei?«

»In Ihrem Fall ist alles richtig gelaufen, aber …«

Er schnitt ihm das Wort ab. »Lassen Sie das Aber weg. Es ist gut gelaufen. Wenn wir hin und wieder mal ein Auge zudrücken und niemand dabei zu Schaden kommt oder wenn wir mal ein Auge zudrücken, damit niemand zu Schaden kommt, dann sollten wir die Gesetze hintenanstellen. Egal, ob preußisches Landrecht oder was auch immer.«

Zabel nickte. »Einverstanden. Aber ... es gäbe da noch was.«

»Was denn?«

Zabel reichte ihm die Hand über den Tresen. Bartmann sah ihn fragend an, verstand nicht.

»Ich heiße Gustav.«

Bartmann grinste und schlug ein. »Fritz.«

»Ich freue mich, dass du wieder da bist.«

»Ich mich auch.« Er deutete auf die Werkstatt. »Und was ist hier passiert?«

Zabel klappte das Brett hoch, damit Bartmann den Tresen durchqueren konnte, und sie schritten zu der mechanischen Presse, neben der immer noch die Blutlache zu sehen war.

Bartmann verstand sofort. »Der Kopf?«

Zabel nickte. »Es sah sehr unappetitlich aus.«

»Und wer ist der Tote?«

»Peter Heyden, ihm gehört die Buchbinderei. Wir sollten uns setzen.«

Sie nahmen jeder auf einem Stuhl Platz, und Zabel begann, den Fall von Aschermittwoch an aufzurollen. Aber schon nach wenigen Sätzen geriet er ins Stocken.

»Was ist?«, fragte Bartmann.

»Ich habe Ihnen das Leben gerettet«, sagte Zabel. »Vielleicht müssen Sie bald meins retten.«

»Was soll das denn heißen?«

»Es sind Dinge geschehen, die niemals im Protokoll auftauchen sollen. Von Struensee darf nichts davon erfahren. Versprechen Sie mir das?«

Bartmann sah ihn kritisch an.

»Versprich mir das«, korrigierte Zabel sich.

Bartmann grinste. »Seit dieser Krankheit habe ich manchmal Aussetzer, richtige Gedächtnislücken, und ich kann mich nicht mehr an das erinnern, was gerade gesagt wurde. Wie heißt du noch mal?«

Zabel lachte. Er reichte ihm die Hand, und sie schlugen noch mal ein.

»Jetzt verzäll, Gustav. Und bleib beim Du. Wird schon nicht so schlimm sein.«

»Cécile Tavail ist zurückgekehrt.«

Bartmann sah ihn mit großen Augen an. »Cécile? Ich nehme zurück, was ich gerade gesagt habe. Wird's noch schlimmer?«

Zabel nickte stumm.

Bartmann lehnte sich in seinem Stuhl zurück. »Ich höre.«

Zabel vertraute seinem Kollegen, der dem Tod gerade so von der Schippe gesprungen war, und ließ kein Detail aus, betonte mehrmals, dass seine unkonventionelle Vorgehensweise auch darin begründet war, einen guten Freund und dessen Familie zu schützen. Everhard von Groote war Bartmann ein Begriff, ebenso die Geschichte von der Rückführung des Rubensgemäldes.

Bei einigen Details, wie der Leibesvisitation von Cécile, die zu dem Schlüssel führte, blieb Zabel vage. Manchmal sagte er auch die Unwahrheit. Bartmann schien das jedes Mal zu spüren, was er durch ein Schmunzeln oder ein Grinsen zum Ausdruck brachte, dabei aber nicht weiter nachfragte. Von den Mineralien hatte Bartmann noch nie gehört, ebenso wenig von der Mumie in Sinzig oder Rabanus Vaasen. Peter Heyden war bisher der Einzige, der zugegeben hatte, Rabanus zu kennen.

»Aber der Buchbinder ist jetzt tot«, sagte Bartmann.

»Heyden hat behauptet, Rabanus Vaasen sei auch gestorben, aber ich glaube das nicht.«

»Also ist er abgetaucht?«

Zabel nickte. »Er lebt unter einem anderen Namen. Womöglich immer noch in Köln. Was weißt du über Victor Koll?«

»Dass er der neue König am Freihafen ist. Und seitdem geht es da ziemlich ruhig zu. Wie er das macht, weiß ich nicht, aber die Leute gehorchen ihm. Könnte er vielleicht dieser Rabanus sein?«

»Das sollten wir zumindest nicht ausschließen. Seine Feinde muss man gut im Auge behalten, seine Freunde aber noch mehr.«

»Zum Glück sind wir keine Freunde«, scherzte Bartmann, dann wurde er wieder ernst. »Ich muss jetzt was fragen, erwarte aber keine Antwort, wenn du lieber schweigen willst.« Er überlegte, wie er das Thema ansprechen sollte. »Welche Rolle spielt Cécile? Nicht nur in dem Fall, sondern auch … sonst so?«

»Ich glaube, sie sagt die Wahrheit, was die Herkunft des Schlüssels angeht. In meinen Augen stecken mächtige Leute hinter allem, die sich womöglich zu einem Geheimbund zusammengeschlossen haben. Und diese Gesellschaft beschäftigt sich mit Spiritismus oder Okkultismus. Der Schlüssel stellt eine Bedrohung für diese Leute dar.«

»Welche Art von Bedrohung?«

»Im Krieg hatte ich einen Kameraden, er überlebte die Völkerschlacht nicht. Er war sehr gläubig, ein Protestant, und er sagte mal: ›Der beste Trick des Teufels sei es, die Menschen glauben zu lassen, dass es ihn nicht gibt.‹ Wer immer diese Leute sind, nach denen wir suchen, sie wollen nicht, dass irgendjemand von ihrer Existenz weiß.«

»Und Cécile weiß auch nicht mehr?«

»Sie behauptet es zumindest.«

»Ich würde dieser Frau nicht trauen. Sie hat in Paris mit vielen einflussreichen Männern geschlafen. Sie gelangte an den Schlüssel und an Informationen. Aber sie weiß nicht, zu welcher Tür dieser Schlüssel gehört?« Bartmann verstummte.

»Rede weiter.« Zabel spürte, dass der Kollege noch nicht fertig war.

»Sie tut das, was sie am besten kann. Sie verdreht einem Mann den Kopf, einem Kommissar, lässt ihn für sich arbeiten.«

Zabel sprang von seinem Stuhl auf. Er wollte sich rechtfertigen, überlegte es sich aber anders. »Weiter.«

»Du forderst von Victor Koll, nach Cécile Ausschau zu halten. Kurz darauf läuft sie ihm in die Arme. Er bietet ihr Unterschlupf. Den Schlüssel hat sie dir verschwiegen, da bist du von allein draufgekommen. Aber ansonsten bestimmt sie, was du weißt – und was nicht.«

Es tat weh, das zu hören. Weil Bartmann recht hatte.

»Und was schlägst du vor? Sollen wir ihren Kopf auch unter die Presse halten und hören, was sie noch sagt?«

Bartmann grinste. »Keine schlechte Idee.«

Zabel musste sich bewegen, ging in der Werkstatt auf und ab, während Bartmann gemütlich dasaß.

»Der Verleger, Leopold Hachette aus Paris, hat alle Spuren, die auf ihn hindeuten, verschwinden lassen. Mit Ausnahme eines Blattes blutgetränkten Papiers. Er ist vielleicht der Mörder oder hat einen beauftragt.«

»Wenn du mit ihm redest und ihn herausforderst, könnte Hachette dasselbe passieren wie dem Buchbinder. Es sei denn, dass der Verleger hinter allem steckt, vielleicht sogar dieser Rabanus Vaasen ist.«

»Was schlagen Sie vor?«

Bartmann sah ihn wieder kritisch an.

Zabel wiederholte die Frage. »Was schlägst du vor?«

»Wir machen es auf meine Art.« Er lächelte verschmitzt. »Ich war krank. Keiner kennt mich. Keiner hat mich bisher gesehen. Das sollten wir nutzen. Aber bevor wir irgendwas machen, schläfst du dich erst mal aus. Wir brauchen beide einen klaren Kopf.«

Bartmann hatte recht, die Müdigkeit steckte Zabel in den Knochen und machte es ihm unmöglich, noch einen vernünftigen Gedanken zu fassen.

KAPITEL 36

Zabel betrat den Flur, hängte wie gewohnt den Hut an den Haken und zog den Mantel aus. Irgendwas war anders. Es kam ihm auffallend still vor, als wäre niemand zu Hause.

»Eva?«

Es folgte keine Antwort. Zabel ging ins Esszimmer, weder dort noch in der angrenzenden Küche sah er jemanden, auch das Hausmädchen war nicht da. Eva könnte zum Einkaufen auf dem Markt sein, dachte er. Das machte sie gern. Zabel betrat das Wohnzimmer, dann ging er ins Schlafzimmer. Die Vorhänge waren zugezogen, die Sonne fiel nur in Streifen durch einen schmalen Spalt herein.

Zabel sah sie im Bett liegen, Eva trug ihre Haube auf dem Kopf, schlief aber nicht, sondern wälzte sich unruhig hin und her.

»Eva?«

»Ja«, stöhnte sie leise. »Wo warst du?«

»Was ist mit dir?« Zabel trat an sie heran und fühlte ihre Stirn, die sich heiß anfühlte. »Seit wann hast du Fieber?«

»Es begann in der Nacht.«

»Ich werde Dr. Vierkötter Bescheid geben.«

»Wilma ist schon auf dem Weg zu ihm. Wo warst du die ganze Nacht?« Ihre Stimme klang vorwurfsvoll.

»Ein Mann wurde ermordet, ich habe ihn gefunden. Ich musste dortbleiben, aufpassen, sein Büro durchsuchen.«

»Du hättest mir Bescheid geben müssen.«

In dem Moment fiel ihm ein, dass er das vergessen hatte.

»Es tut mir leid.«

Da hörte er Geräusche an der Wohnungstür. Zabel ging in den Flur, als Dr. Vierkötter in Begleitung des Hausmädchens hereinkam. Die Männer sahen sich an, und Zabel entging nicht der besorgte Gesichtsausdruck des Arztes. Zabel deutete stumm zur Tür.

»Warte bitte draußen«, sagte Vierkötter und verschwand im Schlafzimmer.

Wilma sah den Hausherrn fragend an.

»Sie können oben in Ihrem Zimmer warten«, sagte Zabel. »Ich gebe Ihnen Bescheid.«

»Wie Sie wünschen.« Wilma verschwand.

Zabel ging ins Wohnzimmer. Die Tatsache, dass eine seltsame Krankheit herumging, an der anscheinend auch schon Patienten verstorben waren, ließ sich nicht mehr leugnen. Fritz Bartmann hatte es geschafft, andere in seiner Straße nicht. Zabel ging es gut. Er zeigte keine Anzeichen einer Erkrankung, fühlte sich nur hundemüde.

Draußen zogen sich die Wolken weiter zu. Zwischenzeitlich hatte es aufgehört zu regnen, jetzt peitschte der Wind die Tropfen gegen das Fenster. Zabel verlor jedes Zeitgefühl, wie er so dastand und nach draußen starrte. Schließlich ging hinter ihm die Tür zum Schlafzimmer auf und wurde leise wieder geschlossen. Johann Vierkötter kam ins Esszimmer und nahm eine Stoffmaske ab, die Mund und Nase bedeckte.

Er sah mehr als besorgt aus. »Ich kann dir nicht sagen, was es ist. Ihre Symptome sind anders als die von Bartmann. Wir sollten sie nicht hierlassen.«

»Was heißt das?«

»Ihr könnt euch das Hospital leisten. Dort wäre sie besser versorgt und hätte keinen Kontakt mit dir oder eurem Hausmädchen, das ich gleich auch noch untersuchen werde.«

»Kannst du mir gar nichts Genaueres sagen?«

»Leider nein. Es tut mir leid. Wir müssen sie beobachten. Im Hospital werde ich Eva zur Ader lassen, aber erst dort, sonst ist sie zu schwach für den Transport.«

»Kann ich irgendwas tun?«

»Beten. Und deine Frau wissen lassen, dass du für sie da bist. Viel mehr sehe ich im Moment nicht. Du hast die letzte Nacht nicht hier verbracht, sagte sie.«

»Ja. Wir haben ein weiteres Mordopfer. Ein Buchbinder, dem der Kopf in einer Presse zerquetscht wurde.«

»Du bist mir keine Rechtfertigung schuldig«, erwiderte Vierkötter sofort. »Ich frage aus einem anderen Grund. Je weniger Kontakt ihr hattet, desto besser kann es für dich sein. Fühlst du dich gut?«

»Ich bin sehr müde. Habe die Nacht nicht geschlafen.«

»Soll ich mir den Toten mal ansehen?«

»Das dürfte nicht nötig sein. Sein Kopf wurde in einer Presse zerquetscht wie ein rohes Ei. Es ist Peter Heyden.«

Vierkötter sah ihn entsetzt an. »Heyden?«

»Kanntest du ihn?«

»Ja. Er war im Großen Rat. Wir haben uns mal unterhalten. Wie furchtbar.«

»Was geschieht nun?«

»Ich veranlasse, dass Eva ins Hospital gebracht wird. Ich werde einen Boten dorthin schicken, damit ein Zimmer für sie vorbereitet ist, wenn sie eintrifft.«

Der Arzt wandte sich ab und verließ die Wohnung. Zabel verharrte vor dem Fenster und schaute nach draußen, bis er den Mut fand, ins Schlafzimmer zu gehen.

Eva drehte den Kopf zu ihm, als er an das Bett herantrat. »Wo warst du die ganze Nacht?«

»Ich sagte es bereits, wir haben ein weiteres Mordopfer.«

»Warst du bei ihr?«

Zabel schwieg.

Sie drehte den Kopf von ihm weg.

Zabel verließ das Schlafzimmer und schloss leise die Tür hinter sich. Aus dem Esszimmer fiel Sonnenlicht herein, obwohl weiterhin der Regen gegen die Fenster prasselte.

KAPITEL 37

Zabel waren nur wenige Stunden Schlaf gegönnt gewesen, nachdem er Eva ins Hospital begleitet hatte. Jetzt stand er wieder an ihrem Bett, während sie schlief. Das Krankenhaus war nur Patienten vorbehalten, die dafür zahlen konnten. Bevor die Franzosen die freie Stadt Köln eingenommen hatten, waren die Klöster für die Versorgung der Kranken zuständig gewesen, aber durch die Säkularisation verschwanden solche Einrichtungen, und die medizinische Versorgung der Bevölkerung war ein großes Problem, um das sich auch die Armenverwaltung kümmerte. Der Rat der Ärzte an alle Bürger lautete stets, gesund zu bleiben. Wem das nicht gelang und wer versorgt werden musste, für den gab es ein Armenhospital in der Nähe der Kirche Sankt Peter, wo früher ein Kloster war. Gerade mal sechzig Betten standen dort für die fast fünfzigtausend Einwohner der Stadt zur Verfügung.

Eva und Gustav waren zum Glück wohlhabend. Sie lag in einem eigenen Zimmer mit Fenster und bekam die bestmögliche Versorgung. Seitdem sie eingeliefert worden war, ließ sich keine Besserung erkennen. Eva wälzte sich im Halbschlaf hin und her, als würde sie von Fieberträumen geplagt.

Das Laken sog den Schweiß auf. Die Luft fühlte sich stickig an, obwohl Zabel das Fenster geöffnet hatte. Er war zum Nichtstun verdammt.

Da klopfte es an der Tür, sie ging einen Spalt weit auf. Friedrich Wilhelm Brügelmann, Evas Cousin, schaute herein. Zabel nutzte die Gelegenheit, ging zu ihm, und sie traten gemeinsam auf den Korridor.

Er sprach leise. »Wie geht es ihr?«

»Unverändert«, antwortete Zabel. »Danke, dass du gekommen bist.«

»Dafür musst du mir nicht danken. Soll ich dich ablösen?«

»Ja, das wäre gut.«

»Ich bleibe hier. Und wenn sich etwas ändert, werde ich meinen Kutscher sofort zum Präsidium schicken. Bist du dort?«

»Nicht immer. Aber es wird jemanden geben, der weiß, wo ich bin.«

Sie gaben sich die Hand zum Abschied, dann verschwand Zabel nach draußen. Bis zum Präsidium waren es nur fünf Minuten zu Fuß. Bartmann wartete im Büro auf ihn. Er hatte sich schon auf den Einsatz vorbereitet, sah nicht aus wie ein Kommissar, sondern hatte sich als Kutscher verkleidet.

Sie besprachen noch mal den Plan, dann verließen sie gemeinsam das Präsidium und stiegen auf den Pferdewagen. Mehrere Hundert Meter vor dem Ziel hielt Bartmann an und ließ Zabel absteigen.

»Viel Erfolg«, sagte Bartmann.

»Dir ebenso.«

Zabel ging die Straße entlang und versuchte, jeden Gedanken an seine schwer kranke Frau zu verdrängen, denn er brauchte seine volle Konzentration.

Schließlich erreichte Zabel die schwere dunkelgrüne Haustür, an der ein Messingschild hing mit der Aufschrift *Leopold Hachette – Verleger.*

Er schaute sich noch mal um. Bartmann saß etwa hundert Meter entfernt auf dem Kutschbock und nahm scheinbar keine Notiz von seinem Kollegen. Zabel betätigte den Türklopfer und wartete ab. Nichts geschah. Er sah die Fassade hinauf, hinter keinem Fenster flackerte Licht. War niemand da? Zabel klopfte erneut, und kurz darauf öffnete jemand die Tür.

Ein junger Mann stand vor ihm. Er war auffallend gut gekleidet, trug eine rund geformte, beinahe randlose Brille und hatte die dunklen Haare streng nach hinten gekämmt. Sein blauer Gehrock, weißes Hemd und rotes Halstuch deuteten darauf hin, dass er aus Frankreich kam. Zabel schätzte ihn auf Anfang zwanzig, und er schien kein Bediensteter zu sein. Dafür war sein Blick zu herablassend.

»Sind Sie Leopold Hachette?«

»Nein. Haben Sie einen Termin bei meinem Onkel?«

»Ich bin Kommissar Gustav Zabel und brauche keinen Termin. Ich muss Herrn Hachette in einer dringenden Angelegenheit sprechen.«

Der junge Mann änderte seine Haltung, rang sich sogar ein schmales Lächeln ab und wirkte etwas weniger arrogant. »Ist etwas passiert?«

»Darüber möchte ich nicht mit Ihnen sprechen.«

Er nickte und trat einen Schritt zurück. »Bitte, kommen Sie herein.«

Zabel ging an ihm vorbei. Der Neffe trat auf die Straße hinaus, schaute nach rechts und links, anscheinend, um sich zu vergewissern, dass der Kommissar allein gekommen war. Erst dann schloss er die Tür.

»Wie heißen Sie?«, fragte Zabel.

»Jean Marc Hachette.« Er deutete zur Treppe, die mit rotem Teppich ausgelegt war. Das weiß gestrichene Geländer aus Metall trug goldene Verzierungen wie in einem Schloss. Die Wände im Eingangsbereich waren mit dunkelblauer Tapete verziert, die das spärliche Licht dreier Kerzen schluckte. Man schien in diesem Haus wenig von Helligkeit zu halten.

Zabel ging die Stufen hinauf, während der Neffe am Fuße der Treppe stehen blieb. Oben angekommen, trat ein groß gewachsener Mann aus einer Tür. Der Raum hinter ihm wurde vom Tageslicht erhellt, und so konnte Zabel zuerst nur die Silhouette seines Gegenübers erkennen. Was er allerdings sofort sah, war die Klappe über dem rechten Auge.

»Guten Tag. Sie möchten zu mir?«

»Wenn Sie Leopold Hachette sind. Kommissar Gustav Zabel.«

Er nickte. »Kommen Sie herein.«

Zabel betrat das Büro des Verlegers. Er ging zu seinem Schreibtisch, und erst als er sich umdrehte, sah Zabel in das Gesicht des Mannes. Die ganze rechte Hälfte, wo er auch die Augenklappe trug, war vernarbt. Zabel kannte diese Art von Verletzungen, wenn Splitter einer Explosion die Haut zerfetzten. Hachette war einen Kopf größer als Zabel und versprühte trotz der Narben und der Augenklappe eine französische Eleganz. Seine Frisur war der des ehemaligen Kaisers Napoleon nachempfunden, die Haare genauso schwarz. Im Gegensatz zu seinem Neffen legte Hachette keinen Wert auf die Nationalfarben, trug eine schwarze Hose, einen schwarzen Gehrock und darunter eine beige Weste.

Er deutete stumm auf einen Stuhl auf der anderen Seite des Schreibtisches und nahm selbst Platz.

Zabel tat es ihm gleich, behielt den Hut auf. Wie immer, wenn er seinem Gegenüber signalisieren wollte, dass er nicht zum Vergnügen hier war. Zabel musterte den Schreibtisch, der von der Hand eines berühmten Kunsttischlers gefertigt worden war.

»David Roentgen«, sagte Zabel anerkennend.

Hachette hob die Augenbrauen. »Sie kennen sich aus?«

»Mein Vorgesetzter, der Polizeipräsident, hat ebenfalls einen Tisch von Roentgen.«

»Das ist das Beste, was Sie kriegen können«, betonte Hachette.

»Darf ich eine persönliche Frage stellen?«

»Bitte.«

»Waren Sie im Krieg?«

Hachette lächelte und rieb seine vernarbte Wange. »Sie meinen, deshalb, nein. Bevor ich Verleger wurde, als junger Mann, wollte ich in die Fußstapfen des berühmten Antoine de Lavoisier treten.«

Zabel nickte, um zu signalisieren, dass er den Namen des französischen Chemikers kannte. Dr. Vierkötter hatte von ihm erzählt.

Hachette fuhr fort. »Ich habe mich besonders für Chemie interessiert, dieses Fach auch studiert. Leider musste ich schmerzhaft feststellen, dass der Umgang mit gewissen Substanzen, wie Chilesalpeter, sehr gefährlich sein kann. Eine Apparatur ist vor meinem Gesicht explodiert. Danach habe ich es vorgezogen, mich nur noch theoretisch mit Wissenschaft zu beschäftigen.«

Zabel schaute sich um. Nicht nur der Schreibtisch, auch die anderen Möbel schienen aus der Zeit von Louis Seize, vor der Französischen Revolution, zu stammen. Ein Verleger, der sich so eine Einrichtung leisten konnte, musste erfolgreich sein.

Hachette eröffnete das Gespräch. »Ich habe bereits gehört, was passiert ist.«

»Was ist passiert?«, stellte sich Zabel unwissend.

»Nun. Peter Heyden wurde tot in seiner Werkstatt aufgefunden. Deshalb sind Sie doch hier, oder?«

Zabel nickte. »Wann haben Sie ihn das letzte Mal gesehen?«

»Gestern war er hier und hat mir höchstpersönlich ein Dutzend gebundener Exemplare eines neuen Titels gebracht.«

»*Magnetismus*, von Faraday?«

Hachette schien verwundert zu sein. »Genau. Woher wissen Sie das?«

»Ich habe in der Buchbinderei das Manuskript auf der Werkbank liegen sehen, allerdings war es da noch nicht gebunden.«

»Jetzt ist es das. Alle zwölf Exemplare.«

»Dürfte ich die mal sehen?«

Hachette wirkte leicht irritiert. »Wieso?«

»Ich habe meine Gründe.«

»Tut mir leid«, sagte er mit einem Lächeln. »Aber die Exemplare sind nicht hier. Ich habe sie bereits verschickt.«

»Und vorher kontrolliert?«

Hachette sah ihn fragend an. »Wie meinen Sie das?«

»Ich kenne mich nicht aus in Ihrem Geschäft, aber: Wird die erste Seite oder das Deckblatt, auf dem der Titel des Buches steht, öfter gedruckt als der Rest des Manuskriptes?«

»Ich verstehe die Frage nicht«, wich Hachette aus.

»Wenn dem nicht so ist, dann müsste eines der zwölf Bücher fehlerhaft sein, weil die erste Seite, also das Titelblatt, fehlt.«

Hachette sah ihn verwundert an. »Ich müsste nachfragen. Mein Neffe hat sich darum gekümmert. Erklären Sie mir bitte, warum Sie der Annahme sind, dass dem so ist.«

Zabel fasste in die Tasche seines Gehrocks und nahm die Seiten heraus, die er aus der Buchbinderei mitgenommen hatte. Er faltete sie auseinander und reichte Hachette das blutverschmierte Deckblatt mit dem Titel *Magnetismus*. Der Fleck hatte sich mittlerweile schwarz verfärbt. Hachette nahm das Blatt etwas widerwillig entgegen, sah kurz darauf, wollte es gleich zurückgeben.

Zabel verweigerte die Annahme. »Schauen Sie bitte auch auf die Rückseite.«

Hachette, der das Blatt nur mit Daumen und Zeigefinger hielt, drehte es um, sah sich die Strichzeichnung an.

»Kennen Sie das Symbol?«

»Nein«, sagte Hachette, und seine Stimme ließ nicht erahnen, dass er sich in irgendeiner Weise ertappt fühlte. Er reichte das Blatt über den Tisch. »Bitte, nehmen Sie es wieder.«

Zabel tat ihm den Gefallen.

»Was wollen Sie mir mitteilen, Herr Kommissar?«

»Wenn bei einem Ihrer Bücher das Titelblatt fehlen sollte, dann würde dies bedeuten, dass die Manuskripte – oder wenigstens eines davon – noch in der Werkstatt gelegen haben, als Heyden ermordet wurde. Anders kann ich mir sonst nicht erklären, wie sein Blut auf dieses Blatt Papier gekommen ist.«

Hachette blieb die Ruhe selbst. »Es kommt durchaus vor, dass das Deckblatt mit dem Titel öfter gedruckt wird. Beantwortet das Ihre Frage?«

»Und wieso wird das gemacht?«

»Um den Titel anzupreisen, ihn in Zeitungen abzudrucken.«

Zabel ging davon aus, dass Hachette log, denn sonst hätte er Zabels Frage sofort beantworten können.

»Ich habe das Buch nicht gelesen«, sagte Zabel. »Geht es darin auch um animalischen Magnetismus?«

Hachette schüttelte den Kopf. »Nein. Faraday ist ein ernst zu nehmender Wissenschaftler aus England. Er und Franz Anton Mesmer haben nichts miteinander gemein.«

»Haben Sie auch Bücher über Mesmerismus herausgebracht? Okkultismus, Spiritismus?«

»Was haben meine Buchtitel mit dem Mord an dem Buchbinder zu tun?«

»Peter Heyden gehörte zu einem Geheimbund, der dieses

Symbol benutzt.« Zabel hielt das blutverschmierte Papier noch mal hoch. »Der Buchbinder hat es ausgerechnet auf dieses Titelblatt geschrieben. Dem Mörder scheint dies entgangen zu sein, sonst hätte er nicht nur alle Manuskripte und Geschäftsbücher, in denen Ihr Name zu finden gewesen wäre, mitgenommen, sondern auch dieses eine blutgetränkte verräterische Blatt Papier.«

Hachette zeigte keine Anzeichen von Nervosität. Er war sich wohl sehr sicher, dass der Kommissar ihm nichts anhaben konnte, und schwieg.

»Was sagen Sie dazu?«

»Nichts. Ich weiß nicht, warum dieses eine Blatt in der Buchbinderei zurückgeblieben ist. Vielleicht wollte Peter Heyden es als Referenz benutzen, es einrahmen und an die Wand hängen, oder so. Haben Sie sonst noch etwas?«

Zabel erhob sich von seinem Stuhl. Er hatte fast erreicht, was er wollte. Den letzten Satz genoss er ganz besonders. »Peter Heyden musste sterben, weil er mir die Tür zeigen wollte. Die Tür, zu der der Schlüssel passt.«

Diesmal zuckten Hachettes linkes Auge und die Wangenmuskeln unter seiner vernarbten Gesichtshaut. Einen kurzen Moment nur, aber das reichte Zabel als Bestätigung. Zabels Mission war erfüllt, nun war Bartmann an der Reihe.

KAPITEL 38

Zabel besuchte Franz Rothamel zum ersten Mal. Die Wohnung verriet seinen Beruf, er handelte mit Kunst und Antiquitäten und umgab sich mit den Dingen, die er verkaufte. Der Bedienstete wollte Zabel den Mantel abnehmen, aber er schüttelte den Kopf. »Nein, ich habe nicht viel Zeit.«

»Möchtest du denn etwas trinken?«, fragte Rothamel.

Zabel schüttelte den Kopf. »Nein, auch nicht.«

Der Bedienstete verschwand ohne Mantel und Hut, den Zabel in der Hand behielt.

»Du siehst nicht gut aus«, sagte Rothamel. »Was ist los?«

»Ich habe die Nacht kaum geschlafen. Eva liegt im Hospital.«

»Was?! Wieso?«

»Sie hatte schon ein paar Tage mit einer Erkältung zu kämpfen, und als ich heute Morgen nach Hause kam, lag sie mit starkem Fieber im Bett.«

»Das ist ja schrecklich. Ich habe gehört, dass eine schwere Erkältung umgeht, an der sogar schon einige Leute gestorben sein sollen.«

»Ja. Und nun ist Eva wohl auch daran erkrankt.«

»Ich bete für sie, für euch, dass es ihr bald wieder gut geht.«

»Danke. Aber ich bin noch aus einem anderen Grund hier. Hast du schon jemanden gefragt wegen des Symbols?«

»Leider noch nicht. Aber ich werde …«

»Nein«, fiel Zabel ihm ins Wort. »Ich möchte, dass du niemanden danach fragst. Hast du die Zeichnung noch?«

Rothamel wirkte leicht irritiert, zeigte zu seinem Schreibtisch. Zabel ging hin, nahm den gefalteten Zettel an sich und steckte ihn wieder ein.

»Weißt du inzwischen, was es bedeutet?«

»Nein, aber ich möchte dich da nicht mit hineinziehen. Es gab einen Mord letzte Nacht, und der Tote scheint genau mit diesem Symbol zu tun gehabt zu haben. Mehr darf ich dir nicht sagen.«

Rothamel nickte. »Verstehe. Kann ich sonst etwas für dich tun? Oder für Eva?«

Zabel nickte. »Ich würde jetzt doch gern etwas trinken. Keinen Wein. Etwas Stärkeres.«

Rothamel ging zu seiner Hausbar, die neben dem opulenten Schreibtisch stand, und nahm zwei Gläser, füllte sie mit einer durchsichtigen dunkelbraunen Flüssigkeit und reichte Zabel ein Glas.

»Cognac?«

»In Frankreich sagt man Cognac. Aber dies ist ein Brandy aus Spanien. Ein Conde Garvey Solera. Normalerweise trinkt man ihn angewärmt.«

Sie stießen an und nahmen jeder einen Schluck.

Zabel genoss den Moment, als der Alkohol die Kehle herunterrann und der Branntwein seinem Namen alle Ehre machte.

»Warst du schon mal in Spanien?«

Rothamel nickte. »Ja. Ein sehr schönes Land. Dort scheint fast immer die Sonne, und es ist sehr heiß.«

»Hast du auch einem Stierkampf beigewohnt?«

Er schüttelte den Kopf. »Nein. Wieso fragst du?«

Zabel stellte das Glas auf einem kleinen Beistelltisch ab. »Der Brandy hat mich an jemanden erinnert, der sich für Stierkampf interessiert.«

Rothamel griff erneut das eigentliche Thema auf: »Ich soll also niemanden mehr nach dem Symbol fragen?«

»Nein.«

»Und wenn ich etwas finden sollte, in einem Buch?«

»Dann darfst du es mir gern sagen, aber nur mir. Rede mit niemandem darüber.«

Rothamel nickte, dass er verstanden hatte.

Zabel verabschiedete sich, und sein Freund wünschte ihm alles Gute.

Zabel trat wieder hinaus auf die Straße, setzte den Hut auf und schloss den Mantel. Wenn die Sonne unterging, wurde es schnell kühler. Er ging den Bürgersteig entlang, um die nächste Ecke und wechselte die Straßenseite, nachdem er ein Fuhrwerk vorbeigelassen hatte. Zabel sehnte sich danach, noch ein paar Stunden zu schlafen, bis Bartmann ihn wecken würde, sobald es neue Erkenntnisse gab. Plötzlich stutzte Zabel und blieb stehen. Auf der anderen Straßenseite ging ein junger Mann, der einen Zylinder auf dem Kopf trug und den Mantel nicht zugeknöpft hatte. Darunter sah Zabel den dunkelblauen Gehrock, das weiße Hemd und das rote Tuch. Die Farben der Trikolore. Er irrte sich nicht, es war Jean Marc Hachette, der Neffe des Verlegers.

Zabel wartete einen Moment, bevor er ihm in einigem Abstand folgte. Ein Pferdefuhrwerk, das sich langsam bewegte, bot ihm Sichtschutz. Der Neffe bog um die nächste Ecke und ging die Straße entlang, von wo Zabel gekommen war. Dann blieb Jean Marc Hachette vor einem Haus stehen und klopfte an die Eingangstür. Sie ging kurz danach auf, und der Neffe des Verlegers verschwand ins Haus.

Es war genau die Tür, an die Zabel vor Kurzem geklopft hatte. Das Haus, in dem Franz Rothamel wohnte.

KAPITEL 39

Zabel saß hinter seinem Schreibtisch, starrte auf den leeren Platz vor sich und wartete sehnsüchtig darauf, dass Bartmann bald erscheinen würde. An Schlaf war nicht mehr zu denken, Zabel fühlte sich hellwach und grübelte darüber nach, was es zu bedeuten hatte, dass der Neffe des Verlegers bei Franz Rothamel erschienen war. Es könnte sich um einen Zufall handeln, aber Zabel glaubte nicht an Zufälle. Er kannte Rothamel seit etwa zwei Wochen, sie hatten sich sehr schnell angefreundet. Was, wenn Rothamel schon am Tag der Nubbelverbrennung gewusst hatte, dass die Nähe zu dem Kommissar von Vorteil wäre? Plötzlich stellte sich jede Handlung in einem neuen Licht dar, die Einladung zu dem Konzert in Frankfurt, die Bemühungen um eine Parzelle. Rothamel versuchte, die Freundschaft durch Gefälligkeiten zu erkaufen, wie es einige taten, die dem Kölschen Klüngel frönten. Rothamel handelte nicht uneigennützig, schien nicht der Freund zu sein, für den er sich ausgab. Aber was hatte er mit Hachette zu tun? Womöglich mit dem Mord an Peter Heyden?

Das Geräusch schwerer Schritte auf dem Holzboden riss Zabel aus seinen Gedanken. Sie wurden lauter. Erwartungsvoll schaute Zabel zur Tür, wo Bartmann als Kutscher verkleidet erschien. Er zog den Mantel aus, nahm den Hut ab und hängte beides an den Haken neben der Tür. Dann schlurfte er zu seinem Schreibtisch und setzte sich.

Zabel platzte vor Neugier. »Und?«

Bartmann lächelte. »Etwa eine halbe Stunde musste ich warten. Dann kamen der Verleger und ein junger Mann gleichzeitig auf die Straße. Ich bin Hachette gefolgt, der junge Mann ist zu Fuß in eine andere Richtung gegangen. Hachette ist mit der Kutsche gefahren, zur Severinstraße. Dort ist er in eine Apotheke gegangen, und die Kutsche fuhr weiter.«

Zabel erstarrte. »Eine Apotheke?«

Bartmann nickte. »Nicht weit von der Elendskirche entfernt.«

»Sie gehört Albertus Neureck.«

»Du kennst den Apotheker?«

Zabel nickte. »Er war Mitglied im Kleinen Rat des Festordnenden Komitees. Man hat ihn aber rausgeworfen, weil er unserem Polizeipräsidenten beim Maskenball Rotwein über die Uniform gekippt hat.«

»Dafür hätte man ihm besser mal einen Orden verliehen«, erwiderte Bartmann und brachte Zabel zum Lachen.

Er richtete sich in seinem Stuhl auf, seine Nerven waren zum Zerreißen gespannt. »Und was geschah dann?«

»Gar nichts. Ich habe gewartet, bis es dunkel wurde, ein Mitarbeiter kam heraus, hat die Apotheke abgeschlossen und ist gegangen, aber von Hachette keine Spur mehr. Wahrscheinlich hat die Apotheke einen Hinterausgang, und ich habe es nicht gemerkt. Mein Fehler.«

Zabel öffnete die Schublade und holte den Schlüssel hervor. »Vielleicht ist es genau dieser Hinterausgang, den wir suchen und zu dem dieser Schlüssel passt.«

»Dann sollten wir uns da morgen mal umsehen.«

»Nein. Wir warten nicht bis morgen.«

Bartmann sah ihn fragend an.

KAPITEL 40

Zabel klopfte gegen die Tür, was mitten in der Nacht nicht nur die Bewohner des Hauses aufweckte. Hinter ihnen öffnete sich ein Fenster in der ersten Etage, und ein Mann schaute heraus. »Was ist hier los?«

»Machen Sie das Fenster wieder zu«, blaffte Bartmann ihn an. »Wir sind Kommissare.«

Da öffnete sich die Tür vor Zabel, und der Mann, zu dem er wollte, stand vor ihm im Hausflur.

»Herr Kommissar«, sagte der Hufschmied.

»Herr Niehus. Ich bin untröstlich, Sie zu später Stunde noch zu stören, aber ich muss Sie um Ihre Hilfe bitten.«

»Geht es um ein Pferd?«

Zabel schüttelte den Kopf.

»Soll ich wieder für Sie in die Domschatzkammer einbrechen?«

»Nein. Aber ich bräuchte Ihre speziellen Fähigkeiten bei etwas Ähnlichem.«

»Jetzt sofort?«

Zabel nickte.

»Geben Sie mir bitte ein paar Minuten.«

Die Tür wurde wieder geschlossen. Zabel wandte sich Bartmann zu, der wieder auf dem Kutschbock Platz genommen hatte und zu Zabel hinunterschaute.

»Hältst du das wirklich für eine gute Idee?«

»Uns bleibt keine Wahl. Die Mörder sind gewarnt worden, durch mich. Und sie wissen mehr, als mir lieb ist: wie ich denke, was ich denke. Wir müssen handeln, und zwar sofort. Bevor noch mehr Spuren vernichtet werden.«

»Was für Spuren meinst du?«

»Das Diebesgut, die Beute. Die *Mineralien von Cöln* und was sie damals sonst noch geraubt haben.« Zabel nahm den Schlüssel aus der Tasche, zeigte ihn Bartmann. »Ich wette, dass der hier uns die Tür zu der Schatzkammer öffnet.«

»Dann müssen wir sie nur noch finden«, erwiderte Bartmann.

Zabel schaute sich misstrauisch um. Sie konnten sich nicht sicher sein, ob ihnen nicht jemand gefolgt war. Da öffnete sich die Haustür wieder, und der Hufschmied trat hinaus auf die Straße, hatte eine Kiste mit Werkzeug dabei und stellte sie hinten auf den Pferdewagen.

Die drei passten nebeneinander auf den Kutschbock. Bartmann fuhr los, und sie erreichten zum Glockenschlag um elf die Elendskirche.

»Schauen wir uns das erst mal an«, sagte Zabel und wandte sich dem Hufschmied zu. »Warten Sie bitte hier.«

Die Kommissare gingen allein los, bogen in die Severinstraße, die von Laternen hell erleuchtet wurde. Hinter einigen Fenstern brannte trotz später Stunde noch Licht, aber es war sehr still. Man hörte kaum etwas außer ihren eigenen Schritten auf dem Kopfsteinpflaster.

Sie erreichten die Apotheke. Zabel und Bartmann blieben stehen. Die Tür war aus massivem Holz und hatte zwei schwere Vorhängeschlösser.

Bartmann sprach leise. »Das wird viel zu laut. Was willst du den Sergeanten erzählen, wenn sie uns erwischen?«

»Da würde mir schon etwas einfallen, aber unser Freund Albertus Neureck darf nichts merken.«

»Wohnt er hier?«

»Nicht weit weg. Wenn bei ihm eingebrochen wird, erfährt er davon. Lass uns hinter dem Haus nachschauen, ob es da noch eine Tür gibt.«

Sie schlenderten unauffällig, in gemächlichem Tempo an den Häusern entlang, die dicht aneinandergebaut waren, bis sie zu einer schmalen Gasse kamen. In die gingen sie hinein, und nach etwa fünfzig Metern erreichten sie ein Tor, das in einen Innenhof führte. Auch das war mit einer massiven Kette verschlossen.

»Wir müssen mal in den Hof schauen«, sagte Zabel.

Bartmann stellte sich mit dem Rücken an das Holztor, machte eine Räuberleiter, und Zabel stieg hinauf. Im selben Moment ertönte lautes, aggressives Bellen. Zabel konnte den Hund sehen, der an einer Kette hing und alle Kraft aufwendete, dagegen anzukämpfen, während er sein Maul weit aufriss und die Zähne fletschte. Der Hof, den er bewachte, erstreckte sich über die ganze Häuserzeile bis zu der Apotheke. Zabel kam wieder mit beiden Füßen auf die Erde. Das Hundegebell hielt an, und es würde nicht lange dauern, dass man sie entdeckte.

»Ich denke mal, wir müssen doch durch die Vordertür«, sagte Bartmann.

»Lass uns erst mal von hier verschwinden.«

Sie gingen zügig und auf dem kürzesten Weg zurück zur Elendskirche, wo der Pferdewagen stand. Als sie um die Ecke bogen, blieben die Kommissare abrupt stehen. Der Hufschmied war nicht mehr allein, stand vor dem Pferdewagen, und zwei Nachtwächter redeten mit ihm.

»Oje«, entfuhr es Bartmann.

»Vielleicht können die uns behilflich sein.« Zabel schritt selbstbewusst auf die Dreiergruppe zu. Bartmann folgte ihm. Einer der Nachtwächter bemerkte sie und drehte sich zu ihnen um.

»Guten Abend. Kommissar Zabel, was ist hier los?«

»Der Mann will uns nicht sagen, was er hier macht«, sagte der Nachtwächter. »Er hat Werkzeug dabei, wie man es für einen Einbruch gebrauchen könnte.«

Zabel tat so, als ob er Niehus nicht kannte. »Gehört der Pferdewagen Ihnen?«

Niehus begriff sofort und spielte mit. Er nickte stumm.

»Was machen Sie hier?«

»Ich war auf dem Weg nach Hause.«

Zabel sah zu Bartmann. »Kümmern Sie sich darum.« Er sprach leise weiter. »Verstecken Sie den Pferdewagen, und wir treffen uns am Hoftor, wenn ich die beiden los bin.«

Bartmann nickte, dass er verstanden hatte, ging auf Niehus zu und redete besonders laut. »Was haben Sie da in Ihrer Werkzeugkiste? Zeigen Sie mal.«

Niehus fing an, die Kiste auszupacken, während Zabel sich den beiden Nachtwächtern zuwandte. »Sehr gut gemacht. Sie haben durch Ihre Aufmerksamkeit vielleicht einen Einbruch verhindert. Wie heißen Sie?«

»Mario Balzer«, sagte der eine forsch, der andere setzte gleich hinterher. »Stephan Leineweber.«

»Ich werde Sie gleich morgen lobend erwähnen. Und jetzt folgen Sie mir bitte.«

Zabel schritt voran, und die beiden Nachtwächter gingen hinter ihm her. Sie kamen in die schmale Gasse, erreichten das Hoftor, und Zabel musste sich nur einmal dagegenlehnen, da setzte das laute Hundegebell wieder ein.

»Hören Sie das?«

Die Nachtwächter nickten.

Zabel schlug einen ernsten Ton an. »Hier in der Straße wohnen Leute, die das dringende Bedürfnis haben zu schlafen. Unter anderem ein Freund von mir aus dem Festordnenden Komitee des Kölner Karneval. Er ist Arzt und hat einen sehr verantwortungsvollen Beruf, er muss ausgeschlafen und konzentriert sein. Verstehen Sie?«

Die beiden hatten noch nicht ganz verstanden, was Zabel von ihnen erwartete.

»Stellen Sie das Gebell ab«, befahl er.

»Und wie?«, fragte Balzer unsicher.

»Lassen Sie sich was einfallen. Der Besitzer soll den Hund mit ins Haus nehmen oder ihm das Maul stopfen oder beides.

Was weiß ich, das Gebell muss aufhören. Sie gehen erst wieder, wenn hier Ruhe herrscht. Haben Sie mich verstanden?«

Leineweber nickte eifrig. »Natürlich. Ja.«

»Ich werde Sie lobend erwähnen, wenn Sie das hinkriegen. Und dann sehen wir mal, die Zahl der Sergeanten soll nächstes Jahr erhöht werden.«

Die Nachtwächter bekamen große Augen, als sie das hörten. Dann ließ Zabel die beiden mit dem Problem allein. Er ging zurück durch schmale Gassen und Sträßchen, bis er den Pferdewagen im Schatten unter einem Kastanienbaum stehen sah.

Bartmann trat aus der Dunkelheit. »Und?«

»Die Nachtwächter kümmern sich um den Hund. Geben wir ihnen etwas Zeit.«

Bartmann bot Niehus eine Zigarette an, und die beiden rauchten. Zabel ließ sich ausnahmsweise mal dazu hinreißen mitzumachen. Etwa eine halbe Stunde verging, dann setzten die drei sich in Bewegung und kamen wieder zu dem Hoftor. Zabel lehnte sich dagegen, und es blieb still.

Niehus sah sich die Kette mit dem Vorhängeschloss an. »Das dürfte kein Problem sein.«

»Beeilen Sie sich.«

Bartmann und Zabel behielten die Gasse im Auge, hinter den Fenstern blieb es dunkel.

Dann hörte Zabel, wie sich die Kette löste.

»Fertig.« Sie betraten den Hinterhof, schlichen bis zum Ende und erreichten den Hinterausgang der Apotheke.

»Moment«, flüsterte Bartmann. »Leopold Hachette und der Apotheker hätten einfach durch den Hinterausgang verschwunden sein können, und ich hätte es nicht mitgekriegt. Wollen Sie immer noch einbrechen?«

»Ja. Wir suchen eine Tür, zu der der Schlüssel passt. Und diese Schlösser sind es nicht.«

»Mir ist nicht wohl dabei«, sagte Bartmann. »Du hast einen Prinzen Friedrich von Preußen, der hinter dir steht. Ich nicht. Wenn wir erwischt werden …«

Zabel fiel ihm ins Wort. »Dann nehme ich das allein auf mich.« Er sah zu Niehus. »Fangen Sie an, beeilen Sie sich. Und seien Sie leise.«

Der Schmied fing an zu arbeiten. Das erste Schloss ließ sich leicht öffnen, das zweite machte leichte Schwierigkeiten, aber dann gab es ein klackendes Geräusch, und Niehus hatte es geschafft. Die drei huschten in die Apotheke und schlossen den Hinterausgang wieder.

»Bleiben Sie bitte hier an der Tür«, sagte Zabel zu dem Schmied. Niehus hatte nichts einzuwenden, ihm schien etwas mulmig zu sein bei der ganzen Sache, genau wie Bartmann, der sich unwohl fühlte.

Die Kommissare sahen sich die Räume an, ihre Augen gewöhnten sich mehr und mehr an die Dunkelheit, trotzdem mussten sie achtgeben, nirgendwo anzuecken und keine Spuren zu hinterlassen.

Zabel war erst vor Kurzem hier gewesen, kannte sich aus. Die dunkelbraunen Glasflaschen mit schwarz-weißen Etiketten standen ordentlich aufgereiht in den Regalen. Er schlich am Labor vorbei, wo Glaskolben, Retorten und Geräte aus poliertem Kupfer auf einem massiven Tisch standen. Der Tisch hatte eine Steinplatte, und darunter befanden sich

Schränke. Der Boden im Labor war gefliest, während im Rest der Apotheke Holzdielen eingebaut waren. Zabel betrat den Verkaufsraum, der vom Licht der Straßenlaternen erhellt wurde. Zwei Schatten fielen herein, die beiden Nachtwächter gingen vor der Apotheke die Straße entlang. Zabel trat einen Schritt zurück in die Dunkelheit und fragte sich, wie die beiden es wohl geschafft hatten, den Hund loszuwerden.

Da erschien Bartmann hinter ihm. »Wonach suchen wir denn?«

»Einer Tür«, sagte Zabel. »Nur dass sie nicht aussehen muss wie eine normale Tür.«

Zabel spürte sein Herz klopfen. Es war riskant, hier zu sein, aber er fühlte, dass es keine andere Möglichkeit gab, die Wahrheit herauszufinden. Zabel suchte weiter, betrat das Büro des Apothekers. Es sah ordentlich aus, auf dem Schreibtisch befand sich eine Unterlage aus Leder. Rechts daneben waren Briefe und andere Papiere übereinandergestapelt, links verschiedenfarbige Wachsstifte sauber nebeneinandergereiht. Das Tintenfass und der Füllfederhalter lagen genau in der Mitte der Schreibunterlage.

Zabel ging zu den Regalen, in denen Bücher standen und einige gebundene Akten.

Bartmann erschien in der Tür. »Etwas gefunden?«

Zabel schüttelte den Kopf.

»Was, wenn es so war, wie ich gesagt habe?«, flüsterte Bartmann. »Hachette ist durch die Vordertür rein und hat zusammen mit Neureck die Apotheke durch den Hinterausgang verlassen, ohne dass ich es bemerkt habe. Am Ende des Tages hat der Mitarbeiter die Vordertür von außen abgeschlossen.«

»Womöglich. Vielleicht war es so.« Zabel wollte die Suche noch nicht beenden.

»Du bringst mich um den Verstand«, seufzte Bartmann.

Zabel verließ das Büro und ging wieder ins Labor. Der Tisch war auch hier ordentlich aufgeräumt, es standen kaum Geräte auf der Steinplatte. Beinahe schon ein bisschen zu leer, fand Zabel. An den Wänden hingen gedruckte Plakate, auf denen beschrieben war, wie das eine oder andere Medikament herzustellen war. Zabel entdeckte zwischen den Laborgeräten aus Kupfer und Glas auch eine Laterne, und daneben lag eine Streichholzschachtel. Das brachte ihn auf eine Idee. Er nahm ein Streichholz heraus und zündete es an.

»Was tun Sie da?«, zischte Bartmann. »Da draußen sind die Nachtwächter.«

Zabel ging mit dem Streichholz in die Hocke und leuchtete den gefliesten Boden ab. Er musste das Streichholz schon bald wieder auspusten, um sich nicht die Finger zu verbrennen. Er zündete gleich noch eine an, und die Flamme erhellte den Boden.

Bildete er sich das nur ein, oder waren da Schleifspuren? Noch ein Streichholz musste dafür herhalten, Gewissheit zu verschaffen: Es handelte sich um Schleifspuren, die konzentrische Halbkreise bildeten. Zabel kam wieder aus der Hocke auf die Beine, das Streichholz ging aus, er ließ es auf den Boden fallen.

»Fass mal mit an. Dieser Tisch lässt sich verschieben.«

Bartmann sah ihn verdutzt an. »Wie kommst du darauf?«

Zabel stellte sich an die eine Ecke des Tisches, griff mit beiden Händen unter die Steinplatte und hob ihn etwas an, lehnte sich dagegen, was ein knirschendes Geräusch erzeugte. Zabel ließ sofort davon ab.

»Na los, hilf mir.«

Bartmann stellte sich neben ihn, und gemeinsam bewegten sie den Labortisch Stück für Stück über den Boden und versuchten, dabei so leise wie möglich zu sein.

In dem gefliesten Boden war ein quadratisches Loch von etwa einem halben Meter Kantenlänge, gerade groß genug, dass ein Mensch hinabsteigen konnte. Eine Holzleiter führte in die Tiefe.

Zabel ging zu dem Tisch, von dem er die Streichhölzer genommen hatte, und nahm die Laterne, in der sich eine Öllampe befand. Er kontrollierte, ob sie genug Flüssigkeit im Tank hatte und der Docht noch intakt war.

»Du willst da runtergehen?«

»Deshalb bin ich hier. Du bleibst über der Erde, und wenn ich bis morgen früh nicht zurück bin, holst du mich da raus.«

Zabel vergewisserte sich noch mal, dass sich der Schlüssel in der Tasche seines Gehrocks befand. Er hoffte schließlich, unter der Erde die Tür zu finden, zu der der Schlüssel passte.

»Mal langsam«, sagte Bartmann. »Du solltest da nicht allein runtergehen.«

»Es darf niemand merken, dass wir hier eingebrochen sind. Das bedeutet, du musst gleich den Labortisch zusammen mit dem Schmied wieder zurückschieben. Aber das

Wichtigste: Wenn ich es nicht allein wieder an die Oberfläche schaffe, musst du mich rausholen.«

Bartmann verstand. »Und wie sieht dein Plan aus?«

Zabel wollte nicht zugeben, dass er selbst noch keine genaue Vorstellung hatte. »Seitdem die Preußen angefangen haben, den äußeren Verteidigungsring zu bauen, stoßen sie immer wieder auf unterirdische Tunnel. Ich nehme an, das hier ist ein Zugang in die Katakomben.«

»Du willst dich also nur mal umsehen?« Bartmann wirkte sehr besorgt.

»Ich hoffe, dort unten jemanden zu treffen.«

»Wen?«

»Diejenigen, die die *Mineralien von Cöln* gestohlen haben.«

»Arthurs Mörder?« Bartmann schüttelte den Kopf. »Dann kann ich dich nicht allein dort runtergehen lassen.«

»Doch«, erwiderte Zabel. »Wenn niemand weiß, dass ich da bin, rechnet auch niemand mit mir. Deshalb musst du den Labortisch wieder zurechtrücken. Es darf niemand merken, dass wir dem Geheimnis auf die Spur gekommen sind. Bis morgen früh.«

»Was ist morgen früh?«

»Wenn ich bis dahin nicht zurück bin, musst du Leopold Hachette, Franz Rothamel und den Apotheker unter Druck setzen, damit sie in den Tunnel steigen. Das wäre dann der Beweis, dass sie zu einem Geheimbund gehören.«

»Und wie soll ich die unter Druck setzen?«

»Sage ihnen, ich sei verschwunden. Und erzähle von dem Schlüssel, den ich von Cécile habe. Aus Paris. Von einem ehemaligen Stadtsoldaten, von dem alle glaubten, er sei tot. Das wird sie aufschrecken. Es reicht nicht, Schmoors Mörder und den von Heyden zu finden, ich will sie alle. Alle, die damit zu tun haben. Und wir müssen wissen, um was es geht, wenn wir sie einsperren wollen. Bis jetzt haben wir nur Vermutungen.«

»Du sagtest, dass man immer wieder auf Geheimgänge stößt. Was, wenn es mehrere Zugänge gibt?«

Darüber hatte Zabel noch nicht nachgedacht.

»Was, wenn die einen anderen Zugang nehmen und ich nichts davon mitbekomme? Dann bist du ganz auf dich allein gestellt.«

Zabel sah in das dunkle schwarze Loch zu seinen Füßen. Er musste Bartmann recht geben. Zabel hatte seinen Degen am Gürtel und ein scharfes Messer am Fußgelenk befestigt. Würde dies ausreichen, sich zu verteidigen, wenn es so käme, wie Bartmann sagte?

»Morgen früh um acht Uhr öffnet die Apotheke. Wenn ich bis dahin nicht wieder raus bin, folgst du mir mit einigen Sergeanten. Ich werde mit dem Messer Zeichen in die Wand ritzen, damit ihr meinem Weg folgen könnt.«

Bartmann seufzte. »Warum nimmst du dieses Risiko auf dich?«

Zabel schluckte. »Mir bleibt keine andere Wahl. Ich muss Ergebnisse liefern, Tatsachen. Von Struensee könnte mir etliche Verfehlungen nachweisen, angefangen mit Cécile bis zu meinem Arrangement mit Victor Koll. Der Apotheker und Franz Rothamel sind Freunde von mir, und ich weiß nicht, wie viel sie mit dem Mord zu tun haben und wer ihre Komplizen sind. Verstehst du? Der Fall ist schon längst zu einer persönlichen Angelegenheit geworden. Wem soll ich denn noch Vertrauen schenken in dieser Stadt?«

»Mir«, erwiderte Bartmann.

Zabel nickte. »Ich vertraue dir, dass du mich wieder aus dem Loch rausholst, wenn ich es nicht selbst schaffe.«

Bartmann stimmte dem Vorhaben mit einem Kopfnicken zu und reichte ihm die Hand. »Viel Glück.«

Zabel steckte die Zündhölzer in seine Tasche und gab Bartmann die Laterne, der sie hielt, bis Zabel die ersten Sprossen der Leiter hinabgestiegen war. Bartmann entzündete den Docht und reichte Zabel die Laterne. Zabel legte den Bügel über sein Handgelenk, damit er beide Hände frei hatte, und stieg die Leiter abwärts in die Tiefe.

KAPITEL 41

Die Leiter endete nach dreiundzwanzig Sprossen, dann hatte Zabel wieder festen Boden unter den Füßen. Von der Stelle, wo er sich befand, ging ein Tunnel nur in eine Richtung. Es roch modrig nach Erde. Feuchtigkeit tropfte von der Decke. Der Schein seiner Laterne schaffte es nur wenige Meter weit. Zabel musste gebückt gehen, deshalb nahm er auch den Hut vom Kopf. Er schaute auf seine Füße, es waren keine normalen Schritte, die er in der gebückten Haltung machte, sondern etwas kürzere, er schätzte, dass er alle drei Schritte etwa einen Meter vorankam. Zabel zählte mit, um ein Gefühl für die Entfernung zu bekommen, die er zurücklegte.

Seitdem die Rheinprovinz zu Preußen gehörte, hatte das Militär begonnen, einen äußeren Verteidigungsring zu bauen, geplant waren elf Forts, die etwa hundert Meter vor der Stadtmauer einen Halbkreis bilden würden. Dadurch könnte man bei Angriffen massiven Widerstand leisten, noch bevor die Feinde überhaupt in die Nähe der Stadtmauer kämen. Gleich nach den Befreiungskriegen hatte man befürchtet, dass die Franzosen noch einmal versuchen könnten, Europa mit einem Krieg zu überziehen. Zu einer guten

Verteidigungsanlage gehörten immer unterirdische Gänge, um Munition und Soldaten unerkannt von einem Ort zum anderen zu bringen. So grub man auch heute noch Tunnel, die den äußeren mit dem inneren Verteidigungsring verbinden sollten. Da Köln schon seit fast zwei Jahrtausenden existierte und so einige Kriege erlebt hatte, war die Stadt durchzogen von unterirdischen Wehrgängen, deren Existenz im Laufe der Jahre in Vergessenheit geraten war und die bei neuen Bauvorhaben wiederentdeckt wurden.

Zabel blieb plötzlich stehen. Vor ihm auf dem Boden lagen ein Schädel und mehrere Knochen. Er ging in die Hocke und hielt seine Laterne näher dran. Es waren menschliche Überreste, die alt aussahen. Zabel schaute nach oben und verstand. An der Oberseite des Tunnels ragte ein weiterer Knochen aus der nassen Erde. Zabel befand sich also unter einer Grabstätte, wahrscheinlich dem Elendsfriedhof von Sankt Gregorius. Bis hierhin waren es zweihundertelf Schritte gewesen, etwa siebzig Meter, was von der Entfernung her passen würde.

Er ging weiter. Nach weiteren hundertdreißig Schritten erreichte er eine kleine Holztür, die einen Riegel, aber kein Schloss hatte und sich nach innen öffnen ließ. Zabel schob den Riegel zur Seite und zog an dem Knauf, die Tür ließ sich nur sehr schwer bewegen. Er sah in die Dunkelheit dahinter und kroch durch den schmalen Rahmen. Hinter ihm fiel die Tür wieder zu. Von dieser Seite betrachtet sah man gar nicht, dass sich dort ein Durchgang befand, weil dunkelrote Backsteine an dem Holz der Tür angebracht waren, die mit der Wand eine Einheit bildeten. Zabel befand sich jetzt in einem größeren Tunnel, aus Backsteinen gemauert, er setzte den Hut wieder auf. Dann holte Zabel sein Messer hervor, das er am Bein befestigt hatte, und ritzte ein Kreuz in einen der Backsteine, damit er auf dem Rückweg nicht an der Tür vorbeilaufen würde und Bartmann wusste, dass Zabel hier gewesen war. Der Tunnel ging nach rechts und links ab. In welche Richtung sollte er gehen? Ihm fehlte die Orientierung, weil der Geheimgang, aus dem er kam, nie ganz gerade verlaufen war, sondern mehrere leichte Biegungen gemacht hatte. Zabel stand mit dem Rücken zu der Tür und entschied sich, nach links zu gehen, was ihn seinem Gefühl nach eher in Richtung Stadt führte. Das Messer behielt er in der Hand, um weitere Markierungen zu setzen.

Der Tunnel war hoch genug, dass Zabel aufrecht gehen und normale Schritte machen konnte, was bedeutete, dass jetzt anderthalb Schritte einen Meter ergaben. Der Tunnel, in dem er sich jetzt befand, schien wirklich ein Wehrgang zum Munitionstransport und für Truppenverschiebungen gewesen zu sein. Zabel erhöhte das Tempo, die Luft war stickig, und das Atmen fiel ihm schwer. Woher sollte auch Sauerstoff kommen? Von der Decke tropfte Feuchtigkeit. Zuerst war es nur ein Gefühl der Beklommenheit, doch mit jeder Minute, die verstrich, verstärkte sich die Angst in ihm, dass es womöglich ein Fehler war, diesen Weg allein zu gehen. Zabel dachte darüber nach umzukehren, bevor ihm vielleicht die Luft ausging und er ohnmächtig wurde. Da spürte er einen leichten Windhauch und kam an eine Kreuzung. Er atmete tief durch. Nach rechts führte ein schmaler Gang in die Dunkelheit. Zabel leuchtete hinein, aber nach wenigen Metern endete der Schein seiner Laterne. Der Tunnel war so schmal, dass er womöglich nur dazu diente, frische Luft zu liefern. Das Atmen fiel wieder etwas leichter, aber Zabel schwitzte. Die Feuchtigkeit kam von innen und außen: Tropfen von oben, der Schweiß aus seiner Haut. Da schnürte sich seine Brust zu, es fühlte sich an, als ob er in Panik geriete, wie es ihm bisher ein einziges Mal während einer Schlacht ergangen war. Nackte Furcht. Ein Gefühl, dem er entfliehen wollte. Nur wohin? Es gab keinen Ausweg. Er musste sich beruhigen, den normalen Atemrhythmus wiederfinden. Es gelang ihm. Zabel lenkte sich ab, versuchte, sich zu erinnern, wie weit er gegangen war, aber die Zahl seiner Schritte wollte ihm plötzlich nicht mehr einfallen. Er wusste nicht annähernd, wo er sich befand, unter welcher Stelle der Stadt. Zabel ging weiter, er musste in Bewegung bleiben, nur nicht stehen bleiben. Er bereute, dass er hier war, er hätte auf Bartmann hören sollen. Seine Besessenheit, die Wahrheit herauszufinden, hatte ihn in diese aussichtlose Lage gebracht.

Da blitzte etwas in der Dunkelheit vor ihm auf. Der Schein der Laterne war reflektiert worden. Vor ihm befand sich wieder eine Backsteinmauer. Der Tunnel war scheinbar zu Ende.

Hier kam er nicht weiter. Zabel überlegte, atmete schwer. Er würde zurückgehen müssen, aber wohin würde der Tunnel in die andere Richtung führen? Er fühlte sich erschöpft, die schlechte Luft machte ihm zu schaffen. Auch deshalb durfte er nicht stehen bleiben. Er wollte gerade den Rückweg antreten, als er sah, was da reflektiert hatte in der Dunkelheit. Ein Loch in der Wand, umgeben von einem metallischen

Ring. Zabel leuchtete die Wand ab und erkannte eine schmale Fuge zwischen den Steinen, wie bei der Holztür, durch die er in den größeren Tunnel gelangt war. Und er hatte eine Ahnung, wozu der Metallring mit dem Loch da war. Zabel fasste in die Tasche seines Gehrocks und holte den Schlüssel heraus, der wie ein Stab mit Einkerbungen aussah. Er passte vom Durchmesser in das Loch, aber nur ein kleines Stück weit, höchstens zwei Zentimeter. Zabel drehte den Schlüssel langsam im Uhrzeigersinn, bis er sich noch ein Stück tiefer in die Wand stecken ließ. Mit jeder Drehung drang der Metallstab tiefer und tiefer in das Loch. Die Einkerbungen des Schlüssels machten es möglich, den Metallstab ganz in das Loch hineinzuschieben. Nun war das Ende erreicht, der Schlüssel ließ sich nicht mehr drehen. Zabel drückte ihn bis zum Anschlag hinein, und da vernahm er ein Geräusch, ein mechanisches Klicken. Die Wand gab an einer Stelle etwas nach. Er hatte die Tür gefunden. Zabel stemmte sich dagegen, sie ließ sich nur schwer öffnen. Er leuchtete mit der Laterne in den Raum dahinter, und frische Luft strömte ihm entgegen. Er konnte wieder frei durchatmen, sog die Luft in seine Lungen und trat ganz in den Raum hinein. Die Tür fiel hinter ihm zu. Von dieser Seite sah sie wie eine normale Holztür aus. Der Schein der Laterne verlor sich in der Dunkelheit, aber Zabel bemerkte, dass weitere Laternen an der Wand befestigt waren. Woher kam die frische Luft, die Zabel einhüllte? Er genoss es, wieder zu atmen, holte die Zündhölzer aus der Tasche und machte die erste Laterne an der Wand an, dann die zweite und die dritte, und allmählich offenbarte sich die gesamte Größe eines länglichen Raumes, der aber breiter war als der Tunnel. An den Wänden waren Symbole in die Wand geritzt, eins davon kannte er, es war das Kreuz der Verwirrung. Und dann sah Zabel etwas in der Dunkelheit schimmern, kam mit seiner Laterne näher. Noch näher. Er war am Ende des Raumes angelangt, wo sich ein Tisch aus dunklem Eichenholz befand, und auf diesem lagen mehrere Steine, die das Licht der Laterne farbig reflektierten.

Zabel zündete die letzte noch verbliebene Laterne an der Wand an, die den Altar und die Steine beleuchtete sowie die schwarz gestrichenen Wände ringsherum. Aus einem Stein ragten violett gefärbte Bergkristalle heraus. Ein anderer Stein war übersät mit kleinen, rot schimmernden Flecken. Und ein dritter Stein glänzte, aber es war kein Gold, sondern ein Mineral, das aus dünnen Schichten bestand, die wohl aneinanderklebten. Zabel war sich nicht sicher, aber er meinte, dass der Stein ein wenig nach Schwefel roch.

Waren sie das? Die *Mineralien von Cöln?*

Zabel ging fest davon aus, dass er sie gefunden hatte. Der Raum war gut belüftet, er würde hier ohne Probleme die Nacht verbringen können. Es tropfte auch keine Feuchtigkeit von der Decke, und entlang der Wand hatte man Bänke in das Gemäuer geschlagen. Zabel befand sich in der Höhle des Löwen. Er stellte seine Laterne ab und schaute hinauf zur Decke, wo ein Gitter war, durch das frische Luft kam.

Er ging zu der Tür zurück und schaute sich den Mechanismus an. Ein Riegel war mit einer Feder kombiniert, durch den Schlüssel wurde die Feder kurzzeitig außer Kraft gesetzt, wodurch der Riegel aufsprang.

Seine Taschenuhr verriet Zabel, dass es kurz nach zwei

Uhr war. Was sollte er machen? Zurückgehen und Verstärkung holen? Nein, das ging nicht, da Bartmann den Zugang bereits wieder verschlossen hatte, so wie es vereinbart war. Zabel würde die Nacht hier ausharren müssen. Mindestens fünf Stunden, wenn nicht einer der Verdächtigen käme, die er damit überführen könnte.

KAPITEL 42

Zabel fuhr aus dem Schlaf hoch. Was war das für ein Geräusch? Er hatte sich auf eine der Steinbänke gelegt, die in die Wand geschlagen waren, und nur kurz die Augen zugemacht. Wie lange war das her? Zabel wollte auf seine Taschenuhr schauen, aber es war zu dunkel. Er hatte alle Laternen bis auf eine gelöscht. Er kam auf die Beine und schaffte es gerade noch, sich hinter die Tür zu stellen, als diese aufgestoßen wurde.

Eine Gestalt in einem langen, dunklen Mantel und mit einem Schlapphut auf dem Kopf kam herein. Wasser tropfte von der Krempe, als wäre der Mann durch den Regen gegangen. Er sah aus wie einer von Kolls Männern. Lag Zabel richtig mit seiner Vermutung, dass Victor Koll und Rabanus Vaasen eine Person waren?

Die Tür fiel wieder zu. Zabel stand hinter dem Mann, der ihn noch nicht bemerkt hatte, weil er zu dem Tisch mit den Mineralien schaute und sich anscheinend wunderte, wieso die eine Laterne dort brannte. Zabel hielt die Luft an, griff nach seinem Messer. Der Mann trug auch eine Laterne bei sich, kam aber nicht auf die Idee, sich umzudrehen, sondern ging zum Ende des Raumes auf den Eichentisch mit den Mineralien zu.

Zabel blieb an der Tür in der Dunkelheit stehen und wartete gespannt.

Der Mann nahm den Schlapphut ab. Zabel erkannte ihn sofort, es war Jean Marc Hachette. Der Neffe des Verlegers. Er stand an dem Tisch mit den Mineralien, sah sich kurz um, konnte Zabel aber nicht sehen, weil der sich im Schutz der Dunkelheit befand. Spätestens wenn Hachette den Rückweg anträte, würde der Schein der Laterne Zabel treffen.

Hachette ging in die Hocke, holte etwas unter dem Tisch hervor. Es war eine kleine Kiste. Er stellte sie auf den Tisch und legte die drei Steine hinein. Dann machte er die Kiste zu, löschte das Licht der Laterne an der Wand und setzte den Schlapphut wieder auf. Zielstrebig ging er mit der Holzkiste in der einen Hand, mit der Laterne in der anderen zur Tür zurück.

Jean Marc Hachette blieb abrupt stehen, als er Zabel entdeckte.

»Guten Morgen«, begrüßte der ihn.

Hachette war zu verwirrt, um etwas zu sagen. Zabel hielt den Schlüssel hoch, mit dem er hereingekommen war.

»Ich denke mal, Ihre Anwesenheit beweist, dass Ihr Onkel etwas mit alldem hier zu tun hat. Auch wenn ich noch nicht ganz durchschaue, wozu dieser Raum dient.«

»Ich weiß es auch nicht«, sagte Hachette und schien den ersten Schreck überwunden zu haben. »Mein Onkel hat mich gebeten herzukommen.«

Zabel deutete auf die Kiste in der Hand des Neffen. »Sie

sind hier, um die Mineralien fortzuschaffen. Ihr Onkel wird jetzt einiges zu erklären haben. Sagen Sie mir, inwieweit Franz Rothamel in diese Sache verstrickt ist.«

Jean Marc Hachette schüttelte den Kopf. »Was für eine Sache? Mein Onkel ist ein Kunde von Herrn Rothamel, hat einiges bei ihm gekauft.«

»Ist Ihr Onkel auch auf dem Weg hierher?«

Jean Marc schüttelte den Kopf. »Nein. Er hat mich geschickt. Ich bin allein gekommen.«

Zabel holte seine Taschenuhr hervor. Es war kurz nach sechs. Bartmann konnte also nicht der Auslöser gewesen sein, weshalb Hachette seinen Neffen losgeschickt hatte. Viel wahrscheinlicher war es, dass die Mitglieder des Geheimbundes die Nacht lang beraten hatten und zu der Entscheidung gelangt waren, die Mineralien in Sicherheit zu bringen.

»Dann sollten wir Ihren Onkel nicht warten lassen und ihm die Mineralien bringen.« Zabel zündete auch seine Laterne an, griff nach dem Messer und zeigte es dem jungen Mann. »Versuchen Sie besser nicht, mich zu überwältigen oder wegzulaufen. Gehen Sie voran, ich folge Ihnen.«

Zabel öffnete die Tür von innen und zog sie auf. Der Gang dahinter lag in völliger Dunkelheit, das Licht der Laterne fiel nicht weit. Zabel ließ dem jungen Mann den Vortritt, der seine eigene Laterne hochhielt. Zabel folgte ihm durch die Tür und ließ sie zufallen.

Jean Marc war stehen geblieben, wartete auf den Kommissar.

»Führen Sie uns auf dem kürzesten Weg hier raus«, befahl Zabel.

Jean Marc Hachette drehte sich um und lächelte wieder auf seine arrogante Art. Zabel verstand nicht, warum.

Im selben Moment schoss ein scharfer Schmerz durch Zabels Kopf, und ihm wurde einen Moment lang schwarz vor Augen. Seine Knie schmerzten beim Aufprall auf den harten Boden, er riss die Augen auf. Die Sicht war verschwommen, das grelle Licht einer Laterne stach aus der Dunkelheit hervor und blendete Zabel, er sah den Neffen vor sich und noch eine Gestalt. Ein Gesicht, das er schon mal gesehen hatte. Der Mann trug keinen Hut, nur eine Baskenmütze, die sein schütteres Haar bedeckte.

Dann verlor Zabel das Bewusstsein.

KAPITEL 43

Das Erste, was er wahrnahm, war der Schein einer flackernden Kerze. Sie stand auf einem Nachttisch neben dem Bett, in dem er lag. Zabel wusste nicht, wo er war. Die Matratze fühlte sich weich an. Er richtete sich auf, was ihm starke Schmerzen im Kopf bereitete. Er fühlte die Bandage über der Stirn. Sein Blick schweifte umher. Das Zimmer war spartanisch eingerichtet: Stuhl, Tisch, die Vorhänge vor dem Fenster zugezogen. Hinter der verschlossenen Tür waren Geräusche zu hören, Gepolter. Schritte. Personen gingen auf dem Flur vorbei, hin und her.

»Hallo«, rief Zabel. »Ist jemand da?«

Die Schritte und das Gepolter hörten nicht auf. Seine Rufe wurden ignoriert. Es klang, als würden Möbel verrückt und Sachen transportiert werden.

Dann klopfte es an der Tür, bevor sie geöffnet wurde und ein bekanntes Gesicht erschien. Das Faktotum. Der Bedienstete von Victor Koll. Wie immer tadellos gekleidet mit weißem Hemd, beiger Weste und dunklem Gehrock, trat ein und schloss die Tür hinter sich.

»Wie geht es Ihrem Kopf?«

»Den Umständen entsprechend. Wo bin ich?«

»In Sicherheit. Sie wurden bei uns vor der Tür abgelegt. Bewusstlos. Ich denke mal, man hat Sie am Leben gelassen wegen Victor Koll. Freunde von ihm sind geschützt, weil seine Rache sonst fürchterlich wäre. Darf ich Ihnen irgendwas bringen? Zu trinken, zu essen?«

»Einen Schluck Wasser, bitte. Oder besser: Tee.«

Das Faktotum verbeugte sich, drehte sich um und ging zur Tür. Er hatte graues schütteres Haar. In dem Moment schoss Zabel ein Erinnerungsfetzen von letzter Nacht in den schmerzenden Kopf. Er sah dieses Gesicht vor sich, kurz bevor er ohnmächtig wurde.

»Rabanus Vaasen«, sagte Zabel unbedacht.

Das Faktotum blieb im Türrahmen stehen, drehte sich um. »Wie meinen Sie?«

Zabel sah ihn an, stellte sich eine Baskenmütze auf dem Kopf des Mannes vor. Ein Irrtum war ausgeschlossen. »Der größte Trick des Teufels ist es, die Menschen glauben zu lassen, dass es ihn nicht gibt.«

Das Faktotum blieb bei seiner Haltung. »Ich verstehe immer noch nicht, was Sie meinen.«

»Machen Sie die Tür zu, dann erkläre ich es Ihnen.«

»Möchten Sie nicht zuerst ein Wasser oder einen Tee?«

»Sie sind es: Rabanus Vaasen.«

Er verharrte im Türrahmen. »Ich weiß nicht, was Sie meinen und wie Sie darauf kommen?«

»Ich war nicht sofort ohnmächtig. Sie hatten eine Baskenmütze auf dem Kopf.« Ein verräterisches Zucken in den Augen verriet Zabel, dass er mit seiner Vermutung richtiglag.

»Das heißt, Sie haben gelogen, ich wurde nicht vor der Tür abgelegt, sondern Sie haben mich hergebracht. Rabanus Vaasen war ehemaliger Quartier- und Zahlmeister, ein Mann, der sich stets im Hintergrund aufhielt. Später wurde er Aufseher im Schlachthof. Ein einfacher Bediensteter, genau wie Sie. Aber wenn man sich nach Rabanus erkundigte, musste man riskieren, getötet zu werden. So wie Arthur Schmoor.«

Das Faktotum harrte im Türrahmen aus. »Sie haben einen Schlag auf den Kopf bekommen …«

»Sie sind es«, sagte Zabel entschlossen. »Ich habe Sie endlich gefunden.«

Der Bedienstete zuckte die Schultern. Dann wandte er sich ab und verließ das Zimmer. Zabel blieb kaum Zeit, über alles nachzudenken, denn Cécile kam herein, ließ die Tür offen stehen. Sie trug wieder das bis zum Hals geschlossene graue Kleid, ging auf das Bett zu und setzte sich neben Zabel, bevor sie ihre Arme um ihn schlang. Er spürte ihren Herzschlag, roch ihr Parfüm. Sein Kopf schmerzte, aber er wollte nicht, dass sie ihn losließ. Seine Hand streifte über ihren Rücken, ihre Brüste drückten sich an seinen Oberkörper. Dann löste sie sich von ihm und sah ihm in die Augen. Eine Träne kullerte über ihre Wange.

»Du hast die Tür zu dem Schlüssel gefunden?«

Zabel nickte. »Was hast du mit diesen Leuten zu tun? Warst du der Köder?«

»Nein«, sagte sie laut. »Sie wussten nicht, dass ich den Schlüssel hatte. Sonst wäre ich nicht mehr am Leben. Aber weil sie herausfinden wollten, wie viel ich weiß und wie viel du, haben sie dieses Versteckspiel inszeniert.«

Konnte er ihr trauen, oder hatte sie von Anfang an zu Victor Koll gehört? Zabel tastete sich langsam mit seinen Fragen vor. »Was betreiben Koll und Rabanus für ein Geschäft?«

»Ich glaube Erpressung. Sie haben gegen wichtige Leute was in der Hand. Einflussreiche Leute, bis in die höchsten Kreise.«

»Weshalb wurde Schmoor ermordet?«

»Aus Angst, dass er ihr Geschäft kaputtmacht. Die beiden Toten aus dem Weißgerbergraben gehörten zu Kolls Männern. Sie hatten Arthur entführt, er brachte sie um. Aber beim nächsten Versuch waren andere Handlanger erfolgreicher und haben ihn getötet und seine Leiche an Ort und Stelle verbrannt.«

Zabel sah sie an. »Du weißt mehr, als du mir gesagt hast. Was hat euch dieser Stadtsoldat in Paris genau erzählt?«

»Gerard hat auch mal zu ihnen gehört, aber die drei wurden zu Feinden. Rabanus hat einen Geheimbund ins Leben gerufen. Sie verehren die Mineralien und glauben, dass sie magische Kräfte besitzen. Kräfte, die Gutes bewirken, aber auch töten können. Wer von den Mineralien weiß und den Geheimbund verrät, wird krank und stirbt.«

Zabel schoss ein Gedanke in den Sinn, und er sprach ihn laut aus: »Eva.«

Da ertönte Kolls Stimme. »Genau um sie geht es.« Er stand im Türrahmen und trat ein. Das Faktotum folgte ihm, aber die Körperhaltung des alten Mannes hatte sich geändert. Er wirkte nicht mehr wie ein Diener. Er war Rabanus Vaasen.

»Sie sind durch die Apotheke hinabgestiegen in unser Reich«, sagte Koll. »Dieser Zugang wird von nun an verschlossen bleiben. Ihr Kollege ist heute Morgen unverrichteter Dinge abgezogen.«

»Ihr habt sie vergiftet?« Zabel konnte es noch nicht glauben.

»Wen?«, fragte Cécile. Sie schien nicht im Bilde zu sein.

»Meine Frau. Eva.«

»Gehen Sie«, wurde Cécile von Rabanus befohlen.

Zabel schaute zu ihr und nickte. Je weniger sie wusste, desto größer war die Wahrscheinlichkeit, dass man sie am Leben ließ. Cécile ging zur Tür, blieb noch mal stehen, drehte sich um, hatte Tränen in den Augen, als sie sich mit diesem Blick von Zabel verabschiedete.

Rabanus stand hinter Koll und schloss die Tür.

»Sie haben sich zu weit vorgewagt«, sagte Koll. »Wir mussten radikale Maßnahmen ergreifen, um Sie zu stoppen.«

»Warum hat Ihre Familie Sie verstoßen?«, wollte Zabel wissen.

»Spielt das eine Rolle?«

»Ich möchte wissen, mit wem ich es zu tun habe.«

Koll zog den Stuhl heran und setzte sich. »Mein Vater war ein erfolgreicher Geschäftsmann. Er hatte viel Einfluss. Unser Familienname war etwas wert, und ich konnte ihn für meine Geschäfte nutzen. Unlautere Geschäfte, wie mein Vater sagte. Ich war ein junger Mann und habe die Wirren des Krieges für mich genutzt, um reich zu werden. Während andere in der Schlacht kämpften, bildete ich die Nachhut und nahm die Sachen mit, die mir wertvoll erschienen.«

»Ein Plünderer?«

»Nennen Sie es so. Ich sah mich als einen Kunstliebhaber,

der verhindern wollte, dass gute Stücke in die falschen Hände gerieten. Natürlich gehörte zu jedem Artefakt auch eine Geschichte, die vollmundig und bildhaft sein musste, um den Kaufpreis in die Höhe zu treiben. Das Geld lag damals auf der Straße, man musste nur zugreifen. Aber als mein Vater davon erfuhr, stellte er mich vor die Wahl. Aufzuhören und meine Gewinne an die ursprünglichen Besitzer zurückzugeben, oder er würde mich verstoßen. Ich ging freiwillig, und mein Vater starb kurz darauf an einer seltsamen Krankheit. Die Ärzte wussten nicht, was er hatte.«

»Sie haben ihn vergiftet?«

Kolls Stimme klang emotionslos. »Medizin und Pflanzenkunde haben mich schon immer fasziniert.«

Zabel wurde bewusst, dass Eva seinetwegen in Lebensgefahr war. Wenn sie starb, könnte er sich das niemals verzeihen.

Rabanus kam einen Schritt näher. »Sie hatten recht, was mich angeht. Es sind einige Leute gestorben, die mir zu nahe kamen. Jetzt müssen wir die Dinge zu einem gütlichen Ende bringen. Wenn wir Ihnen einen Täter liefern, den Mörder von Arthur Schmoor und Peter Heyden, wäre auch Ihr guter Freund, Everhard von Groote, endgültig entlastet.«

»Und Ihre Frau wird wieder gesund«, fügte Koll hinzu.

Zabels Blick wanderte zwischen den beiden hin und her. »Wie machen Sie sie wieder gesund?«

»Nicht wir«, sagte Rabanus mit einem Grinsen auf den Lippen. »Die *Mineralien von Cöln*. Die Steine haben magische Kräfte.«

Beide Männer fingen an zu lachen.

Zabel verstand. »Sie machen die Leute zuerst krank und heilen sie anschließend. Dann sind sie Ihnen ewig dankbar und eng verbunden.«

Rabanus wurde wieder ernst. »Es ist leicht, Menschen zu täuschen. Aber es ist unendlich schwierig, jemanden davon zu überzeugen, dass er getäuscht wurde. Darum wird niemand bereit sein, Ihnen zu glauben. In den Protokollen, die Sie dem Polizeipräsidenten vorgelegt haben, taucht der Name Ihres Freundes, Everhard von Groote, nicht auf. Ebenso wird Cécile Travail, die Hure des Mordopfers, nie erwähnt. Aber es gibt Zeugen, die Sie zusammen mit dieser Hure in inniger Zweisamkeit gesehen haben.«

Koll erhob das Wort. »Und dann gibt es auch noch Ihren Freund aus dem Festordnenden Komitee, den Apotheker Albertus Neureck. Er gehört ebenfalls zu uns. Das Loch im Fußboden seines Labors haben wir zugeschüttet. Ihr Kollege Bartmann ist heute Morgen bei Neureck aufgekreuzt und unverrichteter Dinge wieder abgezogen. Wir haben alle Spuren vernichtet, und Bartmann wollte anscheinend nicht sagen, dass er letzte Nacht dort eingebrochen war. Wir haben ihm die Nachricht zukommen lassen, dass es Ihnen gut geht und er sich keine Sorgen machen muss.«

Zabel konnte sich den Ablauf gut vorstellen. Bartmann hatte die Handhabe gefehlt, noch mehr zu unternehmen. »Welche Rolle spielt Neureck?«

»Er ist Apotheker«, antwortete Koll. »Er kennt sich noch besser mit Pflanzen und deren Giften aus als ich.«

»Und Rothamel?«

»Ihre Frau hat sich mit ihm getroffen, um sich eine Parzelle anzusehen. Danach waren die beiden zusammen in einem Café. Rothamel steht tief in unserer Schuld, weil wir ihn geheilt haben, wie so viele andere auch. Er tut alles, was wir ihm sagen.«

Zabel wurde bewusst, dass er es mit einem übermächtigen Gegner zu tun hatte.

»Und Sie werden das ab sofort auch tun«, sagte Rabanus. »Wenn wir wollen, dann wird Albertus Neureck zu Protokoll geben, dass Sie neulich bei ihm waren und sich nach einem Gift erkundigt haben, um Ihre Frau krank zu machen, damit sie stirbt. Denn Sie wollten nach Berlin gehen, um dort ein neues Leben zu beginnen. Zusammen mit dieser Hure, in die Sie sich unsterblich verliebt haben.«

Zabels Hals schnürte sich zu. Vor Wut und Entsetzen gleichermaßen. Was er gerade gehört hatte, lag jenseits seiner Vorstellungskraft, aber wenn er diese Worte in einem Protokoll lesen würde, wäre er als Kommissar geneigt, dem zu glauben. Es klang alles in sich schlüssig, auch wenn es nicht der Wahrheit entsprach. Er wusste, dass eine solche Geschichte nicht nur das Ende seiner Karriere bedeuten würde, sondern dass er dafür ins Gefängnis ginge, vielleicht sogar auf dem Schafott endete. Vor allem dann, wenn Eva die vermeintliche Krankheit nicht überlebte und nicht mehr bezeugen konnte, dass sie sich vor zwei Tagen mit Franz Rothamel getroffen hatte.

Da schoss es Zabel in den Sinn. Rabanus hatte die Protokolle erwähnt, seine Gegner kannten den Inhalt. Das bedeutete, mindestens ein Polizist oder ein Mitarbeiter aus dem Präsidium arbeitete für die Bande. Gehörte etwa der Polizeipräsident zu dem Geheimbund? Reichte ihre Macht so weit, bis ganz an die Spitze? Zabel konnte es sich nicht vorstellen, aber seine Vorstellung hatte auch nicht gereicht, sich auszumalen, dass die *Mineralien von Cöln* jemanden in die Lage versetzen könnten, so viel Macht über andere auszuüben.

»Woher haben Sie die Protokolle?«

»Sie müssen nicht alles wissen«, antwortete Koll.

Zabel dachte nach, wer seiner Kollegen in der letzten Zeit krank und wieder gesund geworden war. Bartmann. Wodurch war er geheilt worden? Am Aschermittwoch, als er die ersten Symptome gezeigt hatte, bestand noch gar kein Anlass, ihn zu vergiften, um ihn später zu heilen. Und der Arzt hätte etwas bemerkt. Oder nicht? Gehörte Dr. Vierkötter auch zu ihnen? Zabels Hände fingen leicht an zu zittern. Er wusste nicht mehr, was er glauben sollte, wem er noch vertrauen konnte. Das Atmen fiel ihm schwer, wie vor ein paar Stunden im Tunnel, in dem er gesteckt hatte. Er musste sich unbedingt zusammenreißen, sich konzentrieren. Bartmann konnte es nicht gewesen sein. Er wäre nicht in der Lage gewesen, die Protokolle weiterzureichen, weil er nicht im Büro war. Er hatte eine normale Erkrankung durchlaufen, an der andere aus seiner Straße gestorben waren. Wer dann? Wer war der Verräter? Zabel fiel nur ein Name ein: Konstantin Scheer. Im letzten Jahr hatte er ein paar Tage gefehlt, und es hatte geheißen, dass er sterben könnte, dann aber war er plötzlich wieder da. Eine Art Wunderheilung.

Koll riss Zabel aus seinen trüben Gedanken. »Wir wissen alles, was Sie wissen. Und noch viel mehr. Darum sollten wir jetzt alle vernünftig sein. Wie würde Karl Philipp von Struensee reagieren, wenn er all dies über Sie zu hören bekäme? Wem würde er glauben? Ihnen? Wir wissen, dass der Polizeipräsident nicht gut auf seinen Kommissar Zabel zu sprechen ist.«

Rabanus fiel Koll ins Wort. »Ich heiße Sie hiermit willkommen in unserem Bund. Sie gehören von nun an zu einem einflussreichen Zirkel, der die Geschicke dieser Stadt lenkt. Wir sind größer und mächtiger, als es das Festordnende Komitee oder eine andere Organisation je sein wird. Mit dem Unterschied, dass niemand von uns weiß. Und niemand kann Mitglied werden, ohne dass wir auf ihn zugehen.«

Zabel musste es laut aussprechen, um es zu begreifen. »Sie machen die Leute krank und heilen sie danach mithilfe der Mineralien.«

Rabanus nickte und blieb sachlich. »Wer diesem Glauben einmal verfallen ist, bleibt uns ewig treu verbunden. Nur Leute wie Sie, Herr Kommissar, lassen sich nicht so leicht hinters Licht führen. Bei Ihnen wirken leider nur andere Methoden.«

»Wie sind Sie auf diese Idee gekommen, die Mineralien für so etwas zu nutzen? Ich muss es wissen, um es zu verstehen.«

Rabanus und Koll sahen sich an, bevor der einstige Diener, der zum Chef wurde, fortfuhr und die Geschichte in der dritten Person erzählte. »Manchmal ist es der Zufall, der dem Leben eine neue Richtung gibt. Rabanus Vaasen war ein Stadtsoldat, wie Sie ja wissen. Er meldete sich zusammen mit anderen für die Transporte von Paris nach Köln. Peter Heyden musste raus aus Köln, weil er Schulden hatte. Die Mineralien wurden zusammen mit der Mumie und einigem anderen Krempel zurück in die Heimat gebracht. Unser Weg führte zuerst nach Sinzig. Als wir dort waren, hörten wir zum ersten Mal von der Legende rund um die Steine, die angeblich keinen großen Wert hatten. Sie wollen wissen, wie man aus so einer Legende Geld schöpfen kann?«

Zabel wusste es längst. »Durch die Leichtgläubigkeit der Menschen.« Er sah zu Koll. »Waren Sie etwa auch bei den Soldaten?«

»Hören Sie weiter zu«, ermahnte Rabanus ihn. »In Sinzig gab es einen reichen Mann, der im Sterben lag. Rabanus und Heyden brachten ihm die Mineralien. Für jeden Tag, den der Mann länger leben durfte, bekamen die beiden fünf Reichsthaler und durften in seinem Haus wohnen. Vier Wochen lang. Keine Ahnung, was den alten Mann am Leben gehalten hatte, aber Rabanus und Heyden waren am Ende um mehr als hundert Thaler reicher. Sie kehrten zurück nach Köln und gingen ihrer eigenen Wege. Heyden bezahlte seine Schulden, eröffnete seine Buchbinderei. Rabanus arbeitete ein paar Monate im Schlachthaus, bevor er einen zweiten Anlauf wagte. Er zog noch mal durch die Lande. Da die Mineralien nicht wirklich heilende Kräfte besaßen, lief das Geschäft eher schlecht. Die Leichtgläubigkeit der Menschen war schnell erschöpft. Rabanus wollte aufgeben, da traf er auf jemanden, der den Trick durchschaut hatte und eine neue Chance sah.«

Zabel schaute zu Victor Koll, er übernahm das Wort. »Rabanus war nie daran gelegen, im Mittelpunkt zu stehen. Die Bühne überließ er lieber mir. Ich wusste, wie man Menschen heilen konnte. Indem man sie vorher krank machte. Jeder Geheilte war verpflichtet, dem Geheimbund beizutreten und Stillschweigen zu bewahren. Wer sich nicht daran hielt, den raffte die nächste Krankheit dahin. Das Geheimnis zu wahren war das Wichtigste, denn eins durfte nicht passieren. Die Steine durften niemals ihrer magischen Kraft beraubt werden.«

»Eine Magie, die nicht existiert.«

»Oh doch«, sagte Rabanus. »In den Köpfen derer, die daran glauben. Niemand ist vor Aberglauben gefeit. Absolut niemand.«

»Aber Arthur Schmoor hätte Sie auffliegen lassen, er wusste Bescheid, deswegen musste er sterben. Der Mord an ihm war ein Fehler, das hat mich auf Ihre Spur gebracht.«

»Sie haben völlig recht.« Rabanus blieb ebenso ernst wie überzeugend. »Wir haben ihn nicht getötet.«

»Das soll ich Ihnen glauben?«

»Es ist die Wahrheit«, erwiderte Koll.

Zabel hakte nach. »Und was ist mit Ihrem Freund, der nach Paris gegangen ist? Durch ihn ist Schmoor auf die ganze Sache aufmerksam geworden.«

»Wir dachten, Gerard ist im Rhein ertrunken. Dass er den Schlüssel geklaut hatte, wussten wir, aber ein Toter konnte damit nichts anfangen. Dass unser ehemaliger Kamerad überlebt hat und nach Paris geflüchtet ist, konnten wir nicht ahnen. Aber er wusste auch nicht, wo wir die Mineralien aufbewahrten.«

Rabanus wandte sich ab, ging zur Tür, öffnete sie und drehte sich wieder zu Zabel um. »Sie dürfen gehen, Herr

Kommissar. Kümmern Sie sich um Ihre Frau, der es sehr bald wieder besser gehen wird, bis sie vollständig genesen ist. Das verspreche ich Ihnen. Und Cécile wird aus Ihrem Leben verschwinden.«

»Nein.« Zabel fuhr aus dem Bett hoch. »Sie werden sie nicht umbringen.«

»Das ist doch gar nicht nötig«, sagte Rabanus in ruhigem Tonfall. »Sie wird schweigen, genau wie Sie. Cécile geht nach Paris zurück.«

»Ich muss den Fall abschließen«, sagte Zabel, während er sich aus dem Bett erhob und wieder auf die Beine kam. »Wer hat Arthur Schmoor ermordet?«

»Sie werden bald einen anonymen Brief erhalten, in dem ein Name steht. Wir finden schon jemanden, der einen Grund hatte. Vielleicht der Bruder einer der beiden Männer, die Schmoor ermordet und im Weißgerbergraben versenkt hat.«

Zabel versuchte aufzustehen. Er spürte, wie seine Knie weich wurden und der Kopf schmerzte. Er hatte verloren. Auf ganzer Linie. Das Einzige, was ihm blieb, war die Gewissheit, dass seine Frau überleben würde.

»Versprechen Sie mir, dass Cécile nichts zustößt.«

Koll lächelte. »Wir sind doch keine Unmenschen. Niemand stirbt, wenn Sie sich an unsere Regeln halten.«

Langsam trottete Zabel zur Tür.

»Herr Kommissar«, rief Koll ihm hinterher.

Zabel drehte sich um und sah ihn fragend an.

»Wissen Sie jetzt, was wahre Macht bedeutet?«

Zabel nickte. »Wenn Menschen das tun, was man von ihnen verlangt.«

Koll lächelte zum Abschied. »Sie müssen sich nicht fürchten, zumindest nicht vor uns. Wenn überhaupt, dann nur vor sich selbst.«

Zabel ging aus dem Zimmer, den Korridor entlang, die Treppe hinunter und trat schließlich aus dem Haus auf die Straße. Die Sonne schien. Ein Mann auf einem Pferd ritt vorbei und warf einen Schatten auf Zabels Gesicht. Er drehte den Kopf, sah dem Reiter hinterher, schaute auf die Fassaden der Häuser. Die Welt um ihn herum wirkte so normal wie sonst auch, aber das war sie nicht. Es gab nichts mehr, woran Zabel glauben konnte. Er würde kein selbstbestimmtes Leben mehr führen, und er hatte seine Ehre verloren. Er war von Menschen umgeben, die zerstören wollten, was er liebte.

Und er sah keine Möglichkeit, etwas gegen sie zu unternehmen.

KAPITEL 44

Zabel wusste, dass ihm nicht viel Zeit blieb. Er ging zügig, auch wenn ihm noch etwas schwindelig war und sein Kopf schmerzte. Nach zehn Minuten erreichte er das Hospital, betrat das Gebäude, lief die Stufen nach oben und riss die Tür auf.

Eva drehte den Kopf zu ihm. Die Sonne schien auf ihr Haupt und erzeugte einen leuchtenden Kranz in ihrem Haar. Einem Heiligenschein ähnlich. Sie hatte auch schon wieder Farbe im Gesicht und lächelte.

Zabel trat ans Bett, beugte sich zu seiner Frau herab und gab ihr einen Kuss auf die Stirn.

»Wie geht es dir?«

»Schon viel besser«, sagte sie. »Ich habe die Nacht tief und fest geschlafen. Aber was ist mit deinem Kopf passiert?«

Erst jetzt fiel ihm ein, dass er immer noch eine Bandage um die Stirn gewickelt hatte. »Nichts. Ich habe mich nur gestoßen, es ist alles in Ordnung.«

»Du siehst aber nicht gut aus.«

»Ich habe die Nacht kaum ein Auge zugetan.«

»Warst du wieder bei ihr?«

»Nein«, sagte er. »Ich liebe nur dich, und das wird auch immer so bleiben.«

Sie sah ihm tief in die Augen. »Ich wünschte, ich könnte dir glauben.«

»Werde gesund. Aber dann musst du stark sein«, sagte er.

»Wie meinst du das?«

»Es werden Dinge über mich gesagt werden, die nicht stimmen. Aber du musst mir glauben, niemandem sonst.«

Sie war schlagartig besorgt. »Was für Dinge?«

»Erinnerst du dich an den Tag, als du Franz Rothamel getroffen hast?«

Sie nickte.

»Ging es dir an diesem Tag gut?«

Sie nickte wieder. »Was sollen die Fragen?«

»Du darfst mit niemandem darüber reden. Versprich es mir.«

Eva nickte, aber in ihrem Blick lag Angst.

»Habt ihr zusammen etwas getrunken? Einen Kaffee oder irgendwas anderes?«

»Wir waren in einem Café auf der Schildergasse. Wieso?«

»Es ist alles gut, ich musste es nur von dir hören. Franz steckt in Schwierigkeiten, und ich muss wissen, dass du mit ihm zusammen warst an dem Tag.«

»Ich war mit ihm zusammen.« Sie fasste seine Hand. »Ich war wütend auf dich. Vielleicht habe ich ihm etwas erzählt, was ich nicht hätte sagen dürfen.«

»Was?!«

»Ich habe ihm von Cécile erzählt. Und gesagt, dass du womöglich mit dieser Hure verkehren würdest.«

»War das alles? Oder hast du noch mehr gesagt?«

»Ich habe gesagt, dass du dich sehr verändert hast. Du nicht mehr der bist, den ich geheiratet habe. Es tut mir leid, dass ich mit einem Fremden über uns gesprochen habe.«

Er strich ihr mit der Hand über die Stirn. »Schon gut. Es stand dir zu, das zu tun. Glaubst du, du bist stark genug, nach Hause zu kommen?«

Sie nickte.

»Ich werde alles Notwendige veranlassen.«

Er gab ihr noch einen Kuss und flüsterte. »Ich muss jetzt gehen. Rede mit niemandem über uns, mit niemandem.«

KAPITEL 45

»Unser Plan scheint ja richtig schiefgegangen zu sein«, sagte Bartmann.

Zabel saß ihm gegenüber am Schreibtisch. »Wie konnten die so schnell den Tunnel zuschütten?«

Bartmann seufzte. »Ich glaube, das ist meine Schuld.«

Zabel sah ihn aufgeschreckt an.

Bartmann wich dem Blick nicht aus. »Ich habe einen Fehler gemacht. Als wir, also der Schmied und ich, die Apotheke verlassen haben und Niehus gerade abgeschlossen hatte, da bellte wieder dieser Hund. Er war in einem der Häuser. Er bellte so laut, dass hinter einem Fenster das Licht anging. Wir sind ganz schnell verschwunden, aber wahrscheinlich hat uns jemand gesehen und den Apotheker verständigt.«

Zabel atmete innerlich auf. Eine Sekunde lang hatte er geglaubt, der Kollege könnte ihn verraten haben, aber Bartmanns Schilderung klang nicht wie eine Ausrede oder eine Lüge, sondern erklärte alles. Von dem Moment an, als der Hund bellte, waren den Gegnern etwa fünf Stunden Zeit geblieben, die sie genutzt hatten.

»Wie bist du wieder aus dem Untergrund rausgekommen?«, fragte Bartmann.

»Ich weiß es nicht. Wahrscheinlich gibt es mehrere Zugänge.«

»Als ich mit einigen Sergeanten bei der Apotheke ankam, war der Labortisch festgeschraubt, ließ sich nicht bewegen. Ich habe den Tisch trotzdem beiseiteschieben lassen, und dann lag dort eine Steinplatte, da war kein Loch mehr. Was sollte ich da noch tun?«

»Es ist in Ordnung, mach dir keine Vorwürfe. Ich habe einen schweren Fehler gemacht, nur ich.« Zabel fühlte sich kraftlos und leer. »Es ist vorbei.«

»Noch nicht ganz«, sagte Bartmann leise. »Von Struensee hat mich zu sich zitiert. Ich wusste nicht, was ich sagen sollte, was ich sagen durfte. Er hat mir nicht geglaubt und freut sich auf das Gespräch mit dir.«

Sie schwiegen einen Moment, bis Zabel wieder das Wort ergriff. »Ich bin Rabanus Vaasen begegnet. Er lebt. Und er hat mich in der Hand.«

»Wie meinst du das?«

»Ich kann es dir nicht erklären. Der Fall wird bald gelöst sein. Und dann wenden wir uns wieder anderen Dingen zu. Du darfst mich niemals fragen, wie es dazu gekommen ist.«

Bartmann nickte. »Ich bin dir was schuldig. Also werde ich nicht fragen und hinter dir stehen, egal, was kommt.«

Zabel musste grinsen wegen des Treueschwurs. Es zeugte von einer gewissen Ironie, dass die enge Verbundenheit mit Bartmann auf demselben Prinzip beruhte, wie auch der Geheimbund funktionierte. Rabanus und Victor Koll hatten

Menschen um sich geschart, die ihnen bedingungslos ergeben waren, weil diese Leute glaubten, dass die Mineralien ihnen das Leben gerettet hatten. Genauso, wie Bartmann glaubte, dass er ohne Dr. Vierkötter nicht gesund geworden wäre, und Zabel hatte ihm diesen Engel geschickt. Ihm kam der Traum wieder in den Sinn, wie er im Sumpf zu versinken drohte und die Zügel des Haflingers in unerreichbarer Ferne lagen. Das Pferd hätte nur einen Schritt auf ihn zumachen müssen. Nur einen Schritt, aber es kam nicht.

Bartmann riss ihn aus seinen Gedanken. »Woran denkst du gerade?«

»Wenn einem Freunde nicht mehr weiterhelfen können, vielleicht muss man sich dann an seine Feinde wenden.«

Bartmann verstand nicht, sah ihn fragend an.

Zabel erhob sich aus seinem Stuhl und nahm die Bandage vom Kopf. »Wie sehe ich aus?«

»Wie ein geprügelter Hund.«

»Sehr gut. Genau so muss es sein.«

KAPITEL 46

»Was ist denn mit Ihnen passiert?« Von Struensee stand in seiner besten Uniform hinter dem Schreibtisch und sah Zabel mit kritischem Blick an.

»Darf ich mich setzen?«

Von Struensee deutete auf den Stuhl auf der anderen Seite des Schreibtisches. Zabel nahm Platz, der Polizeipräsident blieb stehen, um wie so oft auf ihn herabzuschauen.

»Erinnern Sie sich an den Mann, der Ihnen beim Maskenball das Rotweinglas über die Uniform geschüttet hat?«

»An den erinnere ich mich sehr gut. Wieso fragen Sie?«

»Im Krieg hieß es: Der Feind eines Verbündeten ist auch mein Feind.« Zabel ließ die Worte einen Moment lang wirken, bevor er weitersprach. »Wir sind keine Verbündeten, Sie sind mein Vorgesetzter. Aber Preußen ist für uns beide die Heimat. Und ich denke, wir wollen nur das Beste für diese Stadt und ihre Bürger.«

»Allerdings. Das ist so. Und was wollen Sie damit zum Ausdruck bringen?«

»Der Apotheker Albertus Neureck, der Sie in aller Öffentlichkeit gedemütigt hat, ist ein gefährlicher Krimineller.«

»Ach.« Von Struensee nahm endlich Platz und sah Zabel fragend an. »Reden Sie weiter.«

Zabel schüttelte den Kopf. »Das kann ich nicht. Denn sonst besiegele ich das Ende meiner Karriere.« Zabel holte tief Luft. »Der Apotheker gehört zu einem gefährlichen Geheimbund. Und die haben mich in der Hand.«

»Ein Geheimbund?« Von Struensee dachte zuerst nach, bevor er weiterredete. »Sie wären nicht hier, wenn Sie nicht das Bedürfnis hätten zu reden. Was dürfen Sie mir denn über diesen Geheimbund sagen?«

»Die Männer, die hinter allem stehen, haben versucht, meine Frau zu vergiften, aber das würden sie niemals zugeben. Sie werden behaupten, dass ich es war. Dass ich meine Frau vergiften wollte, um ein neues Leben mit einer Hure zu beginnen.«

Von Struensees Augen weiteten sich. Er hatte wohl mit vielem gerechnet, aber damit nicht. »Wie könnte jemand so etwas behaupten und denken, dass man ihm Glauben schenken würde?«

»Ganz einfach.« Zabel rang sich ein Lächeln ab. »Dieser Apotheker und seine Freunde setzen darauf, dass Sie, der Polizeipräsident, mich loswerden wollen. Und man weiß, dass die Protokolle, die ich Ihnen gegeben habe, unvollständig sind.«

»Inwieweit unvollständig?«

»Sie sind streckenweise falsch, entsprechen nicht der Wahrheit. Wollen Sie wissen, warum ich gelogen habe?«

»Natürlich. Raus damit.«

Zabel ließ von Struensee stets genug Zeit, zwischen jedem einzelnen Satz darüber nachzudenken.

»Ich wollte einen guten Freund schützen. Ihn persönlich und den Namen seiner Familie. Es handelt sich um Everhard von Groote. Er ist unverschuldet in diesen Mordfall involviert worden. Ich sah es als meine Pflicht an, zuerst die ganze Wahrheit herauszufinden, bevor ich …«

Von Struensee sah ihn erbost an. »Sie haben mir also nicht vertraut?«

»Nein«, erwiderte Zabel schnell. »Sie haben mir in der Vergangenheit genug Anlass gegeben, dies nicht zu tun.«

»Und dadurch haben Sie sich in eine äußerst missliche Lage gebracht?«

Zabel nickte. »Die Freundschaft zu Everhard von Groote war mir wichtiger als die Loyalität zu meinem Vorgesetzten.«

»Erklären Sie mir das.«

»Everhard hat als Freiwilliger in den Befreiungskriegen gedient, auf unserer Seite.«

»Waren Sie etwa Kameraden?«

»Nicht in derselben Schlacht, aber wir haben beide unter Generalfeldmarschall von Blücher gedient. Von Groote war in Paris und hat die Kunstschätze beschlagnahmt, die von den Franzosen geraubt worden waren. Ich meine, Everhard hätte es nicht verdient, unverschuldet in so eine Sache mit hineingezogen zu werden.«

Von Struensee stand auf, schaute wieder auf Zabel herab. »Ich bin enttäuscht von Ihnen. Sehr enttäuscht.«

Zabel senkte den Kopf und schaute vor sich auf den Boden. Sie war vorbei, seine Zeit als Kommissar.

Von Struensee setzte in harschem Tonfall nach. »Wollen Sie wissen, warum?«

Zabel nickte stumm.

»Weil Sie angenommen haben, dass Sie mir die Wahrheit nicht sagen könnten. Weil Sie geglaubt haben, ich hätte Ihren Freund in Schwierigkeiten gebracht. Das ist infam.«

»Es geht nicht nur um Sie, um Ihre Person, Herr Polizeipräsident. Ich glaube, dass wir im Präsidium einen Verräter haben. Dies würde am Ende auch auf Sie zurückfallen.«

Von Struensee sah ihn mit großen Augen an.

»Auch deshalb habe ich die falschen Protokolle geschrieben.«

Das war eine Lüge, denn Zabel wusste erst seit Kurzem, dass es einen Maulwurf in ihren Reihen gab. Aber es war eine Chance, von Struensee auf seine Seite zu ziehen. Der starrte vor sich auf die Tischplatte, während er nachdachte.

»Stehen Sie auf.«

Zabel erhob sich von seinem Stuhl.

»Dann wäre jetzt wohl der richtige Zeitpunkt, dass Sie mir alles erklären.« Er deutete zu der Couch und den zwei Stühlen mit Armlehnen. Zabel verstand nicht. Von Struensee kam um den Schreibtisch herum, ging zur Tür, die in den Nebenraum führte, riss sie auf und sagte laut: »Bringen Sie uns Kaffee.«

Von Struensee kam zurück, ging wortlos an Zabel vorbei und nahm auf einem mit beigem Stoff bezogenen Stuhl Platz.

Langsam bewegte sich Zabel auch dorthin, setzte sich seinem Vorgesetzten gegenüber auf den anderen Stuhl. Dann fing der Kommissar an zu berichten, von dem Abend des Maskenballs bis zum heutigen Tag. Er ließ kein Detail aus, auch nicht den Ehebruch, der zwar nur im Kopf stattgefunden hatte, aber nicht von der Hand zu weisen war. Von Struensee hörte die ganze Zeit aufmerksam zu, stellte Zwischenfragen, wenn er sichergehen wollte, es auch richtig verstanden zu haben. Unterbrochen wurden sie nur einmal von dem Sekretär, der kurz hereinkam, um eine Kanne Kaffee und zwei Tassen auf einem Tablett zu servieren.

Schließlich war Zabel am Ende seiner Schilderungen angekommen.

»Wie kommen Sie darauf, dass es hier im Präsidium jemanden gibt, der mit diesen Leuten zusammenarbeitet?«

»Rabanus Vaasen kannte meine Protokolle. Er muss also Zugang zu den Akten gehabt haben.«

»Haben Sie jemanden in Verdacht?«

»Konstantin Scheer. Er war letztes Jahr erkrankt und wurde plötzlich wieder gesund. Es ist aber nur ein Verdacht.«

Die Stille im Raum machte Zabel nervös. Von Struensee überlegte genau, was nun am besten zu tun sei. Zabels Schicksal war noch nicht besiegelt.

Der Polizeipräsident brach das Schweigen. »Wir müssen schnell handeln. Die Männer, die Sie im Weißgerbergraben gefunden haben, gehörten zu Victor Koll, was bedeutet, er ist auch für den Mord an Arthur Schmoor verantwortlich. Damit liefert er uns einen Grund für eine Festnahme, vor allem, wenn er vorhat zu fliehen.«

»Das sehe ich auch so«, stimmte Zabel zu.

»Damit ist der Fall aber noch nicht gelöst. Ganz und gar

nicht. Eine Festnahme bedeutet noch nicht, dass Victor Koll es war, womit wir bei Ihrem Freund wären: Everhard von Groote. Er war in jener Nacht vor Ort gewesen, als Arthur Schmoor ermordet wurde.«

Zabel nickte.

Von Struensee fuhr fort. »Könnte er nicht doch etwas gesehen haben? Mehrere Männer mit Schlapphüten vielleicht?«

Zabel verstand sofort.

Von Struensee grinste. »Zum Raube lächeln heißt: den Dieb zu bestehlen. Was ein Victor Koll kann, können wir auch: eine kleine Unwahrheit zu nutzen wissen.«

»Und dann wäre da noch der Mord an Peter Heyden«, sagte Zabel.

»Wir lassen die Verdächtigen schmoren. Jede Kette bricht an ihrem schwächsten Glied.« Von Struensee erhob sich aus seinem Stuhl, blühte auf und wirkte voller Tatendrang. »Ich werde mich von nun an um die Sache kümmern. Sie sind befangen und ruhen sich erst mal aus. Kümmern Sie sich um Ihre Frau.«

»Wir brauchen Unterstützung von außerhalb«, sagte Zabel.

Von Struensee sah ihn fragend an.

»Marcus DuMont. Ich weiß, Sie sind nicht gut auf ihn zu sprechen, aber in diesem Fall muss die Wahrheit einer breiten Öffentlichkeit zugänglich gemacht werden. Wir können die Mitglieder des Geheimbundes nur dazu bringen, sich zu offenbaren, wenn wir aus ihnen Opfer machen – keine Täter. Betrogene. Die *Mineralien von Cöln* müssen ihre Wirkung verlieren, und das gelingt nur, wenn wir den Glauben daran zerstören.«

Von Struensee lächelte. »Ich werde nach dem Verleger schicken lassen. Gehen Sie jetzt nach Hause.«

KAPITEL 47

Die Festnahmen verliefen spektakulär, der Polizeipräsident zog alle Register. Er ließ die Stadttore vorübergehend schließen, mitten am Tag, als der Handel florierte. Nur wenige Stunden später erschien eine Sonderausgabe der *Kölnischen Zeitung*. Vor den Häusern von Victor Koll, Leopold Hachette, Franz Rothamel und dem Apotheker Albertus Neureck zogen uniformierte Soldaten auf. Der Labortisch in der Apotheke wurde herausgerissen und die Steinplatte darunter zerschlagen. Zum Vorschein kam ein Tunnel, der in einen vergessenen Wehrgang zur Verteidigung der Stadt führte, wo sich im Untergrund der verborgene Tempel des Geheimbundes befand.

Die *Kölnische Zeitung* informierte die Bürger der Stadt, wie der perfide Plan funktionieren konnte: Menschen wurden krank gemacht, um sie zu heilen, damit sie an die magischen Kräfte der Mineralien glaubten. Und wer einmal dem Aberglauben verfallen war, ließ sich manipulieren. So auch Konstantin Scheer, der zugab, durch die Mineralien geheilt worden zu sein. Victor Koll hatte ihn daraufhin erpresst und gedroht, dass die Steine nicht nur heilende Wirkung hätten, sondern auch töten könnten. Von Struensee räumte dem geständigen Kommissar das gleiche Privileg ein wie anderen Mitgliedern des Geheimbundes: Sie wurden als Opfer betrachtet, solange ihnen keine schweren Straftaten nachzuweisen waren. Der Kommissar wurde aus dem Polizeidienst entfernt, aber von Struensee fand ein neues Betätigungsfeld für ihn. Scheers Aussagen rissen die Haupttäter endgültig in die Tiefe.

Rabanus Vaasen und Victor Koll waren gescheitert, weil sie geglaubt hatten, Kommissar Zabel erpressen zu können. Sie hatten nicht mit der Reaktion des Polizeipräsidenten gerechnet, der nun seine Macht ausspielte und unbestechlich war. Franz Rothamel, Albertus Neureck, Leopold Hachette und sein Neffe wurden ebenfalls eingekerkert, und von Struensee ließ sie ein paar Tage in der Zelle schmoren. Genau, wie er vermutet hatte, brach die Kette am schwächsten Glied, und das war der Apotheker. Neurecks Aussage schloss einige Wissenslücken, und auf ihn folgte Rothamel, dann Leopold Hachette. Nur Victor Koll und Rabanus Vaasen schwiegen beharrlich.

Auch Cécile wurde festgenommen, aber nicht ins Gefängnis gebracht, sondern unter Hausarrest gestellt. Sie verweilte unter Bewachung eines Sergeanten im Hotel.

Wie weit der Einfluss des Geheimbundes reichte, wusste noch niemand. In der *Kölnischen Zeitung* wurde ausdrücklich darauf hingewiesen, dass der Justiz nicht daran gelegen sei, die Opfer dieser Sekte ein zweites Mal zu bestrafen. Sie waren ihrer Leichtgläubigkeit verfallen, selbstverständlich müsste jeder einen möglicherweise entstandenen Schaden wieder ausgleichen.

Heinrich von Wittgenstein traf sich mit Zabel, um ihn darüber zu informieren, dass einige Mitglieder ohne Angabe von Gründen das Festordnende Komitee verlassen hatten.

»Kannst du mir Namen nennen, von denen du glaubst, dass sie dazugehört haben?«

Zabel schüttelte den Kopf. »Ich werde niemanden denunzieren. Ich denke, dass die Betroffenen sich selbst stellen werden. Was Johann Vierkötter angeht: Er konnte mir glaubhaft versichern, dass er nichts mit diesen Leuten zu tun hat.«

»Wie geht es Eva?«

»Sie ist zu Hause und auf dem Weg der Besserung. Ein Sergeant gibt auf sie acht.«

Von Wittgenstein wirkte betrübt. »Ausgerechnet Franz Rothamel. Ich hatte große Hoffnungen auf ihn gesetzt.«

»Ich gehe davon aus, dass wir nicht zu dem Konzert nach Frankfurt fahren werden.«

»Wieso?« Von Wittgenstein sah ihn fragend an. »Ihr seid immer noch eingeladen. Und zwar von mir.«

»Wir kommen nur mit, wenn wir selbst bezahlen dürfen.«

Von Wittgenstein nickte. »Sicher. Aber das, was wir gerade erleben, hat nichts mit dem Kölschen Klüngel zu tun. Ich hoffe, dass du den Unterschied erkennst.«

»Natürlich«, sagte Zabel. »Aber das Prinzip ähnelt sich. In dem Moment, wenn mir jemand ein Geschenk macht, egal, ob es die Gesundheit oder eine Konzertkarte ist, fühle ich mich verpflichtet, die Zuwendung zu erwidern, und bin nicht mehr frei in meiner Entscheidung.«

»Doch«, hielt von Wittgenstein dagegen. »Genau das macht doch Freundschaft aus. Die Bedingungslosigkeit. Wir sind Freunde, ich bin euer Trauzeuge. Wenn ich dich einlade, erwarte ich keine andere Gegenleistung, als dass du dabei bist. Was ist falsch daran?«

Zabel musste sich eingestehen, dass von Wittgenstein recht hatte. »Die entscheidende Frage ist aber, ab wann Freundschaft beginnt?«

Von Wittgenstein nickte. »Rothamel war nicht unser Freund, wie sich herausgestellt hat. Nimmst du die Einladung denn von mir an?«

Zabel nickte. »Einverstanden.«

KAPITEL 48

Der Sergeant in Uniform trat zur Seite, und Zabel klopfte an die Tür. Es dauerte nicht lange, bis Céciles Stimme ertönte. »Herein.«

Zabel betrat das Hotelzimmer und schloss die Tür. Er behielt seinen Hut auf. Céciles Koffer stand verschlossen neben dem Bett. Sie trug das dunkelgrüne hochgeschlossene Kleid, das sie anhatte, als er sie das erste Mal vor der Kirche Sankt Peter gesehen hatte.

Cécile lächelte ihn an. »Wie geht es deiner Frau?«

»Sie ist gerettet. Das Gift wirkt nicht mehr.«

Cécile zeigte Anteilnahme. »Das freut mich so sehr.« Sie zögerte, bevor sie die Frage stellte, die ihr noch mehr am Herzen lag. »Was wird jetzt mit mir geschehen?«

Er deutete auf den Koffer. »Du hast bereits gepackt?«

»Es hieß, dass heute die Entscheidung fällt.«

»Ich fälle die Entscheidung. Ich allein.«

Cécile sah ihn fragend an. »Das heißt?«

»Es gibt da noch etwas zu klären.« Er holte tief Luft. »Die Wahrheit kommt ans Licht. Die Täter zerfleischen sich gegenseitig, um dem Schafott zu entgehen. Peter Heyden wurde von einem Auftragsmörder aus Sinzig umgebracht. Victor Koll und Rabanus Vaasen hüllen sich in Schweigen.«

Zabel wandte sich ab, schaute zum Fenster hinaus.

»Und was gibt es noch zu klären?«

»Der Mord an Arthur Schmoor. Keine Frage, jeder der Verdächtigen könnte es getan haben: Rabanus, Victor Koll oder einer seiner Schlapphüte. Aber ich bin mir nicht sicher, ob sie es wirklich waren.«

»Wieso?«

»Mir erscheint der Mord an Schmoor unsinnig. Er passt nicht in deren Plan und hat alles ins Rollen gebracht.«

»Das verstehe ich nicht. Arthur war eine Bedrohung für sie, sonst hätten sie ihn doch nicht entführt. Die beiden Toten im Weißgerbergraben sind doch ein Beweis dafür, oder?«

Zabel mochte es nicht, wenn Laien Mutmaßungen anstellten. Denn meistens taten sie das, um von irgendwas abzulenken. Manchmal von sich selbst. Er drehte sich zu ihr um, schaute Cécile in die Augen. »Du hast recht, sie hätten einen Grund gehabt. Aber alle behaupten, nichts von dem Treffen am Aschermittwoch gewusst zu haben. Es gab nur drei Personen, die es wussten. Einer von ihnen ist tot: Arthur Schmoor. Die beiden anderen sind Everhard und du.«

»Vielleicht sind uns die Täter gefolgt. Wir waren nicht vorsichtig genug.«

Zabel nickte. »Auch das ist möglich.«

»Vielleicht hat Everhard von Groote die Mörder geschickt.«

Zabel schüttelte den Kopf. »Er ist mein Freund. Er hat gerade ein viertes Kind bekommen. Und wenn Everhard ein paar Mörder geschickt hätte, wäre er auf dem Empfang bei von Wittgenstein geblieben, umgeben von Leuten, die er kennt. Den Brief, den du geschrieben hast, hätte er zerrissen und mir niemals gezeigt. Everhard ist unschuldig. Er war es nicht.« Zabel schaute sie an. »Ich war noch mal an der Elendskirche. Habe mich dort umgesehen. Bei einer Seitentür, die sehr stabil ist, hat jemand versucht einzubrechen. Die Spuren sehen frisch aus, höchstens zwei Wochen alt. Das Werkzeug war ein Zimmermannshammer oder etwas Ähnliches.«

Cécile sah ihn fragend an. »Und?«

»Ihr habt auf Everhard gewartet. Arthur wurde ungeduldig, weil er nicht kam. Er hat sich mit dem Werkzeug an der Tür zu schaffen gemacht. Hat er aufgegeben? Den Hammer weggeworfen, und du hast ihn dir genommen?«

Cécile schluckte. »Du glaubst, ich …? Wieso denkst du so was?«

»Rabanus und Koll haben die Tat geleugnet. An dem Tag, als ich bei ihnen aufgewacht bin und die ganze Wahrheit erfahren habe.«

Cécile erstarrte zur Salzsäule.

Zabel holte zum letzten Schlag aus. »Arthur wurde von hinten angegriffen. Er bekam einen einzigen Schlag auf den Hinterkopf. Mit einem Hammer.«

Es wurde still im Zimmer. Für Zabel ein Beweis, dass er die Wahrheit herausgefunden hatte. Und Cécile wusste, dass es für sie keinen Ausweg mehr gab.

Sie sprach sehr leise. »Was geschieht nun mit mir?«

»Ich will wissen, warum? Lebte er noch, als du ihn angezündet hast?«

»Nein«, sagte sie fest und suchte wieder den Blickkontakt. »Du willst es wissen?«

Zabel nickte.

»Deinetwegen. Er wollte dich umbringen. Er redete von nichts anderem mehr. Er war besessen davon, sich an allen zu rächen, die er für sein Schicksal verantwortlich gemacht hat. An allen, aber vor allem an dir. Aber zuerst wollte er Rabanus Vaasen finden.« Cécile schluckte. »Arthur hatte sich verändert. Die zwei Jahre in Paris haben ihm zugesetzt. Auch ich hatte unter ihm zu leiden, und wenn es anders gekommen wäre, dann … dann würden wir uns jetzt nicht gegenüberstehen. Ich habe die Chance gesehen auf ein neues Leben. Ein neues Leben ohne ihn.«

Zabel hatte damit gerechnet, dass sie eine Mörderin war, aber die Gewissheit schmerzte trotzdem. Cécile hatte ein neues Leben ohne Arthur beginnen wollen, aber Zabel glaubte, dass sie dieses Leben nicht allein verbringen wollte.

Cécile sah ihn fordernd an. »Was wirst du jetzt tun?«

Er zögerte. »Manchmal habe ich von einem Leben mit dir geträumt. In Berlin, wo uns niemand kennt.« Er schüttelte den Kopf. »Eine Illusion.«

»Warum? Weil ich ihn getötet habe? Aus Notwehr, um den Mann zu retten, den ich liebe? Oder weil du zu deiner Frau zurückmusst?«

Zabel schwieg. Es fiel ihm schwer zu atmen, ähnlich wie in dem Tunnel unter der Erde, wo die Luft stickig und feucht gewesen war.

Céciles Stimme klang mit einem Mal kraftvoll. »Wirst du wenigstens dabei sein, wenn sie mir den Kopf abschneiden?«

Zabel schüttelte den Kopf.

»Feigling.«

»Einer meiner ärgsten Gegner war gnädig zu mir. Also werde ich es auch sein. Gegenüber der Frau, in die ich … in die ich mich verliebt habe.«

Er nahm den Koffer vom Boden, ging zur Tür, riss sie auf. Der Sergeant fuhr erschrocken herum. Zabel reichte ihm den Koffer. »Bringen Sie die Frau aus der Stadt. Irgendwohin, von wo aus sie allein weiterkommt.«

Der Sergeant nahm den Koffer entgegen. Zabel drehte sich mit dem Gesicht zur Wand, als Cécile hinter ihm vorbeiging.

Dann fiel leise die Tür ins Schloss.

Céciles Geruch schwebte noch im Raum. Zabel wollte nicht gehen, aber es war an der Zeit.

EPILOG

»*Oh, Freeuuuunde …*« Die kräftige Stimme des Sängers ließ den Saal erbeben, und er dehnte die Worte beinahe endlos in die Länge: »*… nicht diese Töne. – Sondern lasst uns angenehmere anstimmen.*«

Zabel saß gebannt auf seinem Stuhl in der dritten Reihe und spürte Evas Hand auf seiner, während die einzelnen Sänger und der Chor den Text von Schillers *Ode an die Freude* herausschmetterten. Auf dem Weg zum Konzert hatte von Wittgenstein ihm erklärt, dass Schillers Gedicht von einer vorbildlichen Gesellschaft handele, in der Menschen gleichberechtigt und alle mit Freude und in Freundschaft verbunden seien.

Die Musik war äußerst facettenreich und wartete immer mit Überraschungen auf, bis sie sich zum Höhepunkt steigerte und alle Künstler, Sopran, Alt, Tenor und Bass, der Chor und das Orchester, ihr Maximum gaben. Es wurde immer lauter, aber nie unangenehm. Bis der Dirigent mit einer einzigen ruckartigen Bewegung den Ton abschnitt und im selben Moment eine magische Stille eintrat.

Dann setzte der tosende Applaus ein.

Zabel sprang von seinem Stuhl auf und klatschte, so laut er konnte. Nachdem die Künstler und der Dirigent sich mehrfach verbeugt hatten und das Konzert wirklich zu Ende war, blieb Zabel noch stehen und genoss den Augenblick.

Eva beugte sich zu ihm herüber. »Und das hättest du verpassen wollen?«

»Nein. Dazu bestand kein Grund.«

Eva lächelte. »Genieße das Leben, und vertraue auf deine Entscheidungskraft.«

Zabel nickte. Er hatte die richtige Entscheidung getroffen. Sie nahm ihn an die Hand und führte ihn nach draußen.

GLOSSAR

Heinrich von Wittgenstein (1797–1869)

Heinrich von Wittgenstein entspringt einer renommierten Kölner Familie. Vater und Großvater waren Oberbürgermeister der Stadt. Mit gerade mal fünfundzwanzig Jahren schwang er sich an die Spitze des neu gegründeten Festordnenden Komitees. Im weiteren Verlauf seines Lebens wurde er Unternehmer, Politiker, Regierungspräsident und heiratete 1829 die Tochter des Bankiers Abraham von Schaffhausen.

Everhard von Groote (1789–1864)

Everhard (auch: Eberhard) von Groote war Politiker, Jurist und Schriftsteller in der Zeit der Romantik. Er war ein Schüler von Ferdinand Franz Wallraf, studierte Rechtswissenschaft und Geschichte in Heidelberg und nahm als Freiwilliger an den Befreiungskriegen teil. Auf Betreiben von *Generalfeldmarschall von Blücher* wurde von Groote nach Paris gesandt, um die von den Franzosen geraubten Kunstschätze aufzuspüren und zurückzuholen. Zu den berühmtesten Werken gehörte das Gemälde *Die Kreuzigung Petri* von Peter Paul Rubens, das heute in der Kirche Sankt Peter in der Jabachstraße in Köln hängt. Nach dem Krieg versuchte von Groote, Oberbürgermeister von Köln zu werden, was ihm aber verwehrt blieb. Später wurde er zum Präsidenten der Armenverwaltung. Everhard von Groote war verheiratet mit Franziska von Kempis, sie hatten elf Kinder. In Köln ist die Everhardstraße im Stadtteil Ehrenfeld nach ihm benannt.

Johann Baptist Farina (1758–1844)

Er war der Enkel von Johann Maria Farina, der 1709 in Köln die Parfümmanufaktur Farina gründete. Johann Baptist gehörte von Beginn an zum Festordnenden Komitee und war somit einer der Gründerväter des heutigen Kölner Karnevals. Die Parfümmanufaktur Farina existiert heute noch und ist nach wie vor im Familienbesitz.

Marcus DuMont (1784–1831)

DuMont war Verleger und Herausgeber der *Kölnischen Zeitung*. Nach der Heirat mit Maria Katharina Schauberg erwarb er im Jahre 1805 für tausendvierhundert Reichsthaler die Schaubergsche Druckerei. Trotz aller Widrigkeiten brachte er die *Kölnische Zeitung* heraus, die als katholisch und preußenkritisch galt, weshalb sie häufig zensiert wurde. Das Verlagshaus existiert bis heute und gibt neben Belletristik und Reiseliteratur auch den *Kölner Stadtanzeiger*, die *Kölnische Rundschau* und den *Kölner Express* heraus.

Georg Karl Philipp von Struensee (1774–1833)

Preußischer Verwaltungsbeamter und erster Polizeipräsident

von Köln nach der Übernahme der Stadt in preußische Herrschaft. Er war auch für die Zensur der Presse zuständig und damit ein Gegner von Marcus DuMont. Der Polizeipräsident war bei den Kölner Bürgern sehr unbeliebt und wurde schließlich 1830 aus seinem Amt entfernt.

Franz Anton Mesmer (1734–1815)

Mesmer war ein deutscher Arzt, der »*magnetische Kuren*« durchführte und damit den Mesmerismus begründete. Nach Mesmers Auffassung wird das gesamte Universum von einer Kraft durchströmt, die er als »*animalischen Magnetismus*« oder »*Lebensfeuer*« bezeichnete. Alle Krankheiten hätten nach Mesmer dieselbe Ursache, nämlich eine Stockung des Lebensfeuers im Körper des Kranken. Er konnte seine Theorien nie wissenschaftlich belegen und wurde deshalb 1784 veranlasst, vor eine Königliche Kommission in Paris zu treten, zu der auch der berühmte Wissenschaftler *Antoine de Lavoisier* gehörte. Die Kommission kam zu einem ungünstigen Urteil. Trotzdem lebten Mesmers Ideen weiter. Die Praxis der »*Hypnose*« hat sich aus Mesmers Theorien entwickelt, weshalb es im Englischen auch das Wort *mesmerize* gibt, was bedeutet: faszinieren, in den Bann ziehen, hypnotisieren.

Antoine de Lavoisier (1743–1794)

Lavoisier war ein französischer Wissenschaftler und gilt als Vater der ersten chemischen Revolution. Lavoisier wies unter anderem nach, dass Wasser kein Element, sondern ein zusammengesetzter Stoff ist, was das auf Aristoteles beruhende Denkgebäude zum Einsturz brachte und die moderne Naturwissenschaft einläutete. Lavoisier wurde zu einem Opfer der Terrorherrschaft während der Französischen Revolution und starb durch die Guillotine.

Johanna Schopenhauer (1766–1838)
Sie war eine deutsche Schriftstellerin und Mutter des berühmten Philosophen Arthur Schopenhauer. Sie war vom Kölner Karneval sehr angetan und schrieb einige Beiträge zu dem Fest, wodurch der Karneval auch überregional bekannter wurde.

Prinz Friedrich von Preußen (1794–1863)
Königlich preußischer General der Kavallerie und Kommandeur der vierzehnten Infanteriekompanie in Düsseldorf. Neffe des preußischen Königs Friedrich Wilhelm III. Er residierte ab 1820 im Schloss Jägerhof in Düsseldorf, das durch ihn und seine Frau, Prinzessin Luise, zum Mittelpunkt des gesellschaftlichen und kulturellen Lebens in Düsseldorf wurde. Prinz Friedrich war auch dem Kölner Karneval zugetan und ab 1824 Dauergast bei der alljährlichen Kostümfeier im Kölner Gürzenich.

Friedrich Wilhelm Brügelmann (1778–1842)
Friedrich Wilhelm Brügelmann, geboren in Elberfeld, war Unternehmer, Kaufmann und der jüngere Bruder von Johann Brügelmann, der in Ratingen die größte Baumwollspinnerei auf dem europäischen Festland errichtet hatte. Friedrich Wilhelm kam 1820 nach Köln und setzte das Geschäft seines Bruders fort.

Mineralien von Cöln

Die *Mineralien von Cöln* werden in den Tagebüchern Everhard von Grootes erwähnt. Im Rahmen der Rückführungsmission erscheinen auch die Namen *André Thuin, Dominique Vivant Denon, Alexander von Humboldt, Jacob Grimm, Generalfeldmarschall von Blücher, General Friedrich von Ribbentrop* und weitere. Die Mineralien gelten als verschollen, die Legende um diese Steine ist aber frei erfunden. Den Mineralien wurden nie heilende Kräfte zugeschrieben. Professor André Thuin, Leiter des Naturkundlichen Museums in Paris, hatte niemals Kontakt zu einer Hure namens Cécile Travail, weil auch diese Figur der Fantasie des Autors entsprungen ist. Die ehemaligen Stadtsoldaten Rabanus Vaasen und Peter Heyden, der später eine Buchbinderei eröffnete, soll es gegeben haben, wenn man den Nachschlagewerken vertrauen kann, aber auch sie hatten nichts mit dem Verschwinden der *Mineralien von Cöln* oder einem Geheimbund zu tun.

ZITATE

KAPITEL 1

Zweiundsiebzig Kronleuchter und eine Unzahl an den Wänden angebrachter Lampen verbreiteten Tageshelle in dem ungeheuer großen Saale des Gürzenich. (…) Von allen Seiten ertönten lautes Lachen und ausgelassene Freude. Im kölnischen Volksdialekt vorgebracht, klang das Komische oft noch komischer, auch wenn es einem Fremden zugleich unverständlich blieb. (…) Mit förmlichem Leichengeleite trägt man die Puppe auf einer Bahre durch die Stadt und verbrennt dieselbe auf einem Platze.

   Johanna Schopenhauer

KAPITEL 2

Dass am Rhein, dem vielbeschwommenen,
Mummenschaar sich zum Gefecht
Rüstet, gegen angekommenen
Feind zu sichern altes Recht.
Löblich wird ein tolles Streben,
wenn es kurz ist und mit Sinn.
(…)

   Johann Wolfgang von Goethe

KAPITEL 9

Die vielgepriesene Toleranz Preußens ist nur ein feingesponnenes Wort.

Everhard von Groote

KAPITEL 15 & KAPITEL 32

Zum Ruhme Kölns, zum Vorteil unserer Vaterstadt hat jeder gewirkt, und gewiss jeder hat es gefühlt, dass er dazu mitzuwirken berufen sei. Daher die musterhafte Ordnung. Glauben Sie es, meine Herren, das Fest hat einen vaterländischen Sinn unter uns begründet und ein Band geschlungen, das dauernder ist als der Faschingsjubel.

Wenn das Fest selbst an und für sich dem Scherze geweiht ist, so hat es doch eine leicht erkennbare ernste Note.

Heinrich von Wittgenstein

KAPITEL 2 & 32

Alle Jläser huh. Kumm, mer drinke uch met denne, die im Himmel sin.

Liedtext von der Band Kasalla: »Alle Jläser huh«. Komposition & Text: Claudio Pagonis, Florian Peil, Robert Schröder, Nils Plum, Rene Schwiers, Sebastian Wagner, Bastian Campmann / Universal Music Publishing

DANKSAGUNG

Ich danke den Historikern Dr. Michael Euler-Schmidt und Dr. Marcus Leifeld für ihre Sachtexte zum Kölner Karneval in den Büchern *Der Kölner Rosenmontagszug 1823–1849* und *Vom Stadtsoldaten zum Roten Funken*.

Mein Freund Hubertus Erfurt hat mich auf die Idee gebracht, über den Okkultismus im neunzehnten Jahrhundert zu erzählen. Dirk Boucsein, Chemielehrer aus Münster, beriet mich bei der kriminaltechnischen Untersuchung zur Sichtbarmachung der Rubensmedaille. Dafür meinen herzlichen Dank.

Ich danke meinem Agenten Lars Schultze-Kossack sowie dem ganzen Team der Agentur und dem Ullstein-Verlag, besonders meinen Lektorinnen Margit Schulze und Larissa Krusche.

Weitere Unterstützung erhielt ich durch Antje Müller, die sich auch unausgereifte Textpassagen durchlesen musste und mir als Modeberaterin zur Seite stand. Meiner Tochter Malin danke ich für die medizinische Beratung.

31. Juli 2023